九州缥缈录

NOVOLAND EAGLE FLAG

肆

辰月之征

江南 著

人民文学出版社

目录

第一章 小舟

胤成帝三年八月三十，帝都，天启城。

池上莲花落尽，只剩黑色的枝条纠结在水面上，湖面上秋风萧瑟。长长的步桥用取意天然的木板搭建，通往远处的水阁。青衣的年轻人独自站在步桥的尽头，双手抱着袖子，微微躬身，静静地等待着。

马蹄声由远及近，伴随而来的是沉重的铁靴声。裹着黑氅的老人雷碧城在步桥前轻轻拉了拉马缰，那匹仿佛铁铸的骏马便在年轻人面前默默立住，一双没有眼白的巨大马眼笔直地盯着年轻人，雷碧城也在看年轻人。换了别人，看着这样的一匹黑色神骏和三名巨神般的黑衣从者站在面前，总不免惊惶不安，而年轻人却丝毫不为所动，依旧笼手躬身而立，嘴角带着一丝笑。他的笑淡泊和善，令人不由自主生出亲近的意思，可是看久了却又觉得有些木然，因为那笑容仿佛是刻在他嘴角边的，很少有变化。

“是雷碧城先生么？我奉长公主的命令，已经在这里等候了一个早晨。”年轻人朗声问询，声音清润温和。

一名从者趋前跪在马鞍下，雷碧城踏着他的背下马：“是长公主的使节？如果我没有猜错，是宁卿公子吧？”

年轻人彬彬有礼地鞠躬：“正是。我姓百里，有个小名叫作宁卿，长公主和身边的人也都这么称呼我。雷先生不见外的话，叫我宁卿就可以了。”

“百里？”雷碧城略略有些惊讶，“那么公子和百里长青先生怎么称呼？”

“是宁卿的父亲。”宁卿依然含笑。

雷碧城环顾四周，水面开阔，河岸上遍植柳树，无边无际：“这座府邸，本来应该是百里家的产业、百里氏主家的故宅。百里长青先生以擅权干政的罪名下狱之后，家产没收，这座府邸才被赐予长公主殿下作为夏季的凉宫吧？”

“正是。我小的时候，还经常和父亲一起在湖上泛舟。家母早亡，父亲为了寄托哀思，经常折纸船做河灯，有时候一夜就在船上过去，几十盏河灯在水上漂浮。”

“百里长青先生绝世之才，皇室重臣，却因为小人的诬陷而获罪处死，已经是不可思议的事。却没有想到百里长青先生唯一的儿子，最后却效命于杀死他的白氏。”雷碧城这么说的时候，踏上一步，冷冷地看着这个年轻人，目光中藏着一股咄咄逼人的气势，似乎想要从百里宁卿的眼睛里逼出些什么来。

百里宁卿却随着雷碧城的进而微微退却，他像是一根浑然不着力的柳条，将雷碧城咄咄逼人的势头无声地化解了。他依旧带着笑：“雷先生这么说，大概也是责怪我这个未能尽孝，也背叛了家族的无用子孙吧？不过我是个没什么大用的人，小时候长在父亲的羽翼之下，失去了庇护就活不下去。承蒙长公主关怀，令我可以存活，好比覆巢的大劫之下保住了唯一的完卵，这是莫大的恩典，宁卿此生，不得不报答。况且，假使父亲还活在这个世界上，也更想看见我好好地活下去，而非为他报仇雪恨吧？”

雷碧城微微愣了一下，饶有兴致地打量这个年轻人，点了点头，退了半步：“好，不愧是长公主身边的人。你这番话，无懈可击。不过你不是没用的人，在我所遇的人中，能够不避我的目光而坚持那么久的人，你是唯一一个，绝无仅有！”

宁卿听到这里，忽地捂住嘴轻笑起来。

雷碧城长眉微微一挑，冷冷地看着他不说话。

“我感觉到雷先生的敌意了，”宁卿撤去手，还是温雅地浅笑，“不过我笑并非嘲笑，而是雷先生绝世的人物，却被我无意中骗了。”

“哦？”雷碧城问。

“我生来就是一个瞎子，这双眼睛是废的，从不曾见光。只是我的耳朵因此敏锐，刚才都是借着听力和雷先生应对的。我也听说雷先生身怀神术，与人对视威若神临，可惜这些对我这个瞎子偏偏都是没有用的啊！”宁卿轻声说。

“瞎子？”雷碧城惊疑地看着对方那双清澈的眼睛，只觉得那双眼睛里也带着些温和的笑意，令人自然而然地对这个年轻人生出好感来。他看了许久，直到隐约觉得百里宁卿的眼神确实显得空虚无着，像是始终聚焦在空无一物的远方，这才有些相信了。

“这样的俊才却天生目盲，令人惋惜。长公主在百里氏主家覆灭的时候保护公子，想必也是看中公子的才华。好，相逢幸甚，”雷碧城对这个年轻人也多了一分礼节，“请引路。”

“长公主已经在池中水阁里等待半日了。雷先生从殇阳关而来，此时距离白毅将军克复殇阳关不过两天,雷先生的马真是快。”宁卿转身而行。他看不见东西，但是这座步桥是他幼年开始就天天行走的地方，所以方向没有丝毫差错。雷碧城不带从者，跟上了他的脚步。

这座步桥长达半里，行至桥中便如踏在水面中央，除了一条窄窄的木桥在脚下摇晃着，放眼看向周围，只有一片平静的水，风来的时候波纹细碎。雷碧城停了一步，放眼远眺，轻而漫长地叹息了一声：“真是难得一见的胜景。只是这样的幽静，也太深了，显得孤独。”

“这是父亲所喜欢的，这里广种莲花，可惜现在都已经凋谢了。父亲在世的时候，每当花开最盛时，他就独自坐在水阁里，整日地赞叹惋惜，为莲池写下的诗文，可以编作厚厚一本集子。他把盛开的白莲称为‘千衣雪'，赞叹它'寒华哀婉'，当时几位诗友却都说莲花花形盛大丰润，并非哀婉的意境。父亲解释说，白莲盛开的时候，也是由夏转秋的时候，花形最盛大的时候，也是在风中摇曳、即将凋落的时候。所以它纵然华贵，却像仕女身上披着轻纱，轻纱之上覆着白雪。这种华贵，华贵得让人觉得寒冷。”宁卿说。

雷碧城沉思了片刻："百里长青先生所说，是盛极必衰的道理吧？"

"其实我至今也没有完全体会，"宁卿轻声说，"不过也许是因为想起了我母亲，便觉得母亲留下的一切，包括这池莲花，都有亡人之思。"

"原来最早种这池莲花的是宁卿公子的母亲。"雷碧城微微点头。

"我父母，本该是相依靠着在那间水阁里一起老去的两个人。可惜母亲去世太早，父亲也不得不入世。雷先生说得是，他确实是孤独的人，自比莲花，无欲无求。"宁卿低声叹息，"我还记得父亲安慰我不必在意自己是个瞎子，他说，'藕根也没有眼睛，可是这天下最洁最净的花，却是在藕根上开出来的。你看不见，却不必拘泥于别人眼中所见，只要写出自己心中所想。有眼睛的人，下笔之初终究还是临描他所见的，而世上的至美，却偏偏在人心中。你可明白？'至今这些话都在我心里，一个字都不会错的。"

雷碧城默然良久："百里长青先生真绝代了。"

"请。"宁卿比了一个手势。

雷碧城登上台阶，走进了古雅的方形水阁。这座精致却朴实的建筑坐落在水中央天然的一块巨石上，完全以不上漆的方木搭建，甚至看不见一枚铁钉，像是搭一件巨大的积木那样垒了起来。它的年代很久远了，色作黝黑的木材上依然可见古朴绚丽的花纹。水阁四周无墙，风从水阁中穿行而过，撩动挂在中央的一垂金色纱幕。

雷碧城闻见了极淡的水沉香气息，隐隐约约看见纱幕中一人长衣广袖，静静地端坐着。

他微微点头，也不拘束，撩起黑氅坦然坐在纱幕对面的一张无腿竹榻上，和纱幕中的人相隔不远凛然对视。他的平静中自有一股不可抗拒的威严，两个人都没有说话，宁卿走到雷碧城身边，笼手在袖子里，默默地侍立。

纱幕里传来女人低低的笑声：“碧城先生，我们之间有多久没有见了？”

“十一年，十一年之前，长公主还刚刚变成长公主的时候，我们在帝都见的面。”雷碧城也微微地笑。

“那时候嬴无翳还不是令人畏惧的雄狮，我们白氏的疆土也像铁桶般稳固，我敬重碧城先生的才智和上通神意的修为，想请碧城先生留下来为皇室出力，可是碧城先生说神意已经选中了另外一个人，所以纵然我屈膝恳求，碧城先生也不肯留下，而是执意要去效忠于那人。后来我才知道，这个人叫作嬴无翳，他便是我白氏最大的敌人。”长公主的声音转冷，“而今日嬴无翳已经威震东陆四州十六国，便是白毅也不能将他阻挡在殇阳关下，碧城先生得偿所愿了。可是贵为离国的国师，碧城先生却又回来找我了，让我受宠若惊啊。”

雷碧城端坐不动，神情坦荡：“长公主这番话，是说雷碧城是一个不知进退的人，该留下的时候没有留下，不该回来的时候却又回来，又或者是个反复无常的小人？”

长公主沉默了一会儿，咯咯地轻笑起来：“好，碧城先生果然是不为名利所驱使的人，我这些话，别人听来或者难堪，碧城先生却不会。我既然今天在这里苦等碧城先生，一定要见这一面，自然不会因为当初我们未能成为朋友便记恨到如今。我相信碧城先生，跟十一年前没有任何区别，只是我要明明白白地知道，碧城先生这次是为了什么而来，总不该是嬴无翳的使者吧？”

只是这淡淡的一笑，仿佛寒冰遇火，方才森冷的语调全都融化在了甜润妩媚的笑声中。

“我想十一年前我已经说得很明白，我们只是跪拜在神的脚下，奉从他旨意行事的人。我如果是使者，也只是神的使者。神选中嬴无翳，我便效忠于离国，神选中长公主，我也可以是长公主驾前的猎狗，任凭驱策。”雷碧城在竹榻上略略躬身致意。

长公主掩着嘴低笑，“在我们这些凡俗的人看来，碧城先生这样的人，便和神也没有什么区别了。哪敢说‘驱策’？不过凡俗的人，也有凡俗的人的立场。”她的话锋一转，再现锋芒，“敢问碧城先生，您所侍奉的神为何选择嬴无翳那样的逆贼，又为何会重新选择我们白氏？”

“这太复杂，长公主不信奉我们的教义，我无法向长公主解释。不过我倒是有几个问题，想反过来请长公主为我解答。”

“知无不言。”长公主在纱幕中探出一只白净修长的手来，向着宁卿招了招，“既然是长谈，难免口渴，给碧城先生奉茶。”

“不必，”雷碧城摆手阻止宁卿走向水阁一角陈设的茶具，“我已经二十年不动食水了。”

“不动食水可以得长生么？”长公主问。

“不，只会加速死亡。”雷碧城微微一笑，笑意深不可测。

他整理黑袍正襟危坐：“我想知道的第一个问题是，当白毅已经拿下殇阳关，占据了通往帝都的门户，白氏皇族就欣然看着这件事发生，而毫不在意其中的危险？”

“危险？”长公主问。

“自从蔷薇皇帝开国以来，殇阳关就是帝都的门户，羽林天军守卫的重镇。第一个占据它的诸侯是嬴无翳，第二个就是白毅。此时殇阳关里有六国的联军，如果算起来白毅在突围战中死伤了两万余人，他手里还有四万多精兵。我的第二个问题是，如今的东陆，还有谁能够阻挡统率四万精兵的舞阳侯白毅白将军？”雷碧城的话锋无声无息间锐利起来。

长公主思索了片刻：“天下第一名将，六国的四万精锐，这样的兵团东陆无人可以阻挡，即便此时的嬴无翳也不堪和他再战。虽说，白毅也挡不住他归国。”

雷碧城冷冷一笑：“那么如果白毅有上逼帝都、挟持皇帝的心思，他就是第二个嬴无翳，是不是这样？”

“这种猜测未免嚣张了！”长公主的语气再变，冷然带着怒意，“碧城先生是离国的国师，嬴无翳所倚重的人，如今不但突然到访，而且以这种无中生有的话来游说我，不觉得有离间皇室和忠臣的嫌疑么？我所认识的碧城先生，应该不是夸夸其谈的说客和妖言惑众的小人！”

雷碧城幽幽地长叹一声，抚摸着自己的膝盖：“长公主，我们既然已经坐在这里了，何不坦诚一些，对彼此都有好处。”

两人都是沉默。片刻，长公主再次咯咯地笑了起来，仿佛春风化冻，鸟语花香般煦暖：“碧城先生说得对，我那些作态，不过是女人的一点曲折心思，但是瞒不过碧城先生的眼睛。”

她也是幽幽地长叹：“其实早在离国攻入帝都之前，我们白氏对于东陆的控制已经无从谈起。风炎皇帝在位的时候，诸侯还对皇室保有敬畏，可是如今的皇帝，一代不如一代，我这样的宗室之女，虽然焦虑却没有用武之地。嬴无翳不过把皇室虚弱的一面彻底暴露在天下人面前而已。现在嬴无翳刚走，白毅所带诸侯联军却掌握了帝都的门户，若是白毅果有不臣之心，变生肘腋，防都来不及。这其中的危险，皇帝和亲近的臣子间也早有议论，可是如今还没想出什么办法，只能期望祖宗的英灵保佑，或许我白氏不该绝于此处。”

“皇室现在还有多少兵力可以调用呢？”雷碧城问。

“四万，原本羽林天军一共三万骑甲，卫戍帝都。嬴无翳擅自裁减为两万，而且将羽林天军的主营移到城外七十里的承恩镇。我于是劝说皇帝，以皇室内库的钱养了一支世家子弟充作金吾卫，这些年来这支金吾卫的人数年年增长，如今大约又有两万人。这些事我想碧城先生的主上离国公也看在眼里，不过他倒没有威逼皇帝裁撤兵马，我想是金吾卫的威胁还不在他眼里，这些世家子弟，娇生惯养，虽然也痛恨逆贼乱党，可若是放在两军阵前，可能三千赤旅就可以叫他们全军覆没。”长公主恨声道，“有时候我也是恨铁不成钢，又觉得中了离国公的设计，耗费了大量的内库钱财，却只得到一支徒有其形的军队。”

“跟我估计的完全一样。”雷碧城微微点头，“不过，徒有其形的军队未必不能作战。”

“作战？”长公主声音里透着疑虑，“跟谁作战？”

“长公主以为，两万羽林天军和两万徒具其形的金吾卫可以和谁作战？”

长公主迟疑片刻，摇了摇头：“以现在的规模和训练，不要说和离国的劲旅抗衡，即便是诸侯中的下唐、楚卫、晋北、淳国也都可以轻易地击溃之。”

“不错。恕我直言，”雷碧城道，“长公主可以劝说皇帝调用皇室的大军，可是这支大军跟诸侯的兵力相比，就像一头瘦狼和一群猛虎。它若是骤然冲进猛虎们搏斗的战场上，也许立刻就被撕碎了。”

“虽然这话不好听，但也要承认这是实话。”长公主的声音里终究还是透出了沮丧。

“不过，”雷碧城话锋一转，“如果猛虎们已经陷入了不可停止的搏杀，瘦狼窥伺在旁边，却可能轻易咬死胜出的那只猛虎。这只猛虎已经身受重伤，而其他的猛虎已经丧生在它嘴里了。这就像长公主设下庞大的计划，引发嬴无翳和诸侯联军决战，希望从中取利。这个招数再用一次，怎么样？”

雷碧城的双目忽然神光如炬，仿佛可以洞穿一切般的亮。隔着纱幕，依然可以看见长公主身子一震，像是被这话惊住了。

“再用……一次？”她迟疑道。

“猛虎们已经厮杀过一场了，现在彼此都受了伤。可是他们之间还没有完全地分出胜负来，长公主只要再逼他们一次，让他们再战一场。到时候必然会有一只死去，即使还剩下一只，也不足以和长公主在帝都的兵力抗衡了。”雷碧城幽然道，声音飘忽，高深难测。

“怎么逼？”

“不准任何人踏上帝都的土地！而白毅请求觐见皇帝的表章，我想已经在路上了。”

“不准他踏上帝都又如何？”

“很快，第二场战争就会开始。不！这场战争还远未结束！”

“哪一只老虎……会死？”长公主的声音因为克制不住的激动而颤抖。

“白毅。”

“白毅？”

“白毅、息衍、冈无畏、费安、程奎，还有古月衣。诸侯的名将们将和他们的大军一起葬身！殇阳关会在他们的面前变成囚牢，他们踏了进去却不能出来，那是我为他们准备好的，无还之土。”雷碧城微微眯起眼睛，抬起头，目光从纱幕上方飞越出去，仿佛直到天地尽头，已经看见了那一战的落幕，名将们的头颅被悬挂在枯朽的老树上，周围无不是尸骸。

长公主沉默良久，长长地舒了一口气：“碧城先生，真有这样的把握？”

“在东陆，要杀死白毅和息衍这样的人，谁都不敢说自己有把握。我能做的，也只是试一试，只看长公主是否愿意跟我一起做这次尝试。”雷碧城淡淡地笑，“而我，既然是挑起这场战争的人，我会作为人质留在这里，直到战争的结束。长公主如果觉得有需要，任何时候都可以拿走我的头颅。”

一阵风来，像是肃杀的空气从战场上忽然来到这里，凉得令人忍不住哆嗦。纱幕飞扬，雷碧城的黑袍也鼓着风，勾勒出他瘦骨嶙峋的身形，他手笼在衣袖里扶着竹榻两侧的把手，挺直腰背巍然而坐。一只手忽地从纱幕中透出，纱幕被掀起，长公主衰老中依旧透着绝丽的一张脸暴露出来，她瞪大黑白分明的眼睛，紧紧盯住雷碧城，许久不发一言。

“能这样则是上天赐予我们白氏转机，”她终于说话了，缓慢清晰，声调毫无起伏，“这是碧城先生的神赐给我们的么？神对碧城先生的旨意到底是什么？他希望嬴无翳取得天下，还是我们白氏国祚绵长？相比白毅可能带来的危险，我们白氏和嬴无翳之间，更是你死我活，决不能共存的关系！碧城先生是希望我协助嬴无翳杀死白毅，那么白毅死了，谁来保障我们的安全？”

“当我把我的计划全部告诉长公主，这个问题自然就被回答了。当这场战争最终落幕的时候，无论嬴无翳或者白毅，都不再能撼动长公主的地位。长公主也无需再靠任何人去保护。至于我所信奉的神，他并不偏袒长公主，也不偏袒嬴无翳，长公主被他选中，只是长公主今时今日的地位和目标，恰恰是他所需要的。所以他差遣了我来，把他巨大的力量赐予长公主使用。”

长公主和雷碧城对视，两个人的目光都不肯移开丝毫，甚至根本不眨眼，像是要把全身的力量凝聚在这次注视中推过去压倒对方。他们的身形绷紧，仿佛即将扑向食物的豹子，看不见的獠牙毕露。

最后终于长公主无法抗拒雷碧城眼里那种神降般的威严，喘息着后仰，重新合上了纱幕：“碧城先生的目光，还是十一年前那样让人可敬可畏。可是，我为什么要相信你？如果仅凭这番话，未免显得我太可笑了一些。”

“敢问长公主，在皇室衰微的时候，你一个女人，为什么要顶着历代祖先的遗志站出来？”雷碧城声音平静，问题却锐利如刀。

长公主并不因为这个问题的无礼而动怒，反而是沉思了片刻，才谨慎地回答：“因为谁也不甘被别人左右自己的命运。我们白氏，蔷薇皇帝不甘心，风炎皇帝不甘心，我是他们的后人，虽然是一个女流，也不能甘心听从摆布。”

“那如何才可以不受摆布？”雷碧城如影随形地追问。

“力量，”长公主回答，“必须拥有属于自己的力量，便如军队，便如金钱。”

“那么长公主，什么是世间最伟大的力量？”

这一次长公主沉吟了许久，她像是忽然领悟了，高声道：“是人心！得人心者，天下宾服！”

“不！”雷碧城霍然而起，“不是人心！是神的主宰！神的主宰，是这个世界得以运行的根本！”

“神的主宰？”长公主骇然。

此时的雷碧城像是变了一个人，他不怒而威，全身似乎有无穷的力量向着四面八方放射出去。他踏步如虎行，伸展了双臂，仰首面向天空。他的呼吸沉雄悠长，雪白的长发被风吹动般狂乱不安。

雷碧城大步而出，踏上了步桥。他暴露在天空下，黑袍飞扬，像是随时可以凌空升起。不知何时天空已经乌云密布，本是正午时分，即便阴天也是光线充足的，可是这个时候周围黑得像是夜里。狂风中像是带着鬼神的怒吼，吹得天地间飞沙走石。长公主惊恐地冲出纱幕拉着宁卿的手，瞪大眼睛也只能看见雷碧城一个孤零零的黑影站在上下起伏的步桥上。

“神的主宰，从天地的开辟，到万物的生长，到灵魂的凝聚和溃散，无处不在。它是不可抗拒的规则，是不能逃避的囚禁，是笼罩在世界上方的手，转动着时间的轮盘。”雷碧城的声音从四面八方而来，轰隆隆地带着回声，震耳欲聋，“臣服于它的人得到它赐予的福祉，妄想挣脱的人被迫臣服。没有一片空间，没有一点时间能够逃脱规则的掌握，它就在我们永远看不到的地方，比钢铁更坚固、比岩石更沉重地存在着！”

风势随着他的话音落下而改变，风化为了龙卷，数十顷水面上，狂风带着数十条水龙升空而去。银色的水龙在一片漆黑中反射不知哪里来的光，长公主能够清楚地看见水龙中裹着无数的莲花残枝。

电光割裂了乌云密布的天空，雷声像是敲打着一面硕大无比的铁锅，而这面铁锅，就扣在世界的上方。它被电光割裂的地方，短暂地露出了外面比太阳耀眼一千倍的神光。

倾盆大雨，刚才被龙卷风迅速抽走的水以同样的速度返还了人间，根本没有所谓的雨点，雨落的时候，就是一根根手指粗的水柱笔直地下坠，打在步桥上噼啪作响。雷碧城的黑影还在那里，张开了双臂，任雨水冲击自己的身体。

长公主觉得水阁就要塌了，她像是个孩子一样，在自然的伟大力量面前无所适从。她一手抱着头，一手抱住宁卿的腰，放声大喊。可是她的声音被雨声和风声完全吞没。

雨下得极快，停得也极快。天空中的乌云从正中裂开了一个口子，天光如柱，从那个缺口洒了下来。从那个缺口开始，云层一片一片地崩溃掉。剧烈的风从天空正中央向着四面八方席卷而去，把云层的碎片扫荡一空，转眼就是烈日如焚。

长公主不敢相信自己的眼睛，她看着嫩绿色的莲叶尖从水面下升起，不是一处，而是同时数百数千数万枝。莲叶展开，亭亭如少女以足尖而立，而后再展开如圆盘，池面上一瞬间满是绿意，青蛙跃入水中，水波潋滟。涟漪中白色的莲花花蕾冉冉从水中升起，花蕾上的水珠犹然没有落下，莲花已经盛开。成千上万的花，风吹来像是仕女的衣袖那样盈盈舞动。

此时的雷碧城含笑而立，他从身边摘下一朵莲花，平平捧在掌中。

他摘完了，风就变得微凉起来，一阵一阵地扫过池面。秋意浓郁，充塞四周，炽烈的阳光不知何时消弭得无影无踪了，一片片的花瓣在风里零落，复而飞扬，重又落在水面上，悠悠地旋转，沉入水底，像是一场盛大的雪。

那些纵横在池面上的枝条褪去了绿色，变得漆黑丑陋，盘结在水面上，极遥远的地方，有人奏箜篌放歌，质朴苍凉：

“我有枯木琴，

山中奏古调。

花开无人采，

零落已千年。”

歌声隐没，一切便仿佛梦境般消散。依旧是一池平静的水面，横着秋末的莲枝，一个黑袍老人站在步桥之上，他的掌中平托着一枝还沾着露水的白莲花。长公主呆呆地看着这一切，只觉得许久以来自己所相信的太多事情都在瞬间被摧毁了，整个世界空荡荡的，一切都是虚幻。

雷碧城再次踏入水阁，将那枝白莲恭恭敬敬地献给长公主：“这便是神的力量,生死荣衰盈亏往复,无不可以被驾驭。我不过是他的一个使者,他的力量跟我相比就像是大海之于水珠。而他已经把这伟大的权柄赐予了长公主。”

长公主呆呆地握住那枝莲花，用尽全力，把花梗都挤出水来。那是一朵真正的莲花，是这里生长的莲花。这里是她的凉宫，她熟悉这里盛开的花，这是不可能被伪造的。而在深秋一切凋谢的时候，一种她不曾真正领略的伟大力量让她看见时间的迅速流动和造物的生死轮转。

她颤抖着把莲花高举过头，恭恭敬敬地对着雷碧城俯拜下去。

雷碧城也跪下向着她俯拜，像是奴仆面对主人那样。

“为什么？”长公主的魂魄像是已被抽走，她摇着头，“像你们这样的人会挑选我们？你们有无可比拟的力量，你们可以做到一切。”

“你们就像古伦俄！对，你们和古伦俄是一样的！”她想起了这个名字，猛地抬起头，瞪大眼睛，乌发散乱，“你们是神的使节，无论是带来毁灭还是恩赐，都没有人能拒绝的。”

雷碧城似乎也因展示这样的神迹而疲惫不堪，他委顿在地上，微微地喘息着:“因为神的力量虽然无处不在，无所不能，但是他有一个缺点，连我们这些信奉和追随他的人都不能讳言。神的力量,无法改变人的心。”

“人的……心？”长公主看着他，目光里满是茫然。

宁卿上前一步弯腰，准确地拾起了落在地上的那枝白莲。他用自己的脸轻轻蹭着白莲的花瓣，像是孩子依偎在父母胸口似的 :“雷先生的神迹，连我这样的瞎子都能够感觉到。刚才风初起的时候，忽然觉得像是听见父亲又在对我说话。空气里，满是小时候的味道。”

雷碧城抬头看着这个平静如初的年轻人，忽然有种强烈的警觉。他想起刚才的整个过程里，这个年轻人一直静静地站在那里，任长公主搂着，他没有挪动，脸上带着淡泊优雅的笑。

帝都向南，三百八十里之外，雄关接天而起。

白毅和息衍并辔而行，白秋练和墨雪两匹神骏的战马步伐轻缓，散鬃在风里飞扬。息衍衔着极少离身的乌木烟杆儿，懒懒地按着剑柄，古剑的剑鞘敲击在马鞍上当当作响。而白毅挺直身体端坐马上，身形精悍如一杆长矛，他微微皱着眉，环顾左右。

他们所行的是殇阳关中的兵道，这座城关从修建之日起就并没有什么居民，所以一应设施都用于军事。笔直纵横的石砌兵道把整座城关分割为一个个小方块，每一块均是一处兵营，一旦城上狼烟点起铜钟轰鸣，驻守的所有军士可以急速集结，登城守御。

此时那场惨烈的大战已经过去了两日，城关里却依然弥漫着一股浓重的烟火味道，浓烟熏黑的痕迹无处不在，路上随处可见没有燃尽的木柴。白毅便是靠把三十万斤燃烧的木柴强行投掷进这座城关，逼迫得嬴无翳不得不在仓猝中出城血战。

“这座城关的设计，就像我家里所藏的那份详图，一模一样。”白毅低低叹息了一声，“当初不知是什么样的天才设计而成，又耗了多少苦工的命，才修起这座关隘。蔷薇皇帝要为他的子孙守住帝都的门户，真是用尽了心机。说是永不陷落，也不为过。”

“可还是被你攻克了，也不过是投毒和火攻区区两样，便逼得嬴无翳不得不出城决战。”息衍瞥了白毅一眼，漫不经心地笑着，“你如今赞这座城永不陷落，是借机赞自己的兵法谋略前无古人么？”

白毅并不恼怒，也不笑，淡淡的没有表情：“嬴无翳心里，也是急于和我一战的吧？所以他才会出城。而且，若不是争取归国的时间，他龟缩防御，我们可能要付出更大的代价。我倒不至于骄傲到以为自己区区手腕，就攻克了这座关隘。”

息衍笑而不语，拍了拍墨雪的脖子，墨雪小跑起来。白毅的战马白秋练便也跟着小跑起来，这两匹神骏也如故友一样，卸下了战马的警觉和威武，跑得马蹄飞扬长鬃舞动，倒像是草原上互相追逐的两匹小马驹子一样。白毅的眉皱得更紧了些，却也没有约束白秋练。息衍跑得神采飞扬，身体随马步自然起伏，指间夹着烟杆，呼吸着迎面而来的风放声大笑起来。

跑了一段，息衍猛地一扯缰绳，墨雪长嘶一声定住。息衍回头从来路看回去，白毅也勒马停下，和他目光相对。白毅微微吃了一惊，这一眼他忽地觉得又看到十几年前那个太清宫前的金吾卫了，一脸的懒散，一脸的自嘲，又是一脸的不服气。

“你有什么话说？”白毅问道。

“你可记得这条路我们二人走过，那是我们还在帝都当金吾卫的时候。”息衍摸了摸下颏的短须，“那时候我们官职低微，奉羽林将军程渡雪的令，被派来殇阳关公干。进城第一件事就是被严令若干条，我记得其中一条就是非战不得跑马，除非是传递信函的报马。街头有人跑马若是给抓住了，是要责打军棍五记。我记得我们就是被引着，从这条路去的军营，一路上战战兢兢，缰绳握得紧紧的，生怕马跑了起来犯了军规。”

他忽然展颜一笑：“现在这殇阳关里，我就是一马跑到头，又有谁能拦得住我？”

白毅微微愣了一下，也露出了一点笑容：“其实我倒也记得这事。当时我们这些帝都来的金吾卫被人看作是一帮膏粱纨绔，到了这座雄关，被值守的都护看不起。禁令中还有一条说非有人引路，不得私自离开军营四下观望，违令就是窥探军情，可以直接推出去斩首。我后来出仕楚卫，也就再没有机会来殇阳关，这次临行之前，后悔当年没有违反军规趁机看看这座城关的结构和布置，仅仅依靠一张地图确定方略，其实心里底气略微不足。今天绕城看了这一圈，心里的一件事总算是放下了。”

息衍略有鄙夷的神色，鼻孔里低低地哼了一声：“你这人这些年爵位越高气派越大，人也做得越来越没劲。同是一件事，我是想着今非昔比，如今带马跑跑，意气风发图一个乐子，而你一脸苦大仇深，什么事情都要联系到你的军务上去，搞得跟你说话都提不起精神来。”

他挥舞烟杆遥遥点着白毅的脸：“你这种人，便只是天生一个名将的命，做不得什么别的。若是天下安定，你不能舒展抱负，就只有入山自己挖个坑把自己埋了。”

“抱负？”白毅淡淡地笑笑，“我哪有什么抱负？我不过是一匹拉车的马，因为后面有鞭子打着，不得不一步步向前。我和你息将军不能比，你有纵横之志凌云之气，可当年我们人微言轻，一个小小的都护也敢勒令你不得跑马。我就猜到你心里咽不下这口气。这十几年过去了，你已经是伯爵的身份，还要出这口气。你说你当年走在这条路上战战兢兢，我却不相信，只听出当年你满心的不服气。”

息衍像是被他这话噎了一下，有些悻悻然，只能低头叼着烟杆沉默。

两人又并马走了一段路，息衍忽地从嘴角摘下烟杆，点着白毅的鼻尖：“你这个指摘人的习惯，多少年还是改不了。一贯的狂妄自大，难怪我当年就不能忍你！”

白毅没有料到居然是这个回答，不禁失笑：“就算我狂妄自大，你自己心比天高的毛病你自己还不知道？天下间有谁能拦得住你的马，能停下你要做的事？别说一个都护，就是皇帝你也未必放在眼里，你当年喝醉了酒，说此生三恨，恨不生在蔷薇皇朝，可以夷平九州；不生在风炎皇朝，可以北克蛮族；不生在北陆青州，可以看见万千美人迎风举翼，衣白如雪。你自己当年这些横行无忌以下悖上的话，自己都忘记了不成？难道我狂妄自大，我说你的毛病便都是不中听的了？”

息衍摊了摊手，瞥了他一眼：“我是横行无忌以下悖上，白大将军便是中正平和兢兢业业？”

白毅的笑容忽地僵在脸上，变得有几分怪异。他略略沉思，转头看着息衍：“不，我和你虽然有许许多多的不同，但是若说我的心里，和你一样横行无忌。天下间我要做的事，没有人能够停得下！”

息衍闻言，神情微微一震。他本来也有玩笑的意思，这时候却无端觉得沉重起来，带着马又行了几步，他低声道：“你倒是个有自知之明的人，可是你刚才所说的，你这样一个横行无忌的人，为什么又成了人家拉车的马？”

“牵挂太多。”白毅似乎早已料到了这个问题，自己笑笑，“息衍，世间偌大，终究不是我们所想的那样，不是一马平川任你我奔驰。被套上了挽具，神骏也只有变成驮马。虽然也知道卸下挽具或许可以海阔天空，但是，我不再有当年的心境了，终究不是一个目空四海的人。”

“什么是你的挽具？”息衍忽地拉住墨雪，转头直视白毅，一字一顿。

“这话你当初就问过，我没有回答，现在你问，我还是不能回答。”白毅还是笑笑，“不过你的幸运，便是没有被套上这副挽具，你的不幸，也是在此。”

息衍沉默了一会儿，摇头长叹：“绕来绕去，还是绕不清楚。这么多年，从朋友变成对手，始终不知道你心里想的是什么。”

白毅不答，策马笑笑而行。

几名褐色军衣的军士扛着藤编的担架从道旁经过，身着楚卫军山阵枪甲的军服。他们看见了迎面而来的两骑战马，也清楚地知道这两人的身份，于是小心翼翼地把担架贴墙放在道边，列队挺胸，目不斜视。

白毅也以左手按住右肩肩甲，行了军礼，军士们也回应以同样的军礼。这套军礼沿自蔷薇皇帝创建山阵阵形的时代，在东陆是山阵军士们所独有的。

白毅已经带马经过了，却忽地勒马停下，回头斥问那些军士：“担架送到哪里去？”

军士们被他的威严震慑，显而易见地不安起来，几个军士上前用身体遮挡住担架，为首的什长踏前两步。他低着头，声音不高：“回大将军，是战死的兄弟，送往城外掩埋。”

白毅冷冷地看着他：“我知道是战死的兄弟，也知道是往城外送，不过真的是掩埋么？”

什长吃惊不小，抬头看了一眼，就被白毅的眼神重又压得低下头去，不敢回答。

“是送去城外扔掉吧？”白毅低声问。

什长的嘴唇嚅动了几下，忽然跪了下去。剩下的军士看见什长跪了，也都跪了下去。

什长微微流露出悲戚的神色，磕了个头：“回大将军，不敢隐瞒，真是送出城去埋掉。不过不是营里长官的吩咐，是我们兄弟几个，都是同乡入伍，心里不忍，私自出营，想偷偷出城帮他找个背风的地方掩埋。否则抛在外面被野兽啃了，将来回乡他的父母问起来，我们几个是没脸说的。”

白毅微微点头：“那么确实是战死的兄弟们都是扔在城外，没有人收尸的，是么？”

什长回答：“死伤太多，现在营里一半都是伤兵，根本埋不过来，战死的兄弟们还都没有顾得上，营里受伤的兄弟还不断地有人撑不住，听说这次所备的药物和大夫也都不够，很多兄弟还没来得及轮上大夫给看看，就闭眼了。”

他恭恭敬敬又磕了一个头：“兄弟们私自出营，大将军请责罚。”

白毅的嘴唇紧紧绷着，过了片刻才低声喝道：“私自出营，不奉军令，军棍五记，你们入夜之后来中军亲兵营领罚。不过既然你们说了实话，准你们出城埋了他。”

“大将军的恩情和责罚，都领了，拜谢大将军。”什长再次叩拜。

军士们扛着担架走了几步，白毅忽然又喊住了他们：“是楚卫本乡人么？”

“是。”什长回答，“我们几个都是楚卫本乡人，柳源城的乡下人。”

“我听说楚卫本乡有本乡下葬的规矩，入土时候，要脚朝故乡的方向。这样他的魂坐起来的时候，一眼看到的就是故乡的方向，便可找到归家的路，再回去看一眼。”白毅低声道，“所以下葬时候，记得脚向南。”

说完这些他掉转马头离去，军士们向着他离去的背影叩头。

息衍低低地叹了一口气，带马追上了缓行的白毅：“你看着是老了，啰嗦起来了，还会叮嘱别人这样的事情……不过这一战，不能回乡的人真的太多了……”

“一将功成万骨枯，这倒也不是什么了不得的事情，上阵的人，便要有马革裹尸的准备。领兵的人不能心软。”白毅低声道，“可但凡是人，没有人能逃过悲戚，毕竟是亲眼看着活生生的人倒下去，故乡还有家人牵挂着，却再也回不去。战场终究不是棋盘。”

“死伤的结果出来了么？我已经把我下唐营中的伤亡数字封了信函，派人送到你帐中。”

白毅点了点头：“比想的还要糟糕，七万人马，战死的便有两万三千人，受伤的又有一万九千人，剩下还能当作兵源使用的军士不足三万人，这还包括了轻伤的人。城外足足有两万三千人没有掩埋，城里的人还在不断死去，即使我们把全部的人派出去给死者安葬，也不是一天两天能完成的。何况我们没有携带足够的工具。”

“就让他们被日晒雨淋？”

“我正在想这事，不过更要紧的是我们缺少医药。如果不能尽快得到补给，死亡的人数还会增加。”白毅的语音低沉。

“从你国和我国调动药品恐怕都赶不及，如今最快的办法是从帝都获得支援，请领兵入天启朝觐皇帝的表章你送上去了么？”

“前天就送出去了，快马疾报昨天就该到了，”白毅沉默片刻，“可是迄今还未有回复。”

息衍点了点头，他明白白毅的沉默中所含的意思。臣子上奏的表章，又是请示带兵进入帝都这样的大事，指望立刻得到允许似乎并不现实。不过这等待的过程中，只怕每一刻都有人死去。

一匹黑马从背后高速驰来，一身黑衣的亲兵营军士在白毅面前滚下马鞍，半跪下去：“大将军，我们捕获了驻守殇阳关的车骑都护叶正舒！”

“叶正舒？”息衍微微有些惊讶。他听过这个名字，隶属羽林天军的车骑都护叶正舒是皇室的臣子，受命带领六千装备整齐的步骑守卫殇阳关，曾是殇阳关中的第二号人物。不过嬴无翳越过天险直取帝都之后，叶正舒的六千兵马来不及回援，更不必说和嬴无翳赤旅雷骑抗衡。很快他便被解除了权力，嬴无翳令喜帝下令，撤出殇阳关中的六千羽林天军，更换以赤旅守卫，此时的叶正舒便是无兵之将，没有人管他的死活了。息衍却没有想到殇阳关城破，还能够从城中缉拿到这样一个人。

他看了白毅一眼，却看见白毅神情低郁的眼睛忽地一亮。

“带他来这里！”白毅下令。

须发斑白、蓬头垢面的老人迅速被带到了白毅的马前，他低着头，衣衫褴褛，身上散发着令人作呕的臭味，似乎是从某个污秽的地方抓获的。虽然没有施以绳索，不过楚卫的军士对叶正舒也并没有优待，一脚踢在他腿弯后，强迫他跪在白毅的马前。白毅微微扬手，止住了亲兵的进一步动作。

“是车骑都护叶正舒大人吧？”白毅面无表情，平视前方，看也不看叶正舒。

老人不说话，只是磕头，咚咚的不停下，倒像是孩子们捉在手里玩弄的磕头虫似的。

“叶大人！”白毅微微有了怒意。

老人还是磕头，像是一个知道自己犯错而惊恐的孩子，不敢抬头。

“叶大人这是怎么了？”息衍看出了异样，问押他来的亲兵。

“大概是傻了，从马房里抓他出来的时候就是这样，身上有皇室所颁的行牒，所以知道他的名字。”亲兵回答。

“请叶大人抬头给我看看。”息衍说。

亲兵上前抓住叶正舒花白的头发，硬是逼着他把头仰起来对着息衍。老人惊恐万状地瞪着息衍，喉咙里吼吼作响，像是要说什么，又像是野兽被捕捉了之后的无助呻吟。他满面泥灰，肮脏的眼角不知积了多久的眼屎，垂着两行鼻涕，随着呼吸一抽一抽，看一眼都令人恶心。

息衍点了点头，制止了亲兵：“是叶大人，我和他曾在帝都有一面之缘，听说嬴无翳入主帝都，叶大人防守不利，知道自己的罪责深重，不敢回帝都领罪，转而在嬴无翳军中效命。没有想到变成这个样子。”

白毅沉默了一会儿，知道这个俘虏也没法带来什么有用的消息了。他挥挥手，令亲兵们把叶正舒押下去。

“将军，俘虏他的时候他说要找自己的女儿。”亲兵却没有退下。

“女儿？”白毅一愣。

“当时我们问他，他说女儿丢了，在服侍公主，所以我们立刻带他来见将军，可是他现在大概是被吓到了，说不出来。”

“公主？”白毅惊喜。

殇阳关里原本只应该有两个公主，要么是嬴无翳的长女，离国玉公主，要么就是嬴无翳从帝都带来作为人质的楚卫国小舟公主。

“你们是在哪一处营地找到他的？”白毅喝问亲兵。

息衍悄悄苦笑了一下。

“北四营那边的一处马房里。”亲兵说。

白毅加上一鞭，策马转身就要离去，却发觉身边的息衍像是木人木马，一动不动，脸上还带着几分诡异的笑。他愣了一下，扯紧缰绳，回望息衍：“你不跟我来？”

息衍摊了摊手：“我还没来得及告诉你，我们出来巡城之前，我得到情报，说在北四营找到了公主的线索。”

白毅大惊，瞪视着息衍。

“所以我当时就派出了我的侄儿，又请动北陆青阳世子带领五十四快马前往接驾。”息衍自顾自地笑笑，“可是一点也没有怠慢拖延。”

“你！”白毅一挥手中马鞭，指着息衍的鼻子，目光中怒火升腾，“你竟不告诉我？”

“按照我们两家当初的约定，小舟公主可是我国的质子啊。”息衍微微耸肩，“好比你家的女儿都嫁到了我家来了，当然该是夫家去领人，你这个当爹的就算再着急，也还是我当公公的该占先啊。”

白毅脸色铁青，咬牙切齿，却一句话也说不出话，只能死死地盯着息衍，仿佛要把这个无赖的老友身上看出一个洞来。息衍却镇定，像是完全没觉察他的怒火，叼着烟杆扭过头去，仰首望着天空。

息辕为首，骑队奔驰着转过街角。他们来得很急，激起的风卷得街上一阵尘土飞扬，后面的半支队伍都必须以手臂遮在面前，免得呛到和眯了眼睛。吕归尘带马跟在息辕背后，不知道这是要往哪里去。他只晓得这是个极秘密的任务，他本没有差使，就在辎重营的驻所照顾重伤不起的姬野，可是一早醒来息辕忽然来传了息衍的命令，让吕归尘武装出发，却没有说往哪里去。出发时候息辕命令从亲兵营调出的五十名精骑卸去肩上的金色菊花军徽，也不像以往出行那样奉息衍的墨色大旗，在外人看来，这支骑队便只是一队装备精良的下唐武士而已。

吕归尘瞥了一眼息辕肌肉紧绷的面颊，握了握腰间影月的刀柄。殇阳关破关两日，诸军却只在离国苏元朗摔下城墙沉重落地的时候，爆发了一阵潮水般的欢腾，而入城之后，将军们没有庆祝，军士们也没有松懈，本来并肩作战的联军重又分归划分下来的各国营区，整顿军械辎重，治疗数量巨大的伤员，彼此之间并不太往来。忙碌的平静中有一种隐隐的隔膜。这时候忽然出动，吕归尘心中满是揣测，他已经不是草原上那个坐在黄花间吹笛的孩子，也明白各国之间的貌合神离。

骑队转入一处尚未启用的空营，刚刚驰过一列拴马的石柱，忽然吕归尘听见了兵器出鞘的声音。吕归尘立刻反应，猛扯缰绳停住战马，按刀四顾。看起来空荡荡的营地，一队黑衣步卒却忽然闪现，是下唐军服，约有百人，为首的百夫长面色白净，神色警惕，直直地逼视立马在他面前的息辕。

亲兵营骑兵们各自按住马刀，列阵和步卒们对抗，彼此是同袍战友，此时相遇，却都抱以敌对的眼神。

息辕打量了那名百夫长：“你不认识我？”

“你们从哪里来？”百夫长也打量着息辕。

息辕微微点头：“是你送的信？”

他缓缓拔出自己的重剑，剑仅仅出鞘半尺，靠近剑柄处的一枚金色印纹闪了一下，息辕便迅速地推剑回鞘。

“知道我的名字了？”

百夫长愣了一下，上前一步，半跪下去：“少将军！”

息辕的剑是下唐国主百里景洪的赐物。百里景洪在息辕十六岁生日那年以名剑赐予，剑身上雕琢一枚下唐国调动兵马的菊花金符，满朝臣子私下议论，一是赞叹国主对于息衍的看重，泽及侄儿，二则预感到百里景洪对于笼络年轻将领的迫切。于是朝中有猜测向来重商轻武的下唐国政怕会有剧烈的变动，以便应付日渐混乱的东陆时局。息辕也因此成名。

“前锋营百夫长德秋？”息辕问道。

“属下是德秋！”

“带我前去。”息辕跃下马背，低声道。他回头招了招手，示意吕归尘和他同行。

吕归尘走在息辕身边，两人随着德秋一路深入营地。两侧均是夯土而建的兵舍，向北挡风的一面则用石材，此时营地里空荡荡的，规模却比吕归尘见过的几个营地都要大。吕归尘心算，这里在满员的时候足以容纳上千人。而他也知道殇阳关中这样的营地不下一百处。

“建制很庞大吧？”息辕注意到他在四顾观察。

“以前以为在北方防御我们蛮族的唐兀关是东陆第一雄关，也是最大的关隘。现在觉得这里的规模，更甚于唐兀关。”吕归尘道。

“唐兀关成名，是因为风炎皇帝。不过东陆历来都是内战多于外敌的，殇阳关号称‘帝都之锁’，是宗社重地的前门，建造规模可容纳十万守军。从这点上说，唐兀关比不上它，”息辕淡淡地说，“如果东陆诸国是一心的，北陆七部不是对手。”

“是。”吕归尘心里动了动。

“不过这些诸侯，即便你砍了他们的头，也休想叫他们一心对外。但是你若只是把刀放在他们的脖子上，他们倒还能一时做出和睦的样子来。”息辕笑笑。

吕归尘心里忽地轻松了，也对息辕笑笑。

走了几步，他的神色复又凝重起来：“东陆和我们瀚州的敌对，还是很难解的吧？”

“是啊。”息辕淡淡地回答，“瀚州还是太荒凉，不适合耕种，叔叔也说历来的战争，主要是瀚州没有足够的土地养活人口。只要一天还是如此，便难保不会再敌对起来。”

“那我们有朝一日是不是会变成敌人？”吕归尘走在他身边，他已经长得和息辕差不多高了，肩并着肩。

息辕愣了一下，笑了起来：“你说姬野会带兵去踹了你家的帐篷么？”

吕归尘也发愣，想了想摇头：“怎么会？”

“那我也不会，姬野和你是朋友，我和你也是朋友。”息辕笑呵呵地说，“你们北都那么远，一路上跋涉艰难得要死，为什么我要千里迢迢去踹你家的帐篷？”

两个人彼此对看了一眼，笑笑便不再说了。吕归尘的心里彻底轻松下来，他一转头，却看见德秋站住了，指着地上一张满是灰尘的竹席：“少将军，就是这里了。”

“这里？”息辕蹲下去，按了按那张席子。他感觉到下面不着力，似乎是个空洞。

德秋小心地掀起席子来。吕归尘往下面一看，吃了一惊。竹席下面覆盖的，是一个不见底的深洞，水气很重，有股沤在水里时间太久的酸气，和着青苔和水生植物的凉腥，一起涌了出来。

息辕伸手在洞口探了一下：“下面好冷，查探过么？”

德秋摇头：“还没有。这件事情关系重大，属下查到了线索，立刻就引兵封锁了这个营地，派人送信给息将军。其他的，不敢轻举妄动。少将军来此之前，陈国和楚卫国都有人经过门口，有人过来询问，属下没有回答，只是不许人踏进。”

息辕点了点头："你做得很好，逢着大事能冷静如此，不该只是一个百夫长。"

德秋闻言，压抑不住，忽地喜上眉梢，憋着没有说什么，可是一张白皙的脸上现出激动的血色。息辕的话里已经明明白白在说要提拔他，以息辕的身份，德秋绝不怀疑这话不会兑现。

"别急，"息辕笑笑，"晋升不难，不过你得等我真的从洞里挖出一个小公主才行。"

"小公主？"吕归尘忽地明白了。

"是，叔叔说，不到这里，对谁也不能说，一路上就没有告诉你。根据两日来的各种消息，嬴无翳根本没有把那个千娇百媚的小舟公主当回事，带兵突围的时候既没有带她走也没有就地处决，所以公主应该还在这里某处藏着。德秋的情报如果准确，这个味道不好的洞里可能就藏着娇贵的小美人儿。"息辕试着伸头往里面张望，可是一片黑漆漆的，他什么都看不见，只听见隐约的滴水声。

"你见过公主么？怎么知道是小美人儿？"吕归尘也跟着他张望。

息辕想了想："公主嘛，自然是小美人儿。我们下唐国的缳公主也是美人的，我想但凡诸侯，必然不会娶相貌丑陋的女人，这么就算父亲再难看，女儿也不会丑到哪里去。这小舟公主是皇室分家的后代，楚卫国主的孩子，历代都是漂亮妈妈漂亮奶奶漂亮曾祖母，所以必然是美人了。"

吕归尘听他这么说，不禁笑了出来，他想不出息辕这些奇怪的想法都是从哪里来的。"不过听说楚卫国可是女主。"他说。

"那女主的老公也许就是绝世之美男了，"息辕转而去跟德秋说话，"下面到底是什么地方？"

"是废弃的水井，属下找到了这里的一个杂役，问了话。他说殇阳关七百年前修筑的时候，井水的水位高于现在，殇阳关下地下的水脉位置很深，当时用尽人力也只打了十二口井，这是其中之一。后来水位下降了，这口井便抽不上水来，于是被废弃。不过井下面还是连着水脉，所以夏日里也很凉，就有人提议从井壁上开凿了仓库，用来储存生鲜蔬菜和肉食，据说一个月也不会腐烂。”

息辕顺着德秋所指看去，隐隐约约井壁很深的地方，侧面有个黝黑的方口，似乎是一个石砌的小门。

“躲在这种地方，只怕人也烂掉了，居然还能放蔬菜肉食？”息辕不信。

“不过那个杂役说，公主一行被截获之后，确实是安置在这个兵营里，但是他却没有看见公主和随从的女眷离开，活要见人死要见尸，这个营地属下已经翻遍了，没有其他可疑的线索。”德秋道。

“信不信也不能放过这个机会，要是真找出一具美人尸首来，估计诸国将军们的面子上更要难看了！我自己下去看看。”息辕把手往后一伸。

德秋立刻递上了火把。这个年轻的百夫长极聪慧，领吕归尘和息辕来这里的时候便捎上了四支浸满桐油的火把和一捆长绳。息辕和吕归尘各取两支，一支贴背插在腰带里，一支握在手里。德秋也拔出了佩剑，一副跃跃欲试的样子。

“你留在这里，我和尘少主下去。”息辕回头看了他一眼，“把你手下的人和我们带来的五十人安排在周围戒备，没有我的命令，任何人不得下井！”

“少将军……这属下不敢担当。”德秋愣住了。

息辕也不看他，把绳索固定在一旁拴马的石墩上，另一头分别拴在吕归尘和自己的腰间。他这才回头瞥了德秋一眼，笑：“怎么，看不起我们这些娇生惯养的世家子弟？我和尘少主在南淮城大柳营，可也是名声响当当的人物，下个井算什么？”

德秋看着这个气宇轩昂的年轻将军，又看了看他身边矜贵却平和的蛮族少年，另外两人也都在看他。三个人彼此看着，都露出了少年人才有的那种笑来。德秋一直拘谨，此时却觉得自己和尊贵的蛮族少主、前途远大的世家将军之间，本没有那么大的差别。

“属下得令！”德秋一低头，答得斩钉截铁。

息辕一理绳子，率先钻了下去，小心地攀着井壁的石缝下行。他点燃了火把，井下忽然亮了下来，嗡嗡嗡的一大片蚊子被惊动，向上方飞去。

“少将军！”德秋吃了一惊。

息辕没有回答，只是挥舞火把，烧焦了几只运气不好的蚊子，其他的乱哄哄飞了出去。而后息辕向上方高高举起手来，竖起拇指表示自己平安无事。德秋松了一口气，吕归尘也跟着钻了下去。下井的一瞬间，凉气袭满全身，吕归尘心里微微地寒了一下。他有种熟悉的感觉，就像是再次进入了彤云大山下那个神秘的地穴，阴阴的黑暗直通没有尽头的远方。他吸了一口冷湿的空气，压住了心下一些不适。

两个人抠着石缝缓缓往下移动，两支火把照亮，周围满是深绿近乎黑色的苔藓，有些地方滑得抠不住，多亏德秋在上面缓缓地放绳子，两人才不至于失手滑下去。吕归尘往上看，井口的光亮越来越小，往下看，井底根本就是一团黑暗。

“你觉得那个百夫长怎么样？”息辕随口问。

“不错，是个很聪明谨慎的人，做事也干练。”吕归尘回答。

“嗯，难得看见我们下唐营里还有这样的人，回去请叔叔查考一下他的履历，也许将来是将军的材料也说不准。”息辕顿了一下，忽然说，“到了！”

他用力在封住入口的朽木板上踢了几脚，终于咔嚓一声，显然是锁住木板的销子断裂了，露出了真正的洞口。息辕从后腰上抽出一张精巧的骑兵弩来，扳上了弦，掂了掂。他扯着绳子借力一荡，闪进了那个洞口。大约下落了有两人的高度，他踩到了地面。他私下里隶属息衍所建的斥候机构“鬼蝠营”，受过黑暗中的步战训练，他还没落地首先抛出手中的火把，落地即刻侧身一滚。这样黑暗中即使有人想要袭击他也难以确定他的位置。息辕不露一丝声音，端着骑兵弩蹲在黑暗里，看着那支火把在地上滚了滚，所照亮的只是一片平整的地面。又是一声落地，息辕知道那是吕归尘。他也知道这个蛮族少主刀剑上的技艺或者不差，但是在这种地方没有任何经验，于是侧滚过去一把扯住他腰带，极快地撤退。

吕归尘也把火把扔了出去，火把浸满了桐油，在地上滚着也不熄灭，息辕和吕归尘背靠着背，各持武器。

“有人么？”息辕把声音压得极低，火把照亮的路线上，他没有看见任何人，也听不见任何声音。

“没有。”吕归尘也低声回答。

“那么冒险试试！”息辕和吕归尘背靠背向着火把的方向移动，各自抽出腰带间插着的另外一支火把，就着火点燃，再将地上两支火把捡起来。四支火把同时举起，周围都被照亮了，这是一个方形的地室，确实是仓库的格局，地面平整，四壁是铲平的土墙再抹了白垩。整个仓库修建在如此深的地下，工程算是颇为不小，不过却没有任何货物存储，看来像是很久都没有使用过了。

息辕感到手上火辣辣地发热，他狠狠地甩手：“石灰，地上有石灰，小心别碰。是用来干燥的东西，果真是仓库。”

“可是没有公主。”吕归尘低声道。

“有人，只是不知道是不是公主。”息辕神色凝重，指着满是石灰的地上。

吕归尘瞪大眼睛看去，隐约有杂乱的脚印。

“不是一个人的脚印。而且鞋弓这样小，不是男人。殇阳关里本该没女人。”息辕沿着那些脚印前行，渐渐露出了笑容。

火光照亮前方，墙壁上有一处暗门。它也刷了白垩，与墙壁相平，不注意原本看不出来。

息辕连着剑鞘提起重剑，回头给了吕归尘一个眼色。他压低了声音：“只希望是个活公主，便万事大吉了。”

吕归尘一手持着两支火把，一手按刀不动，使劲点了点头，全身绷紧。

息辕低喝一声，握住剑柄将重剑在头顶旋转，携着巨大的冲力击在暗门中央。他承袭叔叔步战之术，臂力极强，暗门瞬间崩溃，早已蓄力待发的吕归尘猛地将火把掷出，全力蹬地，利箭发射一般冲了进去。息辕甩手将重剑出鞘，剑鞘落地，他也不看，跟着一步踏上。

女人的尖号像是钢针一样刺进吕归尘的耳朵里，就着火光，他看清了眼前的一切，手忽地一软。而就在这个时候，一条人影从侧面猛扑过来，高举手腕粗的木棍对着他顶门砸下。息辕在这种时候远比吕归尘敏锐，他一步上前，轻轻巧巧地夺下了那人手里的木棍，顺手一个嘴巴，把她抽翻在地。

那是一个粗壮的女人，仆妇装扮，衣衫褴褛，像只母兽那样在地上呼呼喘了两口气，还想跳起来。息辕却没有给她任何反扑的机会，他一步上前单膝跪地，冷冷的剑锋压在仆妇的后颈上。仆妇翻起眼来死死瞪着息辕，息辕触到她的目光，也觉得身上一寒。

吕归尘踏上一步，周围传来脚步声的回音。他看清了自己所在的是一个比外面那个仓库大了十倍不止的巨大空间。这里零散的还有着些柳条筐子，不过明显都是空的，一些蒙了灰尘的坛子堆积在角落里，散发出隐隐的酱味和腐臭味，似乎是腌蛋臭了的味道。而火光勉强能照到的仓库尽头，蓬头垢面的女人们以肮脏的麻布盖住身体，靠在土墙上互相温暖，哆嗦着，却不发出任何声音。吕归尘看着她们的眼睛，觉得像是看着一眼一眼的黑井。

那神色，那目光，那凌乱的头发，那些女人。他想到了那个月如钩的晚上，诃伦帖也没有发出任何声音，看着年幼的吕归尘，眼神和他面前的这些女人相仿。

仓库中间的地上躺着两具尸体，一具男尸，一具女尸，尸体泛着可怕的青灰色，似乎死去有一段时间了。男尸身形魁梧，上身赤裸，背后还能看见古老的图腾花纹。女尸则被他压在身下，身上的衣衫被撕裂，乳胸被咬掉了一块，凝固的血浆把赤裸的胸部半边染成黑的。男尸后脑迸裂，吕归尘回头看了一眼，看见被息辕夺下的木棍。那后脑上沉重的一击，想必是木棍造成的。在这个离国赤旅步卒对女人施暴的时候，仆妇扑出去给了他致命的一棍子。

息辕一脚把那根木棍踢飞，便不再管那个仆妇，走到吕归尘的身边，看了看周围的情形。

“是了，是这些人。”他低声道，“她们的发式装扮，都不是平常的女人。看来是在乱军之中被这个不要命的离国人发现。这个人欲火攻心强暴了这些女人，轮到那个女人的时候，他自己也被干掉了。”

吕归尘点了点头。

息辕深吸一口冷气：“不知道公主有没有遇难，不过就算活着也糟糕透顶。”

“怎么？”

“公主是楚卫国和我国结盟的人质，将来或者要嫁给我国的贵族世家。若是被一个离国步卒奸污，别说嫁人，楚卫国问起来，国主也不能交代。虽然可以把一切推到离国头上，我们两家都不好看。”息辕压低了声音，“去看看。”

忽地背后传来一声吼叫，那个仆妇喘息着跳起来向着息辕虎扑过去。她就要卡住息辕脖子的瞬间，息辕头也不回，反手一拳，准确地击打在她的额头。仆妇为重拳力量震动，晕倒在地。

两人缓步走近那些女人，目光横扫而过。吕归尘觉得手脚酸软无力，脸上却如同被烈火灼烧般的烫。那些女人中很多是赤裸的，或者仅仅穿着露出胸乳和大腿的残衣，随着缓慢的呼吸，她们的胸脯在肮脏破敝的麻布下起伏，从破洞里露出玉质一样华美的肤色。她们中有的人是女官的装束，有的是侍女，年长的不过三十岁出头，年幼的却只有十三四岁。因为长时间的冻饿和恐惧，这些女人像是都已经傻了，不抬头，也不说话，虚弱地呵着气。

息辕也不敢看，苦着脸，用手遮着眼睛，问吕归尘：“觉得里面有像公主的么？”

吕归尘愣了一下，默默地摇头，他想这里都是美丽的女人，几乎每个人都被凌辱了，衣衫撕扯得七零八落，便也再分不出贵贱来。

息辕无奈，放下了胳膊跟着他一起分辨，嘴里恶狠狠地骂：“他妈的，恨不得现在回去再砍那个废物一剑！”

“谁？”吕归尘茫然地问。

“那个赤旅小卒！一个男人，搞成这样子被人打死，还把好端端的公主凌辱了。自己死了就算了，给我们留下一个难收拾的烂摊子！”息辕怒火烧心，心里已经在盘算怎么跟叔叔交代。他心里七上八下，想编个理由说女子被凌辱固然是大不幸，不过想开些便也算不得什么污点，总算平安活了下来。可是这个念头一出来就被他自己打消了，心想劝公主看开些好比劝说母猪不亲近公猪，只怕还要难上几分，而且现在连公主的死活也还不知道。

他越想越烦，起身喝了一声：“哪一位是小舟公主？请道明身份！我们是下唐国息衍将军帐下军官，来这里是救驾的！”

他这番话立刻起了作用，那些失魂落魄的女人有如绝处逢生一般，那些枯涩的眼睛忽地都开始转动，流露出一种异乎寻常的热切，却依然带着警惕。一个女人挣扎着就想站起来，麻布滑了下去，露出肤色黯淡却诱人的胸来。息辕吃了一惊，往后小跳一步，对她瞪着眼睛：“你……坐回去！”

女人便呆呆地又坐回去，不敢反抗。所有人都沉默着，吕归尘和息辕对视一眼，束手无策。这时一个低低的声音响起：“两位自称是来救驾的，那么殇阳关已经克复了么？”

说话的是这些人中年纪最长的一人，她站起来，衣衫还完好，想来是因为年纪反而保住了贞节。那身衣服虽已肮脏不堪，却看得出华贵的料子和精湛的手工。与其他人不同，这个女人还能保持冷静，她和息辕对视，自有一股威严。

“殇阳关已破，离军已经撤离，这些是两天之前的事。”息辕回答。

中年女人身体一震，眼里闪过一丝迷惘，而后是彻底的放松。她的身体像是被抽走了骨头，软软地沿着墙壁滑了下去。她坐在地上颤巍巍地用手捂住脸，良久，发出一声尖厉的嘶叫，号啕大哭起来。所有女人的眼泪都被这声号哭引动了，她们拍打地面，哭声充斥了巨大的仓库，听得人头皮发麻，手足无措。

吕归尘和息辕终究还是两个大孩子，愣愣地站着，一句话也说不出来。吕归尘一个一个打量这些女人，想从里面找出公主来，可是此时这些女人哭得就像是乡下田间地头绝望了的妇女一样，依旧看不出尊贵和卑贱来。他忽然看见了缩在最角落里的一个女人，只有她没有哭，她依旧惊惧，却很安静，只是紧紧地咬着嘴唇。她跟其他人比起来，容貌也就算不得多么出众，却有一种英气勃勃的明丽，嘴唇被咬得红润，眼睛却是点漆一样的黑。吕归尘看了她的眼睛，忽地觉出一种自然而然的熟悉来，他愣了一下才想到，那双眼睛，竟然有些像姬野的黑瞳。

息辕也注意到了那个女人，缓步走了过去，却听见背后的哭声中断了一瞬。一个女人忽然极尽凄厉地喊了起来："小染！小染！小染你不要死！小染我们得救了啊！小染你不能死！"

息辕回头，看见一个只系着一条绿裙、赤裸上身的女人不顾一切地扑向刚才那个中年女人。此时麻布被扯开，那个女人的怀里抱了一个小侍女，一身残破的紫色宫装，任凭那个绿裙女人扑在她的身上摇晃，却没有任何回应，分明已经没气了。那也是一个容貌极清秀的少女，可临死的时候，表情狰狞可怖，一双手鸡爪一般的蜷着，指甲上都是血迹。而中年女人的胳膊上一道道的新血痕，方才那个少女临死前，竟然是在死死抓着她的胳膊。

绿裙的女人抱着紫衣少女号哭："小染，小染！睁开眼睛啊，我们得救啦，不要扔下姐姐啊！"

吕归尘心里微微一动，明白这些随侍的女人中，这两个是亲生姐妹，面貌也有些相似。他心里怜悯，低低地叹了一口气。那个绿裙女人哭了一会儿，像是忽然明白过来，一把扑上去死死抓着中年女人的胸口："是你捂死小染的！是你捂死小染的！霜夫人你把小染还我！"

被称为霜夫人的中年命妇一直隐忍，此时忽地大怒起来，一把把那个绿裙女人推了出去，放声怒斥："没用的奴才！我们身陷敌营，备受凌辱，却死命坚持到如今，不就是为了保住公主么？若不是你妹妹惊叫，第一次便不会引来那个恶徒，我们不必再受一次折磨。如今她又忍不住要大喊大叫，若来的不是救驾之人而是心怀不轨之徒，我们这些弱女岂不又沦为别人口里的肉食？这样就算捂死她，又有什么关系？"

息辕和吕归尘互相对视一眼。吕归尘想到刚才在外面听不到丝毫声息，竟然是这个典雅端庄的霜夫人一手捂死了那个少女令她不能喊叫，心里不禁一寒。

息辕认定了那个霜夫人是这里领头的人，踏上一步："小舟公主可还安好？现在在哪里？"

霜夫人整理衣袖，以宫中大礼缓缓一拜，低声道："请两位移步。"

息辕深吸一口气，挺起胸膛，跟着霜夫人趋前几步。霜夫人在一堆凌乱的麻布前止步，双手抱在胸前，盈盈一拜。她扯开了麻布，息辕和吕归尘首先看见的是一双眼睛，那双眼睛太清澈太安静了，在这里看到这样一双眼睛，令他们两人都微微一惊。可是这双眼睛的主人却是一个身材娇小的女孩，满脸漆黑，也不知道是油泥还是什么别的东西，糊得根本看不出面目来。

吕归尘和那个小小的女孩儿对视着，那个女孩儿也不畏惧，目光始终柔柔静静的。

"公主是……这么小的姑娘？"息辕迟疑地看向霜夫人，"这脸上是怎么回事？"

吕归尘看见霜夫人脸上顿时浮现怒色，急忙扯了扯息辕的胳膊。他在宫里长大，比息辕更讲究礼仪，知道这种话无论如何都是不该说出来的。

霜夫人咳嗽一声，清了清嗓子，仿佛立于宫阙之前宣诏："这就是我国小舟公主殿下！"

息辕毕竟还是个军营里长大的孩子，并不太吃这一套，瞥了霜夫人一眼，从怀里摸出一块面巾，半跪在那个女孩儿面前："可不要乱动！"

他也不管礼仪，一手扶着女孩儿的小脸，用面巾慢慢地擦去那层厚厚的泥灰。他擦了第一下，就惊讶了一下，泥灰被抹去之后，下面软玉一样的肤色暴露出来，又娇嫩得仿佛花瓣。他不由得放轻了手上的力气，小心地擦拭着，那个女孩儿也不动，就由得他折腾。

直到把一张小脸都擦干净了，息辕才点了点头，深深吸了一口气，回头对吕归尘说："是公主了，货真价实！"

像是看见了一块浸在清水中温养的翡翠，看见这个小小的女孩儿，息辕和吕归尘都涌起惊艳的感觉来。吕归尘在宫中见过不知多少玉质芳华的女子，息辕也不是没有见过世面的人，可他们都不承想自己面对一个十二三岁的女孩儿，却惊讶得说不出话来。她的美是完美无瑕的，润泽如花蕾，清澈如白玉，而又脆薄如冰雪，令人都不敢去触摸，生怕一触之下，就忽地破碎了。

"果然是皇帝都钟爱的公主，这要多少代的绝世美女当她的母亲奶奶曾祖母才养得出来啊！"息辕全然不管霜夫人的冷眼和愤怒，啧啧赞叹。

他摸了摸小公主身上尚且算得整齐的衣衫，如释重负："吓死我了，没料到是这么小的姑娘，出发时候倒是忘了问她的生辰。不过这么小的姑娘，想来离军纵然禽兽不如也不至于染指吧？"

他征询地看了看霜夫人，这才感觉到这位女官的眼里怒气几乎能杀人，于是知趣地住了嘴。

他起身，整理全身衣甲，恭恭敬敬地下拜："下唐国武殿都指挥使息衍将军麾下副将息辕，拜见楚卫国小舟公主殿下！"

他转身看了吕归尘一眼："尘少主你便不用拜她，你和她身份相当，叔叔特地派你来，也是借你的身份，为了显示我们迎公主銮驾的诚心。"

霜夫人立刻明白面前的两人之一是北陆青阳的世子，这样迎接的礼仪便也算郑重，脸色稍稍地缓和。

息辕起身，回头跟吕归尘低声说话："不过这公主不出声，是不是有点呆？或是生来便是个傻孩子？"

他声音压得不够低，霜夫人入耳，愤怒难忍，顾不得眼下还要仰仗这两个人救援，斥责几乎要脱口而出。

“我不是傻孩子，我只是不太会说话。”一个干净透明的女孩声音响起在息辕背后，像是露水滴落。

息辕一回头，对上了小公主的眼睛。他愣了一下，这时候忽然觉得那个小小的女孩儿并非只是美丽无双，也确实有些公主的宁静端庄。这么说的时候，女孩儿还是安安静静的，她看着息辕，而后低头下去，像是有些忧伤。

“我杀了你！我杀了你！我杀了你们这些逆贼，小染是你们害死的！”尖叫的声音打破了这边的平静。

吕归尘看过去，是那个绿裙的女孩，这次她十指张开，凶狠地扑向了刚才没有哭的那个女人，像是要把那个女人的眼睛也抠出来似的。其他人也不阻拦她，任由她扑上去对那个女人拳打脚踢，那个女人也不反抗，只是蜷缩着身体，任她一脚一脚地踢着。渐渐地又有两个女人冲上去了，对着角落里的女人狠狠地踢打，而后再是两个，最后几乎所有人一起，把那个女人围了起来，她们像是恨极了这个人，撕扯着她的衣裙，狠狠地抓着她的身体，像是要把她撕成碎片。

吕归尘想到了那个女人漆黑的一双眼睛，心里觉得那双眼睛是熟悉又温暖的，虽然那个女人甚至没有正眼看过他一瞬间。他心里不忍，上前一步却又犹豫，可看见那些发疯一样的女人已经开始撕扯角落里那个女人的头发，吕归尘再也按捺不住。

“住手！”他和息辕几乎是同时大喝。

吕归尘还慢了一步，息辕直接冲上去，三把两把把那些撕打的女人扯翻在地，张开双臂拦在角落不让她们再扑上。他手中重剑在火把照耀下寒光慑人，女人们被吓住了，渐渐地回复了平静，畏缩着退回了墙边。她们意识到自己几乎是赤身裸体地暴露在这两个少年面前，于是悄悄地拉着身上破碎的布片遮蔽身体。

“怎么回事？”息辕喝问霜夫人。

霜夫人整了整宫装的领口，如她的名字，面色霜雪般森严：“那个人不是我们公主驾下，乃是一个逆贼的帮凶！”

“逆贼的帮凶？”息辕回头看着那个缩在角落里颤抖的女人。她的头发垂下来，遮蔽了面容，她努力抱紧胸口，可是衣服被撕扯成布条，遮不住身体姣好的线条。

“这个女人！”霜夫人的怒气像是杀人的匕首般，她直指畏缩在墙角的女人，“是逆贼的同党。逆贼派她来，佯为伺候公主起居，实则监视我们！她的父亲，就是背叛皇室投效嬴无翳的车骑都护叶正舒！”

息辕笑了起来：“那么既然她是逆贼的女儿，霜夫人为什么没有在我们来之前就手刃这个贼女，那岂不是为皇室立下一件功勋？”

霜夫人闻言愣住，脸色涨红，怒气勃然，却不能发作，只是目光如刀，像要从息辕的脸上剜下一块肉来。

吕归尘心里已经明白。那时这些女人趁着火攻时候的混乱逃到这里，还不清楚哪一方将获胜，只能惶恐地等待结果。这个逆贼的女儿那时候不能杀，现在时局定了，才想到要惩处。他不喜欢霜夫人那阴冷刻毒的神色，上前几步和息辕并肩，把那个女人拦在了自己身后。

“两位袒护逆贼，还是效忠皇室的臣子么？”霜夫人看见息辕冷冷地看着她，半点没有被她的威严震骇，不禁勃然大怒。

“王法是王法，军法是军法！”息辕冷冷地说道，“如今殇阳关克复不久，是联军管辖，军营里就只有军法。这里的所有人，我都要带回去交给叔叔，霜夫人，你的身份也还未证实，就算是我们两个人的俘虏。先不说你楚卫国的威风不要拿来用在我们下唐国，夫人刚刚获救就对我发号施令，不知道军中没有女人说话的地方么？”

霜夫人脸色惨白，目光却也只能无力地垂下，她是楚卫宫中地位超然的命妇，系出名门，却在两个初出兵营的年轻人面前碰壁，几十年的倨傲和威仪都无从施展。吕归尘和息辕对视了一眼，不约而同地笑了起来，对于霜夫人的鄙夷，两个人心里是一模一样的。吕归尘解下骑兵铠外的米色战衣，搭在了背后那个女人的肩膀上。女人惊恐地抬起眼睛看了一眼吕归尘，吕归尘再次看到她的眼睛，确实是纯黑的，和姬野的眼睛一样的少见。

“谢谢将军。”女人嘶哑地说，她的眼角被抓破了，像是流泪那样滑下一滴血来。

“你叫什么名字？”吕归尘问。

“叶瑾。”

外面的仓库忽然传来了沉重的落地声。吕归尘和息辕一愣，同时按住了武器，并肩而立。息辕下来之前命令德秋在上面严守，没有命令绝不能放人下来。那么这时候来的，便不是下唐的人。又是连续的落地声，似乎是越来越多的人从井壁上的入口跳了下来，当落地的声音超过了三十次，息辕的脸色微微有些发白。三十人，是一支小规模的军队了。而在这个地方，在地下数十尺，来的如果是敌人，他和吕归尘绝对不可能突破这么多人的包围。

“大概有五十多个人。”最后一声落定，息辕低声道。

“都是披甲的人，落地很沉，还有甲片的声音。”吕归尘道。

火光从内库和外库之间唯一的门处透了进来，数十支火把，照得一片通明。可是没有人出声，那些人似乎极快地散开阵形而立，看来训练有素，而且军纪森严。一个人缓步踏入，火光中他只是一个黑影，看不清模样。军士们高举火把跟了进来。为首的人似乎也惊叹于内库的空间如此巨大，仰头看了一眼，赞叹了一声：“好！殇阳关的设施，果真不同寻常！”

“是费安……”息辕听出了那个人的声音。

陈国主帅，也是陈国都城锦潭城的城守费安，此时带领了五十名横刀而立的精锐步卒，列阵于他们面前。虽然隔着很远，吕归尘和息辕还是忍不住想要退后。对方所列的队形，完全封锁了入口，军士们以方盾遮挡在前方，佩刀插在盾牌间的缝隙里。这是防御森严的阵形，透着冷锐的敌意。

“想不到两个孩子来早了一步。”费安冷冷地说道。他缓步前进，刀盾阵一步不落跟随他的脚步。

息辕和吕归尘对了一下眼色。息辕闪电般退到小公主的身边，重剑横在胸前，用身体把她遮蔽起来。吕归尘缓缓地拔出影月，反手握着，踏前一步，身体下沉。他紧紧地盯着费安，刀锋指前，轻轻落在地面上。这是要突进的预备。

费安看了一眼他握刀的姿势，有些吃惊，停下了脚步。

“下唐息辕、青阳部吕归尘拜见费将军。”对峙了片刻,息辕开口说道，“请问费将军也是来迎接公主銮驾的么？”

费安冷笑：“果然是息衍帐下的少年，有胆有为。既然知道我是为什么而来，那便不要想着抵抗，有些话，不用我说。息衍这个面子，我还是留给他。”

“是说费将军会代我国保护小舟公主么？”息辕问。他对于费安没有半点好感，而诸国都在意这位公主的事他也有所耳闻。他清楚当下的形势，费安亮出了刀锋，而他只能拖延时间。他心里急转，想着外面守卫的德秋，德秋手下可以调动的有一百五十人，可是费安却能到达这里。那么德秋和他的人只怕已经被解除了武装，如今守在外面的应该是陈国的军士。

“你回报息衍，小舟公主由我国照顾，我国会派遣最精干的人护送小舟公主去帝都,剩下的不用下唐国来管了。”费安缓缓说道。他并不担心，这两个大孩子还不在他的眼里，而他的人手占据了绝对的优势。

“公主此行不是去帝都，而是去南淮！”息辕喝道。

“这些话，是你一个小小的副将可以多嘴的么？”费安已经看出了息辕的军衔并不高。

吕归尘打量费安背后的刀盾武士们。这些人分明是训练有素百里选一的好手，目光冷硬，身形精悍。他们都着黑衣，不配头盔，额头上扎着墨绿色的带子。吕归尘对于冲破这样的阵形全无把握，他看着那些武士的佩刀，心里忽地恶寒。从盾牌缝隙里透出的一柄刀上，有尚未凝固的血滴落。

“血！”他低声道。

息辕听见了，立刻也看见了。他愣了一瞬，怒喝起来：“费将军，我们在外面守卫的人，现在在哪里？”

费安拉动嘴角，极冷极淡地一笑。他挥挥手，有一件东西被从盾牌后抛了出来，在地上滚出很远。息辕看清楚了，那张溅满了血的白皙面孔，临死眼睛还瞪着。那是德秋的人头，这个年轻的百夫长还未来得及升迁，便已经死在了友军手里。

“费安！你简直是疯狗！”息辕咬着牙，放声大吼，“你杀我战友，还敢在这里放肆！”

费安冷冷地看了他一眼：“这样咆哮的，才是疯狗。我敢不敢，轮不到你这样的孩子来教训。我国志在必得的东西，不会轻易放手。你下唐国一个小小的百夫长也敢挡我的路，那是他自己拿人头送上刀锋，我杀他，跟他自刎没有区别。我看你是息衍的侄儿，最后给你一个机会，你闪开，公主殿下交我带走，你就可以平平安安地回营去复命了。”

“我不可能答应！”息辕一字一顿，斩钉截铁。

费安冷笑：“你还有时间考虑，拒绝得快，会来不及后悔。”

“你敢杀我？”

“未必。这里泥土之下，上不见天，别人帮不了你，如何决断，看你自己。”费安按住腰间的佩剑，他退后一步，身体如硬弓般绷紧。

“我已经决断了！”息辕踏上一步，随即压低了声音，“你护住公主，我居前。”

吕归尘听见了他的话，却没有退，而是比他还快地踏上一步，影月的刀锋探出去点地。他此时距离费安尚远，而这一刀如钉子般扎在刀盾阵前，刀锋上一道流光掠过，透着冷冽的杀机。息辕上前和吕归尘并肩，拍了拍他的肩膀，横着重剑封在胸前。

“你保护公主，我居前。”吕归尘道，此时他也不知道说什么好，只是要告诉息辕他不愿意躲在后面。

息辕低头看着地上德秋的人头，面孔微微抽动，声音极低：“别管他妈的公主了，我只是要跟他没完！”

吕归尘扭头诧异地看着自己的朋友。

霜夫人整衣站了起来：“两位既然都是来救护公主的，为什么不能坐下来好好谈谈？我身在宫闱之内，却也听说费将军是陈国的柱石，而那位下唐军官闻讯赶来，想必也是忠谨之士。我们都效忠皇室，逆党嬴无翳才是我们共同的敌人，难道我们要为私下里的小事拔刀相向？”

她挺起了胸膛，神色端庄而傲然，目光一扫，环顾众人，想看看这些军人的反应。她看见费安的到来，心里已经有了盘算，只有息辕一支来救驾，即便息辕无礼，她也得忍受，而如今两方似乎互不相让，她在中间便有了转圜的余地。她心里已经不能忍受这些粗鲁凶狠的军人了，恨不得看见他们就此冲杀起来。一路上的屈辱此时在她胸膛里像是小刀般地搅着，世家大族出身的女官，从小生活在锦绣飘香中，军人们肮脏的手甚至不配碰一下她绣着水青色云霞的衣袖，而从她被离军俘虏开始，只能无条件地对着刀剑低头。此时已经不再有性命之忧，这些被压住的恨意全都跳了出来。

出乎她的预料，无论是息辕还是费安，都没有对她的话做任何反应。陈国名将和下唐少年隔着很远冷冷地对视，目光像是可以擦出火星来。霜夫人怒气更甚，大踏一步上前。

“滚开！这是我跟费将军之间的事。”息辕忽地转头，“他杀了我们的战友，跟霜夫人你有什么乱七八糟的关系么？”

霜夫人被这个年轻人杀机毕露的眼睛一看，心里那股傲气和尊贵仿佛被人拦腰踢了一脚，顿时折了。她一口气没接上来，听见费安低低地笑了起来：“这话说得倒是有点意思，两军阵前，不想死的不要站得太近。”

“开始吧！”息辕低声道。

“最后问你一句，想清楚了回答，交出公主，一切跟你无关。”费安低头看着自己的佩剑。

息辕完全没有迟疑：“别浪费时间，我说过，公主不公主，现在跟我没关系！”

“倒不像你叔叔那样狐狸性子，”费安唇边缓缓地绽开了笑容，他忽地挥手，厉声大吼，“前！”

刀盾武士们同声大吼，大步突前。逼近吕归尘和息辕的时候，他们举起盾牌遮挡，侧滚挥刀，数十柄长刀同时挥向了吕归尘和息辕的双腿，地面上几乎没有任何落脚的空隙。这是陈国精锐的“刈草刀行阵”，是轻骑的死敌，受过严密训练的刀盾武士以极快的速度滚进敌军骑兵的空隙中斩削马蹄，这需要极高的技巧和速度，否则瞬间就会被铁蹄踩死。而这些刀盾武士几乎无一不是死士，因为每一次“刈草刀行阵”出现在战场上，能活着归来的刀盾武士们不到半数，只是敌人的轻骑，却损失更为惨重。

息辕拔地跃起。他双脚狠狠地蹬在了一面方盾上，举着盾牌的武士被他压住，还没有来得及反应，息辕已经双手握住剑柄全力刺向方盾的中央。这些方盾需要单手携带挥舞，不像楚卫国山阵枪兵的铁铸巨盾那样坚固，只是以韧实的干牛皮蒙在木板上制成，防御劈砍已经足够，却难以挡住锐器的正面刺击。盾下的武士号叫了一声，息辕再次跃起，他挥剑把卡在剑上的盾牌掷了出去，砸在另一名武士的方盾上，震得他后退一步。而失去盾牌的那名武士已经被刺穿了大臂。

吕归尘看着几柄长刀的寒芒向着自己脚下汇聚，却站立不动。他将影月绕身挥舞成圈，准确地和那些长刀相撞。影月的锐利是那些精制长刀所无法比拟的，瞬间就有三柄长刀刀头折断。在这个极短的间隙，吕归尘一脚踩住身后偷袭的一刀，避开了其余几柄刀的攻势。刀盾武士们一击失手，再次挥刀。吕归尘却已经旋身而起，在头顶挥舞长刀成圆，刀盾武士们同时提盾护住了自己，看见那一式的威武，他们感觉到其中蕴藏着可怕的力量。长刀旋转的呼啸声忽地变化，刀光化作一道直线斜斜飞下，一名刀盾武士愣了一下，眼睁睁地看着自己的盾牌从中间被等分为两片。

费安吃了一惊。他并未真的想要杀了这两个人，原意只是要给这两个不知进退的孩子以教训。息辕和吕归尘不是德秋，他们的身份特殊。而现在以这两个年轻人暴露出来的武术来看，他的属下绝无把握毫无损失地擒住他们。事实上他的一名属下已经受了重伤，而吕归尘长刀一击，明显是留有余地，否则那名刀盾武士的手会被一起切断。

刀盾武士们第一阵没有得手，同时后退，团团围住了吕归尘和息辕。数十面盾牌完全封锁了他们，形成一个难于突破的圆。

“别浪费时间！来啊！”息辕向周围的刀手们招手。

“我来！”费安全无表情地踏上一步。

“你？”息辕一扬眉。

“我来，你们谁来试手？”费安缓缓向着息辕招手，这是武士之间切磋试手的礼节。他冷冷地看着息辕和吕归尘，仿佛挑选猎物。

息辕刚想说话，已经被吕归尘用肩膀抵在了一边。吕归尘踏上一步，刀盾武士们在他和费安之间让出一个空隙。吕归尘长刀点地：“我愿意试试。”

“有趣。”费安似乎颇为欣赏地看着这个年轻人。他持剑的手下垂，隐藏在白色的大氅中，只有微微颤动的剑锋在大氅下露出一寸。吕归尘看着那段剑锋，知道那是一柄薄而柔韧的剑，是很难操纵的武器。费安面无表情，缓步逼了上去。

“尘少主……”息辕想要上前，却立刻有刀盾武士逼近他的背后。

“他若是会杀我，也会杀你，这时候争什么？”吕归尘低低地说。

他只能说出这些话，他立刻就觉得自己的呼吸被压住了，费安缓慢的步伐中包含了难以抗拒的压力。吕归尘猜想着费安会如何发起第一次进攻，可是完全没有头绪。费安的大氅遮掩了一切，包括握剑的手势。吕归尘微微点头，他左手四指压在刀背上缓缓推出，随之身体下沉，五尺长的影月在他双臂间最大限度地拉开，仿佛一支绝长的箭，以他的身体为弓。

息辕悚然。

吕归尘的起手式不是刀术，而是姬野所用的枪术，至为锐利的进攻，完全不必顾虑敌人采取何样的防御和攻击，只求在瞬间击杀成功。吕归尘选择了豪赌般的战术，只因为他面对费安没有可乘之机。

所有人的目光都集中在吕归尘身上，看见他胸口微微起伏一次。

一次呼吸，在这一次呼吸中，弓已满劲箭已离弦。影月的刀锋一沉，吕归尘人随刀而闪动，一起射向了费安。影月仿佛振奋起来，带着至为尖厉的呼啸，啸声惊得几名刀盾武士不由自主地小退一步，似乎要防御什么。费安也在吕归尘呼吸的瞬间停止了前进，吕归尘对于他的逼近回应以强大压力，已经打乱了他的节奏。

节奏乱了，便只有雷霆一击。

费安的剑像是跳跃的蛇一样从大氅里钻了出去，柔韧的剑忽然拉得笔直。这剑术几乎完全依靠手腕的力量，快得无与伦比，剑化作的蛇向着两人中间的某一处截击。费安出剑的瞬间，剑刺所向还只是空气，可吕归尘进得太快，剑锋到的时候，吕归尘也到了。

影月在此时又一次爆发了速度。吕归尘计算过距离，他第一次踏步冲出，刀锋即将到达的时候恰好可以获得第二次蹬地发力的机会。虽然不如最直接的一段刺杀那样强硬，但是这样二段刺杀更加灵活多变。

“好！”息辕大喝。

吕归尘和费安擦肩而过，费安持剑而立。吕归尘双脚在地上踩出两道印，瞬间转身，滑动着退后，退出接近一丈才刹住。他半跪在地上，刀锋挑起。

费安昂首看着自己的剑，剑锋上一点血迹缓缓地流下。

吕归尘剧烈地喘息着，按住了自己的胳膊。他的胳膊被划伤了，他自己也是在和费安擦身而过后才发觉。他失去了战斗力，姬野的枪术并不合他的体质，他刺出那一刀，心脏像是打鼓般剧震。他败在费安那柄剑上，他原以为自己出刀的方向可以封锁一切进攻，而他的影月比费安的剑长，距离上有优势。可是费安的剑忽地弯曲，绕过影月的封锁划伤了吕归尘的肩膀。凌厉的刀斩在最后一刻失去了目标。

“下一个？”费安走近吕归尘，剑点在他的后颈上，转头看向息辕。

“好啊，下一个！”有人大声说。

费安身体一震，已经辨别出了那个声音。他心里有些悔意，他所带的人太少，没有留人在外防御，而战斗中没有注意外面的动静。他很快平静下来，冷冷地笑了，并不回头看：“程奎将军，你的战马冲锋起来就像是雷击而下，你来这里的脚步却真是轻得像猫。”

所有人的目光都转向门口，那里孤零零地站着一个高大魁梧的人。淳国风虎骑军的主帅程奎，他按着马刀打着火把，环视众人，而后笔直地看向费安。

里外两层仓库间的土壁震动着，发出轰然巨响。众人的脸上都露出惊疑，只有费安和程奎面无表情地对看着，像是两柄刀抵着刀锋。轰响声还在继续，灰尘弥漫，泥土剥落，终于有一柄乌黑的铁锤洞穿了土壁，随后立刻被扩大为巨大的缺口。

从缺口看出去，数十名风虎骑兵排作阵列，他们都举着精致的骑兵弩，前排下蹲后排站立，只要一声号令就可以投出密集的箭矢。费安的脸微微抽动，他的人数和程奎的人数差不多，然而对方已经列好了弩阵，他落在了下风。他以为程奎是个莽夫，素来也不看重，可是这一次程奎甚至没有给他准备应战的机会。

费安看着那些弩箭在火把下泛出的乌黑色铁光，想起淳国风虎中引以为傲的淬毒技术。他微微点了点头，再次把佩剑藏入了大氅中。

程奎活动了一下脸上的肌肉，一步一步稳稳上前。他令自己的人列出弩阵，再令携带铁锤的力士砸开了墙壁，如此费安甚至没有截击他于门口的机会。费安只有接受他的条件，他绝不怀疑。此刻他不过要借这个机会挑战一下费安的骄傲。

“程将军没骑马，带着步行的风虎跑到这个不见天日的地方观战，”费安笑笑，“倒是我的荣幸。”

“不在马背上我们照样杀人，费将军要试试看？”程奎丝毫不让。

“看来程将军并不准备跟我好好谈谈了。”

“都说陈国费安够聪明，也够狠，我国想要什么，费将军也都清楚，犯不着我这样的粗人再多嘴解释。费将军在外面杀伤几十个人，留下满地横尸，冒这么大险下来抢人，我程奎就算是个傻子，也知道下面不是个和睦的局面。也没指望费将军对我仁慈。”

“都来要公主，”费安冷笑，“倒是嬴无翳不要，扔下这些女人就撤退了。”

“为的是什么，大家自己心里都明白。我们是行军打仗的，不是朝堂上那些唠唠叨叨的文人，就不必费口舌了吧？”程奎大声道。

“没办法，好说，”费安道，“这里算是有三家来迎驾，谁也不愿意退让，那大家分一分如何？”

“分？”程奎愣住了。

费安忽然动了。谁也不会想他一个领军大将，竟然会亲自动手。他直冲向小公主，息辕想要阻拦，却被刀盾武士们困住。他只能眼睁睁地看见费安一剑刺出，直指小公主的额头。

剑锋在小公主额前忽地停住，只需费安手腕一动，小公主就变作了一堆尸骸。费安冷冷地一笑，转头再去看程奎。霜夫人呆呆地看着这一切，腿一软昏倒在地。

“一个公主，那么多家想要，那便分了她吧？”费安幽幽地说，“谁要头？谁要手？”

“费安你这条疯狗！”程奎怒吼。可他心里一震，想起费安曾经以尸毒灭杀五河城一城人的旧事，费安是不择手段的人。

“程将军，你现在弩阵发动，我军确实难以占到便宜。不过我剑下一动，你或者可以射死我，却难保我不会手一颤误伤了公主殿下。这样你所要的终是没有，杀了我便又如何？”费安冷笑，似乎笑得欢畅无比，“你难道没有想过，从别人口里夺食，别人也许宁可毁了，也不给你？”

“你敢动手伤到了公主，你就算活着离开这里，也难逃一死！”息辕大吼。

费安摇头，呵呵地笑：“那你也要把同样的话说给程将军。公主若是死在这里，程将军的军旅前途也就毁在了这里！”

所有人都静了下来。程奎按着腰间的刀柄，手上青筋毕露，可是他不敢动。费安或者无赖或者丧心病狂，可是说的都对。他的弩阵占不到优势，如果逼到费安真的动手，就把所有人都拖入了死局。他心里一动，盯着那个呆呆的不敢说话的女孩儿看。他隐隐觉得费安知道的东西远比他多，他知道小公主重要，却还并不知道她有多么重要。

“呵呵，也不是说就让程将军放我们带着小公主离开。”费安又笑，“那样等于逼程将军不得不动手。不如我们对赌，听天由命。”

“对赌？”程奎问。

“程将军令你的部下扔掉手弩，我放开公主。我们两家人数相当，就在这里抢一次，谁抢赢了，就得公主，另外一家，愿赌服输。”费安眯着眼睛，眼中凶戾的光凝聚起来，似乎荧荧发亮。

刀盾武士们开始缓缓地移动，立起盾牌防御弩阵。程奎只要一声令下，就可以阻挡这个阵势成形，可是他嘴唇紧绷，久久没有说话。陈国刀盾武士的阵形终于完成，此时淳国的骑兵弩已经不能造成什么威胁了，阵前的盾牌足以帮助刀盾武士们抵挡弩箭的攻击。

“程将军是识趣的人。”费安收回了剑。

程奎挥挥手，风虎们扔下骑兵弩，拔出了腰间的马刀。现在马刀是最便于格斗的武器了。

两方缓缓逼近，仓库中只闻战靴踩地的沙沙声。息辕上去扶起吕归尘，快速向着墙壁退去。

“白毅说这一战后我们是朋友还是敌人还难说，现在看来他真是个聪明人。”费安笑着说。

息辕听见背后忽地爆发出一阵狂吼，风虎们和刀盾武士们对冲而去，挥舞战刀。上百人杀成一团，鲜血四处飞溅，仓库中充斥着咆哮和哀号，一再的有人倒下，活人践踏着死人的尸体。陈军配有盾牌，本应占据步战的优势，可是精锐的风虎们以双手握刀砍杀，砍中目标造成的伤害超过了刀盾武士们的单手刀，风虎们强健的体魄使得他们轻伤下更加凶狠。

吕归尘的呼吸平复下来，他望向周围，寻找更好的藏身地点。他看见那个小公主惊惧地靠墙坐着，看着这血腥的战场，脸上默默地流下眼泪来。他心里动了动，想要悄悄移动过去，却被息辕拉住了。吕归尘明白息辕的意思，此时他接近那个小公主，只能令死战中的两方警觉，或者一同扑杀过来。以他们两个人的力量，不过靠着这面墙壁防御，什么也做不到。

吕归尘只能看着那个小公主流泪，心里隐隐难过。他放声大喊："蒙上她的脸！”

公主随侍的使女中，那个绿裙的女孩忽然反应过来，扯下自己一片裙幅上去蒙在了小公主的脸上。她刚刚做完这一切，忽然有什么东西落在她的怀里，滚热的液体洒了她满脸。随即她看清那是一只刚刚被砍下的小臂，手指似乎还在微微抽搐。她呆了一会儿，忽然发出一声惊恐之极的号叫。她跳了起来，不顾一切地往外跑。其他使女也从极度的恐惧中清醒过来，逃跑的念头压过了理智和羞耻，她们顾不得衣不蔽体，也不管刀光剑影，发了疯一样跌跌撞撞地往外跑。

“不要跑！”息辕吃了一惊，跳起来放声大喊。

可是没有人听他的，这些女人此时谁都不相信，只是不顾一切地逃。她们的意识中只有离开门口。

绿裙的使女没有逃出多远。她踩在一具尸体上，失足跌倒。费安和程奎已经对上，马刀和佩剑大开大阖地撞击。费安那一手诡秘的刺剑已经被程奎看见了一次，便难再有偷袭的效果，双方只能正面拼杀，刀剑的刃口俱是累累伤痕。费安反手握剑，格开了程奎的一次跃步劈斩，眼角的余光瞥见绿裙的使女趴在自己的脚下，不敢抬头，像是寒风中的羊羔那样颤抖。她的上衣被撕破了，露出光洁的后背来，柔软而白皙，上面几点血迹红得娇艳。

程奎跳后一步，握刀戒备。费安看了那个使女一眼，冷冷一笑，挥剑刺下。剑锋从背脊刺入，胸口透出，费安拔出剑来，鲜血如暗红色的雾气一样激射出来。

“这个我杀了，就算是分给我的。程将军你可以选一个。”费安阴阴地看着自己剑上流动的热血。

“费安你想跟我玩什么？”程奎双眼血红。他杀得血涌上脑，看着身边的人一个接一个倒下，已经全无顾忌。

费安忽地提起那个使女的尸体扔向程奎。程奎吃了一惊，动作稍慢了一下，只能全力挥刀一劈。使女细弱的身体被一刀拦腰斩开，浓郁的血腥在空中溅开，费安的佩剑已经跟着刺向程奎的眉心。程奎的马刀已经收不回来，只能后仰，避过了致命的一击。费安的剑跟着下劈，斩中了程奎的胸铠。费安的佩剑细软，凭着风虎冠绝东陆的轻钢铠，程奎避过了裂胸的危机。他在地上侧滚，避开了费安的进一步追击，低头一看，胸口的战衣裂开，露出了锻钢甲的鳞片。

“上得战场，就不容畏首畏尾。程将军，拿出你风虎的杀气来看看！”费安的笑容冷漠而狰狞。

程奎翕张着嘴，大口喘息。他瞪着血红的眼睛看着自己的马刀，然后死死盯着仗剑缓步逼近的费安。他大喝了一声，猛地挥刀一劈！

这一刀却不是劈向费安，而是将一名从他身边跑过的使女自胸口正中砍倒。那名使女的尸体倒在程奎的脚下，压住了他的战靴，程奎想也不想地踢开。他吼叫着提刀扑向费安，跃起一记重劈，带着全身的重量。费安横剑封挡，却被那一刀击得后退，佩剑从靠近剑柄处被震弯。这种精钢多次锤炼去炭而得的薄剑极为柔韧，即使弯曲成圆也可以弹直，却在这一击的巨力之下完全废了。

费安看了一眼自己的佩剑，似乎是赞赏地点了点头。他把剑抛向程奎，挡的一瞬，他弯腰拾起了地上的一柄战刀。程奎再次扑上，两柄武器在格挡中溅着亮丽的火花，发出刺耳的声音，仿佛金属垂死的号叫。

“那一个算我的！”程奎咆哮着挥刀，“费安，你要跟我玩杀到只有一个人站着的游戏？”

“也许没人能站着！战场上不都是这样？程将军，要我说你还太嫩了么？你这样的蠢货，难怪一辈子都是跟在华烨马屁股后的一个小厮！”费安的呼喝中带着令人胆寒的笑声。

仓库里的战斗变作了屠杀。吕归尘呆呆地站在那里，看着女人们的血溅起在空中，她们没能穿过那片绞杀着的刀丛。风虎和刀盾武士们已经杀红了眼，他们暴躁得像是野兽，顺手一刀砍翻了要从自己身边跑过的女人，而后再次扑向对手。吕归尘看着一名风虎随手平挥战刀，一个奔跑的女人便成了两截，她的身体还在跑着，血泉涌起，而美丽的头已经落在地上。

“姆妈……”他不知不觉地说了出来，那是压在喉咙深处的呻吟。

他使劲按着自己的头，觉得里面有什么东西挣扎着要跳出来。他又一次回到了夜空下的铁线河边，那个年轻的女人用毡子裹着他，抱着他奔逃。那时候他还是个小小的孩子，眼睛从毡子的缝隙里看出去，看见远处他叔叔的军队打着火把，战马的蹄声震天动地。他们不顾一切地逃逃逃，背后是吞噬一切的一条火蛇。

他们最终被追上了，被吞噬了，只有他活了下来。

一种绝大的愤怒忽然占据了他的心，吕归尘猛地直起身！息辕看见他的朋友忽然间像是变了一个人。吕归尘眼瞳中森然的杀气像是可以化为实质般浓郁，面孔微微抽搐。他按着影月的刀柄，大口呼吸着，胸膛起伏。

“尘少主！”息辕拉住他的胳膊，“冲进去等同于送死！”

“可是怎么办？”吕归尘呆呆地看着息辕，“可是怎么办？他们在杀人……”

息辕不知道如何回答，只能双手用力按着朋友的双肩。

细微的哭声传来，吕归尘身体微微一震。他看向哭声传来的方向，是那个蒙着一片裙幅的小公主。她呆呆地坐着，一身白衣，肩头耸动。她身边已经一个人不剩，距离她十几步的地方就是一群发疯砍杀的战士。吕归尘愣了一下，那股汹涌的怒气忽地消退了很多，他茫然地觉得熟悉，在那个血腥的夜晚，也曾有个白衣的男孩木然地站着，看着那些野兽般的战士扑在诃伦帖的身上。

吕归尘已经记不太清那个夜晚自己在想什么了，他不敢回想。大概是有种世界被撕裂般的剧痛和愤怒吧，也许有一柄战刀在手，他也会扑上去把那些战士全部杀光。

“全部杀光！”一个声音在他心里说，“是的，是这样！”

如今他已经握着刀了，可是不能保护那个名叫诃伦帖的女人。

“她已经死了，”还是那个声音在他心里说话，“是的，已经死了！”

巨大的无力感笼罩了他，一瞬间他几乎握不住刀。小公主低低地哭泣。战场里还存活的人咆哮砍杀。

“我过去把她抱出来！”吕归尘忽地说，“你接应我！”

息辕沉默了片刻，看向仓库的门和那个被砸出来的洞口，点了点头：“好，也许有一线机会。但是要快！”

吕归尘深吸一口气，紧握刀柄。息辕悄无声息地移动着，开始选择位置。他目测，觉得从小公主的位置到仓库的门口大约有二十丈，以他和吕归尘，一次发力就可以冲到那里。但是无疑会有人醒悟过来追击而来，应该在中途截击一次。再然后，他看见了地上的骑兵弩。他的心里掠过了一丝振奋。那些精致的弩弓上还扣着箭矢，只要冲到那里，他大可以连续地发射，不必装填。这样争取来的时间，也许足够吕归尘带着小公主爬出去。爬出这里就一切都好了，这个封闭的所在像是把所有人都压得冲动甚至疯狂。

“要快！”息辕低声道。

“好！”吕归尘蹬地发力，箭一样射出。

息辕狂奔着向那堆弩弓而去。

吕归尘几乎没有遇到任何阻拦，便来到了小公主的身边，把她抱在了怀里。他把憋在肺里那口气吐了出来，拍了拍那个小女孩：“别怕。”

他再次深吸气，回头寻找息辕的位置。这时他看见了呼啸而来的马刀，一名厮杀中的风虎发觉了他的动静，追击过来。吕归尘不假思索，反手插刀于地。他的力量已经不足，可影月毕竟是难当的利器，他把刃口对准了来袭的风虎，四尺长的刀锋闪亮。如果风虎不刹住，硬拼上来，静止的刀刃一样可以切断他的武器。

那名风虎真的撞上了影月的刀刃，不是以马刀，却是以身体。他完全没有停步，一头对着刀刃扑倒，被刀刃切入了面门。吕归尘惊疑中看见随后扑近的陈国刀盾武士，从服饰看，那是一名军衔颇高的陈国校尉，他跟随在风虎的背后，一刀砍在风虎的背心上，要了风虎的命。

陈国校尉在吕归尘来不及拔刀的间隙一脚狠狠踢在他的肩膀上，把吕归尘踢得滚出几步。同时他把小公主狠狠一把抓在怀里。他毫不停顿踏上一步，挥刀对着吕归尘头顶劈下。

吕归尘已经无从闪避。此时一个人影从侧面狠狠地撞了出来，撞在了校尉腰间，把他撞退了一步。那人以手指用力戳在校尉的脖子里，她尖细的指尖被用作武器，戳得校尉几乎窒息。可陈国校尉军服有钢环织造的护颈，绝非手指可以洞穿。那人的手指上鲜血淋漓，却不知道疼痛般，不肯收手。

吕归尘看清了，是那个名叫叶瑾的女人，使女们四散奔逃的时候，只有她蜷缩在角落里没有动弹。

校尉低吼了一声，膝盖一抬，狠狠地撞在叶瑾的小腹里，把她撞了出去。他上前一步挥刀，这次是对准了女人。吕归尘已经无力扑上去阻拦，只能眼睁睁看着那柄刀落下。他诧异地看见那个女人面对着刀锋并无恐惧的表情，她是如此的安静，黑瞳里映着刀光闪亮。那种神色说不清是倔强不屈，或者是对死亡的等候，只看得人心里一冷。

箭啸声从他身后而来。校尉惊得回头，看见了一道银灰色的光线。

那道光来得如此之快，亮得像是可以刺瞎人的眼睛，根本看不清是什么。校尉呆在原地，那道光准确地击中了他的战刀，而后弹开。落在地上的是一枚银灰色的羽箭，校尉仿佛被一盆凉水浇醒了，战战兢兢地看着自己的刀。那枚箭在刀上留下了一个龟裂的创痕，而他的刀不受控制地轰鸣起来，仿佛被某种力量控制住了。创痕飞速地扩大，裂缝像是快速生长那样在刀身上蔓延，而后忽然砰的一声，精钢制造的战刀崩裂成一堆碎片！

“程将军，费将军，现在我们还是盟军，两位可以住手了吧？”一个声音从外面传来。

“息衍？”程奎大惊。

战场中的所有人都停手跳开。

费安脸色一变，转向入口处，看见两支火把照耀下，白毅和息衍先后踏入了里间的仓库。白毅脸上冷冷的像是覆盖严霜，环视周围，最后直直地看着被校尉抱着的小公主，息衍默默地看着地上的数十尸骨，幽幽地长叹一声。

“就算是山贼火并，也不该这样，过了。”息衍低声道。

他微微摇着头，缓步而前。双方人马惊惧地为他闪开了一条道路，没有任何人敢阻拦他，尽管没有任何随从，息衍却是东陆绝无仅有的步战名家，而他的背后，白毅就静静地站在门口，他走进来之后就没有怎么动过，始终低着头，看着面前三尺的土地，一手提着银灰色的角弓，一手拈着箭壶中银灰色的箭羽。

而那一箭之威，是在场所有人都看见的。

息衍走到那名怀抱小公主的校尉面前，默不作声地看着他。校尉惊恐不安，小步回退。

费安瞳孔猛地收缩，息衍已经拔剑！

在场的人多数没有看过息衍拔剑。似乎只是肩膀微微一震，古剑静都已经带着一泓寒水般的光滑向了校尉。没有人能想象这样的剑术，发动在极近的距离上，快得不可思议，却连一点声音都不发出。校尉回刀封挡。一声低鸣，他竖起的刀和静都刃口相割。一瞬间校尉有些惊喜，他挡住了东陆第一步战名家的剑，而他手中的武器是一柄厚背阔身的重刀，刀背极其的韧实，息衍的武器即便再精良，也不过是一柄佩剑。武器脆薄的刃口相割，剑便不如重刀那么有利，极有可能崩口。校尉急忙大吼一声，单手握刀全力推了出去，想把息衍推回去。

事情却不像他所想的那样，在场所有人的目光下，息衍的佩剑毫不费力割开了校尉手里的重刀，那柄以纹钢铸造的刀如同纸质。息衍剑一划，如裁纸般的轻快。

息衍的剑一顿，划向校尉的面门。

校尉惊恐中把公主和短刀都抛了出去，双手紧紧地护住面门蹲下。他在这柄剑下，甚至连反击和闪避的自信都没有。息衍的剑不停，在空中连续急闪。小公主轻盈地落进了息衍的怀里，刀的碎片纷纷落地。谁也看不清息衍在空中划了多少次，落地的碎片最大的不过手掌长短。

息衍的剑已经回到了剑鞘里。他空出的手拉开了那名陈国校尉护住面门的手，清脆响亮地把一串耳光抛了过去。校尉傻子一样被他扇得左右摆头，根本不能闪避。等息衍停手，他的脑袋已经肿得像是一只红亮的猪头。

息衍看也不看他，在战衣上擦了擦手："有些人的耳光我不便打，便只能打你。小舟公主是我下唐国的贵宾，是你能碰的么？"

他低头看了一眼在地上喘息的吕归尘："便也只有青阳世子这样身份高贵的人，才是迎候公主的合适人选。为白大将军把箭带上，白大将军的箭值钱，丢了便不好再配。"

吕归尘看见息衍对他露出一丝极淡的笑容，知道是赞赏和鼓励。他用力点头，拾起那枚银灰色的箭，拔了影月，站了起来，立在息衍的背后。

"叶正舒大人的女儿吧？"息衍看了叶瑾一眼，"刚才我们已经看见，叶大人虽然侍奉嬴无翳，不过有女如此忠勇，不离不弃侍奉公主，危难时候还救了我的学生。可见世上的敌我，多么难断啊。叶小姐跟我们同行吧。”

吕归尘上前扶起了叶瑾，只觉得她的身体很凉，微微地哆嗦着。叶瑾低头行礼，她依然抱着吕归尘那件米色的战衣，遮住了裸露的胸膛。

“公主殿下，下唐国息衍，救驾来迟了。”息衍拍了拍怀里的女孩儿，并不解开她头上的裙幅。

小公主并不说话，身体轻轻地颤抖，想必还在无声抽泣。

“这些人不好，不顾迎接公主的銮驾，只知道打打杀杀，我们不用理他们。”息衍环顾众人，微微笑笑，像是哄孩子般，“来，既然没有车驾奉迎，就请公主坐在臣下的肩膀上，臣下为公主安步当车。”

他举起公主，让她坐在自己宽阔的肩甲上，缓步向外走去。他所到之处，所有人为之避让。息衍冷冷地顾盼，脸上却始终带着一丝笑，古剑静都的剑鞘打在他的腿甲上，沉闷的一声声令人惊恐不定。

路过那堆弩弓的时候他停下脚步，看了一眼双手各持一张骑兵弩的息辕。息辕跪在满地的弩弓里，也在大口地喘息。

“人家的东西，扔了吧。”息衍淡淡地说道。

息辕站起来，向着叔叔行军礼。他却没有立刻跟上，而是在角落里拾起了德秋的头颅。他解下自己的战衣，裹起了那颗头颅，抱在怀里。息衍看着他做这一切，微微点头。

“本来也许是当将军的人才……”息辕低声道。

“很多人本来都可以当将军……”息衍说到这里，低低叹了口气。

白毅面无表情地退后，始终面对费安，一行人缓缓地向外撤退。

“息衍，这算什么？”费安忽然道。

“费将军，你是不是连我和白将军都想杀呢？”息衍也不回头，冷冷地笑笑，“可是杀死我和白毅，只怕不好收场吧？你是不择手段的人，凡事无所不用其极，但是从我到这里，你已经没有什么可以施展的。事到如此何不认命了？有力气，回去跟那个要你来争夺公主的人说说，让他不要太心急。虽然我不知道他是谁，不过国家大事，不会只系于一个小女孩的身上，如果连这个都不懂，趁早还是回乡种田算了。”

他头也不回地出去了。

息衍第一个从井口钻出，迎面便是一袭白色战衣的晋北名将古月衣。井口周围上百匹白色的战马围绕，出云骑军的骑射手们张弓搭箭，从四面八方指向井口，只要古月衣一声令下，任何人都难逃被攒射成刺猬的下场。

息衍却没有什么表情，只是上前和古月衣见礼。古月衣反而显得有些拘束，挥手令骑射手们撤去弓箭。随后上来的是白毅、吕归尘、叶瑾和背着小公主的息辕。息衍环顾四周，出云骑军脚边堆积着上百具黑衣的尸体，都是被杀的下唐军，鲜血在地上泼出张扬的痕迹。

“古将军也是来迎小舟公主的驾吧？”息衍看着古月衣的眼睛，问得很直接。

“不敢隐瞒，月衣确实是为了公主而来，不是什么光明磊落的事。临行之前，国主吩咐说小舟公主……”古月衣说到这里略略瞥了一眼白毅的神色，“小舟公主身份非常，若是为人利用，只怕对我国有所不利。所以应该先迎候公主到我国营中保护，伺机护送至帝都。”

他说到这里摇头，自嘲般笑笑：“不过这也是借口吧，是为了我国自己的利益。两位将军见笑了。”

白毅面无表情：“息将军有一个百人队，都死了，然后费安带了五十人来，程奎也带了一百人，如今还有几十人在下面。螳螂捕蝉黄雀在后，如今古将军所部不下三百人，占尽兵力和地利的优势，古将军有什么打算么？”

古月衣微微叹息：“我知道我这番举动已经令白将军鄙夷了。可惜我是臣子，出仕于晋北，必须服从君命。不过主上临行前曾说，若是为此需和白将军息将军对敌，则切不可为之。他说多年前在秋叶山城曾和两位将军并肩作战，心下怀念。”

息衍笑了笑：“晋侯雷千叶，真是北方的一只白虎，气度令人心折。

代我谢谢他当年所赠的瓷器，这么些年来，都没能当面道谢。”

“好说，还有什么月衣可以为两位将军效劳的么？”

“如果能请古将军在这里驻守一刻，等我安排人手过来为这些死者收拾尸骨，就很感恩德了。”息衍低低地叹了一口气。

“领息将军令。”古月衣一按佩刀刀柄，沉声回答。

白毅和息衍各自上马，吕归尘引着叶瑾，息辕抱着小公主，出云骑军让开通道让他们离开。走了几步，忽然有轻微却凄厉的叫喊从井下传了出来，在井中回荡不休，总也不断绝。吕归尘想到下面依旧拔刀相向的几十名军士和那些衣衫褴褛的女人，心里知道绝不会是什么好事，他心里不忍，缓了一步。

息衍却拉了他一把：“尘少主，不要回头。这时候，有些事，也不是我们能做到的。”

胤成帝三年，九月初一。

天启城，太清宫，东偏殿。

皇帝高坐于台阶之上，臣子们分两列站立，早晨的阳光透过雕花的窗格，在厚实的羊毛地毯上洒下金色亮眼的光斑。今年秋天冷得早，东偏殿里面已经摆上了炭火盆，烧得暖洋洋的。被内侍和妃子们催着早起的皇帝只觉得暖暖的催人欲睡，以手撑着发昏的头，靠在坐床的扶手上。衣衫轻薄胸抹薄纱的宫装少女们列队而来，为早起上朝的皇室重臣们送上了以白参熬制的羊汤，以便驱除路上的寒冷。这些身份尊贵的老臣们年纪已经很大了，顶着寒意早起上朝几乎要了他们半条命。

皇帝微微睁开眼睛，居高看下去，看见群臣列队，都是咂吧着嘴喝汤，东偏殿上一片吞咽吸吮的声音，不禁觉得有些难受。自从离军撤出天启，上朝的臣子似乎又多了一批，皇帝也不全然知道这些人的名字，有的似乎已经几年不见了，不过都是些弯腰白发的老臣，相比前些日子，似乎年轻臣子又少了几人。

他心里不悦，觉得势必要取消早朝前进补汤这个赐恩臣子的规矩了。如今嬴无翳已经撤走，正是他励精图治的时候。他拍了拍扶手，宫纱少女们急忙上来接过臣子们手中的汤碗退了下去。臣子们擦嘴又费了一些时间，才纷纷拱手肃立，等待皇帝的意旨。

"念。"皇帝扬手。

早已等候在一旁的内监清了清嗓子：

"臣楚卫国白毅进表：

离国公嬴无翳不尊皇室纲纪，领兵私入帝都，侵扰宗室有年，诸侯怀勤王之心，而忧陛下安危，绸缪日久。今奉陛下之赫赫威名，秉诸侯之耿耿忠心，臣白毅会楚卫国、下唐国、晋北国、淳国、陈国、休国诸侯勤王之军七万人，决战嬴无翳于殇阳关下。幸得天威之助，击溃逆臣，为陛下立威于四方。

而今臣领军守卫殇阳关，以防复有逆臣侵扰。然离军凶蛮，我军损伤亦惨重，医药匮乏，伤者不得救治。是以恭请陛下开诸侯不得入帝都之禁令，赐恩忠心将士，准入帝都补给粮食药材及其他辎重，就地诊治伤者。如此，诸军亦得参拜太庙，行祭祀之礼，以告历代皇帝英灵。

陛下康安。"

"这就是白毅所进的表章了，"皇帝的声音慵懒缓慢，又有些迟疑，"前天已经送到这里，我和几位内臣商议了一天，难有结论，只能暂时压下不动。不过白毅的使者昨天又快马来，竟然是催促我。此举我以为不妥，宗室重地，按照祖制，即便要参拜，也当具表恭请三次，钦天监推算凶吉之后决定。白毅连番催促，可这哪里是一时可以决定的事？不过他是靖国勤王的重臣，拒绝又冷了诸侯的忠心，我犹豫着不知如何处置，大家都有什么看法？"

刚才内监念诵表章的时候，台阶下的老臣们已经把眉头锁得越来越紧，这时候轮到他们说话，两三个人几乎是抢着开口。

最后还是太傅谢奇微以资历压住了群臣，踏前一步道："陛下所言极是！宗室重地，即便是要来，也不是一时的事。数万大军踏入天启城，岂不是和嬴无翳入城一样的骚乱？民众知道什么？他们哪里分得清嬴无翳和白毅的区别，不过是说有一个诸侯领兵进了帝都，于陛下的威名不利！”

这番话符合皇帝的心意，皇帝微微点头，却沉吟不语。

“陛下！”一名几乎直不起腰的老臣却像是猛虎一样从队列里冲了出来，须发暴张，愤怒溢于言表，“白毅这个表章言辞冷淡，以功臣自傲，臣下以为简直是嚣张跋扈！他纵然驱逐了嬴无翳，却不是楚卫国一国的功劳。还是陛下的威严，令诸侯震服，六国这才聚兵勤王。若不是如此，白毅怎能战胜嬴无翳？如今殇阳关破了，其他诸侯的表章没有来，白毅却一再威逼陛下，竟想带兵入城，臣以为这和逆臣所为，毫无区别！陛下当警示白毅，不要居功自傲！”

“这个说得过分了，”谢奇微道，“白毅性格，东陆皆知，从来都是骄傲。先帝在的时候，看重他的名声，多次征召，他都推托不来。如今说他居功而自傲，是妄加推断。如果此时严辞警告，还是冷了诸侯的心。”

“臣以为白毅如今距离帝都，快马只需两天。不准他入京，只怕变生肘腋，可是任他居功自傲，更不可取。当准他拜谒，然后派遣羽林天军，沿途保护和牵制！”又有一位老臣出列，“我朝自蔷薇皇帝以下，能够真正克制诸侯的，唯有风炎皇帝一人。这些诸侯连年征战，陛下的调停也不管用，谁不是在争东陆霸主的地位？他们如今还能对皇室保持礼敬，不过是他们还没有真正当上霸主，还要借助皇室的声威。若是他们真的当上霸主，眼里还能有陛下和我们这帮效忠皇室的臣子么？白毅和嬴无翳决战，是为了皇室还是为了楚卫，我看可难说得很！谁敢说白毅踏进天启，不会进而要挟陛下？”

皇帝微微皱眉，却也不好呵斥那个义愤填膺的老臣。这番话把皇帝在诸侯面前努力维持的那份威严也撕破了，可又是无可辩驳的事实。臣子们也都觉得面上无光，却也只有强忍着不悦，这群皇室大臣都是公卿世家的后人，原本是极高贵的身份，居高位者自以为堪与诸侯并肩。可是风炎皇帝之后，诸侯势力渐渐强大，皇室臣子手中没有兵权财权，已经变成了朝堂上的摆设，势力和尊荣远非他们先祖在世时的样子。

也有几人想为白毅说话，可是环顾周围人的神情，都悄悄缩了回去。

阶下只闻几声咳嗽，再无一人说话。皇帝听了这些人的慷慨陈词，却没有得到什么有用的建议，心头也焦躁起来，憋着一股火。他等了一会儿，再也忍不住，重重地拍了拍坐床的扶手，便想回寝宫了。

“陛下少安毋躁，”低低的女声从一侧的纱幕中传出来，“你从小便是这样没有耐心，如今已经是皇帝了，怎么还能发这样的脾气？”

她的话仿佛一剂凉药，一瞬间就去了皇帝心头的怒火。皇帝愣了一下，露出喜色来：“长公主一直不出声，现在说话，想必是已经成竹在胸了。”

纱幕后的长公主低低地笑了几声：“陛下，我是女流啊，不过是给陛下出谋划策，分担忧愁，最后的决定还是要靠陛下天纲独断的。臣是以为，白毅的要求并不过分，自古勤王之军是不能不犒劳的，否则失却人心，我们又倚重何人对抗嬴无翳呢？何况若白毅的表章中所说的缺少医药是实情，那真不允许他北上救治伤病，从人情道理上也都说不过去。”

皇帝微微思索，点了点头。

“不过，”长公主话锋一转，“白毅若是自己拜谒，也就算了，数万大军进城，骚扰民众，兵戈也有伤帝都的和气。派兵监视，以白毅的聪明会看不出来么？我听了大家的意思，还是觉得陛下的顾虑不错，拒绝怕冷了诸侯的心，答应却有种种的麻烦，帝都尚未做好准备。而今我们要暖诸侯的心，不若先派使者带着药物出发，慰问将士。至于带兵进入帝都这件事，还是多等几日，至少让钦天监推算过天相的凶吉再说吧。”

皇帝想了想：“那白毅得了药物补给之后，还是要祭祀太庙，该如何应答？”

长公主咯咯地笑了起来：“陛下心里，还是担心白毅的兵力啊。可是既然钦天监要推算天相，就不是一两天的事。白毅得了补给，就没有理由催着陛下要踏进王域。此时陛下可以立即传旨给诸侯，其中也包括了白毅的主子，楚卫国的国主，就说依托诸侯的忠心，逆臣被击溃，帝都克复，邀请诸侯们进京庆贺，还要赏赐。这些诸侯陛下你让他们只带着少量随从千里迢迢来天启城拜谒，他们是不愿意来的。可是若是诸侯不来帝都拜谒，凭什么他们的军队便要进京拜谒？”

皇帝愣了一刻，恍然大悟，拊掌而笑：“长公主谋略，男人也难以相比！”

“陛下过奖，”长公主在纱幕中盈盈下拜，“从诸侯的回复，也不难看出他们对于陛下的礼敬和忠心来。到时候陛下便可以区别对待。如今白毅领兵初胜，他的威风达到了顶点，无人敢于违背他的命令，便是其他几国的军队也不便公开抗拒他，此时放白毅进京，可能助长他的傲气。不过，陛下想，六国联军勤王，得胜之后却只有白毅一人意气风发，剩下的五国，心里真的就没一点不满？”

长公主说到这里，含笑不语。

“传纸笔！传纸笔！现在就回信给白毅！”皇帝已经按捺不住，高声地呼喊起内侍来。

第二章 无魂夜奔

殇阳关，下唐国辎重营的驻地。

吕归尘抱着一卷行军被褥进来，扔在铺了稻草的土炕上："将军说了，从今日起，你就住在这里，专门照顾公主。"他又指了指里面的一间兵舍，"还有里面的那个人。他是断了几处骨头，医官已经帮他对好了骨头捆了起来，记得不能让他多动。"

那个高挑而明丽的女人正惶恐地贴墙站着，双手局促地紧贴着大腿两侧。她已经换下了被扯破的衣裙，头发却没有梳理好，一双漆黑的眼睛透着惊恐和警惕，不像在地下仓库里被救出来前，那时候她反而安安静静的，那些女人扑到她身上撕打的时候她都没有喊叫过，不知道是呆了，还是全然忘记了害怕。

"不要出外走动，这里是辎重营的中心，四周都被大车环绕，守卫也加派了人手，一般军士不许在这里进出。将军是担心公主被人侵扰，所以特意做的这样的安排。"吕归尘看她不动，便去帮她抖开被褥，"我也被派了巡查的任务，但是晚上我会回来。有什么需要，你尽可以告诉我。"

他顿了顿："不过现在伤员太多，物资匮乏得很，离军撤走的时候顺手焚烧了很多辎重和粮食，再过几日供给跟不过来，怕是面饼都不够了。"

女人低着头上来，抢过吕归尘手里的被子，自己铺展开来。她动作熟练，远不是吕归尘这种被人伺候长大的贵族少年可比。

“又忘了，你叫什么名字？”吕归尘抓了抓头。

“我姓叶，叶瑾。”女人低低地说，“公子叫我阿瑾好了。公子是贵人，不能为我们这种卑贱的人做活，下次千万不要了。”

“哪有什么贵贱？”吕归尘愣了一下，安慰她，“这也不是什么大事。我听说，你是以前镇守殇阳关的车骑都尉叶正舒大人的女儿？也是世家出身。”

“是。”叶瑾轻声说。

吕归尘觉得跟这个女人实在说不出什么别的来了，便转头走进了里间，姬野正仰面看着屋顶，无可奈何地一动不动。吕归尘心里有事，看见朋友那副模样，像是被捆翻在地的一只小野兽，觉得轻松了些，不禁笑了笑。

“我可不需要什么照顾！”姬野忍不住大声说了出来，“我这样待着也很好！”

“将军说的，可不是我的主意。”吕归尘把食指压在嘴唇上示意他小声说话，“别嚷，如今小舟公主也安歇在对面的屋子里，不要惊动了公主殿下。”

“我就是问为什么我要跟两个女人住在一起？”姬野愤愤然。

吕归尘抓了抓头：“其实将军的原话是说……”

“原话是说什么？”

“原话是说因为你现在动弹不得，所以把公主和伺候公主的人安排在这里比较放心……”

姬野瞪大了眼睛，不解地看着吕归尘。

“……这样你便不会对公主的绝世容貌见色起意。”吕归尘接着说完了。

他说完了转头就出去了，反手把门给带上了。他知道即使自己留下来，也听不到什么好话。

吕归尘转身就要出去，忽然听见叶瑾在他背后低声说 ：“多谢长官们开恩，竟然相信我一个罪臣的女儿。”

吕归尘愣了一下，从他看见叶瑾的第一眼起，他似乎从未怀疑过这个女人，也许只是她的眼睛有点像姬野，也许是她安静得全然不像有任何危险。如今叶瑾问起来，他才想起这个女人原本也算是半个敌人，而他要把不能动弹的姬野和年幼的公主留下由她来照顾。

“若是你真的要对公主殿下不利，也就不必等到现在了吧？”他说到这里顿了顿，“而且确实没有什么合适的人手了……殇阳关里此时大概已经没有其他女人了。”

“那些人都……”

吕归尘往小舟休息的那间兵舍看了一眼，压低了声音 ：“死了。程将军和费将军的下属发起怒来，把剩下的几个人都杀了。我们后来派了人过去，下面有十二具尸体。只有霜夫人的尸体没有找到，不过如今也问不出她的下落来。”

“不知道我能否有机会和父亲见一面。”叶瑾低声求恳。

“应该的，”吕归尘点头，“听他们说叶正舒大人现在都好，不知道被安置在哪里，我去将军那里帮你问问。”

此时，距离辎重大营不远的伤兵营。

白毅、息衍和古月衣三人从兵舍里走了出来，古月衣带上门，却没能隔离兵舍里传出来的呻吟和哀号。白毅脸色憔悴，锁着眉，嘴唇抿得极薄。息衍和古月衣的气色也不好，两人对视一眼，都摇了摇头。

他们背后的兵舍里有两百余名伤兵，而这个营地里容纳了联军不下一万两千名伤兵。诸军的医官都不够用，于是把伤员和医官全部凑在一营，期望救治的速度能高些。可离军撤离前纵火焚烧，联军损失了大量辎重，已经缺乏药物多日了。医官们没有必须的药，能做的也不过是剜去腐肉，用火烤焦伤口免得溃烂。伤兵的死亡数字连日都在上升，三个人结伴来伤兵营看了一圈，一筹莫展。

“必须迅速补给！”白毅低声说。

息衍和古月衣都摇头。在这个地方获得大量的补给并不容易，原本殇阳关里的各种库存，离军撤离的时候已经烧尽了，而即便是距离最近的楚卫国的城市，筹集药品运来也需要十二天之久。

“还不是最糟糕的，粮食也在耗竭。”息衍说，“离公的军队真是一帮凶兽，溃败也不让人好过。我们现在所剩的米面，最多也不过支撑十日。”

“我军的辎重营倒是得以幸免，”古月衣道，“不过我们本身带的粮食就不多，倒是很多供马匹食用的燕麦，必要时候也可以拿来充当军粮。”

“近在咫尺的就是天启，能进入天启，补给何等容易。可是皇帝依然没有对白将军的表章回复么？”息衍问。

白毅摇了摇头。

医官的首领也从兵舍里跟了出来，是个须发花白的老人。他凑近白毅身边：“大将军，便是这样了，其他几个兵舍也都一样，如果药物补给还是跟不上……”

他摇了摇头。

“药物会有的，你尽你的全力即可。”白毅说。

一声极尽凄厉的吼叫忽地从兵舍中传了出来，刺得人心里一颤。吼声半途而止，而后是混乱的人声，像是里面的伤兵都爬了起来，又有人大声地说着什么，一片嘈杂。

白毅吃了一惊，转身按住门把手，就要推门进去。

医官首领上前半步拦住了他，深深地一拜：“大将军恕我直言，这些事情大将军去，没有用。”

“是什么事？你知道？”白毅看着他。

“刚才是要截去一条废了的腿，可我们没有麻药，大概是伤兵受不得痛苦。”医官首领低声说，“还有比这更糟的，有人受不住，就悄悄地割了手腕。这些天每日都有几个，在这里的人，听得都习惯了。大将军还是来得不够多。”

医官的话里有责怪的意味，可白毅没有发怒。那扇门的把手在他手中，他却没有推开。沉默了一会儿，他缓缓放开了门把手，深深地吸了一口气，露出一丝疲惫的神情。

“药物会有的，你尽你的全力即可。”他重复了一遍。

这么说的时候，他又恢复了一直以来的静如止水。那丝疲惫一瞬而逝，便如秋叶落下的痕迹，本不存在。

三名将领并肩往营门外去，周围一片忙碌，辎重营在军中几乎提供了所有的后备支援，维修武器铠甲的铁作坊、制作鹿角和栅栏的木作坊、治疗战马的兽医营都设置在这里，配给粮食和收纳战利品也都是在这里，决战后略显萧瑟沉郁的殇阳关里，这一片是最热闹的，倒像个小小的集市。偶尔还有军士抬着担架从兵舍出来，上面覆着血迹斑斑的白布，白布下的是已经救不过来的伤兵。守在门口的医官揭开白布略扣一下尸体脖子上的脉搏，确认死了，便挥挥手示意扛尸的军士快走。这些尸体从人群中穿过，没什么人多看一眼，在这里尸体是最不稀罕的东西之一。

“嬴无翳的伤员未必比我们少，不知道他如何处理，他还要带着军队从沧澜道归国。”古月衣说道，他觉得自己不过没话找话，要缓解三人默默不语的压抑。

“南蛮军士自己随身带有土制的草药，不需要什么医官。而不能救治的会被自己人杀死，堆在一起烧掉，同乡的朋友会带着他的项链回家，告诉死者的家人说他们已经战死。”白毅道。

古月衣赞叹 :“是帮不畏死的人啊！”

“别出声，过去看看。”息衍忽地打断了他们。

他脚步很轻，跟上了前面一队扛着尸体的军士。古月衣和白毅不明究竟地跟上去，只觉得那队军士穿行在人群中，目光鬼祟，偷偷地瞥着四周。而后他们一齐在马草堆边转向营地一个角落而去。

三个人跟到了角落里一个搭着葛布棚子的地方，扛尸的军士们便把担架都放下了，为首的伍长踢了踢棚子门口的一面破铜盾。有个面色苍黄的楚卫老兵从棚子的阴影下面钻出来，他脸上罩着白布，只露出一对焦黄的眼睛。扛尸军士中的伍长便冲着后面那些尸体努了努嘴。

老兵伸长脖子，想上去看看。

“新死的，都是离国俘虏，不会错。”伍长皱着眉，“做这种脏活儿，还有风险，闲得没事我还骗你么？”

老兵瞥了他一眼，从军服的袖子里掏出五个银毫来，要塞给那个伍长。伍长却不愿碰他，后退了半步，掀起战衣的衣角盖在手上，这才把银毫接下来。

“嫌脏？”老兵像是枭鸟般桀桀地笑笑，转身回棚子里去了。

伍长带着手下人掉头离去，白毅眼看他们的背影消失在马草堆边，这才缓缓逼近那个棚子。

“好重的石灰味道,这里是干什么的地方？”古月衣把声音压得极低。

白毅摇了摇头。棚子外的一辆大车装满了石灰，这顶葛布棚子的一侧就是靠着大车上竖起来的几根竹竿在支撑。

“里面是什么？”息衍问，石灰里面明显埋着东西。

白毅脸色紧绷，默然地用佩剑剑柄在石灰里捣了捣。一个东西从石灰里暴露出来，白毅握住佩剑的手微微一抖，停下了。那是一颗干瘪的人头，剔光的头顶上还能看见青色的文身，明显是个离国军士的模样。人头紧紧闭着眼睛，脸上残留着临死前的痛苦。息衍用静都的剑柄也去拨了拨，更多的人头暴露出来。这堆石灰里整整齐齐地堆积着成百上千的首级，它们被干制保存，以免腐坏。每一张面孔都是灰白的，紧紧闭着眼睛，纯粹的死寂带着一股阴寒，直透进每个人的心底。

三个人从大车边悄悄地看向棚子里。那是一个颇宽敞的空间，几十名军士都是面覆白布，其中有些人把一具一具的尸体的衣甲剥去，拆除上面的铁器和饰品，然后把尸体赤裸着拖到棚子的一角。角落里则是一些提着铁斧的军士，一具尸体被拖上来，立刻一斧下去，把脖子砍断。持铁斧的看起来都是多年的老兵，下手老练，像是劈柴一样，有时候一斧斩不断脊骨，还得补上一记，也毫不手软。

首级在地上滚动，老兵们砍剁着，神色木然。

“这是在干什么？”白毅大步踏入，眉宇间怒气可以杀人。

那个出钱买尸的楚卫老兵是个领头的，吃了一惊，冲过来刚要发怒，却看见了白毅那张苍白的脸。他认识白毅，楚卫军上上下下没有一人不认识这位倾世名将，更无人敢于抗拒他的威严。老兵腿一软，半跪下去，战战兢兢不敢回答。

息衍微微伸手，挡在了白毅和老兵之间：“大概能猜得出来，淳国、晋北和陈国，军队里都有按照缴获的首级数赏赐的惯例。你楚卫国没有这个规矩，但是人头总还是值钱的，他是把尸体的头斩下来，拿去别国的军营换取赏赐。”

老兵哆嗦着：“大将军恕罪！从不敢拿自己兄弟的尸体糟蹋……只是些死了的俘虏……有人买这些人头……”

息衍瞟了古月衣一眼，古月衣避开了他的视线。晋北军有买人头领赏的事，是军中多少年的惯例，军官们也都默许，古月衣也做不了什么。

“耳朵还都割下来了，”息衍指着一颗还未来得及抹上石灰的血淋淋的人头，“耳朵也能单卖吧？”

老兵不敢说话。

“我们下唐的规矩，是以一对耳朵来算杀敌的数目，领取赏金。所以我说我们不按首级数，我们是数耳朵，”息衍自嘲地笑笑，“古将军不必觉得丢了面子。”

“亲兵！”白毅大喝。

“白毅！”息衍皱了皱眉，“军中这些算不得大事。”

话音方落，黑衣亲兵已经大步奔了进来，满头的汗水，一按佩刀单膝跪下。

“传军法官！”白毅冷冷地说。

“可是……”亲兵微微愣了一下，“帝都的钦使刚刚抵达……正在外面等候将军。”

“帝都的钦使？”白毅一震。

“是！是皇帝陛下的钦使，我们是从参谋谢先生处得知将军今日来辎重营巡查，所以不敢延迟，立刻护送钦使前来。兄弟们刚才在周围寻找将军，被我听见将军的声音。”

“带我去！”白毅喝令。

他顾不上跟息衍和古月衣搭话，跟着亲兵大步离去。息衍和古月衣对视了一眼。

“我们是不是也该去见见钦使大人？”古月衣试探着问。

“以白毅的性格，赶着去拜见钦使，大概是把我们给忘了。我们还是不要凑这个热闹的好。这一战，出风头的是白大将军，向陛下进表报喜的是白大将军，这钦使来了，要见的也还是白大将军。白毅等着皇帝批复他的表章，等得已经很心急了，他要带兵进京补给，还惦记着去政和大殿觐见皇帝。”息衍冷冷地哼了一声，“他这个人，始终都不想到别人，行军打仗也是大权独揽，胜是他胜，败也是他败。纵有将才，还是惹人讨厌！”

古月衣微微一愣，笑了起来：“白大将军也不是这样贪图功名的人吧，不过确实领军得胜的是他，首先拜见钦使的也该是他。他心急火燎的，是想知道什么时候能进京吧？不过白将军确实有些倨傲，让人不敢亲近，说得大些便是目中无人。可是别人这么说我不奇怪，息将军是白将军多年旧交，也这么说，让人还以为息将军对白将军也心怀不满。”

“我对他心怀不满已经多年，”息衍笑笑，“不过我已经习惯了。”

他转向地上跪着的那个老兵，摇头叹息："借着辎重营这份差事，拿死人赚钱，终究都是令人鄙夷的事。不过我也知道你们这帮兄弟不容易，满手是血一身尸体味，赚得两个脏钱。人头多少钱一颗？"

"七个半银毫，便宜的时候……才得五个……"老兵声音颤抖。

"真的不贵。"息衍低声道，"那我去跟白毅说，便也不重罚你们，这些还没来得及卖掉的人头，你们几个人负责安葬。此外你晚上不必睡了，巡营一个月。以后其他伤兵若是死了，也是你们好好安葬，再有发现作践尸体……"

息衍以剑柄在他脖子后面敲了敲："我的脾气比白毅，也好得有限。"

他转身往棚子外走去。古月衣跟在他身后，低声道："城外的尸体还都扔在那里任其腐烂，安葬几个伤兵的尸体……"

"没什么用，"息衍苦笑，"算是个惩罚而已，否则白毅只怕不好放过他们。"

钦使是个中年的内监，明显是个阉人，肥白细腻的一张脸，眉眼弯弯，眼角下垂，是一张讨喜的面容。他看见白毅，大袖飘摆着迎了上去，忙不迭地躬身长拜："下臣见过白大将军！"

白毅退一步还礼："不敢，帝都钦使驾临，没有来得及远迎，得罪了。不知道钦使怎么称呼？"

"下臣是太清宫司礼监的司礼大臣，陛下赐名白克勤，是这次使团的正使。我还有位副使百里莫言，是司礼监一等文书，"他转头往后面张望着，尖声尖气地喊，"百里莫言，百里莫言，人哪里去了？"

随团的金吾卫上前一步，低声道："百里副使说身体不适，进城之后便直接去休息了，没有跟过来。"

"成何体统！"白克勤作色，狠狠一挥礼服的衣袖，"一个年轻人，哪里来得这般娇贵？还不如我一个半老头子！若不是有人保荐，这副使的位子哪里轮到一个一等文书？却不知道自重，病了就敢不来拜见白大将军？”

“见不见我，并非什么大事，”白毅截住了话题，“既然钦使已经到了，那便立刻宣诏吧。”

“白大将军说得是，说得是，”白克勤转过来，又是笑眯眯的一张脸，用满是讨好的低声道，“白大将军，陛下这次的诏书……你听了就知道了……下臣在宫里服侍这么多年，还真没听说如此盛赞一个臣子的诏书呢！”

他在衣袖里暗暗竖着大拇指给白毅看：“以后白大将军，您在东陆军人里，就是这个啦！”

白毅微微皱着眉，还没有来得及说什么，白克勤已经退后一步，挺直了腰板，笑脸忽然变得铁板似的。他拉开手中的卷轴，绵软的声音也变得中气十足：

“大胤皇帝谕敕楚卫国大将军白毅：

我闻将军捷报，传诸群臣，莫不欢欣，帝都为之鼎沸。今次诸侯戮力，逆臣为之怯退，殇阳一战而捷，上则禀先皇帝余烈，下则托诸将士忠勇，我心大慰。

白将军国之重臣，封食邑四千八百户，赐入朝乘马带剑，坐闻朝政。并赐青刚玉剑具、琥珀屏风、紫玡之璧、血纹之璜，将军子嗣，长子封男爵，食邑八百户。

其余诸将领，亦有封赏，稍后即至。我已令快马驰报勤王诸侯，择日誊写表章，奉诸将军姓名，入太庙奏于诸先皇帝魂灵。大胤之国，万古不替！”

随着白克勤的念诵，使团武士们纷纷上前，诸般赐物一一在白毅面前展现。青刚玉的剑具是皇室才能使用的礼器，紫玡之璧和血纹之璜则是皇帝祭天所用的两件礼器，历来只赐给无与伦比的安国之臣，琥珀屏风则是一件精美之极的玩物，用以摆放在书案上，以整块的琥珀雕琢而成，也不知是哪一代皇帝收藏的珍品，也被从皇室内库中调了出来作为赐物。军士们都被赐物的名贵所震惊，只是碍于白毅的威严，没有高呼赞叹。白克勤也满脸的笑意，不时地把目光从诏书上移开，看白毅一眼，想从他脸上看出那份感受了恩宠的激动来。

可是出乎他的预料，白毅自始至终都没什么表情。如果非要说有变化，只是更冷更硬，显得有几分难看。

“只有这些么？”白毅忽地问。

白克勤觉出那话里的冷硬来，心里嘀咕了一下，想起临走之前内监们都说白毅是个冷漠无礼的人，现在看来果然不假，对这丰盛的赐物大概还有所不满。他不敢表露出来，还是堆满了笑容：“这封诏书就这些了，是陛下草书而就，正式的封赏表章大概还得着大臣们撰写之后送来。白大将军是帝朝的擎天之柱，这可是不容草率的。”

“我不是问封赏，我是问我军请求入帝都补给粮食和药品的事情，不知道陛下有没有什么示下？”

白克勤猛拍额头：“这事情倒是我一时疏忽，给忘记了。陛下有几句不便写入诏书的话，托我带给白大将军。”

他上前几步走到白毅的耳边，讨好地一笑：“陛下说，非常盼望立刻见着天下军武之首的白大将军，白大将军出仕楚卫国以前，还曾是我们帝都的金吾卫呢，和皇室的缘分真是深远。可是历来诸侯之兵不入王域，这已经是惯例了，白大将军龙虎之兵，新有杀戮，此时入京，怕有损帝都的祥和之气。诸位臣子也多有担心。所以陛下的意思，白大将军按照古礼具表恭请三次，陛下请钦天监测算星相，选择吉日。这样也方便堵那些老迈臣子的嘴。”

“具表恭请三次，选择吉日？”白毅冷冷地看着白克勤。

“都是些表面上的事，要不了多少日子。陛下自己，可是恨不得背插双翼，这就飞来见一见击溃嬴无翳那逆臣的龙虎之师的！”白克勤被那两道目光惊得心里发寒，不自觉地把话说得越发肉麻，完全不顾皇帝在偏殿嘱咐他要威严持重保持皇室威仪的话来。

白毅沉默地看着他，许久，终于挪开了视线，望向天边。

“哦，对了对了，还忘了一件事，”白克勤绞尽脑汁，忽然想到了什么，又一次眉开眼笑，讨好地凑了上来，“陛下听说白大将军缺医少药的事情，特地托长公主为将军搜寻药材，已经随着使团把药物送过来了！”

白毅微微一怔，脸色和缓起来，不自觉地望向使团后面：“哦？请问都是些什么药材？”

“是长公主为白将军搜集的血茸二十对、老参二十对、珍珠粉十两、水晶龙涎十两、白桦香十两……”白克勤滔滔不绝，这份药单他遵从长公主的嘱咐，背得滚瓜烂熟。

他念着念着，看着白毅的脸色如同天空中暴风卷云一般的变化着，那双眼睛里喷涌而出的像是愤怒。他搞不明白到底怎么了，越念声音越小，最后呆呆地停下来，看着白毅。

“白大将军？”他声音微颤。

“你知道你在说什么么？”白毅静静地问。

“知道啊！下臣知道此次任务重大，每件事都反复琢磨，诏书和药单都是背熟。从离开帝都，下臣就在车里翻来覆去地背，生怕在白大将军面前出了什么漏洞。”

“你不知道！”白毅的声音冷脆如冰。

白毅忽地转身离去，白克勤手足无措地站在那里，看见息衍和古月衣背着手站在不远处，神色也阴沉得很。他实在想不明白自己哪里出错了，惹得这些位高权重的将军们不开心，便只能求助似的把目光投向息衍。他和息衍还曾在帝都有过一面之缘。

息衍低头苦笑，缓步上前和白克勤见礼。

“息将军，这白大将军，可是心情不好？”白克勤小声问道。

“不好，很不好，此人一生就没有多少心情好的时候。”息衍笑着回答，从托盘上取了那枚紫畀之璧，在手里把玩。

“息将军，那是……那是白将军的赐物，您的随后就来，随后就来。”

白克勤想要阻止，却不便说。

“我们没粮没药啊，这殇阳关前数百里飞地，我们勤王之师又不能去打劫。这时候要玉璧来做什么？要是换成饼子，白毅大概还会开心一些。”息衍笑笑，把玉璧放回托盘上，转身跟着白毅离去。

漫天阴霾，铁灰色的云片自北方而来，肃杀地卷过整个天空。离群的大雁在天边划过一道婉约的弧线，似乎随时会坠落在群山之间。最终它奋力地振了振翅膀，钻进了浓密的阴云中。白毅、息衍和古月衣走在这片天空之下，三人都不说话，白毅忽地停步看那孤雁，疾风卷起他的白袍。

“靠近帝都，觉得真冷啊。”息衍隐隐地有言外之意。

“三日内要解决军士们用药的难题！如果补给跟不上，我军便首先撤离殇阳关。”沉默了很久，白毅道。

“你不还等着钦天监推算星相，看看你进京的凶吉么？”息衍笑笑，“参拜太庙，那是你白大将军的荣耀啊！”

“时间不够了，每一刻都有人死去。”

天启城，四面都是纱幕的水阁中。

长公主斜倚在坐床上掩口而笑，压不住胸中的得意之情：“想必此时白毅已经收到了他要的药材和补给，真想亲眼看看他脸上的表情。”

“这一招不过是拖延时间。白毅虽然会大怒，但是仅仅大怒，对他还不会造成损伤。白毅一代军王，真要激怒了他，只怕也不是什么好事。”雷碧城盘膝坐在对面的一张坐床上，神色淡然。两张坐床中间烧着一盆炭，温暖而安静，炭盆里添了香料，烧起来还有暖香缥缈。

“也许是我女流之辈的心眼太小，总想看见这些狂妄之徒无能为力时的嘴脸。看他白毅又能犟到何时！”长公主冷笑。

“白毅太危险，若要对他出手，便要一击致命。若没有这样的把握，便不要去招惹他为好。”雷碧城闭着眼睛调理呼吸，静静地说道。

“如何对他一击致命？”

“那就要依赖长公主调兵遣将。长公主手里的四万军队，轮到他们出场了。无论金吾卫还是羽林天军，编为两队，一队向当阳谷谷口推进，一队向殇阳关下推进。时间所剩不多了，对白毅的合围就要完成，如果还留下逃生的路，殇阳关就不能算是白毅的无还之土了。”

“羽林天军还稍好些，可是金吾卫……碧城先生是没见过那些放纵狂妄的孩子，在帝都里面他们还天不怕地不怕，不过放到战场上，以他们所受的训练和鼠胆，就是再多十倍，也不过是送给白毅吞掉的肉食。”长公主长叹，忧心忡忡，“碧城先生真有把握？”

“天地间强弱之势不是绝对的，一只有毒的蚊子可以咬死一头犀牛，金吾卫组织起来也未必不是一支生力军。长公主从速派人奏请陛下，打开皇室的武库，如果我的情报没错，此时武库里有两万五千张精制的重弩。殿下便用这些重弩武装军队吧，它们是极好的弩，设计完美无缺，又很容易使用，威力和射程也都不错，即便是全无经验的人，也只需要半天就可以掌握使用方法。他们无需学习瞄准，只需要列阵投放便可以。阵形的图纸我已经为长公主画好，就在公主的手边。”

长公主展开坐床边小几上的一卷图纸，浏览那些简约庞大的阵形。她不懂军学，却看得目眩神迷。

“那些弩，真的有么？皇室的武库，自从喜皇帝死后还未打开过，里面有什么，我也不知道。”她将信将疑，两万五千张劲弩，制作起来也是很不小的一笔开销，她不敢相信皇室竟然早已准备了这批军械，更不知道雷碧城从何处获得的消息。

“有的，其实九年之前，这些弩就开始准备了。”雷碧城道。

长公主愣了一下。她有种恍惚的感觉，仿佛这一切，今天的这场纷争，在九年前就已经被算定。一切就像是棋盘上的争夺，棋子还没有被挪动，可是庞大的方案却早已制订完成。于是所有棋子都不得不按照这个方案推进。

“这些弩，真如碧城先生说的这般管用？”长公主已经不得不相信雷碧城，可她依然有些疑惑。

“射穿风虎铁骑的铠甲，”雷碧城缓缓地睁开了眼睛，“已经足够了。”

就在白克勤宣诏的同时，陈国军营中。

营地中最大的一间兵舍是费安议事的场所，他靠墙端坐，微微闭着眼睛，陈国军团的统领们列为两排，坐满了整间屋子，正一个一个说话。

“很快就要缺粮，只是三五天的工夫，”一名百夫长奏报，“辎重被离军烧得干干净净，剩下的一点粮食，不是士兵们带在身上的，就是火堆里抢出来的，吃不了多久。”

“药品也缺得厉害，如今医官连止痛的药水都配不出来了。”一名参谋道。

“可曾向友军借粮？”费安闭着眼睛发问。

“借了，晋北国倒是答应了，送来的却是燕麦！燕麦是马吃的东西，这不是拿我军开玩笑么？”百夫长起身，恨恨地道。

“不要为这些事乱了军心，需要粮食和药品的时候，自然会有，你们自相惊扰，没有必要。”费安慢悠悠地道，“补给也许就要来了。”

一名亲兵疾步踏入：“将军，帝都的钦使已经到了营门前！”

“帝都的钦使？”费安微微皱眉，“他们来得真快，那么我们出去看看。”

军营门前，只有一个武士扶着一个长袍翻飞的年轻人站在风中，他们没有奉任何旗帜，也没有其他从者，如果说是使团，实在显得寒酸了些。可那个年轻人微微笑着望向远方，那种温和的自信，仿佛他拥有整个天下似的，令人无法抗拒他的尊贵。

费安带着一众统领，走到了年轻人面前站住，冷冷地打量他，并不说话。年轻人转过来向他鞠躬行礼，他的动作优雅飘逸，是豪门世家子弟的礼节。

费安并不回礼：“你身着皇室大臣的礼服，是从天启而来么？却只带了一个人，有什么信物可以说明你是陛下的钦使？帝都的大臣们我都熟悉，却从来不知道有您这样一位。”

他忽地眯起眼睛，目光如锋芒射出。

“我正是帝都使团的副使，我的名字叫百里莫言。”年轻人的双手笼在衣袖中，含笑而拜，“我的随从确实很少，显得寒酸了些。不过使团的正使白克勤大人现在应该正和白毅会面，大部分人自然都是跟着正使大人去了白大将军那边，而我托病赶来这里，是因为有人托我带口信给陈国的费安将军。”

“口信？”

“还有一些药物和粮食，虽然为了掩人耳目，实在也不便带得很多，不过总也是有益无害的。”

“谁托你带来的？”费安摇头，“我不认识你。”

“费将军何不让我进屋一叙呢？或许我给将军带来了好消息。即便不是好消息，我也不足为惧，我只是一个没有危险的瞎子。”

“瞎子？”费安吃惊地看着百里莫言那双似乎含笑的眼睛。

百里莫言正是微微地笑着，白衣飞扬，淡雅如莲。而他的瞳子却有些朦胧，眼神飘忽无着，像是汇聚在常人视力所不能达到的远方。

吕归尘抱着一只用纹锦扎起来的食盒，走到自己和姬野所住的兵舍外，听见里面传来低语声。那是叶瑾的声音，轻轻淡淡，像是给什么人说话，又像是自言自语。

“你在外面可别多说话，无论遇见什么事情，安安静静的就好了，你说了，他们反而会笑你。”

“他们若是真的笑你，你也不要着急，让他们笑笑又有什么？我们又不是没让人笑过，这殇阳关里都是粗人，惹怒了他们，他们会打你。”

“我知道我知道，我知道你心里是清楚的，只是说不出来。别动别动，一刻就好了。”

“别人不管你，你自己要管自己啊，时时要记得自己洗头，头发都结在一起了，又很多天没有洗头了吧……别动，闭上眼睛，水就不会流进去了。”

吕归尘愣了一下。这里是辎重营的中央，防备严密而且很少有人走动，所以息衍才下令把小舟公主安置在这里，同时也禁止普通军士靠近这间兵舍。这一处兵舍是准备给中级军官居住的，两间小房间寝卧，姬野和吕归尘一间，叶瑾和小舟一间，中间还有一个简陋的门厅。吕归尘听不出叶瑾是在跟谁说话，像是跟一个孩子，却又不是小舟，是个陌生人。而这里是不该有陌生人的。

吕归尘警觉起来，按住刀柄，略微退开虚掩的门。他极小心，没有发出丝毫声音。

“要是能回家，一切就都好了。”叶瑾轻轻地叹了口气。

她没有发觉有人正从门的缝隙窥看，依旧低头用力揉洗手里的一把白发。她身边的老人低着头，趴在水盆边，顺从地任叶瑾摆弄。他偏着脑袋，正好面对门缝，明显是看见了吕归尘正从门缝里看进去，眼睛忽地一亮。他瞪大了眼睛和吕归尘对视，像是个顽皮的孩子，同时鼻子一抽一抽的，抽着两行清鼻涕。

吕归尘吃了一惊，心里有点忐忑，觉得自己是个偷窥别人秘密的人，如今被发觉了。老人却不说话，闭上一只眼睛冲吕归尘比着鬼脸。

吕归尘认识这个老人，是破城之后被捕的车骑都尉叶正舒，叶瑾的父亲。

他想起叶瑾请托他的事来，而他还没来得及和息衍开口，叶正舒却已经出现在这里。他有些诧异，继续默不作声地看着。

叶瑾用手巾把洗净的头发裹了起来，为叶正舒擦干。这个老人的头发已经很稀疏了，湿了水露出一道道苍白的头皮，叶瑾用尖尖的手指轻轻划着他的头皮，为他梳理头发。她大概是没有梳子。叶正舒开始还老老实实地坐在椅子上，忽然开始咯咯地笑，大概是叶瑾弄痒了他。

“听话别动，”叶瑾稳着他的头，“还没擦干呢。”

一阵风吹来，咿呀一声，虚掩的门开了。吕归尘没有料到这个变故，要闪已经来不及。他和叶瑾正面相对，双方都愣着，吕归尘尴尬地低下头去，抓了抓脑袋。

隔了会儿，吕归尘从腰间摸出一把梳子，低头递过去。

叶瑾默默地取过：“谢谢尘少主，这殇阳关里都是男人，找把梳子可真难啊。”

“不是我的……是我买给一个朋友的。”吕归尘嘟嘟哝哝地说。

那把原色的木梳是他买给羽然的，木梳的一角还有一只展翼低回的鸟儿，雕刻的刀工极其纯熟。他在南淮逛街的时候，卖木梳的小贩看出他是豪门大户里出来的，说尽了古往今来所有的好话要把这柄木梳卖给他。

小贩喋喋不休地说公子你是不是要送这木梳给一个头发漆黑柔顺如水的姑娘？

吕归尘想羽然的头发确实柔顺如水，不过是金色的。

小贩又说公子你想姑娘家在头上别着这么一柄精致的木梳该有何等好看！

吕归尘闷闷地想说羽然那么东跑西颠的性子，你就是在她头上戴个铁笼子都会被她弄丢，何况一把梳子？

小贩还说公子你看这木梳的手工，不说宛州十镇数得上名儿，南淮城里也是独一家了。

吕归尘心想再怎么好的木梳跟煜少主身边姑娘们头上的镂花红牙梳相比也还差得很远吧？

小贩终于受不了这个主顾了，长叹一声说公子你买个梳子也不贵，可你想着这梳子从今往后就能在姑娘的长发间每天走上几百个来回，那青丝如水，都是牵情啊！便是她离得你远远的，看着她握着你送她的梳子，你也觉得像是在她身边一刻也不分离。你怎么就不舍得这么点儿小钱呢？

吕归尘愣了一会儿，默默地掏了一个金铢把梳子买下了。

临别的那一天他怀里揣着这把梳子站在小河边，看着月光下羽然和姬野坐在墙头说话，不知姬野什么话惹得羽然不开心了，于是她站起来双臂伸展，轻盈如飞鸟般掠过墙头远去了。

姬野踩落一块石头，石头落进河里，涟漪荡开，吕归尘低头看着涟漪里破碎的月光，摸了摸怀里没有送出去的梳子。

吕归尘就像傻子似的坐在一旁想心事，看着叶瑾为她父亲梳头。老人双手老老实实地搭在膝盖上，像个孩子般听话。

叶瑾梳好了头发，又帮他把鼻涕擦去。这时候外面传来了脚步声。门被推开，黑衣的楚卫军校站在外面。

吕归尘按刀起身，楚卫军校上来和他见礼。

“楚卫国白毅将军属下，亲兵营校尉司秋驿、程步蝉，拜见尘少主。”为首的司秋驿居然认识吕归尘。

“两位来这里有事么？”吕归尘问。

“息将军说叶正舒大人的女儿保护公主有功，应该让他们父女见个面，所以白将军让属下等带着叶大人过来一趟。不过现在夜深了，差不多也该回去了，叶正舒大人还是戴罪的人，要关押起来，是否赦免……”他看了一眼叶瑾，“到了天启再请陛下裁断。”

“哦，是这样。”吕归尘想息衍其实连这些琐碎的事情都记得，虽然看起来是个如此散漫的人。

老人嘴里呜呜地喊着，像是哭泣，又像是有话要说，拉着叶瑾的手。叶瑾轻轻抚摩他的脸，忽然发觉他眼角还有些结块的眼屎。她从腰间抽出手巾来凑上去，一边在叶正舒的眼角轻轻地擦拭，一边吹着。

这时候谁也分不清她和叶正舒之间是女儿和父亲，或者母亲和孩子。

吕归尘心里没来由地一跳，低头下去。楚卫军校本已走上来要带走叶正舒，却也停下了脚步。周围的人默默地呆立着，叶瑾踮起脚尖，为叶正舒擦拭眼角。

叶瑾收回手巾，一根根掰开叶正舒的手指。她的手被捏得发红，叶正舒的力气竟然出奇的大。

“父亲跟长官们回去吧。”她轻声说。

军校们押着叶正舒离去，叶正舒死命地回首看着女儿，喉咙里呜呜的。可他双臂被军校们扣着，无力反抗。

“再不多久我就会去接你了。”叶瑾轻声说。

叶正舒和军校们的身影没入了门外的黑暗中。

叶瑾和吕归尘对面而立，都有些尴尬无言。吕归尘抓了抓头，想往他和姬野住的那间屋子退去。

“多谢尘少主安排我和父亲的见面。”叶瑾在他背后说。

“不是我安排的，”吕归尘急忙摆手，“是息将军和白将军。”

“那得谢谢息将军和白将军了，看到他无恙，心里轻松了很多。”

吕归尘沉默了一会儿：“说是送叶大人来看你，其实是想看看公主的近况吧。”

他注意到两名军校中为首的司秋驿，临走前目光不断地往小舟公主所居的那间屋子飘去。

他走进自己和姬野所住的屋子，在身后扣上的房门，迎面一双黑亮的眼睛，那是姬野在黑暗里瞪大眼睛看着他。姬野没有睡着。

“吃果子么？”吕归尘没头没脑地问。

“什么果子？”姬野瓮声瓮气地问。

“帝都的钦使今天来了，赐了宫里御制的果子，”吕归尘提了提手里的食盒，“将军分给我们了，就是甜得要命，不如紫寰宫里的糕点好吃。”

“就这些？”姬野觉出吕归尘的神色不对。

“还有些御赐的珍玩和诏书。”吕归尘坐在姬野的床边，深深吸了口气，想要卸去身上的疲倦，“可是没军粮也没药材补给，粮食快不够吃了，伤兵也没有药材救治。听说今天白毅将军发火了，说是再没有补给，楚卫军就要率先撤出殇阳关。”

他沉默了一刻：“在我们北陆，打胜了仗是最大的荣耀，哪个将军能把大敌灭掉，牧民家里宁可宰了所有的牛羊款待他，主君也要派大队大队的使节赐给器皿、牛羊和奴隶。跟这里可不一样，打胜了，就被人忘了似的。”

“我们怎么办？将军可说了么？”姬野问。

“将军什么都没说，我和息辕出来的时候，将军在军帐里弹琴。”

“弹琴？”

“弹的是南淮的小调《不如归》，大概将军也想着撤兵了。”吕归尘望着屋顶，“我总有点感觉，将军对于这次出征，并不怎么热心似的。”

“他对什么都不热心的。”姬野说。

吕归尘想了想，摇了摇头。

“你要有空帮我去外面打一盆水，我得洗洗脸，脸上脏得不成样子。”姬野说。

“阿瑾没有帮你擦脸么？”

姬野忽地皱了皱眉：“阿瑾阿瑾，好像你和她很熟似的。我不想给别人当废物一样伺候着。”

隔了一会儿他又说：“我不喜欢那个女人。”

“怎么？”吕归尘不解，“我倒是觉得她跟你长得还有点像呢，你看她的眼睛了么？跟你一样是纯黑的，还真少看见这种眼睛。”

姬野皱了皱眉头，满脸厌弃的样子，把头扭到一边去了：“反正我不想看见她那张脸，让人看了就烦，她哪里像我了？”

吕归尘知道这个朋友倔起来九牛也拉拽不回，也不多劝他，拍了拍他的肩膀：“那我帮你打水去。”

他从屋里出来，看见叶瑾坐在门槛上，面对外面的黑暗，只留给他一个修长的背影。静静的，雕像一般。他心里动了动，从门厅一角拎起唯一的铜盆，他要从叶瑾的身边跨出门去。叶瑾微微侧身，却没怎么动弹。

吕归尘想了想，贴着叶瑾坐下，把铜盆放在面前。两个人都不说话，军营里梆子的声音缓慢地穿过空气，从他们的门前经过，而后远去。

“得谢谢你救了我。”吕归尘打破了尴尬的沉默，“一直想跟你说，却不知怎么开口。”

他知道自己不过是借故搭茬，他想说的不是这个。

“我家在云中，父亲出仕于皇室之前，只是楚卫国一个无名的小吏。”叶瑾轻声说。

“曾经是殇阳关里排第二位的人物，想不到以前还是小吏呢。”吕归尘心里动了动，似乎自己想知道的事情被叶瑾一眼看穿了，“你家不是云中叶氏么？我听说过的，东陆最有名的七个大家族之一。”

“长官，可不像你想的那样，”叶瑾轻轻笑笑，“我们东陆这七个大家族，哪一个没有几万的后代？我家在叶氏里是个微末的小分支，除了继承‘叶’这个姓氏，和主家那些大人物是没有任何联系的。要是非厚起脸皮去走亲戚，也不过是被人施舍几个金铢，让仆役彬彬有礼地送出来罢了。”

她理了理鬓角的头发：“然后我娘便改嫁了。”

“改嫁？”吕归尘愣了一下。

“楚卫国的吏治严厉，可是贪污横行。因为发给官吏的薪俸极少，所以逼得官吏不得不贪污。若是被抓到，惩罚极严，贪污金额在五个金铢以上的，可以处死。可是五个金铢对于当官的人家，有时候逢年过节给上司送礼都不够的。下面的官吏为了自保，都是拉帮结伙，互相隐瞒。父亲是个胆子很小的人，也不是不想贪污，而是律令严酷，他不敢。所以每到需要给上司送礼的时候，家里就穷得没有余粮。有一年元日，父亲把最后的米换作几个金铢，只买得起几条猪腿分别送到几位上司的家里。别人可都是送金玉和珍玩……”叶瑾还是淡淡地笑，“上司也知道他是什么人，倒不在意他那点供奉，只是取笑两句就让他走了。可他从上司门里出来，想到家里穷得已经连米都没有了，更不用说荤素，根本没法过这个节。于是他偷偷到廊下，从自己送的猪腿上偷割下一刀肥肉，揣在怀里跑回了家。”

吕归尘默默地听着，咀嚼着她话里的哀寒。

可叶瑾的语气还是淡淡的：“我外祖父也是个小吏，还略有些手腕，家里有些钱。平时他恨我父亲胆怯无用，很少来往，元日却是必须来看看女儿的。所以他带着家里做好的菜和几坛酒往我们家来，进门看见我父亲守着一只锅，锅里就是白水煮的那块肉，除此之外什么吃的都没有。外祖父气他一个官吏之家，居然能窘迫到这个地步，门也没有进，只把东西扔下，带着我母亲便回了自己家。”

“你父亲……心里很难过吧？”吕归尘轻声说。

“还好，他是逆来顺受的那种人，以前外祖父把母亲带回家去，也是有过的。”叶瑾说，“父亲就把外祖父送来的东西拿出一点来，和我一起吃了过年的饭，还有那块煮肉。他安慰我说外祖父过些日子气消了，就会把母亲送回来。那一年我才四岁，便相信父亲说得没错。可那是我最后一次见到我的母亲……”

“怎么？”吕归尘吃了一惊。

“父亲割那条猪腿的时候，不小心被上司家的厨子看见了，转而去向上司告状。上司倒是不责怪父亲，知道他家里贫穷，只是把被割了一刀的猪腿原封不动地送了回来，附带了一张笑讽的字条。可这件事就这么在云中的官吏们中传开了，人人都当作过节的一桩笑谈。我外祖父人脉繁多，自然也传到了他的耳朵里。外祖父觉得一生之中没有这么颜面扫地的时候，这次是真的勃然大怒，对父亲完全绝望了。我父亲等着母亲回来，等到的却是外祖父的一封‘断婚’文书。外祖父说他收入微薄，不能抚养妻子，也把断婚的文书送到了官署里。”

“怎么……可以这样呢？”吕归尘喃喃地说。

他心里一阵茫然，他想这样可怎么办啊，这甚至不是在战场上面对千万的敌人，你可以拔刀奋起，大不了一战而亡，也是武士的光荣。可那时候的叶正舒没有办法，他不能拔刀，只能卑微地求告。

“父亲慌了，一面向着官署求告，一面写信哀求外祖父。可这次真是伤了外祖父的颜面，官署里管理户籍的人是外祖父的旧交，很快官署便核准了，说查明了父亲没有能力抚养妻子。说起来真是可笑，官署说一个本本分分拿着官署薪俸的小吏却养不起自己的妻子。”

“那你母亲真的……改嫁了么？”吕归尘觉得自己在问一句废话。

“改嫁了。”叶瑾点点头，“为了绝了父亲的想法，外祖父多方请托，两个月内就给母亲订了一门新的亲事，对方是外祖父的一个属吏，是个极聪明的年轻人，那时候升迁很快，也亏得外祖父多提携他。对方还没有结过婚，却愿意迎娶母亲，外祖父觉得非常高兴，于是坚决不让母亲带我，说这样便把过去的事情都忘了，不要再有什么瓜葛。”

“怎么……可以这样啊？”吕归尘说。

他觉得自己和叶瑾说起话来就像傻子，总是没头没脑地问一些毫无意义的问题。可他真的就想这么问，怎么可以这样啊？一个女人生了一个孩子，可有人非要她扔了这个孩子去改嫁，只因为那个孩子的父亲是个懦弱无用的人。

“怎么可以这样啊？”吕归尘在心里重复地问自己。

“母亲托人来跟我说，说等她嫁过去了，一定想办法来接我过去，这样子大家便可以团聚了。”叶瑾说。

“可她……她就答应了么？”吕归尘着急起来。

“答应了，大概母亲也很讨厌父亲的无能吧，我记不太清楚小时候的事情了，只记得他们经常吵架，父亲被赶出去，就蹲在厨房的灶台边一个人默默地烧火，早晨起来他就坐在那里睡着了。”叶瑾说，“母亲就这么嫁过去了，母亲出嫁的那天父亲偷偷跑出去看，看了回来他又蹲在灶台边一个人默默地烧火。”

吕归尘低下头去，鼻子里忽地有股难忍的酸楚。

“后来的一个月里他天天都去小酒馆里喝酒，喝了回来就发酒疯。他在家里大声喊说他也是云中叶氏的子孙，没有人能看不起他，他也可以上战场马革裹尸，等到他时来运转的一天，他要娶云中最美的女人，用银装的车辇迎接那个女人入门，让那些看不起他的人都亲眼看着。”叶瑾笑着摇摇头，“可是他喊了一阵子又会抱着我大哭，说让我不要离开他，不要去那个人的家里。”

吕归尘十指插进头发里，双手捧着自己的头，忽然觉得疲惫不堪。

“可是忽然消息传来说，母亲投井死了。”

吕归尘惊得抬起头来：“为什么？”

“后来听说那个男人其实迎娶母亲心里也很不舒服，毕竟是嫁过也生过孩子的女人，只是为了将来的升迁。那个男人的母亲就更是不满，我母亲嫁过去之后，接连一个月看到的都是丈夫和婆婆冷冰冰的脸色。可是你想，一个已经嫁过两次的女人，她还能回自己的娘家么？母亲是个性格很烈的人，终于不能忍受，她被那个男人扇了一巴掌以后，一个人跑出来，在距离我家不远的地方，投井死了。”叶瑾抬起头来，幽幽地说，“我老是想她是不是想过要回来，可是终于回不来了……”

吕归尘的眼泪无声无息地滑落下来。他不敢擦，他觉得这样子一个男人流泪真是丢脸，所以他低头抱着脑袋，把额头放在并拢的膝盖上。

“夜深了，尘少主早点睡吧，这些琐碎的事情，哪天讲不是一样？我去帮您打水。”叶瑾端着铜盆，脚步声轻轻的出去了。

吕归尘一愣，想着原来刚才他和姬野在屋里的对话叶瑾都听到了。

九月初五。

夜已经深了，营中燃了灯火。

息衍一袭黑衣，一张弦子，在军帐里自弹自乐。琴声飞跃低回，欢乐而俚俗，有种市井人家过节时候的闹腾气氛。而军帐中只有他一人，空荡荡的，在这里待久了，便觉得一阵冷风萧瑟地在身边流动。在这样的地方听到这样的琴声，便显得有些古怪。

息辕疾步进帐，息衍同时停手，一掌拍在蛇皮面上，止住了琴弦的颤动。

“谢主的消息送来，帝都有不寻常的兵力调动。羽林天军和金吾卫各营军士均不准回家，诸营戒备，军粮马草和装备都已经就绪，随时可以出发。”息辕低声说。

息衍微微眯起眼睛，低头看着自己手中的弦子：“皇帝要调动那两支废物一样的军队？谁是他们假想的敌人？”

息辕静静地站在一旁不说话。

“帝都的左近，只有三支军队，淳国华烨的风虎铁骑、离国柳闻止的两万赤旅、殇阳关里的联军。如果皇帝要调动军队，他的矛头会指向谁？”息衍像是喃喃自语。

“这么看来，大概是离国剩下的两万人军团。”

息衍摇头：“理由不充足。华烨对柳闻止，柳闻止可以说全无胜算，最多不过能够挫伤华烨的锐气，拖延他的进军。此时帝都出动羽林天军和金吾卫，这两支军队和淳国风虎相比，就像是豺狗之于猛虎。淳国风虎冲杀之下，皇帝的军队全无用武之地，甚至可能被波及受损。那么与其说他们是去打猎的，不如说他们是去当猎物的。”

“皇室的宿老和重臣们也许不真的了解战场吧？”

息衍沉思着摆了摆手：“皇室的宿老和重臣确实不了解战场，但是能够调动军队的那人一定是了解战场的。”

“调动军队的不是皇帝？”

息衍冷冷地一笑：“我虽然不知道他到底是谁，不过我知道帝都真正掌握权力的人绝不是皇帝！”

“那这次的调动……”

“你说皇室的大军会向着我们开来么？”息衍抬头看着侄儿。

“现在诛杀有功的诸侯？”息辕摇了摇头，“未免太过匪夷所思了。”

“如果可能，他们是会这么做的。记得我跟你说的话，其实皇室也不过是一个诸侯，掌握了一方的力量，他们是诸侯之长而已，这也让他们比任何诸侯更想称霸，尤其是在他们渐渐失势的时候。”息衍幽幽地说，“如果他们有机会动手，我想他们一定会发动的，可我还没有想出来他们现在如何动手。他们没有击败诸侯的兵力，也没有足够的理由。”

息衍沉思着，久久不说一句话。

“谢圭信里说，名单已经差不多统计完整。”息辕又说，“能够查到传承的天驱，大约还有一千零八十人，但是谢圭没有惊动大多数人，只是和他们中看起来可靠的人搭上了线索，这些人大约有二百五十个。”

“比原先估计的更少。”

息辕点了点头：“七宗主的继承人目前所知的仍然是四个，剩下的指套始终没有线索，也许已经被毁掉了。”

“不，五个，其实我知道第五枚指套在哪里，不过那条线的传承，已经绝了。”息衍轻声说。

“叔叔，”息辕犹疑着，“再次以鹰徽发出召唤，他们真的还会归来么？已经那么多年过去了。”

“会归来的始终会归来，要离去的终究会离去。”息衍摆摆手，“我们和辰月，终有一战。我们只是要在战前做好全部的准备，至于有多少人会支持我们，以及那一战的输赢……”

他沉默了一会儿：“谁知道呢？上战场的人，谁知道援军何时会到来，谁又知道自己的死期？”

“终有……一战么？”息辕低声问。

“我太了解他们了。”息衍低声说，“我的老师对于辰月有种比喻，他说辰月教徒就像一些野兽，它们的头上捆着一根竹竿，竹竿上吊着一块鲜肉。野兽们看见这块鲜肉在前，就会拼命地往前奔跑，张嘴去咬。可是它们往前，鲜肉自然也往前，它们永远够不到。但它们即便累死，也不会停下，因为那肉的诱惑太大了。”

“辰月的鲜肉，便是神一般的力量和与世界一同不朽的永恒存在。”息衍看着侄儿，“这诱惑太大，几乎无人可以抵挡。可他们永远无法得到，所以他们会为此不择手段。嬴无翳如此轻易败退了，让我很吃惊。”

“吃惊？”息辕不解。他想离军的败退也不能说是轻易，殇阳关前战场上死伤的惨烈，也是动人心魄的。

“嬴无翳的退却不能真正改变东陆的时局。离国如今依然有霸主的地位，诸侯也依然貌合神离。那么除了嬴无翳离开了帝都，殇阳关之战又改变了什么呢？我从不怀疑这一战的背后有辰月的手在悄悄推动，可问题是，辰月的大教长们是侍奉神的使节，他们的胃口很大，不做小家子气的事。那么他们会接受一场并不真正改变时局的战争么？”息衍摇头，“如果他们还有另外的目的，那么他们的目的是什么？”

息辕想了想，觉得脑海里千丝万缕，只能摇头。

“这种事情多想没有用，只能等着看。”息衍起身，“今夜是晋北军负担城防？”

“是。”

“可以去城上和古月衣将军聊聊。”息衍把佩剑挂在腰间。

此时的天启城，百里氏老宅的水阁中。

晚风从水上来，吹在身上寒凉入骨。长公主一幅轻绸裹身，裸露着双肩，围一条貂裘，和雷碧城对弈。煮茶的小厮和黑衣从者都站在水阁外伺候，风吹得凌乱张狂，水阁周围的白色纱幕飞舞摇曳。

长公主环顾左右，略有不安的神色。而雷碧城端静如水，缓慢地落子。他棋艺却并不怎么好，在棋盘上围困，正苦苦寻求着出路。

“碧城先生深夜约我下棋，只是为了下棋？”长公主裹紧了身上的貂裘。

“只是为了着棋。”雷碧城看着棋盘，并不抬头，“此外，我想试试我的运气。”

“运气？”

“我知道长公主曾以棋艺闻名帝都公卿中，而我的棋艺甚至比不过离国公殿下，自然也比不过长公主。但是我想试试自己这次的运气，如果我赢了这一局，说明我的运势好，殇阳关的那一局我也能大获全胜。”雷碧城整理衣袖，“我非常想在这一次大获全胜，也许是贪心了一点。”

“以碧城先生的神术和远见，还依然畏惧白毅息衍那些粗鲁的武人么？”

“我有把握战胜白毅，但是对息衍，我没有绝对的信心。长公主听说过一个组织叫作天驱么？”

“天驱啊？”长公主轻蔑地一笑，“一帮妄人的组织而已，意图私下积蓄兵力颠覆朝政。皇室下令，诸侯剿杀，也有三十多年了吧？如今大概不剩下什么人了。最后一个知名的人物，是十几年前晋北的名门之后幽长吉。听说倒是个绝世的男子，可是被天驱余党所诱，背叛了家族，当了天驱的首领。后来他自己又不知怎的被天驱追杀，从此没了踪影。此后天驱也就绝迹了，最近十年来只有不多的几例。”

“如果我告诉长公主，息衍便和这个组织有着千丝万缕的联系，甚至可能是其中的首领人物，长公主怎么想？”

长公主一怔：“堂堂的御殿羽将军，领着皇室的俸禄，接受陛下的封号，掌握下唐的军权，却又和逆党勾结？如果证据确凿，大可以禀报陛下，令下唐国将他下狱！”

雷碧城缓缓摇头：“没有那么容易，息衍是个太聪明的人，如果不是在身边设下了重重的保护，他绝不会轻易对人暴露身份。所以这些话我也只对长公主说，长公主切不可轻易禀报陛下。如今还不到揭破息衍伪装的时候。”

“碧城先生如此忌惮息衍？”

“不，我是忌惮天驱。那些人是号称不死的啊……”雷碧城叹息，“不死虽然是个传说，却也应验了那么多年。”

他缓缓地在棋盘上落子：“不死，是最伟大的神迹之一，也是一种可怕的诅咒。”

长公主看他怔怔地望着水阁外，她很少看见雷碧城如此神情，心里幽幽地浮起一丝不安来。她在盒子里抓着棋子，让冰凉的棋子一枚一枚从指间流过。两个人都不说话，唯有棋子们碰撞的叮叮微响。

长公主迟疑着落子一枚。就着棋盘边的一盏小灯，她忽地看见几枚棋子间有黑色黏稠的东西。她素来讨厌这些不干净的东西，便拿起一旁拨灯芯的银簪子去挑。那些东西挑不起来，却沾在银簪子上了，长公主把簪子直接放到灯火下，心里一惊。

亮银的表面上血色殷殷。

她看向雷碧城，雷碧城犹然眺望着水面出神，手捻一枚棋子悬在棋盘上方将落未落。雷碧城的窄袖里，黏稠的血液色作红黑，一滴一滴落在棋盘上。

长公主惊得起身，此时湖面上不知哪里卷来的大风席卷了整个水阁。纱幕飞扬，灯火熄灭，煮茶的小厮追着他被吹飞的竹扇而走，茶炉里的红炭一闪一闪地发亮，黑衣从者猛踏地面，按住腰间的刀柄，如据地将扑的猛兽。

“碧城先生。”长公主低声惊呼。

雷碧城也回过神来，忽地一抓衣袖，藏在手心里。

“我也逃不过反噬啊。”他低低地叹了一口气，在棋盘上拂袖，棋子纷纷而落。

“今夜有事，不安，先告辞了。”雷碧城起身离去，黑衣从者紧紧跟在他身后。

等到煮茶的小厮重又点起了灯火，长公主才略略恢复了几分。此时雷碧城的身影即将消失在步桥的远处。长公主检视棋盘和棋子，并没有一丝血痕，似乎那一切只是一场幻觉，在雷碧城挥袖的时候，都被扫去了。

长公主拾起掉落在一旁的簪子，凑在灯火下。

簪子上一痕极细的血色，像是烫在了纯银里。

那是真正的血，从雷碧城的袖口里流出来的。那一幕并非幻觉。那血落在棋盘上，冰冷而黏稠，像是从死去很久的人伤口里挤出来的。

殇阳关，下唐军辎重营。

姬野瞪大眼睛看着屋顶，房间里没有点灯，只有外面士兵烧饭的火光照进来，一闪一闪。这间兵舍一般军士不能轻易进入，吕归尘在息衍身边听命，总要夜很深才能回来，叶瑾却是个俘虏，不能动用火烛，也不能靠近武器。所以他们常常便要黑着灯等吕归尘夜归。

姬野侧着耳朵听了听，听不见外面叶瑾的声音。每天叶瑾都是在门厅里擦拭灰尘洗洗补补，这声音让姬野烦躁不安。此时忽地没有了，就觉得分外的安静。姬野自己也说不清为什么不喜欢叶瑾，只是看着这个女人，不由自主地有种心惊，一种极不舒服的感觉从胸口里往上涌，就想避开她那双漆黑的眼睛。他很少那么想避开什么人。

姬野第一次发现自己也讨厌纯黑的眼睛，心里明白了姬谦正为什么不喜欢他盯着自己看。纯黑的眼睛，看着像两眼漆黑的井。

屋子里静得让人发慌。

他的半边肩膀还被石膏封着，只能靠一只手努力撑起身子靠近窗口。这样便能看见外面的军士忙着传火做饭，劳碌一天的军士们因为即将可以吃饱而精神振作，其他的都暂且抛在了脑后，一派热闹的景象。这样姬野便觉得好些，起码不是孤零零一个人躺在黑屋子里。

门咿呀一声开了，幽幽的一股冷风吹进来。姬野吃了一惊，按住枕边的青鲨，勉强回头。黑暗里一个白色的身影静静地站在门口，个子不高，低着头。

“小舟公主？”姬野认出了她。

他这些天还没有跟这个小公主说上一句话，小公主一直就待在她和叶瑾所居的那间屋子里，被叶瑾服侍着，一步也不出门来。姬野只是在息衍派人送来食盒的时候，从门缝里看了小公主一眼，觉得她静静的像个玉石娃娃。

小舟怯怯地看了他一眼，往后小退了一步。两个人都没再说话，姬野就着窗户里透进来的灯光，和缩在门边仅仅露出半张小脸的女孩儿对视。

“你叫什么名字？”姬野问。

“白……白舟月。”

“你果然姓白！”姬野脱口而出。他想果不其然息衍的猜测是对的，这个小公主根本就是先帝和楚卫女主私生的女儿，连姓都是皇室的白姓。

小公主点了点头：“我跟妈妈姓……”

姬野愣了一下，明白自己猜岔了，这个小公主是楚卫女主的女儿，母亲身份远高于父亲，所以随母亲姓也可以理解，并不能坐实她便是先帝的女儿。

“你不在屋子里待着，四处乱跑？”姬野满是训斥孩子的口气。

“屋子里黑……叶瑾出去了……没有人。”小舟轻声说。

姬野心想原来那个女人出去了，难怪兵舍里静成这样，而这个小公主分明是怕黑。羽然其实也怕黑，姬野知道。羽然在身边有人的时候便不怕，所以深更半夜的敢和姬野他们一起去城外荒废已久的北辰神庙探秘。可是一旦她在黑暗里离开了他们两个，不再触手便能抓到人，她就会像个受惊的小兔子似的，一点声音不敢发出，脚步轻轻地往有光的地方摸索。

“你过来吧。”他冲小舟招招手。

小舟怯生生地小步挪到他床边，一手背在后面。她穿着一件月白色的宫裙，广袖阔带，白色的锦地上织绣着淡青色的火焰蔷薇花纹，头发细细的梳成宫髻的样子，首饰大概都在战乱里失落了，只在发髻中央缀了一枚红玛瑙的蔷薇花，鲜红欲滴。她身量远没有长足，这身衣服贵气典雅，穿在她身上却有点臃肿，像是把女孩儿包在一大团锦绣里，袖子大得把手都遮了，只露出纤纤细细的指尖来。姬野想起来了，小公主这副模样就像是晋北产的绢人娃娃，他在南淮的市集上见过晋北的行商贩卖。

姬野又把目光移到窗外，百无聊赖地看着那些军士来来去去。小公主在他身后一言不发。他觉得被看得有点不舒服，又回过头来，看见小公主一双很大的眼睛，眨巴眨巴地看他。姬野被看得不耐烦的，使劲一瞪眼，直视她的瞳仁中央。

两人目光相对，姬野却愣了一下。他本来是想吓唬一下这个小公主，几乎所有和他对视的人都会惊悚地避开，和羽然吕归尘他们出去玩的时候，一个街头占卜的先生看他的眼睛，惊慌地离席说里面仿佛藏着鬼神。可是小舟没有避开，小舟呆呆地看着他瞪眼睛，似乎满不理解这个年轻军官在做什么。姬野一下子竟然感到极大的挫败，他想这是第二个初次对上他目光就全不畏惧的女孩了，第一个毫无疑问是羽然。他又想这该是第三个才对，第二个是那个小老虎一样的离国公主，在他一枪就可以杀了她的时候，她依然可以凶狠地瞪大眼睛和他对视，似乎成心拼个高下。

“你不怕我？”姬野说，他忽然觉得自己这问题问得很傻。

小舟摇摇头：“不怕，老师从小就教我说话时候要看着人的眼睛。他说别害怕也别害羞，其实你害怕的时候，别人也害怕。‘眼为神魂之门户’，看进每个人眼睛里都能看出他的害怕来。你要是先避开，你就输了。”

“那你看出我害怕什么了？”姬野心里一紧，冷冷地问。

小舟摇摇头：“老师就是这么说，我就跟着做，可我什么也看不出来，我就是学会了看人的眼睛不害怕。”

姬野本来想这个娃娃般的小丫头居然也要跟自己犯倔，心里像是有只警觉的刺猬奓了起来，可是他的攻势到了这个小公主那里像是箭射湖水一样悄无声息地没入，连个水花也溅不起来。他一股气泄了，心想你老娘给你找了什么老师，如此的不可靠，教女孩家却不多教点诗词插花，教她跟人对眼儿。他又觉得自己很是无聊，居然无聊到吓唬小姑娘。

他伸手挠了挠后脑，无奈地在小舟脑袋上摸了摸，算是和这个小姑娘休战了。

“你跟不跟我玩？”小舟也看出她和这个年轻军官之间有所转机。

“玩？”姬野觉得自己有麻烦了。

小舟把手从背后拿出来，她手里提着一个精美的织锦囊。她把织锦囊里的东西小心翼翼地倒在姬野的床铺上，姬野看她那么谨慎的样子，只好支撑着身体往旁边闪了闪，怕碰坏了小公主的什么宝贝。

出乎意料，小舟倒出来的是六七个简陋的泥偶，捏制的人手法很不熟练，上的颜色也土里土气，和南淮街头最便宜的泥偶相比都难看了许多。

“好丑的玩具。”姬野脱口而出。

“老师给我讲历史用的。”小舟嘟着嘴儿。

姬野心想你的老师看来真是个不能要的人，大概为了混一个宫里的差事就想方设法地逗公主玩，却也不舍得下血本，拿出来的都是这么下三滥的便宜货。

小舟拿出一个蓝衣的泥偶，它身穿甲胄，腰间配着小剑，是个武士的模样。

“这是蔷薇皇帝。”

“这？”姬野瘪嘴苦笑。他最喜欢听南淮城里的说书人说蔷薇皇帝征战的故事，烈旗飞扬长戈烁日，那是绝代的英雄，哪里是这个笨笨的小泥偶模样？

“这个是蔷薇公主。”小舟又拿出一个红衣的泥偶来，用晶莹剔透的小手指在它头顶爱惜地摸了摸。

姬野这才明白小舟的老师给她讲的是蔷薇朝的历史，忽地有了几分兴趣。

其实蔷薇皇帝当政的时期，史官称作蔷薇朝。蔷薇朝的历史却很奇怪，有不下二三十个版本，每个版本里面记载的人物和事件都不相符，加上市井流传的演义，就更加的混乱。这是因为白胤出身下层，跟随他征战的人又非常的多杂，多半不是世家大族。白胤不分上下，统称为“兄弟”，直到他登基后的好些年，政务还是由他不同的“兄弟”去履行，史官集团根本分不清这些刚刚洗脚上田的农民哪个是哪个，这个“兄弟”和那个“兄弟”之间有什么区别。加上白胤的“兄弟”们称号多杂，往往一个人的真名、假名、称号混在一起，全然分不清楚。白胤自己也对这些史官集团很不看重，他平生一是不喜欢史官，二是不喜欢言官，觉得这些人多半都是跟他作对的。言官喜欢说他什么做得不好，史官还要把这些一笔一笔地写在书上。所以白胤缩减了史官的开支，称他们为“墨虫”。史官集团饱受打击，有的愤而辞官，有的终日消沉，最后也不知怎么的，史官集团的首领，也是言官集团的首领，天启七御史之首的文胜家觉得不堪忍受，据说是悲愤下一把火把宫里积存下来的数万卷史册资料焚烧干净，自己也从天启城城墙上坠下而死。那一夜宫里大火燎天，宫墙外的贵族文士遥望火焰捶胸痛恨，泪如雨下。他们恨的是宝贵的卷宗就此人间绝迹，字里行间的前朝遗迹再也无法追索，倒不在乎文胜家的命。跟史官之书比起来，一人之命确实也算不得什么。白胤倒也不觉得怎么样，早晨命令御史们组织人抢救了一些史册，根据残页重新抄写刻印，凑出了一部很不可靠的《大胤本朝纪事》。名为《纪事》，就是根本没正正经经当作皇家史书来看，内容也是乱七八糟缺行少字，还美其名曰“不能妄改前代史官遗墨”，烧掉的部分不复补足。白胤的喜好一直影响了数代皇帝，他的继任者均好弓马器乐不好文史，可以说大胤前几代的皇帝都是粗人，直到三代后的胤明帝性格柔懿，雅好读书，才发觉本朝居然没有官史，是大大地丢了皇家的人，于是重金招募文士史家，重新撰写《大胤皇家镜明史》作为官史，可是此时距离蔷薇朝已经数十年过去，旧事散佚无以求证，最终白胤是如何一统天下的，都是个说不清道不明的历史疑案。

不过这些姬野统统不知道，姬野就知道有个叫作白胤的皇帝带领一群男儿一统天下，他喜欢说书人嘴里一怒拔剑纵马千里的感觉，想着那帮血管里如同流淌火焰的男人。

“这是文纯公子。”小舟拿出了第三个人偶，漆着白衣。

“文纯是谁？”姬野愣了一下，说书的先生并没有提到过蔷薇朝有这么一个人。

“是蔷薇皇帝的好朋友啊，”小舟把蓝衣的人和白衣的人放在一起，“他们是最好的朋友。”

“那就是兄弟了。”姬野点了点头。

小舟又把红衣的人偶和蓝衣的人偶放在一起：“他们也是最好的朋友。”

姬野本来想随口说那他们也是兄弟了，可是想到红衣的那是蔷薇公主，自然没什么兄弟可言，于是老老实实地闭了嘴。他跟羽然玩得久了，知道女孩子认认真真说话的时候自己最好少开口，只要点头，反正他开口就是些市井糙汉的说辞，女孩子听了也不开心。

“他们是很好的朋友，”小舟一手拿着蔷薇皇帝，一手拿着蔷薇公主，“他们住在一个很远很远的地方，那是乡下，到处都是水田，那时候他们还很小。蔷薇公主很喜欢蔷薇皇帝，但是蔷薇皇帝小时候很穷，没有父母也没有田地，只有他跟着游商的舅舅，从这里到那里流浪。”

“他们住在乡下，变成了好朋友，可是很快蔷薇皇帝就又走了。”小舟又说，一边说着一边摆弄人偶，让它们像两个孩子那样拉着手摇摇摆摆地走来走去。

姬野心想哪有这种故事？刚认识，什么事都没发生，就又走了。可他忍住了，没说话。

“后来他长大了，当了兵，有名了，可是吃了很多苦。他想着小时候认识的蔷薇公主，他觉得自己长大了，就跑回小时候的地方去找她。可是他找不到了，”小舟轻轻地说，“他跑到那里，发现那里只剩下一片烧焦的农田。”

“那蔷薇公主呢？”姬野问。

“她其实就住在蔷薇皇帝当兵的那个城里啊，”小舟拿红衣的人偶摇了摇，“可是她变得很有名，她被卖到了青楼里。蔷薇皇帝也听过她的名字，可是不知道她就是自己小时候的朋友。”

小舟拿出白衣的人偶来：“文纯公子很爱蔷薇公主……”

“等等！”姬野打断了她，“他们不是兄弟么？还能抢兄弟的女人？”

“可是他很爱她啊，”小舟把红衣的人偶和白衣的人偶放在一起，“她也很爱他。”

她又把蓝衣的泥偶和红衣的泥偶放在一起：“可是他也很爱她，她也很爱他。”

姬野觉得脑袋里有群苍蝇嗡嗡地叫。

“那时候文纯公子还不认识蔷薇皇帝，文纯公子想带着蔷薇公主一起离开城市回乡下。可是蔷薇公主不愿意，蔷薇公主觉得自己变成了一个不好的女人，再也不能回乡下了。她回了乡下，见到小时候喜欢的那个男孩，就会很难过。”小舟说。

“不好的女人？”姬野愣了一下。

“可是文纯公子还是对蔷薇公主很好，谁都知道文纯公子喜欢蔷薇公主，他是那个城里最有名的人。文纯公子那时候认识了蔷薇皇帝，他们两个都是有志向的人，觉得要建立新的国家，百姓才能安居乐业。他们就变成了最好的朋友，”小舟把白衣的和蓝衣的人偶凑在一起，“他爱他，他也爱他。”

姬野一摆手：“慢着！不要老是爱来爱去的，两个男人，爱什么爱？”

“爱就是很喜欢啊，不想离开啊，看到他就会安心啊。”小舟眨眨眼睛，不知所措地看着姬野。

姬野又是一愣，良久点了点头：“你往下说。”

“文纯公子觉得蔷薇皇帝是自己最好的朋友，应该带他见见自己最喜欢的女孩，就带蔷薇皇帝去见蔷薇公主……”

“那完蛋了！”姬野大声说。

“他们三个人就见面了。”小舟把三个人偶放在一起。

“那后来呢？”姬野问。

“后来蔷薇公主对蔷薇皇帝说，你是一个生来就要夺取天下的人，不能娶一个不好的女人，我们小时候已经相遇了，就记着那时候的好日子吧。我不能把自己交给你，就帮你得到天下。她就返回去劝说文纯公子帮助蔷薇皇帝，她说蔷薇皇帝登基的时候，她会跟着文纯公子回到乡下。”

姬野心想好离谱的故事，两男一女扯在一起，跟天下大事又有什么关系？而且他常听说书先生讲的那些《四州纵横蔷薇帝应神感》《长战录七十二勇士斩白河》跟这段历史似乎全没了关系，天下就变成了三个爱来爱去的男女的戏台。

“可一个女人怎么能帮他取得天下？”他还是忍不住问。

“因为有文纯公子啊，而且她是最有名的女人，连皇帝都倾慕她，她知道很多很多很秘密的事。”

“那个文纯公子真的戴着乌龟帽儿就答应了？那蔷薇皇帝不是也戴了乌龟帽儿？”

小舟大概是不懂南淮人所谓乌龟帽儿的意思，愣了一下说：“文纯公子答应了，但是文纯公子说我不会和你去乡下了，我终生不再见你。后来文纯公子果然不再见蔷薇公主，也不再见蔷薇皇帝。他每次有什么计谋，都写在纸条上让人送给蔷薇皇帝，他们就在一个军营里，可是终生不再相见。”

“为了一个女人搞成这样，真不是英雄！”姬野说。

“可是怎么办呢？他们几个没有想出办法来啊。”小舟说。

“再后来呢？”

“再后来文纯公子就帮蔷薇皇帝出了很多主意，他是世上最聪明的人，每个主意都很好，蔷薇皇帝的势力越来越大。蔷薇皇帝很想娶蔷薇公主，可是蔷薇公主也不答应，蔷薇皇帝觉得是文纯公子的缘故，心里很恨文纯公子。文纯公子出征时就住在他旁边的帐篷里，总是想着蔷薇公主。他想天下大事就要定了，可是他忽然发现自己什么都没有，心里很难过。”小舟把蓝衣人偶和白衣人偶放在一起，把小小的手掌隔在他们中间，表示他们永不相见。

“文纯公子想得太多，患了梦游的病。有一天晚上他梦游着要去找蔷薇公主，他梦见自己在战场上去救她。他就提着剑进了蔷薇皇帝的军帐里，蔷薇皇帝醒来看见提着剑的文纯公子站在自己床边，就拔剑杀了他。”小舟把白衣的人偶放倒。

姬野默然。

“文纯公子从梦里醒来，见到了蔷薇公主最后一面。大家都知道那是怎么一回事了，文纯公子说又能看见她自己很开心，就死了。蔷薇公主却很伤心。蔷薇公主说自己答应了要帮蔷薇皇帝取得天下，现在阳关就在面前了，突破阳关就能打进帝都。蔷薇皇帝说那是不是他当了皇帝蔷薇公主就会留在他身边，他是皇帝了，天下人谁敢说蔷薇公主不好的，他可以都把他们关起来。蔷薇公主说是，可她心里不是这么想的。”小舟把红衣的人偶转过去，背对着蓝衣的人偶，“蔷薇公主想的是当她帮着蔷薇皇帝当上了皇帝，她就会带着文纯公子的骨灰回乡下。”

姬野忽地想起出征之前羽然问他的问题来。是了，大概就是这样吧？所以那个皇帝死了十万人要攻克这个城关，因为他离自己的幸福只差一步了。他想着七百年前在这个城关外，矢石如雨，穿空而过，咆哮和哀号混响，男人们踏着血冲上城楼。

“再后来呢？”他问。

“后来她就死啦，没能看见蔷薇皇帝登上皇位。”小公主把红衣的人偶也放倒。

“再后来，他也死了，虽然登上了皇位，可是没有娶到蔷薇公主。”小公主最后把蓝衣的人偶也放倒，轻声说。

“所以老师说，”小公主忽地朗声说，“这个故事说明，人和人之间本没有什么恩怨，只是大家都会因为自己的缘故伤害到别人，就变成了敌人。如果怀着不信任的心，最好的朋友也会反目，如果蔷薇皇帝不怀疑文纯公子，文纯公子不忌惮蔷薇皇帝，他们三个本来是最好的朋友。所以每次逢到恨什么人的时候，要想到别人也许心里也很难过，有迫不得已的理由。这样便不会放纵自己的爱恨了。”

姬野心想你老师真是一个言语无趣面目可憎的白滥人。可他不说话，他沉默地看着床上，三个人偶都躺着，曾经他们是最好的朋友，此时这片小小的戏台永远寂静下去。他心中微微一动，忽然想说原来就是这样，最后所有人都死了。

一钩牙月从云中穿过，古月衣不用火把，借着月光缓步登上城墙。这一段城墙是晋北军团守卫的，为首的百夫长急忙上来行礼，古月衣冲他微微点头。城上也在架锅做饭，粥已经烧滚了。古月衣走到锅边，伸手拿起搅拌的木勺在米汤里搅了搅提出来，只有一小撮米盖着勺底。这锅说是粥，不过是稀米汤。

古月衣皱了皱眉，却不说话。

百夫长是个老兵，知道他的意思，摇头苦笑：“每人还有两个粗麦饼子，上城的兄弟们再多一条马肉，亏得有那些死了的战马。不过米是不够了，加起来大概只剩两车，再过五天就要吃空。我们晋北都是吃米饭，大米本来就不耐吃，大部分还让离军一把火给烧了，抢出来的少得可怜。”

“离公临走这把火烧得……真是让人胜了也为难。”古月衣道，“好在还有足够的燕麦，还不担心断粮。”

“燕麦……那可是马吃的东西。”百夫长道。

“只剩这么点儿粮食，补给又是远在天边的事情，若没有这些燕麦，心里真就慌了。”古月衣叹了口气，拍了拍粗糙的垛堞，天气冷，石头摸上去也寒手了。他向着城外望去，两侧山脉夹着一片平坦空旷的荒原，极远处才有从山麓延伸下来的树林，夜里看去，林子只是一片漆黑，静静地听，似乎还能听见风从树叶中穿过的沙沙声。

“将军说补给远在天边？”百夫长担心起来。

古月衣摇头：“最新一批的补给没有跟上来，此次负责补给军粮和牲口的是楚卫和下唐两国。前几日军报过来，楚卫国补给的民夫队伍在路上被突围的离军劫杀，粮食全部就地焚烧了，几乎没有一人生还。而下唐国太远，他们的补给至少还需要十天。”

“南蛮子真是野兽，突围起来，还是一路烧杀劫掠，兵心一点不散似的。”百夫长舔了舔嘴唇，有些犹豫，“将军，有句话不知道问起来合适不合适……”

“你说，无妨。”

“我们此次击溃了嬴无翳，也是勤王的功臣，按说天启城近在咫尺，难道不能从帝都补给？不是说今天皇室的使团都来了么？”百夫长嘿嘿地笑笑，“实话说，兄弟们还都想进京去看看，听说天启城的繁华那是万城之城。秋叶跟它比起来，就好比乡下了。我家里人还托我买点帝都的小东西回去，也送送亲友，知道我们这次出来，是大胜凯旋。能进帝都，在我们那里，可是个有面子夸耀的事。”

“我也没去过帝都，也想去看看……不过我倒确实是见了钦使，午后钦使大人来了我军营中，赏赐了我玉璧、金券和公卿的礼服，没有提补给的事，至于进京朝觐，还是老说辞，要等待钦天监观测天相选定吉日之后才能定夺。”古月衣收敛战衣，席地而坐，随手往锅下扔了根木枝。火光照着他年轻的脸，他神色漠然，“玉璧、金券和礼服，纵然是很好，可惜不能拿来当药用，当饭吃。”

百夫长沉默了一会儿，明白了古月衣话里的意思：“我们也是正正经经的勤王之师……”

“臣子为皇帝死，被看作理所应当的事。皇帝并不以为你有恩于皇室，你的所作所为，只不过证明你的忠诚。而皇室是否同意补给，和是否召见，又是另外一回事。”古月衣抽动着鼻子，空气中已经开始弥漫着米汤淡淡的香味，“粥熟了吧？我跟你们一起吃一碗。”

“稀得很……”百夫长搓了搓手，“怕是委屈了将军。”

“没什么委屈，现在回营，怕是也断火了，总不能让亲兵再单为我做饭。我也不是故意要亲近士卒，我主营里，也是稀米粥和两个粗麦面饼子。”古月衣笑笑，年轻的脸上满是不在乎的神情。

军士们围了过来，百夫长领的这一队还剩五十多人，围绕着锅，一一席地而坐。百夫长坐在古月衣身边，解开一个粗布包，里面是摞得整整齐齐的一堆粗面饼子和一些两指阔的干马肉条。古月衣在场，军士们都显得拘束，闷闷地不出声。百夫长便让他们把饼子和马肉轮圈递下去，每人一条肉干两个面饼。传到最后一个军士，只剩下两个面饼一条肉干，这是他的一份，原本就没有准备多余的干粮。他要是再拿了，便只能把一张粗布包裹皮递给古月衣。他捧着这些东西，像是捧着一个很大的难题，不知如何是好。那还是一个年轻的军士，长得很有几分英俊，十六七岁年纪，白皙的额头上几乎要沁出汗来。

古月衣看他发呆的样子，忽地笑了，从他手里抽过那张粗布，把粗麦面的饼子和干肉条用力拍在他掌心。

他大笑：“看你那个没种的样子！我堂堂晋北军主帅，领五千出云骑射来这里勤王，还会因为你不分我饼子而生你的气降你的职？”

静了一瞬，只能听见风声，和锅下柴火炸裂的噼啪声。而后不知谁笑了一声，这支百人队忽地都笑了起来，像是拉紧的一根弦因为古月衣那声大笑而绷断了，这样便再没有禁忌。晋北的男人们居住在寒冷的北国，每当夜深都喜欢聚在小酒馆中，围一炉鱼汤或者肉汤，喝一杯烧酒驱寒，借着醺醺的醉意大声说话，陌生的人也可以借机变得兄弟般亲热。此时这些军士们便像是坐在了故乡的小酒馆里一样放松下来，几个人用带鞘的腰刀去捅那个窘迫的年轻军士取笑，更多的人拍着胸口笑几声，纷纷起身去锅里取粥。

百夫长把自己的饼子和马肉递给古月衣。古月衣推了回去，笑笑："我倒是不缺，钦使来营里的时候，陪着还喝了一杯帝都的清茶，吃了太清宫秘制的点心。"

百夫长知道古月衣的性格，倒是不拘束，陪着笑笑："太清宫的点心，想必是好吃的了。"

"说是皇帝赐的，一路风尘仆仆，也赶了三天才送到这里，早都干了。"古月衣苦笑，"倒是舍得用料，蜜糖的馅儿，甜得我使劲喝茶。"

"各吃各的，我没大事跟大家讲，不必管我。"古月衣招呼了一声。

军士们放声大笑。

夜风呼啦啦地从城上袭过，雪菊花的大旗在空中急振，锅下的火苗也被吹得四散，都像是受了惊吓的精怪。可是开饭的晋北男人们完全不在意，他们拍着肩膀，说着各种不着边的话题，无外乎是若能进京便要看看帝都的贵族女人们，或者若是皇室有了赏赐，便要退伍回乡去娶村上最漂亮的女人，他们大口喝着烫嘴的薄粥，急着去盛下一碗，他们围成一个圈子，男人们的体温像是能隔开风里的寒气，这个圈子刚阳如铁，纵然风里藏着什么吃人的妖魔，也不能侵入这些男人的领地。

"有些年没这么吃饭了。"古月衣喝着粥，看着属下们出神，"倒是有些想念在贞莲镇当一个小卒的时候。"

"将军说笑的吧，您是我们晋北的将星。国主说他之后就是您了，晋北十几年没有见到可以拿得出手的人物了。"百夫长说。

晋北国主雷千叶原本只是一个将军，是晋北国立国之柱。前一代的晋北侯爵秋氏家族意图与青州羽人合谋，反叛皇室，雷千叶向皇室告密，又协助那时候还是皇室忠臣的离国侯嬴无翳以及其他几国组成的联军进攻晋北国国都秋叶山城，平息了秋氏的反叛，从而获得皇帝的信任，继承秋氏的权力。胤朝已经有数百年不曾有这样以下等姓氏立功而获得封地和爵位的人出现了，这个传奇般的事情整个东陆都为之震动。

“那是国主要助我的名声，不能真信的。”古月衣摇摇头，“想起在贞莲镇的时候，做梦都想着当将军，觉得自己不该是个小卒的命，却不畏惧什么。每天晚上也是这么喝着粥吃着干粮，有时还有一点酒，借着酒气大闹。那时候我们一小队人马，只是负责防范盗匪，及时报信。若是盗匪来袭，是根本守不住的。可是盗匪什么时候来，谁也不知道，也许一觉醒来，自己的脑袋已经没了。可偏偏不怕，什么都不想，只觉得盗匪来了还有这帮兄弟一起，手里还有一张弓。”

他自嘲地笑笑：“可是如今统带几千人马了，胆子却越来越小了，像是被名声拖累了。这几天，不知道怎么的，有点不安。”

“将军说……不安？”百夫长不解。

“按说我们在这里是绝对安全的，可是你记得我们进城之前，那天夜里出现在城下那个骑黑马的老人么？”古月衣说到这里，感觉到一股寒气正在慢慢侵入他的战衣，“以白将军、息将军那样的人，尚且不能留住他，想起来真是可怕。我看着他，不知怎么的，有种熟悉的感觉。”

“熟悉？”百夫长瞪大了眼睛，“将军认识他？”

“不是，我不认识，是感觉。”古月衣低声说，“就像我成名那一战，李长根的大军向我围过来的时候，我中了箭，我想站起来都不能。当时我真的以为自己射完那一箭就要死了。面对那个骑黑马的老人，我也发了一箭，发箭的瞬间，我就是这种感觉。”

百夫长也感觉到了古月衣话里透过来的阴寒，他也是那一夜亲眼目睹的人之一。他大口喝了一口粥，想借粥的暖气把那股阴寒驱退。远远的几声鸟鸣传来，略有些凄厉，百夫长愣了一下，端着粥碗起身走到垛堞边。

“怎么？”古月衣走到他背后问。

“将军看天上，”百夫长指着半空中，凝神看着半空中盘旋的鸟儿，“那鸟是夜枭。”

“夜枭？”

“是一种食腐的鸟儿，一身黑，叫得像人哭似的。我家里原来是猎户，就住在林子里，可是这种鸟，我们不小心射到都是扔掉的，不吃。”

古月衣沉默了片刻，点了点头：“吃死人，是么？”

“是，所以战场上最多。这种鸟好像能感觉到哪里会发生大战，会在附近等着，有了死人就扑下去吃肉。我们当地人说，是杀气和死气能招它，这气玄得很，战前肯定是有，它能感觉得到。都是乡下人的说法，将军别在意我胡说，可是，”百夫长摇摇头，“我总觉着附近有人在看着我们。”

“有人？看着我们？”古月衣一惊，放眼望向城外，只有一片横尸累累的荒地，和极远处摇曳的漆黑树林。他集中精神，再次听见了风从树叶中穿过的沙沙声，时有时无，城外的战场上，那支铁甲枪依旧笔直地竖着，上面戳着死者的人头。

“这些夜枭一直不肯降下来，那么多死人，可是它们却在天上飞来飞去，像是舍不得，又害怕，不敢下来吃肉。”百夫长道。

“也许是离军留下了斥候，可能藏在附近，派人去前面的树林探过么？”

“属下派人去看过，什么都没有找到。”百夫长道，“不过，斥候是吓不到夜枭的。在战场上，有时这边还在厮杀，那边它就敢飞下来啄尸体。除非，附近有极大的军团藏匿，我们乡下人说，夜枭怕活人的气。”

“活人的气？”古月衣一愣。

沉重的撞击声忽然从下面传来，围火而坐的军士们忽地全部收住了声音。他们都是最为精锐的出云骑射，即便是新兵也有最敏锐的听觉，可以凭着命中目标的声音确定箭是射入了树木、衣甲或是人体。这个声音从下面传来，而下面正是殇阳关的城门。那个沉重的撞击声缓慢地重复着，就像是……有人在敲门。

古月衣扣住了腰刀：“下面还有兄弟没上来吃饭？”

百夫长和他一样扣着腰刀，紧紧地抿着嘴唇，缓缓摇头。

沉重的敲门声还在继续，一声一声，震得人心里发麻。

古月衣谨慎地把半边身体探出垛堞，想要看清楚城门外的情形。可夜色中他看不清楚，月光被城墙挡住了，城门前一片漆黑。古月衣找不到任何迹象说明那里有人活动，这些天虽然冷，城外的尸体渐渐也发出异味来，军士们都不愿出城，城外是一片死寂之地。可是撞击声还在继续，仿佛确实有什么人在那里。

“下去看看。”他放下了手中的粥碗。

五十余名军士抽出了腰间的角弓，默默跟在古月衣身后。他们迅速下城，在城门后列成了半月阵形，这是最强的弓箭阵形之一，当箭雨从半月阵洒向一个目标的时候，对于敌人，攻击便是来自四面八方的，完全无法防御。出云骑射有绝对的把握，他们的弓很硬，五十余支利箭可以在第一个瞬间把任何敌人射得倒退出去。

“玄颐。”古月衣低声道。

军士们箭镞指向地面，半拉角弓，拈着箭羽的手贴在颊边。

“盈月。”

军士们动作整齐地把弓推满，五十余张弓，目标都集中于城门缝隙的一点。

撞击声还在继续，缓慢低沉。军士们互相对了对眼神，那声音令他们觉得很不舒服，像是头脑里有个古怪的节奏不断重复，轰轰地响不停。

“我去开门。”那个年轻英俊的军士站了出来。

百夫长犹豫了一下，他不知道城门外是个什么，也许是头野兽什么的，不过这样的事情令人心里不安，让这个资历尚浅的年轻人去开门，他有些不忍。不过他还是点了点头，无论如何这个年轻人自己提了出来，总不能用年轻作为理由不让他去，又是在主帅的面前，人人都要一个表现的机会。

“小心点，拉开一道缝，立刻闪到一边，管它什么，都射穿了。”百夫长叮嘱。

年轻人用力点了点头，缓步而上，手持火把。首次在主帅面前表现，他倒不惊恐，只想着做得漂亮一些。他已经想好了，只要启开城门的铜制机括，城门拉开一道缝，他就立刻把火把扔出去，这样外面无论是什么，眼睛都会被晃得发花，此时他闪开，后面兄弟们一次齐射就都解决了。

这道城门是新的，旧有的城门已经被犀角冲摧毁。也就是从这个城门里，威武王嬴无翳匹马出战，凭着一人的力量毁掉了犀角冲和整个下唐方阵，至今犀角冲的残骸还留在城门外。

年轻人用力扳动了机括，这东西是从老城门上拆下来的，用了一百多年的老东西，依然好用。齿轮紧咬着缓慢转动，锁住城门的铜楔子被拔开。城门吱呀吱呀地叫着，缓缓张开。年轻人死死盯着门缝，就像是练习弓箭的时候瞄准靶子。在门缝扩大到火把足以通过的瞬间，他将火把从门缝里推了出去。

他想要闪开，可是一件东西的速度远比他的火把快。他听见了金属破开空气的声音，一件长形的武器从门缝里刺了进来，击飞了他投出的火把，刺穿了他的战衣，击碎了他的胸骨，将他整个胸膛贯穿！

张弓戒备的晋北军士们看不清，也来不及反应，只听见沉重的一声，似乎是有人用穿着铁靴的脚狠狠踢在城门上，年轻的军士僵在城门前。城门随着那记脚踢而洞开，年轻人的火把落地，火花四溅，照亮了他的身影。他的身影悬在半空中，门外一个魁梧的人影用一件长形的武器把年轻人整个挑起在空中。

所有人都看清了那件武器，那是一杆楚卫国山阵枪兵所用的巨型铁甲枪，这种可怕的武器曾经构建了封锁赤旅的钢铁荆棘。

“破虏！”古月衣大吼。

他来不及想为什么门外会有一个楚卫国的军士，但是这人杀了他的一名属下，他感觉到巨大的危险就在面前。他是一个骑射手，相信手中的角弓，一切的危险便要在最早的时机用箭雨抹平。

五十余支利箭呼啸着飞射出去，距离很近，所有的箭都命中。没有任何人能抵挡这样的冲击，即便是一头发狂奔跑的公牛，也会被射得倒退出去。那个魁梧的人影也不例外，他被射得像是刺猬一样，沉重地倒地，刺穿了年轻人的长枪也落在地上。

骑射手们再次取箭，他们还不敢放松警惕，谁也不知道是否还有人藏在外面。他们把第二枚箭搭在弓弦上的时候，古怪的声音从外面传来。乍听起来，像是风声，又让人觉得是十几个人同声大口呼吸着，正用力把什么东西抬起来。军士们拉满角弓，不敢有一丝多余的动作。情形太过诡异，惊恐压过了一切。

“将军闪开！”百夫长忽然咆哮起来。

他飞身一跃，把古月衣推了出去。就在同时，一个巨大的黑影横空呼地飞进了城门，它带起的风声说明它沉重无比，根本不是人力可以阻挡的。它落地，却不停下，在地上翻滚着卷向军士们，速度极快。军士们已经来不及四散，那个东西在人体上滚过去，被它压到的人血肉模糊，仅能发出一声短暂的哀号。

古月衣只看了一眼，已经明白了。那是犀角冲上的巨槌，上面还带着被嬴无翳霸刀斩断的铁链，它原本横在城外，十几个军士都不能挪动它，可是现在，有人把它投了进来。

古月衣跃了起来，百夫长也跃了起来，已经没有时间去管死伤的人，第一件事是弥补错误。城门外还有人，虽然不知道那些敌人从何而来。他们不该开门，现在剩下的人手已经难以压制一次小规模的进攻，所以必须不惜代价把门关上！

古月衣没来得及冲出去，羽箭的呼啸已经扑面而来，他几乎能感到箭镞激起的气流。

这是城门外射来的一支劲箭，丝毫不比出云的箭差。古月衣低头蹲下，箭从他的发间擦过，几茎头发被切下。古月衣一身冷汗，明白了对手的可怕。那一箭的力量和准确无可挑剔，古月衣是凭着自己弓箭上十年的苦练，依靠直觉才死里逃生。

可他甚至没有机会喘息，第二支箭已经到了他面前！古月衣想也不想，腰刀平挥，第二支箭断为两截。他微一扭头，看见第一支箭钉进了后面一辆运送马草的大车，箭尾嗡嗡震响，箭上力道可想而知。这是弓术中的"双联珠"，是极深奥的精髓，即使在出云骑射中，也很少被传授。第一箭只是为了压住敌人，真正的杀手隐藏在几乎没有间断的第二箭中。

"关门！"古月衣回头，对着躲开了巨槌的军士大吼。

吼声出口即中断，箭啸声再次到了古月衣身前。就在他回首的瞬间，第三支箭已经逼近他的后脑。

三联珠，古月衣只是听说过的弓术奇迹此刻就在他的眼前。

被他避过的第一箭和斩落的第二箭都只是陷阱，杀人的第三箭在他全身稍微放松的时候袭来。迷惑，再迷惑，而后才是毒杀，对手简直是捉弄般地要杀死他。腰刀在手，可是力量出现了空虚的刹那，再次挥斩已经来不及。古月衣在瞬间做了决定，他扬手抛去腰刀，猛地转身，迎着羽箭进了一步！

灼热的血涂满了箭杆！

血来自古月衣的掌心。抛却武器，古月衣便来得及用空手抓住箭杆。他精通箭术，对于速度和箭路的计算完全准确。可是他手上的力量却不能支撑他完整地把箭接下来，箭上的力道太过雄沛，他全力一抓，只不过扯偏了羽箭。手心整层皮都被刮掉了，但是古月衣还是握死了箭，箭带着他的手扎进了身边的土里。

"关上城门！"古月衣再次大吼。

剩下的出云骑射们冲了出去，他们没有战马，也来不及张弓搭箭，只能依靠腰间多少像是装饰的腰刀和自己的血肉之躯去封门。那个年轻军士的火把扔在城门口，借着那点火光，出云骑射们看见夜色中站起来的敌人们。他们的动作僵硬，然而行动快速，正在向着城门冲锋。他们起初似乎是伪装成尸体，躲过了晋北军的目光。为首的一个人面容看不清楚，清楚的是他魁梧的身形和头上巨大的双牛角。那是离国军中有名望的武士才有的装束，这样的头饰令他们看起来凶蛮如野兽。他掌中的兵器也是离国人最喜欢的方口蛮刀，巨大的刀头和锯齿状的刀锋无疑可以在一击中彻底摧毁敌人。

就在城门处，冲在最前面的出云骑射手几乎是正面撞击在那个离国武士的身上。他的体重不如对方，立刻被撞飞出去。第二个跟进的出云骑射刚举起战刀，已经失去了机会，他冲在前面的同伴被撞回来狠狠打在他身上。离国武士踏上一步，平挥战刀，把第三人拦腰砍成两段。

剩下的几名骑射手绕开了那名敌人，直接去推动城门。又有几个人挥刀劈向那个离国武士，两柄刀成功地劈进了他的肩头，可是却像是劈中了木头，刀被他肩上结实的肌肉卡住了，再也无法推进。离国武士完全不畏疼痛般，一手挥刀，一手挥掌，把几个人全部打了出去，被他击中的人都没有活路。他扑向地上还在哀号的一名骑射手，一刀斩下了头颅。

古月衣知道自己再冲上去救援已经没有用了，他撕下战衣的一角，死死地绕在手上。手心的痛楚太剧烈，会影响他的瞄准，可是他只有一支箭。他出来的时候没有想到要战斗，仅仅带了一张弓而已，那支箭是他抓住的。他必须用这支箭解决这名敌人。

骑射手们的攻击赢来了时间，城门缓缓地闭合，百夫长早已等在一边，飞扑上去扳动机括。齿轮吃力地旋转着，铜楔子被缓缓推出，把门封闭。那名魁梧的离国武士这时候似乎才意识到自己犯了错误，他转而去攻击那些关门的骑射手。无人能够阻挡他哪怕一刻，跟他接手的人立刻横死在他凶蛮的刀下。

铜楔子还未完全到位，门外传来疯狂的撞击声，后来的敌人试图打开城门。城门口仅剩下百夫长了，他却看也不看那个离国武士，只是双手拼命地转动机括。

离国武士扑向了百夫长。

古月衣的弓已经张满。

铜楔子推到了尽头。

百夫长转身面对那名离国武士。

这一切在同一瞬间完成，当方头战刀从百夫长的脖子劈下，把他整个人纵劈为两半的时候。百夫长也拔刀砍了出去，他没有砍向离国武士，他一刀砍断了机括的把手！

“将军快走！”百夫长惊恐而绝望的吼声横贯夜空。

随着他的吼声，殇阳关里的铜钟敲响了。这是遭到进攻的警报，看来不只是这里有敌人。门已经被封上了，机括被破坏，除非有着犀角冲那样的利器撞开城门，否则想要攻进来并非一时半刻的事。可古月衣还没能想清楚到底发生了什么，他想要救自己的属下，可是他受伤的手拉弓都艰难。这里只剩下他一个人了，他站在黏稠的黑暗和血腥气之中。

百夫长临死的吼叫透着极大的恐惧，也是一种警示。他喊的是将军快走，他已经看见了古月衣张弓搭箭，可是他居然让古月衣赶快逃离。百夫长并不相信古月衣的箭能有什么作用。

这一串念头在古月衣的脑海里暴风般闪过，古月衣没有动。他看着那名戴牛角盔的离国武士缓缓地转过身来面对他，他们之间的距离只有五十步。对方应该可以看见他张弓搭箭，却没有躲避的打算。离国武士沉默地站着，提着刀，像是暴露出利齿的野兽看着猎物般。

古月衣打消了撤离的想法，他和敌人只有五十步的距离，在这个距离上，古月衣从军以来不曾丢失目标。

离国武士忽然狂奔而来。古月衣感觉到力量急速地从手臂向指尖灌注。这是精神最集中的刹那，一切的痛楚此时被遗忘。箭尖呼啸着离弦，击中目标发出清脆的裂响。响声来自离国武士的额头，箭镞带着至少半尺长的箭杆刺进了他的眉心正中。中箭的声音很清楚，那是箭镞在削断了牛角盔上的护额铁之后才洞穿了他的颅骨。

古月衣有如虚脱一样退了几步，这一箭他尽了全力。

离国武士还没有倒下，他被箭劲带得仰头向天，手中方口战刀落在地下。他定定地站在那里，身子晃了晃，无力得就要仰天倒下。古月衣犹豫了一下，想要上前看看。

可当古月衣看见接下来的一幕，他的信心和勇气一齐崩溃了。中箭的离国武士腿一撑，站住了。就像一个从梦中醒来的人，他用手指触了触自己眉心插着的羽箭，而后缓缓扭头顾盼四周。借着地上那支火把的光芒，古月衣清楚看见一溜黑血自箭杆尾端滴落，而那名武士的眼睛泛起怪异的灰白色，没有一丝痛苦的模样。

最后他的目光重新落到了古月衣的身上。他弯腰拾起地上的战刀，再次冲向了古月衣。

“杀不死的！”古月衣不能相信自己的眼睛，他甚至忘记了奔跑和反抗，看着敌人逼近。他忽然明白了为什么百夫长只是要他走。当百夫长近距离地和那名敌人面对面，他发觉这个敌人是不可能被杀死的，即便是古月衣的箭。

迅猛突进的敌人没有注意到自己的脚下。他绊在了巨槌上，他的动作并不灵活，一个趔趄倒地。他奔跑起来迅速，动作却并不灵活，在地上移动着双臂想要把身体撑起来，可他像是新生的孩子那样，总是失去重心，几次都没能站起来。古月衣猛地回过神来，他扔掉了角弓，转过身不要命地狂奔起来。求生的欲望支撑着他，他听见后面的脚步声，那个武士已经站了起来，正在追赶他，速度极快。古月衣不回头，只是发疯般的跑、跑、跑！一刹那的犹豫就会叫他丧命在背后那个武士的刀下。

他感到血全部灌注在双腿里，脑海里一片空白。他听见各营报警的钟声不断响起，寂静的营地纷纷燃起了火光，整座关隘正在惊醒，不知道何处来的敌人于黑暗中控制了节奏。他的眼前只有一条路，身后是一个越来越近的脚步声，周围的一切像是一面黑色的巨墙正在坍塌，就要压在他的身上，他想张嘴大喊，却发不出一丝声音。

此时耳力却出奇的敏锐，古月衣听见了背后低沉缓慢的呼吸声，也闻见了敌人身上那股令人作呕的气味。敌人几乎是贴着他背后了，古月衣听见头顶锐利的风声，他知道那是战刀被举了起来。

“我要死了。”古月衣心想。

他忽地停下脚步，转身！他已经没了武器，完全没有抵抗的机会，但是他想亲眼看看这个对手。

他对上了一对灰白的眼睛，方头战刀正呼啸着落向他的头顶。敌人一张灰白的脸上没有表情，他的嘴唇破损了，半片被撕去，露出没有血色的牙床和乌黑的牙齿。古月衣从未见过这样狰狞可怖的脸，根本不像一个活人。

一道黑影从古月衣身边擦过，方口蛮刀落地，差着半尺没有砍中古月衣。那道黑影箭一样射来，却带着远比箭更巨大的力量射中了离国武士的胸口，进而推着他退后，将他死死地钉在地下。可是他却没有死，也不哀号，就像绊倒在巨槌上的时候，他双手双腿挪动着，在周围寻找可以着力的点，还在努力想站起来。

冷汗浸透了古月衣的里衣，他一回头，看见一匹黑色的战马狂风一样驰来。而那柄钉住离国武士的武器是一杆铁戟，是马背上的人投掷出来的。

“息将军！”古月衣认出了来人。

息衍止住狂奔的墨雪，没有答理古月衣，而是拔了腰间的古剑静都。他跳下马奔向那个被钉死在地上、却仍旧挣扎的武士，反手持剑刺进了离国武士的左胸，而后拧动剑柄。古月衣知道这样一剑势必绞碎了那名敌人的心脏。离国武士的挣扎终于到了尽头，双手双脚无力地瘫软下来。

原来他也不是杀不死的。

又有几匹战马驰来，都是精锐的风虎铁骑，为首的是程奎本人。程奎兜转战马，战马长嘶，程奎满眼血红，牛一样粗喘。息衍以衣袖擦去额头的微汗，也是低低地喘息，抽回了古剑。

“多谢息将军救命，这是我第二次欠息将军的情。”古月衣略略恢复了镇定，“这些人是怎么回事？是离军么？如今其他城门的状况如何？”

“用不着道谢。我本来是来城上找古将军说话，可是半路上遇见了些恶心的东西，”息衍走到古月衣身边，指了指他们来的方向，“古将军往那边看。”

那边黑压压的十几个黑影，正狂奔着逼近，他们全然没有阵形，像是一群追着羊群的渴血恶狼。古月衣从他们跑步的动作中看出了异状，他们每个人的奔跑都像刚才那名离国武士，快得不可思议，动作却笨拙不协调。

“我们就这么被追兵逼了过来。”息衍说，“事发突然，刚和程将军碰面，要去北大营找白将军，路上就遇见了这些恶心的东西。”

古月衣倒抽一口冷气：“这些……这些都是敌人？怎么进城的？处处都是警钟，到底哪些地方有敌？”

“古将军最好问哪些地方没有敌人为好。”息衍拍了拍他的肩膀，“你晋北国的大营，目前已经是一片焦土。被它们冲进大营，四处杀人，却克制不了，只好仗着人多用沙袋把营门封上，一把火全部都烧了。”

“到底是什么东西？离军么？怎么会有离军？”古月衣觉得世界整个混乱颠倒了。

“丧尸！是丧尸！”程奎神色狰狞，从马鞍上提起一把马刀扔给古月衣。

“丧尸？”古月衣凌空抓刀，呆在那里。

“那一箭是古将军射的吧？可射不死它，所以古将军只有逃命。”息衍以剑指向那个被钉死在地上的离国武士，“尸体当然杀不死，它们本来就是死的。”

古月衣说不出话来，可他明白息衍所说的不错。他想起了面对面的瞬间，他看清了离国武士的脸，一片死亡的苍白，丑陋得不像人类。

“别想了！敌人过来了！”程奎焦躁地大喊，“别逃了，就在这里解决算了！”

“是，就在这里解决，我们没有时间了，我们还得尽快赶到北大营找到白毅。”息衍转身，从那具尸体身上拔了苦棘，转回来和程奎古月衣并立，“它们力量虽大，动作却不灵活，武器挥空之后就有很大的破绽，所以先要闪避。反击时不要砍它们的头和身体，没用，它们不知道痛，没有头也能站着。可即便是丧尸，也需要靠血脉流动把力量送到全身，所以只要刺穿心脏，把所有的血放出来，它们就不能活动。”

“刺穿心脏？这样便能杀死它们？”程奎找到了一线希望。

“不能，只是能让它们立刻躺下。它们残余的意识会保留到魂灵散去的一刻。”息衍眯着眼睛看着那些如铁墙一样扑近的黑影们，现在近得已经能看清那些东西身上斑斑的血迹和破碎的衣甲，它们有的提着离国式的方口蛮刀，有的手持楚卫的山阵长枪，有的却是空着手，手指鸡爪一样抠着，像是要扑上来撕开人的喉咙。

“它们倒下的时候会睁着眼睛，依旧看着你。程将军，可不要被惊吓到了。”息衍冷笑起来，在绝大的危险前，这个懒洋洋的人忽然有了一股无畏的冷傲。

“息将军倒还懂这些怪力乱神的事情？”程奎舔着嘴唇，竟也拉动嘴角笑了笑。

“读书的时候学过，我在稷宫时的成绩比白大将军还好些。”息衍翻身上马，“我是好学生。”

“我是行伍出身的老粗，没息将军的博学，不过砍丧尸是用刀，倒可以跟息将军比比看。”程奎话里带着淳国人特有的一股蛮横，事到如今，再说害怕什么的已经没有用了。

联军主帅们各自对了一下眼神，同时咆哮起来，向着前方发起了冲锋。

姬野在黑暗里听见外面嘈杂的声音，那感觉就像是他在一间不透光的房子里，这个房子把他和外面隔开来，可是不能隔绝声音。那些声音张牙舞爪要撕破他的黑屋子。

他知道自己是在睡着，入睡时他总是这种感觉，不想睁眼，想被一片黑暗安安静静地裹着。他不是小舟或者羽然，他不怕黑，黑暗里他看不见东西，别人也找不着他，便是有种分外安全的感觉。

他记得自己是在跟那个小公主说了一会儿话之后睡着的，卧床太久令他虚弱起来，说会儿话也会疲惫不堪。那个小女孩就在他床边坐着，嘴里低声嘟哝着摆弄她的泥偶。过了不知多久似乎有人脚步轻轻地进来带走了小女孩，他想那是叶瑾回来了。

可是外面太吵了，他强撑着想要睁开眼睛，眼皮重得像是生铅。

他想继续睡，他刚刚做了一个很安静的梦，梦里他自己走在一条极长的河边，很远的地方羽然坐在一张渔网上望天，悠悠地唱歌，空中月满如轮。

一种感觉像是冰针刺入了脊椎般，骤然而来的冷冲上后脑，他猛地醒了。神志快速恢复，满耳都是预警的铜钟轰响、杂乱的脚步声。惊慌的马在嘶鸣，有人拉扯着嗓子大喊。

他撑起身体扒在窗边往外看，整个辎重营混乱了。外面是被人踩散的一堆火，粥罐倾倒在一旁，雪白的米粥流淌出来，却没有人管一管。辎重营的军士们都像是发疯了一样在四散奔逃，可他们完全没有方向。驮马也混杂在其中，这次出苦力的牲口受了惊吓，跑起来奋进全力，姬野眼睁睁地看着一名辎重营军士被驮马撞翻过去，无疑是重伤。

在这些奔逃的人中有几条黑色的影子，挥舞着武器用尽蛮力劈砍。他们奔跑起来快得像是发狂的野猪，难看而迅速，被他们追赶的人几乎没有能逃脱的。一名辎重营军士奔逃着经过兵舍的窗前，猛地停下脚步拔出佩刀，准备反抗。可是他横刀一封，却有一个黑影极快地逼近，武器纵劈，把军士的刀和头颅一起砍成了两半。

血点溅出几尺远，从窗口飞进来打在姬野脸上。

姬野一闪，那个黑影又如风般追逐下一个猎物而去。姬野没有看清，靠着墙壁，背心沁出冷汗。

“怎么了？”他压低声音对着外面的门厅喊，“出了什么事？”

无人回答。

姬野用勉强能动的那只胳膊撑着床沿坐起来，蹭到门边，努力把头探出去。他想那个被俘虏的女人是不是趁乱跑了，竟然不答他。外面这么乱，那个小公主又怎么样了。

他吃了一惊，叶瑾还在，正静静地站在门口，手扣在门上，似乎要开门。这个时候开门简直是找死，敌人也许还没有发现这个没有点灯的兵舍，开门就直接暴露了。而他们全无防御之力。

叶瑾什么都听不见，只有一个声音在重复，像是从她自己心脏中央发出来，在山谷中无数次回荡：“醒来……醒来……醒来……”

这个声音几乎没有变化地重复着，偶尔杂有沉重如风箱拉动的喘息声。

她缓缓地拉开了门。她没有被混乱的厮杀场面惊吓到，她根本不看这些，她眼睛里只有那个站在远处的影子。影子浑身被罩在一件黑色的大氅中，看不清任何细节，只有他那对瞳子，在夜色中亮得像是油灯，两点火苗幽幽飘着，竟然可以微微照亮他的脸。

叶瑾和他相对，那个笼罩在黑暗中的人似乎露出了一丝笑意。他的嘴唇在嚅动，没有人能够听见他的声音，叶瑾却读得出他的唇语。

“已经睡得太久了，醒来吧。”

叶瑾感觉到有种力量从她头顶灌了下去，向着四肢飞速流淌。她兴奋，却更惊惧，身体不受控制地微微哆嗦。

姬野听见了低沉的吼叫。他猛一回头，看见角落里的长枪。虎牙无缘无故地低鸣起来，姬野扶着墙蹭过去抓起了枪。主人的身体和这柄武器接触，它仿佛忽然间得到了巨大的鼓励，沉雄的虎吼声被十倍地放大，向着四面八方震发出去。

叶瑾被虎吼震醒，再看出去，那个黑色的影子已经不在了，像是完全没有存在过。取而代之的是另外一个魁梧的黑影，大步跑跳着，向门前逼近。叶瑾要退，可是已经来不及，她自然而然把手按在腰间，可是她的腰间只有一条布带，拔不出任何武器。

小公主缩在里屋的门边，只露出半张脸不敢出声，这时忍不住惊呼起来。叶瑾回头看了她一眼，小脸上花容失色。叶瑾微微下蹲，双手似乎无力地垂在身侧，直视那个扑近的黑影。对方已经把武器高举过头顶，那是一柄锐利的骑兵佩刀。

一阵狂风呼地在叶瑾面前掠过，黑影扑近的势头被强行中断。他根本来不及完成劈砍，就被横着扫来的一杆重枪劈中胸口，打得倒退出去，腰间发出折裂的声音。那记横扫的力量之大，大概把他的几根骨头也打断了。叶瑾惊讶地抬头,看见姬野剧烈地喘息着,死死盯着被打退的敌人。他的眼睛是漆黑的，凝如纯墨。

受了这样沉重的攻击，敌人却没有放弃。他的上身被砸得后仰，下身却牢牢站住了。慢慢地，他重新直起身体，环顾周围，重新寻找敌人。这时候借着星光足够看清他的脸了，姬野猛地哆嗦了一下，不敢相信自己的眼睛。敌人的脸被一道伤痕从正中间分成两半，那是一柄快刀从面孔正中央砍进去的结果，伤口很深，肌肉翻卷，只怕颅骨也被砍伤，当初无疑曾大量失血。任何人受了这样的伤，即使有医生跟在旁边也救不回来。而姬野也对自己全力的一枪有自信，即便再强壮的人，那一枪也可以击碎他几根骨头，令他痛苦地在地上翻滚。而这一切对这名敌人算不得什么，他正在缓缓转动灰白的眼睛，迟钝地和姬野对视。

看见那双眼睛，姬野明白了。

那不是活人，和他曾经在地宫中所见的东西是一样的!

丧尸再次举起了刀。

姬野大吼一声："关门！"

叶瑾愣了一下，用尽全力把门封上，喘着气靠在门背后死死抵住门。

姬野扑上去一把把她拉开，推在一边。叶瑾的背刚离开门，就有一柄锋利的骑兵佩刀突破了薄薄的木门，刀尖上满是干涸的血迹。随后门框几乎都被震动了，想必是敌人没有刹住势头，重重地撞在门上。它们原本也不是动作敏捷的东西。

姬野就等着这一刻，他聚力在枪尾，单手推出，虎牙刺穿了木门。姬野清楚感觉到刺中人体的压力，他再次咬牙，二次发力。他听见自己快要愈合的断骨裂开了，可是他已经顾不得这些。他发出痛苦的咆哮。

极烈之枪，碎甲！

二次发力的枪术，以第一次发力刺中目标，第二次发力贯穿铠甲击毙对手。

这一击抽走了他最后的力量。他放弃了扎在门上的虎牙，坐在地上，背靠着门喘息，脑海中意识一时清醒一时混沌。叶瑾搂着小公主，愣愣地看着这个拼命的年轻人。那具丧尸似乎已经被姬野击溃了，不再有动作的声音，可是这里的位置已经被暴露，更多沉重的脚步声向着这边而来，姬野扭头从裂开的缝隙里往外看去，那些奔跑杀人的黑影似乎都放弃了近在咫尺的猎物，拖着脚步向他们的兵舍聚拢。

"躲进里间！躲进里间去！关上门！"姬野用尽全力向着叶瑾挥手喊叫。

这样不大的动作此时几乎也能要他的命，冷汗止不住地涌出，肩膀处传来的痛楚几乎让他昏厥过去。叶瑾呆呆的没敢动，姬野只能用尽全力瞪她，瞪着她漆黑如纯墨的眼睛。

他的头很痛。他想不明白自己这是怎么了。他分明不喜欢对面那个和他一样有着黑眼睛的女人，可刚才却不要命地扑出去救她。那个丧尸举刀的瞬间，他心里忽地有种惊恐，就忍不住飞扑出去。他觉得自己是害怕那女人死了，可是为什么要害怕？这么一个无关紧要的女人，还长了这么一双令人厌恶的眼睛。

姬野想不清楚为什么那么讨厌她了，从第一眼看到她开始就想回避，那双古井一样的眼睛，漆黑的，能把一切都藏住。可是这时候看她的眼睛，却又觉得眼神深处仿佛有着涟漪般的变化，像是古井深处有水，依然反射月光。

也许真是因为讨厌像自己的人吧？姬野想，这时候看起来，这女人长得和他确实有几分像。

“无论发生什么事，不要出来！”姬野一字一顿地说。

“姬野！姬野！”有人在外面大喊。

马蹄声由远而近。姬野忽地惊喜，往外看去。一队下唐军装束的骑兵高速而来，领先的人双手持一柄绝长的战刀，那是吕归尘。

忽然到来的敌人惊动了丧尸们，它们呆了一下，掉头扑向吕归尘。吕归尘立刻陷入了包围，但他并不太惊恐，他一路上已经见过这些东西了。他挥动影月，从一名丧尸的肩头劈入，准确地劈伤了它的心脏。此时另一名丧尸从背后接近，吕归尘已经没有机会回头，他的骊龙驹嘶鸣起来。

骊龙驹猛地蹬腿，飞起一对后蹄，踢在那名丧尸的胸口，把它整个踢飞出去，像是以石炮投掷出一枚石弹般。这匹马原本是青阳将军吕嵩的战马，吕嵩把它赐给了小儿子。它不同于东陆的马，是野马驯化而来的，还保留着公马们在草原上以后蹄踢死恶狼的战术。它们后蹄全力蹬踏的时候，生铁也能被踢碎。

这一队下唐骑兵都是息衍的亲兵，训练远过于普通骑兵，立刻跟上来抵住丧尸群。吕归尘得了机会，匹马冲向兵舍。他一脚踢开房门，看见了靠在门边的姬野和搂着小公主瑟瑟发抖的叶瑾，终于舒了一口气，放下心来。

“尘少主！背后！”有人大喊。

吕归尘全身一震，不假思索地下蹲，呼啸的利刃贴着他的头皮扫过，吕归尘双耳嗡嗡作响。姬野摘下腰间的青鲨扔过去，吕归尘凌空接住，用力一振抖去了皮鞘。他毫不停留地弹着倒退，以肩甲撞进背后那具丧尸的怀里。丧尸的动作大开大阖，不能应对这样贴身的攻势，还没有来得及反应，吕归尘已经把青鲨刺进了它的心口。这是蛮族英勇的猎人杀熊的办法，和熊贴身相对的时候，机会只有一个，死活只在一刀。

丧尸倒了下去，吕归尘也一时间脱了力。丧尸身上那股可怕的味道几乎让他克制不住要吐出来。他闪进兵舍，靠着墙壁和姬野并排坐着，大口大口喘着粗气。

“是我们在地宫里看见的那种东西！它们……它们没有被火烧死么？逃出来了么？”姬野低声问。

“不知道，外面都是这种东西，不知道有多少，也许比我们的人还多。”吕归尘用力摇头，“我们杀了不少，可是没完，杀倒的，没准一会儿又会站起来。”

“这东西难道还能生孩子么？”

“怎么这么说？”吕归尘愣了一下。

“上次才几十个，就差不多逼死我们了。这次那么多！不能生孩子，哪来那么多子子孙孙？”姬野也是不停喘息，瞪大眼睛。

“说笑话啊？”吕归尘沉默了一会儿，竟然微微笑了起来，“你怎么样？”

“他妈的！能好么？已经断了第三次了……”姬野的脸色苍白，冷汗止不住往下流。那记碎甲几乎杀了他自己，他现在受伤的程度不比刚接下嬴无翳霸刀的时候好多少。

“没大事，忍一忍，也许谁都活不下去。”吕归尘竖起影月，凝视着刀锋森严的弧线。

“说这么丧气的话！你不是来救我们的么？”姬野斜眼瞥他。

“不是，这一路冲过来，我都没把握能活。”吕归尘站了起来，望着屋外的战局，“过来一趟，就是看看你们是不是还活着，看见了，能放心一点。”

“什么乱七八糟的？”姬野瞪着他。

“我守在门口，守不住就别怨我了。反正九死一生的事了，在这里作战，总好过在外面没头苍蝇一样乱挥刀。”他扭头看了姬野一眼。

他大喝了一声，发力冲出。一具丧尸正背对着他，刚刚转过身，还没来得及反应，便被吕归尘刺中左胸。丧尸还穿着生前的制式重铠，影月一时没有穿透铠甲。吕归尘再次大喝，脚下发力，以刀锋顶着丧尸急进，将它推出一丈开外，影月才刺透了铠甲，再无阻碍地摧毁了丧尸的心脏。吕归尘左手影月干脆利落地在它脖子上一划，这柄罕见的名刃轻易砍下了丧尸的头。

下唐骑兵们渐渐靠近吕归尘，他们都抛弃了战马，背靠着背防守。吕归尘左手青鲨，右手影月，挥舞如轮转，像是一根扎在门前的钉子，丧尸们无法逾越他的防线。

“妈的，这头龟，杀性发了，也不管我们了？”姬野强撑着要站起来，却又倒下。

叶瑾哆嗦着想上来扶他，姬野狠狠瞪了她一眼，爬过去从门板上抽回虎牙。

“带着公主回里面去！关上门！听见没有？”姬野冲着叶瑾虚弱地吼，“不要待在这里挡我们的事！”

叶瑾像是傻了，只是双手哆嗦，呆呆地看着姬野。两双漆黑的眼睛对视，一双惊恐，一双震怒。两个人谁也不说话，又谁也不退却。姬野努力瞪大眼睛，可是感觉到自己心里的虚弱。

“真讨厌！”他想，“又对上了那双眼睛……”

看着她的时候姬野听见了一些不存在于这里的声音，闻见了一些不存在于这里的气味。声音是鼓声，空旷高远，气味是槐花香，弥漫在空气里的每个角落。他忽地觉得脑海里一片明亮的白色。

“阳光……是阳光。”他心想。

是的，那片白色就是阳光，是下午的阳光，正从屋顶中央的天井里透进来，照在他的脸上，明亮得令他睁不开眼睛。有人坐在他的身边，俯视他，抚摸他的头顶。

外面的喊杀声还在继续，姬野从走神中恢复过来。

“带公主回屋里去。”他低声重复，“无论外面发生什么，不要出来！”

北大营，联军主帅白毅驻扎的营地。

息衍的黑马墨雪像是头狮子般地前扑，以前蹄踩翻了一名冲近的丧尸，息衍俯身一剑，刺进那名丧尸的心口。他的身后是双手舞刀的程奎，程奎已经杀得全无畏惧，他用刀没有息衍用剑那样犀利精准，刺击心脏总不准确，不过也想出了对付丧尸的办法。他左右手两刀挥舞如风车，丧尸被他砍去双臂，即便还能在原地转圈也不再有攻击的能力。几十名骑兵护卫着他们，和几十具丧尸拥堵在北大营的营门口，后面更多的丧尸正在逼近。北大营里的楚卫国山阵也被临时组织起来，竖起了沉重的巨盾，以山阵枪兵的铠甲和巨盾，即便丧尸力量大得惊人，却也不能轻易伤害他们。双方隔着盾牌角力，三名枪兵的力量也不过勉强挡住一具丧尸，这些已经死去的战士，肌肉的力量却远远大于活人。

息衍他们拼命要往营里突进，结阵防御的山阵枪兵也想冲出来接应，可是双方都被丧尸阻挡，息衍亲自带队连突了几次，每次都是推进几十步又被压了回来。他剑术精巧，刺击准确，自己突前锐不可当，然而军士们跟不上他，丧尸们完全不懂恐惧为何物，前面的倒下了，后面的继续往上冲，很快息衍和掩护他侧翼的骑兵就被隔开，息衍便只有再退回来。

他还不敢独自杀进丧尸群里，如果前后左右同时遭受进攻，再犀利的剑术也挡不住同时袭来的十几件武器。

“还有更多的正在过来！”程奎大吼着，狠狠擦了一把脸上的血，那是丧尸的血，很诡异的，这些血没有干涸，只是远比常人的血黏稠。

古月衣在他说话的间隙连环两箭，废掉了一具丧尸的两只眼睛。这具丧尸正从背后扑向程奎，冲锋起来像是匹铁甲护身的奔马，可是忽然失去眼睛，只能在原地漫无目的地旋转，程奎觉察了，回身一刀刺穿了它的胸口。古月衣也在不断寻找这些东西的弱点，他已经发觉这些丧尸依旧用眼睛来看东西，它们并非完全不可捉摸，更像是失去了正常意识的人，只知道进攻活人。

“闪开！”有个苍老的声音雷一样炸开。

古月衣勒马回望，看见一匹骏马逆风扑近，月光下，马背上的老人没有戴盔，须发皆白，在风里白发飞扬，有如发怒的白毛狮子。休国主帅冈无畏带着数十名骑兵正向他们驰来，毫不意外的，他们身后也是一群拖着脚步行走的丧尸。这些丧尸只在杀人的时候奔跑，像是对鲜血有着异常的渴望。

“闪开！”冈无畏再喊。

拥堵在营门口的军士们为冈无畏的骑队闪开了一条道路，冈无畏接近，他们才看见这个老人并未持武器，而是在肩上扛着一只黝黑的马皮囊。冈无畏用尽全力挥舞胳膊，把那只重有二三十斤的马匹囊在头顶旋转，他一松手，马皮囊便被飞掷出去，落在丧尸群中，立刻破裂。皮囊中的黑色液体洒了丧尸一身，这些没有知觉的东西也不知道闪避。

冈无畏立刻兜转战马闪开，他身后那名骑兵也挥舞着皮囊投掷出去，也跟着闪开。这支骑队一个接一个地投掷皮囊，训练极其有素，动作干净犀利，毫不拖泥带水，无疑是冈无畏随身的精锐。

冈无畏并不解释，手中火镰重重地擦在马镫上。一枚火引被点燃投了出去,一点微火落在那些丧尸的身上,立刻蔓延。皮囊中的液体是火油，燃烧极快。丧尸不畏刀剑的伤害，可是火对它们明显有了效果，它们似乎是感觉到了疼痛，抛下了武器，喉咙里发出沉重的嗬嗬声，想要逃走，却撞在一起乱成一团。

“冈老将军来得真是时候！”程奎大喜。

“无论是人还是其他生灵，天性还是敬畏火焰，这是能净化一切的伟力啊，”息衍赞叹，“即便丧尸也不例外，冈老将军想到了要害。”

“死了不安静的，就一把火烧了它的尸！”冈无畏大喝，“我们上吧！”

所有人一齐发动了冲锋，骑兵突入了丧尸群，将它们一片片地砍倒，仿佛砍草一样的利索。空气中满是灼热的气流和恶臭，丧尸身体里的脂肪也被点燃了，它们失去了战斗力，奔逃无门。山阵也强行向着营门口推动，阵后的军士们发出了投枪，将动作不灵活的丧尸钉在地上。

战场已经变成了修罗地狱。

山阵的盾牌防御洞开了一个口子，息衍等人带马迅速通过，盾牌防御再次封闭。冈无畏带来的火油不过解决一时的问题，更多的丧尸正在逼近，无数鬼影拖着脚步沉重呆滞地走来，手中提着沾有泥土的武器。

程奎跳下战马，向着冈无畏：“冈老将军从哪里来，城门可有失守？其他几处兵营现在如何？”

“我从城门那边来，现在这批丧尸就是从城外拥进来的。偏西的‘火门’已经开了，进来了大约有一两千丧尸，那是我军防守的防线，不过我军已经封住了城门。”冈无畏神色傲然。他铠甲不整，战衣被割裂，可想而知城门之战的惨烈。

“进来了一两千？”古月衣吃了一惊。

“我军全军覆没，我们这些人，是逃出来的。”冈无畏面无表情。

“那么城门岂不是在丧尸的控制之中？”程奎大惊，“它们在城外还有多少？”

冈无畏摆了摆手：“还不要紧，这些丧尸似乎只是拼着凶性追杀活人。它们全无智力，根本不知道去开门，我一路过来，诸营里面都有零散的丧尸，只有陈国军营及时垒起了土墙，正在土墙上以长枪刺杀，还算防得住。”

山阵枪兵中发出了一片惊呼。众人猛地回头，看见几具被焚烧的僵尸强行把住一张巨盾的边缘往外拖拽，完全不在意后面的军士以长枪狠狠地刺击它们。持盾的军士不肯放手，被连人带盾牌从阵列中拖了出去，一名僵尸一把抓住他的额头，重重地用手指插进他的面门。军士发出一声惨叫，立时丧命。阵形出现了缺口，那几具着火的僵尸不顾一切地冲了进去。火烧着了山阵枪兵的战衣，迅速在队列里蔓延，而这些持盾防御的前排军士不能闪避移动，他们如果扑火，牢不可破的防御就会崩溃。后面的军士赶着要去取水，已经来不及了，火已经烧毁了他们的防御。成群的丧尸冲进山阵里屠杀，曾经给活人带来好运的火反过来还是殃及了活人自己。

“守不住了……”古月衣低声说。

“它们都在向这里逼近，这里的活人现在是最多的了。跟这些东西对上，我们的人数占优也没有用。”冈无畏说。

“它们是追着活人的气而来。”古月衣想起那个战死的百夫长。

“白毅！白毅！白毅！”息衍一直没有说话，此时放声咆哮起来，“要死了！容不得你龟缩！白毅！出来！”

众人这才想起他们来这里的目的是找白毅。而白毅不在山阵后指挥，代替他站在那里的是他的首座参谋谢子侯，这个青衣文士在这样的场面下也能安若大山不动，镇住了惊恐的军士们。

谢子侯已经迎候上来：“见过各位将军。”

“叫白毅出来。”息衍低喝，“什么时候了。”

谢子侯回望一眼，众人随着他的目光看去，北大营中央正在搭建一座木楼。木楼搭建得极快，四角用于支撑的巨木已经竖立起来，上千名军士协力，仅以双臂和简单的工具把木材固定连接，层层搭建。殇阳关克复之前白毅也在阵前搭建了这样一座木楼，用于观察城中的情况。此时众人亲眼看着这样一座木楼平地而起，都不能不赞叹它被搭建的速度，楚卫军士们身手敏捷地上下，像是蚂蚁堆起沙子一样。

最后军士们在木楼顶铺上了宽板，一个白衣的人沿着简易的台阶登楼，步子缓慢坚实。

“白毅？”息衍皱眉。

联军主帅白毅正手持一张银灰色的角弓，登上了木楼的最高处。他一身白衣在风里飞扬，在夜空下白得耀眼，仿佛神临大地。他仰头看着漫漫星空，面无表情，完全不看脚下作战的人。

“都什么时候了，还搞这种架子？”程奎大怒，却被白毅的威严所压制，不敢大声，“穿得一身雪白，风骚的样子，是要死了被帝都的仕女怀念不成？丧尸可不管他穿得好看不好看！”

白毅从身后的箭筒中抽出了一支银灰色的羽箭，俯视而下。程奎被他目光扫到，吃了一惊，几乎就要往后跳一步闪避，他知道白毅弓箭之威。可白毅并没有看他，而是看着丧尸群中某一处，缓缓开弓。

这时候夜空澄澈，星芒如剑，白毅如立身在漫天星斗之中。他的箭如一道银色光线，在众人视野中拖着一道极长的尾迹，射入丧尸群里。箭却不是瞄准任何目标的，笔直地射入了泥土里，箭劲极强，露在地面的半截箭杆嗡嗡地震动。丧尸们注意到了这支箭，被箭杆震动的声音所吸引，最靠近那支箭的丧尸漫无目的地伸手出去，要触摸箭杆。在它的手触到箭杆的瞬间，箭杆的震动被千百倍地放大了，嗡嗡的声音忽然间变得像是雷鸣，箭杆震动的力量竟然形成了巨大的反震，把力量惊人的丧尸弹了出去。

“破军！”息衍低声说。

白毅一箭一箭地射出，射向四面八方，每一支箭射入土里，震动的声音就加倍，原先落地的箭震动的声音也同样加倍。强大的声震将围绕在羽箭周围的丧尸们弹了出去，箭杆上的银色越来越耀眼，最后仿佛星辰般流溢着白色的光焰。

一共七支箭。最后一支箭落地，地面微微震动，灰尘扬起一尺高，莫名的强大力量以某一点为圆心散布出去，丧尸们如同被巨槌击中，飞退出去。

所有人也都被震得全身发木，周围的空气都被声震控制了，众人的手脚都像是缚上了蜘蛛丝，动一动都要喘气，又像是在水中挥舞兵器，阻力奇大无比。

“这是什么？”程奎大喊，“是秘术么？白将军会这个？我们自己也动不了了！”

“怕不是秘术，是那张弓和那些箭，是魂印之器啊！这是绝世的神器才有的力量，白毅还留了这一手！”冈无畏几乎不敢相信自己的眼睛。

古月衣看着息衍，看见他嘴角扯出一丝淡淡的笑。

方才白毅每一箭射出，息衍就会低声念一个名字，依次而下，分别是：“破军”、“武曲”、“廉贞”、“文曲”、“禄存”、“巨门”和“贪狼”。

古月衣知道那是北辰七星的名号，一个武士不可能不敬重守护他们的北辰。然而他还不明白北辰和白毅的箭有什么关系，他抬头，看见北辰正位于中天，光芒近乎明月，形若一柄横空的利剑。

“你若是站在白毅那个位置，会看见那七支箭恰好组成北辰的形状。这是君临之阵，我也只有幸看过另外一次而已。”息衍并不扭头，低声解释道。

古月衣恍然。

低而锐利的风声传来，息衍吃了一惊，猛地扭头。他听出了那是一枚利箭，从丧尸群中射了出来。可是这些丧尸并不灵活，只是凭着巨大的力量挥舞沉重的武器，它们中并无可以操作弓箭的。那枚箭准确地射在了一枚银灰色长箭的箭尾。白毅箭劲极大，入土极深，那箭未能击飞白毅的箭，却也震动了它。

空气里强烈的声震忽然减弱，一名丧尸忽地跳起来，用尽力量伸手去拔那支箭。

“是射我的那人！”古月衣脱口而出。他往丧尸群里看去，看不见什么，只有层层叠叠的可怕面孔。可是那可怕的箭劲，绝不多见，他相信就是那个人在城门口偷袭了他。

那支箭上的力量正在逐步减弱，那具丧尸的手越来越接近那支箭，箭上闪烁的光芒似乎有种侵蚀的力量，丧尸胳膊上的肌肉翻卷起来，渐渐地消融，露出了骨头。它的指尖也被光所剥蚀，化为粉末飞散。但是它越来越接近那支箭了，它就要去抓了，即便被箭上的力量震碎也毫不在意似的。

“那支箭未经秘仪之火熬炼！”白毅已经筋疲力尽，此时扬眉大喝，“息衍，你是阵主！”

已经不用他下令，息衍冲了出去，就像他那次偷袭雷碧城。他在人群中高速穿行，仿佛一道曲折的风。冲出人群的刹那，他冲天跃起，弹腿踢在那具丧尸的额头。换了普通人，那记腿击就是致命的，可是丧尸被踢得上身后仰，却硬生生地站住了。

息衍落地，一把拔出了箭，在手里掂了掂：“仿制出来的东西，跟正品相比真是差距太大！”

那具丧尸再次扑了上来，息衍一手探出，把那支箭从它的眉心里刺入。箭上仅存的光焰瞬间便毁掉了它，它失去了活动的能力，仰天倒地。

息衍一手将古剑静都插入了方才羽箭入土的位置，双手按住剑柄下压。这柄剑一旦入土，立刻开始震动，剑身慢慢发亮，最后仿佛白热的金属刚刚出炉。声震重新激昂起来，像是烈阳中的战歌。

“息将军的剑也是魂印之器啊！”冈无畏赞叹。

息衍低头默立，低声吟诵，只有他自己能够听见：“北辰之神，凭临绝境；唯心不动，万垒之极！”

白毅遥遥于木楼上看见他默念，知道那十六个字是什么。很多的事情，他不愿想起，可就像是潮水退去复回，涌了上来，他愣了一下，觉得心里某处微微地动了一下。

他蜷曲右手拇指，以握弓的手尝试去抚摸拇指上并不存在的一枚铁环，低声吟诵：“北辰之神，风履火驷；其驾临兮，光绝日月！”

他猛地扬手大吼：“杀！一个都不要留！”

躲在盾牌后的大军齐出，强烈的声震完全束缚了丧尸，而活人还能艰难地挥舞兵器。军士们知道这是仅有的机会，这个阵术雄沛的力量不知能维持多久，他们挣扎着扑上，挣扎着挥砍，和那些丑陋的丧尸搂抱着厮杀在一处。

这是胤成帝三年的九月初六，殇阳关中彻夜杀声不绝。殇阳关面向南方的六门紧闭，城门前堆满了复苏的战死者，它们拍打着城门想要进入活人的国度，却无能为力。

白衣飞扬的年轻人站在极远处的山巅上，眺望着这场人间至为惨烈的战斗，神色淡然，仿佛只是戏台前一个不入戏的观众。书童躲在年轻人背后，惊恐地瞪大眼睛，死死地抱着他的胳膊，不敢相信眼前发生的一切。

“项公子……这死人怎么活了？这死人怎么活了？”他喃喃地问，像是傻了。

“人只是死了，精神正从身体里散溢出去，可是力量还残留着，有些不容易做到的办法，可以召唤死去不久的人重新站起来。甚至有人能强行把精神继续封印在肉体里，保持肉体不衰老，制作可以重复使用的尸武士。”项公子淡淡地说道，“却没有想到这项可怕的技术终于被引入了东陆。”

“我们怎么办？我们怎么办？”书童把这个主顾看作了神人。

“我们又没事，雷碧城要杀的可不是我这种小人物和你这样的娃娃。他要杀的人，每一个都抓着东陆的命运！”他忽地微笑起来，“不过我还想给白毅一个机会。”

“鸽子带了么？”他拍了拍书童。

书童哆嗦着从一只笼子里摸出了信鸽。

项公子一笑，从袖口裁下两指宽的布条，以炭笔急速地写了一封信。他把布条捆在了鸽子腿上，摸了摸这个小东西的脑袋。

“杀了白毅，东陆的时局便暂时平淡了，辰月想要的东西他们也就得到了一半。不过，雷碧城太心急了。”项公子猛地扬手，把鸽子放飞。

他望着鸽子在夜空里急速远去的影子：“老师，你会责怪我么？可我想要这个乱世，持续到我真正登上舞台的时候！”

天微微地亮了。

息衍把一罐水淋在剑上，洗下黏稠的血腥。血水渗入已被染红的土地里，息衍挥手振剑，振去水珠，缓缓收剑归鞘。

冈无畏拄刀而坐，缓缓地回复着呼吸。程奎力壮，杀红了眼，还在倒下的丧尸中不停地翻检，看到还能微微动弹的便在心口补上一刀。白毅缓缓下了木楼，他的脸色比任何人都难看，射完那七箭，似乎耗尽了他一生的力量。

满地都是横尸，军士们的尸体和丧尸混在一起，只是新死和早死的人，乍一看分不出来。丧尸中有离军的死者，也有联军的死者，如今也都混杂在一起。受伤的士兵聚集在一起包扎伤口，无人说话，刚过去的一夜他们是从地狱中杀出来的。

白毅走到大营的一角，默默看着地下一片炸开的银色碎片。那曾是他的箭，箭中封印的灵魂强烈震鸣阻挡了丧尸，也毁掉了箭本身。作为封印具的箭在秘仪大阵的最后一刻分崩离析，在一阵耀眼的银色光华中炸成碎片，随之那些被封印的死魂也散入渺渺空茫，再不被束缚。

他失去了所有的箭，如今只剩下一张孤零零的弓。

“白毅！”息衍在背后喊他。

白毅默默地回头，息衍把手中的东西全力向他投掷而去。银光一瞬逼近白毅的眉心，白毅一愣，伸手凌空抓住。那是一支伤痕累累的箭，是昨夜他射出的七支箭中的一支。最后一支没有崩碎的长薪箭。

“你说当你失去所有的七支箭，就是你的死期。”息衍淡淡地笑笑，“可我是你老友，还不想看着你那么快死。”

白毅愣了一会儿，看着息衍：“你拔了它出来？”

“拔出来不容易。”息衍伸出手。

他的手掌中央，一道焦黑的灼痕深入肉里，周围的血液都在瞬间被烫干。显然是拔箭瞬间留下的伤痕。

“魂噬。”白毅低声说，“多谢你。”

“你这么个孤僻的性子，总要让你知道世上还有人想看着你活下去。”息衍洒然而去。

“我还不能死在这里，”白毅把箭收回箭囊，“解决了城里的，城外还有多少？”

“几千？一万？”息衍摇头，“凭着我们现在的人手，杀出去等于送死。只能等着它们血气衰微，也就自然真的死了。”

一骑驰入北大营，马背上的斥候翻滚着下马，冲到了白毅面前：“大将军！大将军！城外……城外……”

他急得说不出话来。

“城外怎么了？”白毅按住他肩膀。

“我们……我们……被包围了！不是丧尸……离军！是离军！”斥候深吸一口气，喊了出来。

“离军？”白毅愣在当场。

联军主帅们冲上殇阳关的城头，第一眼看见的是城下站立的丧尸们。昨天这里还是横尸遍地的战场，今天所有倒下的人都再次站了起来。它们的眼睛灰白，整齐地看着城头，看着它们的眼睛，没有人知道它们是在看自己，或者看穿了自己的身体远眺天际。

这是一片寂静的森林，这里的每一棵树木都是亡者。

向着更远的地方放眼，丧尸们之后的原野上，一道赤红色的军队列成一字长阵。他们是静止的，但是那躁动的赤红色令人想起他们冲锋的时候，那时他们就会变作吞噬一切的赤色潮水。

离国赤旅回来了，在他们离开了九天之后。

“他们并未从沧澜道回国。”白毅低声说。

“至少有一万人。”冈无畏说，“也许还更多。”

此时这些绝世名将们已经无所谓心情了，心里泛着死亡的灰色。

一小队离军正在长阵前挖凿沟渠，沟渠通向远方，其中有浅浅的流水。这条长渠不深，却把整个离军军营都围绕了起来。

“他们在干什么？”程奎不解。

“只是水渠，水能够掩盖掉活人身上的气味。所以丧尸这类东西，往往不会越水去攻击活人。”息衍低声说，“他们是有准备而来。”

远方雷烈之花的大旗下，一名黑铠的将领一马当前，在马上遥遥地向着城头行礼，应该是看见了这边的动静。

息衍长叹：“离国三铁驹……谢玄啊。嬴无翳留下了最棘手的人来对付我们。”

天启城，太清宫，政和大殿。

内监满头大汗，发疯般地冲上台阶，一头顶翻了意图阻拦他的金吾卫，不顾皇室重臣在场，冲到皇座前的玉阶下。他扑倒在地：“陛下，殇阳关飞鸽急报！”

“白毅又有什么事？又是进京的事情？钦使方到，他还飞鸽？我贵为皇帝，是欠了他的债，他追我还钱么？”皇帝勃然大怒。他和群臣的早朝被干扰了，这些天他很不喜欢听见白毅这个名字。

“不是！是尸乱！白毅将军奏闻，日前殇阳关里有异相，尸体复生，杀伤无数军士！离军去而复返，殇阳关告急！”内监大喊。

“尸乱？什么尸乱？嬴无翳……那个奸贼怎么去而复返？”皇帝惊得从坐床上站起。

他忽然发觉自己身处的帝都太危险了，可怕的丧尸和比丧尸更可怕的逆贼重又回到他家的门外。他本以为经过这么些年的屈辱，他终于可以安坐在大殿上当几年太平皇帝。

“陛下少安毋躁。尸乱之事，属怪力乱神，不可以轻信。”太傅谢奇微出列，“不如召太卜询问。”

皇帝像是看见了一丝光明，立刻下令：“召太卜！”

太卜监在大胤皇室中只是个不大的机构，专门管理怪力乱神的事，也兼管效忠于皇室的秘术师。这些身怀异术的人皇室要用，却也担心他们的力量深不可测，就有了太卜监这样的机构管理压制。从前古伦俄为国师的时候，太卜监一度强大得凌越其他机构之上，内辖无数秘术大师，号称挥手可灭十万大军。不过古伦俄之后，太卜监被一再地削弱，最后只剩下三五十人，只是研究秘术，倒像一个学馆了。

太卜是个年纪极大的老人，眼花耳背，十几年不被皇帝召见，金吾卫到的时候他正喝醉了趴在官衙的井栏上睡觉，被罩上一件礼服便塞进车里急送宫中。直到他站在政和大殿上群臣之中，才明白到底是发生了什么事，畏畏缩缩左顾右盼，脖子伸不直，头也抬不起来。

皇帝看着他的样子，心里便生厌恶：“你只从实说，尸乱之说，是否可信？”

太卜略有为难的神色：“陛下，尸乱是怪力乱神的说法，传出去万民震怖，设立太卜监本来就是为了杜绝这样的事。这么说来，当然是不可信。便是真有，我们有司之人也是要把这消息压下去的。”

皇帝听得烦闷：“我没问你万民，也没有问你是不是该压下去不报，我是说这事是否真的会发生！”

“若说可能，数十年来典籍没有记载，若说不可能，倒也太过绝对了。”太卜哈着腰回答。

“废话！”皇帝勃然大怒，“可能，不可能，便是两句话，选一句说便好，不说的，拉下去打！”

太卜打了个激灵，急忙跪了下去：“可能的，可能的！”

“怎么可能？”

“典籍记载，死者复活是不可能，但是令其重新站起来行走倒是有些办法。这些多半都属于魂术，可魂术又不仅仅限于操尸。”太卜说到熟悉的事情，不禁有几分得意，唾沫横飞，“操尸人是魂术的一个流派，懂操尸的人多半是些骗子，靠自吹可以起死回生而骗钱。富家死了人，心里哀痛，被这些操尸人骗上门，说可以让亲人复活片刻，跟亲友道别。其实起死回生自古便没有听说，只是操尸之术。术士限亲人远观，找一个搭伙的骗子冒充死者的声音，而后以秘术操纵尸体起来走上几步，远远地看去就像活了过来和亲人道别。其实不过借了一个空空的躯壳，那些道别的话都是骗子自己说的。”

皇帝听得完全不得要领，怒从心头起，手颤抖着指向台阶下：“谁为我踢他一脚！”

群臣愕然。还是太傅谢奇微反应更快，上去一脚不轻不重地踢在太卜肩头，踢得他打了个滚，却并未受伤。

谢奇微呵斥道：“选要紧的说！”

太卜不敢再放肆，急忙点头：“总之并非不可能的事，只不过数千人上万人的尸乱，我朝典籍中还从未记载。一般操尸人操纵的尸体，不过是个傀儡，要说用来杀人，实在匪夷所思。”

“那殇阳关中的事情，便不可能了？”皇帝再问。他从心里厌恶这样的消息，这种邪异的事发生在帝都门户的关隘内，有种末日将临的感觉。

“倒也未必，臣听说云州的尸蛊之术，是可以大规模操纵尸人的。”

“尸蛊？”皇帝听了这个名字，心里一阵恶寒。

“就是以尸体和虫子所炼的一种蛊毒，释放到尸体中可以令其行动如生人。尸蛊虽然难得，不过总是可以积累的东西，所以若是有足够的蛊毒，操纵大批的尸人并非不可能。”

“我在宫中却未听说这样的异事。”皇帝心里慌乱，强压着自己坐了下来，还是束手无策。

“陛下是圣天子，从蔷薇皇帝以下，皇家从小的教育便不提怪力乱神之事，以免影响陛下的正气。”太卜小心地说。

“那……是有人故意操纵这些尸人和勤王之师敌对？”

太卜摇头：“操纵尸体奇难无比。其实尸乱的原理，不过是人死不久，其实身体还未彻底死去，精神还有残留，便是一个可以活动的躯壳，只是精神溃散，魂灵失所。尸乱的本质，不过是有人以各种办法刺激了尸体，使它重新开始活动。尸体并无意识，也很难统帅和操控，若是真要操纵这么多尸人，便要数千名魂术大师同时施术。这样的人，一朝一代也难得一两个。臣想，这些尸人还是没有受控制的，只不过死者临死前总有对于活人的怨毒，这些尸人已经没有神志，却会凭着一点残留的意识攻击生人而已……”

“这些怪力乱神的东西，说那么多干什么？你们太卜监不是本应该压制这类消息，免生谣言的么？你却在大殿之上，唾沫横飞，侃侃而谈。我看你是老糊涂了！”皇帝再也无法忍受，放声大喝。

“这臣刚才已经说了……是陛下让我解释的啊……”太卜茫然。

一声轻笑打破了大殿里沉重的气氛，笑声来自皇座旁的纱幕后。谢奇微立刻整肃礼服，转向纱幕躬身候命，其余臣子没有他见机快，也各有眼色，一齐转向纱幕。原本面对皇帝的臣子阵列忽地偏了一个角度。

皇帝却没有注意到，反而略有喜色：“长公主此时能笑，想必是又有什么可以教我的了。”

“陛下，太卜年事已高，何必动怒呢？而且，虽说他言语啰唆，不过事情也说得很清楚了。”长公主笑道，“我觉得当务之急，是保护帝都的安全。联军遭遇尸乱，无论是毒是蛊，都是极危险的东西。此时嬴无翳又挥军回来，尸乱的事情无疑跟他有关。我们此刻更不能让白毅进京，他的军队难保不沾染蛊毒一类的东西，若把帝都变作了鬼城，谁能负这个责？”

她此刻声音转而严厉，在纱幕后顾盼，谢奇微也觉得身上微微一寒。皇帝却微微点头。

“不如重赏白毅，许诺封他国公之位，令其死守殇阳关。而皇帝再派一支军队，在殇阳关后列阵防御。”她顿了顿，“这防御，一则是防嬴无翳击破殇阳关打进来，二则，也是防白毅。”

“长公主所言极有道理！”谢奇微恍然大悟，“白毅若是觉得死守无望，带着残军强行撤退，就把尸蛊也带到帝都来了！”

“还不仅如此。”长公主笑笑，“我们还需要一支军队，北上当阳谷防御华烨。白毅此时在殇阳关危在旦夕，早想跨越王域的华烨便有了最好的借口。华烨年轻时候可是个屠夫，本性凶戾，现在说是在修行，谁能相信？没有陛下的恩准，绝不能允他跨越！”

“可……”皇帝一摊手，面有难色，“我们哪里有这样的大军，可以防御华烨的风虎和白毅的山阵？这两者可是东陆数一数二的强兵劲旅！”

长公主起身下拜：“臣是女流，然而从先帝喜皇帝在世时已经受命重整皇室的军队。目前我们不但有羽林天军两万人，而且守卫帝都的金吾卫也有两万之数。这两支军队，训练有素，忠心陛下，退可以自保，进可以威震诸侯。臣请陛下旨意，不以臣女流见弃，愿领羽林天军和金吾卫出征！”

“羽林天军和金吾卫能有这样的成就？”皇帝惊喜，“可是长公主尊贵之极，亲自出征……只怕……”

“不敢说是东陆无敌，保卫帝都绝无问题！”长公主跪拜，“臣再请，代陛下征伐！”

“好！好！”皇帝退了几步，像是累得筋疲力尽那样瘫在皇座上，却带着如释重负的神情，“调兵的军符我差内监送到公主府邸，羽林天军金吾卫，皆听公主军令。赐剑甲战车，代我征伐。”

他沉默了一会儿，冲着纱幕低声道：“姐姐，若没有你，我这皇帝，只怕当得要累死。当初你非说只有我能坐这个位置，我是上了你的当。早知是这样的日子，我便做一个写诗作画的亲王，比这好了百倍。”

“总会好的……就快好了……”长公主低声安慰，声音轻柔。

此刻，越州的九原城，两千雷骑正扛着战旗进城。

这是嬴无翳入城的仪式，两千面红旗，在轻风里如两千高帆，遮天蔽日，远远望去，整个世界都被这片红色遮住了一半。嬴无翳快马回国，一路上绕过所有障碍，临近九原的时候写了一封信，要求臣子为他准备入城的两千面红旗，本来依附于墨离县侯的臣子们都拿到了这封信的副本。

嬴无翳驻马等候了半日便带队缓缓去向九原，很快他就遇到了第一拨带着红旗迎来的臣子。见到嬴无翳的一刻，这些臣子不由自主地跪下叩拜，有的泣不成声。嬴无翳并不和他们说什么，淡淡地挥手，令雷骑取了红旗，继续前进。每前进几里，他就会遇到一拨臣子带着红旗在路边跪迎，可一路上他一句话不说，他的雷骑拿到了越来越多的红旗，最后整支军队变成了一片红色波涛。

距离九原城还剩三里的时候，斥候来报，说墨离县侯南窜了。嬴无翳脸上这才露出一丝笑来。

九原地处南方山林之中，一年倒有小半年被大雾笼罩着，嬴无翳军队所到之处，看见周围雾里隐隐约约有民众跪迎。嬴无翳过长庆坊、德隆坊、静山大道，没有直接回宫，却拐上了雪晴湖边的阔道。离国并不下雪，这片湖原来被称作青文沼，多年前改了这个名字。

越接近那个地方，嬴无翳就走得越慢，最后他拉住了战马，看着湖边氤氲的水气，水气深处一栋简约的小楼隐隐露出檐角。他似乎踌躇了片刻。

“阿玉儿，你把这个给她。”他把怀里的玉公主放到了地上，又从腰间取出一个青色织锦囊递给女儿。

“父亲不去看她么？”

“不去了。里面是天启名家的曲谱，你交给她练习。”嬴无翳神色漠然。

阿玉儿点了点头，自己翻身上了武士牵上的白马，引着一队雷骑军离开了大队，沿河岸向远处的小楼奔驰而去。

“阿玉儿！”嬴无翳忽然又喊住了女儿。

玉公主勒马回望，只听见嬴无翳喊道：“跟她说，若是练好了，我也许去听听。”

“是！”阿玉儿高声应着，远去了。

嬴无翳笑笑：“这个女儿，怕是在心里笑我了。”

他的大军缓缓而动，一名雷骑斥候从后面带马上来和嬴无翳并行：“王爷，刚才接到了快报，谢玄军团在殇阳关下布阵，张博军团也已经到位。殇阳关内乱了。”

嬴无翳点了点头：“雷碧城的陷阱，终于开始奏效了。”

“王爷，属下职位低微，不过有些担心，冒死进言。谢玄将军一万赤旅，还带着伤，若是皇室增援白毅，我们能否挡得住？若是白毅向着帝都撤退，和皇室合兵呢？”

嬴无翳瞥了他一眼：“你倒是有些想法，把名字写个字条给我，我看看是否提拔你。对你的问题，我也可以答复。神术是什么东西？是人无法理解的。普天之下，谁不畏惧自己不能控制的力量。皇室的猪狗们，会允许一支被尸蛊困扰的诸侯军进京么？”

斥候恍然。

“而且，白毅这个人不会讨皇室的喜欢的，”嬴无翳冷笑，“因为他太强！”

隔湖忽然有箫声破空而来，嬴无翳微微一震，回头眺望。箫声清越孤寒，无处依凭，仿佛雪花飞空大地苍茫，一枝孤竹横在雪野尽头。

“原来她知道我回来了。”嬴无翳低声道。

“谢玄将军和张博将军的军团均有战报来，王爷还要听么？”斥候问。

“不听了，夫人在吹箫。这个时候，不要拿那些丧尸一类的恶心东西来烦我。”嬴无翳举起手，“三军止息！”

两千雷烈之花的红旗在垂柳堤岸上卷动，仿佛一阵翻天的红浪。

“王爷，有命令要传达么？”传令官不知究竟，带马上来问讯。

“听箫。”嬴无翳面无表情。

于是翻天红浪下绝对的安静，如同生铁铸造的强悍武士们簇拥着威严的霸主。他静静地带马听箫，冰冷的眼眸中有一丝淡淡的笑意。霸气雄心皆在这里稍作驻留，乱世英雄们的脚步被箫声牵扯，下午的阳光穿过湖上的层层水气。

此刻东陆七千里河山的风云变幻都短暂地凝固了。

第三章 虎之战

“年轻人，你想死啊？这是第三次了，断了三次的骨头还想长好，可不容易。”医官在姬野的胳膊上缠上绷带，他刚刚解开包扎看完了姬野的伤势。

“你废话那么多干什么？”姬野痛得咬牙，瞪着眼睛，“告诉我能不能长好不就可以了？”

医官鼻子里重重了出了一口气：“能长得八八九九，你算是身体极好的，运气也好，遇上我的接骨之术。不过难免留下旧伤，你伤好以后每年冬天下雪的天气必然觉得从肩膀以下半边身体酸痛。年轻人不知道惜命，老来有你的苦吃！”

姬野愣了一下，冷冷地说道：“我都不知道自己能不能活到老来，哪有那么多事好怕的？”

“也有道理。”医官点了点头，“养着吧。”

他起身出去了，兵舍里只剩下姬野仰面躺在土炕上，一动不动。医官看见他再次挣裂伤口，发了狠心，在绷带里缠了夹板，将姬野的肩膀死死地固定住，这次姬野就是自己想动也难了。

姬野扭过头，看见叶瑾正坐在靠窗口的地方织补战衣，阳光从窗户里面透下来，照在她的侧脸上，她的一边耳朵上挂了一只白玉石的耳坠，另一边的大概是丢失了，就一直那么空着。姬野没什么可做，就这么发呆，看着那枚白玉耳坠随着叶瑾的动作振摆。

“是母亲留给我的，还有一只被父亲收藏。”过了一会儿，叶瑾说。她知道姬野在看她。

“嗯。”姬野应了一声。

两个人又开始了一轮沉默。

又过了一会儿，叶瑾抬起头来看了姬野一眼。她人坐在中午的阳光中，皮肤被照得仿佛透明，眼瞳却还是漆黑的，极幽深。

“长官为什么看我？”叶瑾问。

“无聊吧。”姬野随口说。

“我们的眼睛倒是很像，小时候父亲也说，黑瞳的人不多呢。”叶瑾又低头下去缝补，“长官不是为了这个救我的吧？”

“不是，”姬野道，“我是军人，那时候冲出去是应该的。他们说你是原来殇阳关车骑都护叶正舒的女儿？”

“是。”叶瑾点点头。

“云中叶氏，很有名的大姓，却要来做婢女。”

叶瑾轻轻摇头：“父亲是叶氏分家出身的，不是云中叶氏主家的后人。不过凭着祖上的一点名声，又凭着一点诡计，居然被委以高位……”

“诡计？”姬野问。

“他伪造了一本书，叫作《兵狼之卷》，说是我们叶氏《兵武安国八卷书》中的《秘四卷》之一，风炎皇帝时候的名将叶正勋就是倚仗这本兵书纵横天下。父亲把它献给皇帝，皇帝看后大阅，以为他是个奇才，就封了他人人羡慕的高位。其实那些都是父亲自己杜撰出来的纸上谈兵的东西，他一生连剑都没拔过几次，哪懂什么兵武？”叶瑾笑笑，“父亲出仕以前，我们很穷，从没有觉得云中叶氏怎么样，后来忽然蒙皇帝的恩召，巴结我们的人多起来了，慢慢地便觉得自己尊贵起来。可是再几年，离公大军横扫过来，以前的尊荣又都没有了，做着婢女，倒不觉得怎么样，只是想那几年在帝都的生活都是不该得的吧。”

“你母亲呢？死了？”

“是的，我八岁的时候过世的。”

沉默了很久，姬野说：“我妈妈也死了，我已经忘记了她的长相。”

“婢子多嘴了。”叶瑾轻声说。

“没事。”姬野慢慢地闭上了眼睛，似乎是睡着了。

北大营，楚卫军驻所。

六国大军的统帅全部在座，每个人的脸色都晦暗难看，迎接他们的是一具尸体。他们踏入这间兵舍，就看见白毅安坐在一张简陋的竹床边，床上盖着一匹白布，下面无疑是一具尸体，一名年老的仵作和一个面孔苍黄的楚卫老兵低头立在一旁。白毅就请将军们在尸体旁的椅子上坐下。

所有人到达之后，白毅起身揭开了白布。白布下果真是一具尸体，看起来死的时间已经不短了，腐烂得却不厉害。尸体的胸口上有个巨大的创口，似乎是那夜的丧尸之一，被军士重创了心脏。

“今天请诸位来是要看看这具尸体。”白毅道，“大概可以替我们解释为什么会有尸乱这种事发生。”

他向那个面孔苍黄的老兵比了个手势，老兵诚惶诚恐地站了出来。

“我们上次见过。”古月衣忽然说。

“是是，古将军，上次做了歹事，被诸位将军发觉，这次小人是要将功补过。”老兵战战兢兢的。

“不必畏惧，大声说话。”息衍说。

“是！”老兵得了鼓励，挺起了瘦骨嶙峋的胸膛，“小人在营里一直是处理尸首的，这一行是个脏活，连仵作都不算。不过小人们跟尸体打交道的日子久，听过一些传闻，尸乱的事情，营里也发生过，只不过都是雷雨之夜尸体受了刺激，站起来走几步，看着虽是吓人，不过拿个棍子上去拦腰打翻，一点事情也没有。我们日日和死人打交道，这样的事几十年也难得有一次。若说上百上千的尸变，而且还能伤人的，便只有尸蛊之术。”

“尸蛊之术？”冈无畏问道。

“是，小人可以演示。”

老兵看着白毅，白毅点了点头。

“楚卫国山阵军三旅一卫辎重营，薛大乙！”老兵行了个有力的军礼。

“是老行伍啊！”息衍微微一笑，是赞他的军礼标准利索，是老兵才有的气度。

薛大乙用力一点头，于是拔出随身的小佩刀，小心地扎进那具尸体里。刀噗的一声透入，如穿朽木，也没有血流出来。他从腰间摸出一只小纸包来，打开来是一些黄色的粉末。

“小人这纸包里的是硫黄，尸蛊是借虫子的精神炼法，虫子怕硫黄，硫黄对尸蛊也有效。”薛大乙解释。

费安皱了皱眉：“这种乡野里的邪术，白将军真的相信么？”

白毅不回答。此时薛大乙已经把硫黄从那个刀扎的创口洒了进去，仵作则手持火镰站在一旁，薛大乙以小刀割开自己的手指，将一滴血滴在丧尸的鼻尖。所有人的视线都被吸了过去，古月衣看见那具丧尸的手指似乎动了动，他惊得想站起来，此时丧尸猛地睁开了眼睛！

这一次将军们也都忍不住了，程奎跳起来拔刀，恨不得当场一刀把这具尸体砍作两半。

“程将军别急！”仵作急忙大喊，“绝没有事，这东西已经用铁环固定住，伤不了人。”

程奎愣了一下，看见尸体脖子、腰间和双腿都束以铁环，被牢牢地固定在床下的地面上。那具尸体果然受伤太重，也只是做最后的挣扎，似乎是被鲜血的气味吸引了，虚弱地扭动着。仵作火镰一擦，一粒火星落在硫黄上，火焰一直烧入尸体的胸膛里。

“诸位将军看好了！”薛大乙大喊。

随着他的声音落定，什么东西从那个创口里探出头来！将军们浑身恶寒，不约而同起身。那东西似乎是害怕硫黄的火焰，拼命地摆动身体钻了出来，那是一种众人都没有见过的青灰色长尾虫子，浑身都是脚。它爬得极快，从尸体上滚了下去，立刻往阴暗不见光的角落爬去。

古月衣反应极快，他挥手投出了袖刀。袖刀准确地将那只虫子钉死在地上。

那只虫子拼命地摆动尾巴挣扎。可它的颜色变得越来越淡，它整个形体也模糊起来，像是一道凝结的青灰色烟雾，正在极快地散去。古月衣拔出腰刀踏上一步，还没有来得及接近那条虫子，就看见它整个形体崩溃了，只有些许红褐色粉末飘落。

他的袖刀静静地扎在地面上，似乎完全没有刺中什么。古月衣呆在那里，指尖微微颤抖。

“古将军可以摸摸看，那就是蛊，已经被杀了，虽说原本也不是活物。”仵作道，“此时是没有危险的。”

古月衣尝试着以手捻起一些粉末，揉了揉：“像是血痂碎了的粉。”

仵作点了点头：“是，看起来像，不过谁也不知道是什么。”

“其实那虫子也是死虫，没有形体，据说看见的人不过是幻觉。”薛大乙补了一句。

“可我们都看见了。”古月衣环视众人，所有人都点了点头。

“就是这样了，有人以尸蛊给我们设下了一个圈套。”白毅道，“这些天搜集了各方面的消息，和诸位分享。离军在事发的当夜忽然返回，这件事无疑和他们有关。当时殇阳关内，一共有丧尸六千一百五十二具，其中大约半数是从火门骗开了城门进入的，还有半数来自辎重营的伤员。这种蛊毒也会影响伤者，重伤的人会被蛊虫吸噬魂魄，和丧尸毫无区别。它们并无组织可言，只是凭着本能杀人。”

“但是丧尸依然有人操纵，射我的那个人绝不可能是个丧尸，那样犀利的弓术。”古月衣道，“还有，对方能够在火门和我军把守的地门两次使用诈术骗开城门，这不是丧尸能做的事。”

“是。”白毅说，“但是尸体毕竟是慢慢腐朽的东西，无论什么样的秘术都无法维持太久。我请诸位来这里，是想告诉大家，我们目前只宜坚守。谢玄此时不敢攻城，攻城他就会踏入丧尸群里，以我们如今剩下的兵力，谢玄未必能够占到上风，他只有一万赤旅。我们只需要等到丧尸不能活动，这场仗的胜利便还是我们的。”

“等到何时它们会自己倒下去？”冈无畏低声道，“我们没有粮食，也没有药物。而丧尸是不需要食物的。”

“胜利？”程奎也摇头，“我军只剩一千两百人，还有大批伤员。五千精锐折损如此，还能算是胜利么？”

“我们大约还剩多少人马？”息衍打断了这个话题。

“带上伤员，”白毅微微沉默，“仅仅剩下两万六千人，战马还剩七千余匹。”

“那么白将军，说最关键的部分，我们还有多少粮食？”息衍沉声道。

白毅点了点头：“不错，你猜得都对。为了消灭晋北营地中的丧尸，晋北军用了火焚之术。结果就是我们本来可以勉强充作军粮的燕麦毁于一旦，我们已经没有什么马粮剩下了，至于人吃的粮食，仅能支持七日！”

所有人的脸色变得更加晦暗。

白毅环顾四周：“我想说的是，我们或者会死在这里。帝都、下唐国和我们楚卫国也许会有援兵到来，但是我们也要有自救之术。各位帐下还有骑兵的，准备开始杀掉战马，充作军粮。”

程奎腾地站了起来，眼睛血红，勃然大怒：“我国全部都是骑兵，一匹马从小养大，征战出入，仿佛兄弟。白将军你要杀战马，为何不杀你自己的战马？”

白毅静静地看着他，目光沉静。他低头解下自己腰间的佩剑，向着程奎扔了过去。程奎茫然接下了白毅的剑。

白毅走到兵舍门口，推开门，门外正是白毅的那匹名马白秋练。白毅指着自己的战马："我国强在山阵长枪，所带战马很少，即便杀了，也不足以充实军粮。但我确实有一匹马，随我征战多年，我初见它的时候，还是一匹小马驹子。今天如果程将军要杀了它才能见得我和诸位同生共死的决心，那么请以我的佩剑动手。"

程奎恶狠狠地和他对视，白毅毫不回避。程奎终于忍不住，甩掉剑鞘大步而出，来到拴马桩之前。他仰视那匹身量极高的白色骏马，知道这是一匹极为难得的神骏，他是爱马的人，心里舍不得，可是已经被白毅逼到这样的地步，他终于咬牙狠心，提剑刺了出去。

骏马嘶鸣，长鬃飞舞，程奎的剑停在白秋练胸口之前，差着半尺没有刺入。那一瞬间他抬头看着这匹通人性的白马目光中满是惊恐和悲惶，却不在看他，而是看向了另一个方向。程奎顺着白马所看的方向看去，正是站在兵舍门口的白毅。

白毅遥遥地和自己的爱驹相对，脸上木然的没有表情。

程奎看了看白毅，又看了看白马，握剑的手抖了抖。他左手狠狠地一掌拍在自己握剑的右手上，把剑扔在地下，大步地离去了。白毅看着他的背影，沉默不语。

息衍背着手走出兵舍，上去拍了拍白秋练的脖子，让这匹马安静下来。他回身看着白毅："就从我下唐骑兵的战马开始杀起吧，希望不要杀到我的墨雪，你便能想到脱困的办法。"

将军们都走了出去，只剩下白毅默默地站在兵舍门口。许久，白毅上前几步，挽住了白秋练的缰绳，他抚摸着爱驹的长鬃，微微摇头："如果需要在你和墨雪之间选一匹马来杀，息衍又会选择何者呢？"

他叹了口气："早知道在你得病的时候，便不救你了。"

九月九日，王域，羽林天军扶风大营。

年轻的将军武装整齐，端坐在战马上，他背后是两千名羽林天军，列阵候命。征发令是昨夜传下来的，已经有很多年没有这种紧急的出征了，毫无准备的时间。军士们惊疑不定，各百人队统领心里也没底，只有将军还平静。他扣着一杆红色长缨的战枪，摸了摸腰间的酒壶，酒壶是空的，出征不能饮酒，不过他还是习惯性地带着这东西。随身太多年了，没有它，就觉得缺了些什么。

“谢诚谢将军么？”一名金吾卫首领带马踏入大营，跟随他而来的是十驾四马大车，来得很急，车上以油布盖着，看不出下面藏着些什么。

“属下正在候命。”谢诚在马鞍上躬身。

“长公主令谕，全员更换武器。”

“更换武器？”谢诚有些吃惊。羽林天军耗资巨大，制式装备不能说是东陆独一无二的，却也都是上品武备。他实在想不到有什么必要在出征前一刻更换武器装备。

“不必问了，让他们去领千机弩，一共两千张。”金吾卫统领向大车上的车夫示意。

“千机弩？”谢诚从未听过这个名字。皇室军队，武器铠甲仪仗皆有惯例，每一种可供装备的武器都由工造府制订规格体例，制作起来绝对不能违背，新武器没有数年的试用绝不可能被装配，更不用说全员装配。

大车上的油布被掀开了，下面整整齐齐码着沉重的弩弓，一色乌黑，以桐油保养得极好。

金吾卫统领从自己后腰抽出了一件，递给谢诚。谢诚觉得入手沉重，是用上好的木材制作，工艺极为精细，韧实的牛筋弦颇有力，拉开弦有些勒手。但是和普通弩弓略有不同，无论是弓臂的开度还是上弦的角度，最特别是原本应该放置箭矢的槽在这张弩上看不见，弩弦卡在一个木盒里面。

金吾卫统领从腰带里抽出三枚乌黑的铁矢，只有普通箭矢一半不到的长度，他当着谢诚的面填入木盒里，再次把弩递给谢诚。他比了个手势：

“将军请试射。”

谢诚扬起手臂，指向大营东侧的土墙，扣动扳机。

弩身只是微微一震，平衡极好。三枚铁矢一次全部射出，轨迹平直，钉入土墙，连尾部也没了进去，只溅起一片淡淡的飞灰。排着队领取弩弓的军士也被吸引了，有人叫起好来，已经拿到的则跃跃欲试。

“不错！”谢诚赞了一声，“方便有力，是件好武器。”

“好在实用，若说有力，比紫荆长射还是差得太远了。不过，”金吾卫统领笑笑，“任何一个人拿到，无须什么训练，就可以上阵。”

“还有别的令谕么？”

“谢将军请率部和其余九营一同出发，金吾卫一万人，羽林天军一万人，目标是当阳谷谷口。”

“当阳谷谷口？”谢诚点头，“离军残部还在那里和淳国华烨对阵吧。”

“其余的，只要到时候听从将领就可以了。”金吾卫统领高深莫测地笑笑，“此次要做的事情，很简单，以谢将军年少成名，这些年在羽林天军升得如此快，做这点小事是举手之劳。”

“又是加官晋爵的机会呢！”他拍了拍谢诚的肩膀，“还有事，就此告辞。”

金吾卫统领带着一队属下，策马狂风般离去了。这些日子帝都金吾卫忽然焕发了活力，各级军官出入扶风大营和各处卫所，带来皇室的军令。原本只是皇室仪仗的军队，此时耀武扬威，看起来已经掌握了帝都全部的军机权力。

谢诚看着金吾卫们远去的背影，默默地从袖子里抽出一条两指宽的白布条来。

他这些天不知多少次读这封信了，想从每个字里看出它是否可信，此时他重在心里默读了一遍：

“吾兄如晤：

我闻事发突然，联军以尸乱被困殇阳关。此术是尸蛊之法，传自云州，东陆识之者少，唯太卜博学，或有所闻。尸蛊噬人精魄，可用于尸体，亦可用于活人，重伤之人若为尸蛊所噬，则失却本性，与死者复苏无异，皆丧尸也。尸蛊至难拔除，然有破绽。以尸蛊起万余死者，是秘术大阵，谓尸藏之阵。有阵则有阵主，阵主犹在殇阳关内。阵主死，秘法破。此事我告于兄，或为加官晋爵之机会。凭兄自决。

弟沐手谨奉。”

他计算着收到这封信的时间，想起那个曾于朗月之夜在帝都城墙上白衣高歌的年轻人。无论这封信是从哪里发出的，都令人惊异。甚至在皇帝都还不知道殇阳关中出现了异相的时候，这只信鸽就落在了谢诚的桌子上。谢诚有种强烈的感觉，在殇阳关那幕惨剧上演的一刻，他那个白衣的朋友正背着双手，在远处观望。

他不知道这样一个人是否可信，但是他已经没有选择，他能感觉到那个庞大的阴谋在稳步推进，而殇阳关里那些人就要死去。他决定冒一次险。

“信鸽。”他低声道。

属下送上了一只青灰色尾羽的信鸽，谢诚摸出早已写好的信，塞进信鸽脚下的竹筒里。他扬手把信鸽放上青天。

九月十日，当阳谷谷口，凌晨，天边刚有一线辉光刺破了黑暗。

离国左相柳闻止漫步在大营之中，除了轮值的军士，柳闻止两万赤旅步卒中的大部分还在沉睡，营中刚刚开始生火做饭。柳闻止带着一名亲兵四处查看，早晨的军营中一片静谧，老兵挥舞着铁斧劈柴，把木片塞到锅下。天气已经很凉了，锅烧得极暖和，柳闻止站在锅边烤手，闻着肉粥的香味。

柳闻止是文臣，懂军阵而不能厮杀。但是他治军严谨，每日起得比士兵还早，在营中巡查，风雨无阻。离国将士颇多来自南蛮部落，本来不喜欢他的行事，却也不能不佩服他的威严和勤勉。这两万赤旅中，柳闻止命令所到，无不奉从。

“真安静啊。”柳闻止轻轻叹息。

“大人，”亲兵凑了上来，“我们还要在这里守多久？”

“只怕还要些日子，”柳闻止摇头，“昨日有确切消息传来，谢玄所部正在殇阳关和白毅二度对阵，我们必须守在这里，否则华烨的风虎若是支援白毅，谢玄绝没有胜算。”

“可我们怎么撤离呢？腹背都是敌人啊。”亲兵也不无担心。

“路虽然远了一些，可是想回家，总还是有办法的。”柳闻止笑笑安慰他。

又一名亲兵按着佩刀奔了过来，跪在柳闻止面前：“大人，淳国华烨有使节来！”

“这么早？”柳闻止诧异，“那么请他进来。”

立刻有数名柳闻止的亲兵簇拥着一名风虎骑兵装束的精悍男人而来，那名风虎双手捧着一件青布包裹的东西。风虎站在柳闻止面前，微微躬身行礼，将包裹捧了上去。

“这是什么？”柳闻止拍了拍那只包裹。他和华烨之间经常有所馈赠，这样的事情不算稀罕，只是对方使者清晨赶来，还是第一次。

“是我们将军奉还柳相的东西。”

柳闻止打开包裹，里面是三本古卷。柳闻止翻了翻，恰好是他赠给华烨的《韶溪通隐》、《海苍志异录》和《冼山知闻笔记》三种。

“这些是我赠予将军的，怎么还了回来？”柳闻止摇头。

“将军说，这些书太珍贵，只敢说借来一观，不敢说占有。所以无论如何，这些书是他欠柳相的，要归还。”风虎彬彬有礼地回答，“此次还书，也说明一件事。”

“什么事？”

“柳相请听！”风虎向着身后比了个手势，忽然露出傲然的神色。

柳闻止集中精神，神色忽然变了。他听见千万马蹄敲击地面的声音，那声音海潮般扑来，很快就惊动了营里所有的军士。军营前预警的铜钟响了起来，军士们提着武器钻出帐篷，前方防线处值守的军士中有人放声咆哮起来，却听不清是在喊什么。

地面开始微微地震动了，骑军距离他们不会超过三里。

“华烨将军让我告诉柳相，两军决战就在今日开始，日上三竿，再也不必于阵前相见！”风虎凛然道。

柳闻止惊骇地退了一步，长叹：“终于还是躲不过！”

“柳相本该知道，贵国在殇阳关设下了陷阱，谢玄军团的一万赤旅去而复返，这是联军存亡的关头，华烨将军让我告诉柳相，白将军不死，是他不动兵戈的底线！”风虎大喝。

“是说他和我终于还是被逼上了战场么？”柳闻止仰面向天，神色悲惶，他忽地大笑了几声，对风虎挥手，“你可以走了！”

“不准备留难我么？”风虎傲然不惧。

“你是使节，等你离开我的军营，你就是敌人！”柳闻止双目中锐光一闪，“你能不怕我而来这里，我凭什么不敢放你走？你叫什么名字？”

“风虎骑军，二旅三营，原鹤！”风虎行了一个有力的军礼，他回头狂奔而去。

整个赤旅大营像是猛虎苏醒，越来越多的军士套着赤色的皮甲、持着方口蛮刀列队。有人牵上了柳闻止的战马，风虎铁骑的旗帜已经可以看见，灰尘弥漫起来，仿佛要遮蔽天空。前方的防线无法承受这样忽如其来的进攻，溃退的战士们已经退入了军营。

“扶我上马！”柳闻止大吼。

“柳相！不宜在这里决战！敌军来势太快，我们应该后退结阵，再行作战！”一名亲兵拉着他的战马劝阻。

“愚蠢！”柳闻止扭头大喝，“这样的局势下，华烨铁了心要跨越王域，没有任何人能阻挡他。两万赤旅，挡得住两万五千铁骑兵么？”

亲兵愣了。

“我在这里，只是赌华烨敢不敢下定决心不经皇帝许可而穿越王域。那头老虎已经下了决心，那么说什么都没用的了！”柳闻止喝令，“第一旅随我出击！其余的人退走，如果能够摆脱华烨的追击，解散所有人，扔掉武器铠甲，从山路向离国撤退！凭着脚，也可以走回去，不必死在这种地方！”

“扶我上马！”他又下令，“我也许老了！但是还有用！”

他被推上了战马，坐在马鞍上，他得以看清楚那支越来越近的骑军，他们的锻钢铠甲和马甲映着早晨的阳光，融为一片森严的铁灰色。为首的年轻人竟然赤裸着上身，挥舞着厚重的阔刃巨刀，追杀溃退中的赤旅步卒。他年轻的脸因为杀性而扭曲，没有人能阻挡他的冲锋。

“是东陆最昂贵的军队啊，”柳闻止长叹，“若是我们离国有这样的铠甲和战马，就不用耗费那么多子弟的鲜血，我们早已是东陆的主人！”

风虎铁骑为首的年轻人远远地看见了这个老人，也看见了他身后被竖起的战旗。他将巨刀收在马鞍上，抽出一张大弓拉开，一箭射出。他的弓也巨大，箭比普通的羽箭长了一尺，箭镞比普通的铁剑还宽阔。柳闻止听见箭啸的时候，胸膛已经被洞穿。

他栽下了战马。被亲兵接住的时候，他用尽最后的力量抓住亲兵的胳膊：“传我令！第一旅殿后，其余人，回国！王爷还在离国等我们！”

“纵然没有那些昂贵的武备，我们一样会称雄东陆！”他说完这一句，眼睛里的光芒才涣散了，手慢慢地松开了亲兵的胳膊。

离国左相柳闻止死于当阳谷谷口的大战之中，此时距离离国右相李桐的去世，已有十四年。这两个老臣均在离国夺嗣的斗争中选择了十七公子嬴无翳，最终也都用自己的生命为霸主铺平了道路。正像他们的政敌曾经诅咒的那样，他们必将因为对嬴无翳的支持而不得善终。

不过直至二人的最后一刻，也没有流露出一丝的悔意。

谢诚和他的两千羽林军推进在原野上，在他的周围，还有另外九个规模相等的军团。一万名装备精良的羽林军和一万名初踏战场的金吾卫，每个人都持着那种乌黑的千机弩，配有三十枚铁矢，六十万枚铁矢连续施放，会是一片何等壮观的铁流。

金吾卫们比羽林军更加振奋，这些世家出身的年轻人穿着贵重的军铠，胸口文着家族的徽记，一边行军一边交头接耳，跃跃欲试地拉着弩弦。

谢诚已经可以看见开阔的当阳谷谷口了，那里烟尘弥漫，喊杀声震天动地。

斥候飞马回来，指着前方大喊："前方还有两里就是王域边界！淳国华烨将军正和离国左相柳闻止交战，风虎骑军已经占了上风，赤旅残兵正在向着这边溃退！"

后面传令官也是旋风般地赶来："传羽林上将军舒文颐令，三军全速行军，不得拖延！违令者皆斩！"

"还能赶得上么？"谢诚淡淡地问。

"违令者皆斩！"传令官瞪着眼睛威吓。

"明白！"谢诚猛一挥手，"全速行军！掉队者军棍责罚！"

整个军团被迫加快了步伐，原本速度相当的金吾卫军团被落下了。金吾卫军团的首领高声喝令着，强迫这些娇生惯养的世家子弟加快步伐。谢诚冷眼看着那些年轻人跌跌撞撞地往前赶，方才的趾高气扬一下子就消失了，方阵里只剩下沉重的喘息。

华烨立马在高处，看着风虎分为小股追赶着溃散的赤旅步卒。即使是精锐的离国步兵，失去了统帅也很难坚守。对风虎们而言胜局已经奠定，剩下的只是扩大战果。华茗提着沉重的刀立马在华烨背后，他喘着粗气，巨刀上血迹还未凝固。

"我不该派你出战……"华烨摇了摇头，"传令他们不必追赶了，敌人已经丧失斗志，现在追杀，不但令我们自己的队形混乱，也没有必要。我们的当务之急是直抵殇阳关下，支援白毅的军团。"

“是！”华茗高声回答。

他带马离开之前，看见父亲手中紧紧握着几卷古书。那几卷书上沾了离国左相柳闻止的鲜血，华茗一箭射杀柳闻止，离军士气立刻崩溃，原本难于突破的防线主动退后，风虎便趁胜追击。华烨纵马踏入了离军大营，看见了横尸在地的柳闻止。离军来不及带走他的尸体，他手中还握着华烨派人还回去的三卷书。华烨当时默立了片刻，上去取下了这三卷书，以自己的军旗遮蔽了柳闻止的尸体，上马而去。

华茗驰下了高地。他觉得心里有些乱，但是他不想再想太多，他已经追随父亲上了战场，便只有这么死战到最后。

原鹤挥舞着马刀，冲锋在最前列。他的马是同营将士中最好的，跑起来风驰电掣，深秋枯黄的原野在他的马蹄下迅速后移，令他觉得全身血脉都张开了。这种狂烈的奔驰和战斗，对于沉寂已久的风虎而言太难得了。他追逐着赤旅一支残兵，那支残兵奉着雷烈之花的大旗，他决心要夺下那杆旗帜。

谢诚已经能够看清交战的双方了，他目力很好，判断了一下距离，已经不过是两里开外。迎着他而来的是奉着雷烈之花大旗的赤旅，他们急速后撤，一队风虎的精锐在后面追赶，整个战场已经溃散，失败的离国军向着四面八方分散。

“停！列阵！”他大喊。

他是先锋军团的统领，金吾卫也受他的节制。最前面的四支军团开始慢慢地展开，方阵变为长阵，两翼飞起如一只巨鹰。这是宫中传出来的阵形，拉开的队列可以最大限度地发挥千机弩的威力。阵形微微凹陷的中间地带如同口袋，等着捕捉敌人。那队赤旅已经无路可走，他们距离陷阱中心越来越近。

谢诚眯着眼睛看去，看见了矗立在原野上的黑色石碑。那便是王域的界碑，立在那里已经七百年。

华烨看见了那支军队，以及他们所奉的火焰蔷薇大旗。在东陆，只有皇室的军队可以奉这种旗帜。

他的脸色变了变：“放令箭！谁在最前方？令他回撤！”

他的亲兵微微愣了一刻没有回应。华烨抓过他手里的弓，对天射出了响箭。箭带着清锐的鸣响升入天空，整个战场上的人都能听见，是急速回撤的信号。

“原都尉！回撤！那是回撤的令箭！”一名风虎带马上来在原鹤的耳边大吼。

“回撤？”原鹤不解地回头，他和对面的羽林军对赤旅的合围已经完成，只要再追下去就把赤旅逼进了死地。

传令官策马立在谢诚背后：“谢将军，请对你的人下令！”

谢诚看了一眼这个高傲的金吾卫军官，神色冷漠地扬了扬手。

军士们半跪于地，开始在千机弩中填装铁矢。八千张弩弓被平端起来，两万四千枚箭矢随时都能发射。

谢诚最后一次看传令官：“这样发射，真的可以么？”

传令官挥手指向前方：“过界者，皆为逆贼！我说可以就可以！我奉的是羽林上将军的将令！”

谢诚看着他的嘴脸，冷冷回了一句：“不必说得那么大声。我问了，你说可以，你就需要为此承担一切的罪责！仅此而已。”

传令官一愣。

谢诚仰天深深吸了一口气，他看见原鹤的马蹄越过了界碑。这支风虎已经和赤旅一样踏入了皇室的领地。谢诚猛地拔剑，指向前方：“发射！”

两万四千枚铁矢像是飞蝗一样笔直地射出，带着嗡嗡的巨响。追逐和奔逃中的两支队伍都呆住了，原鹤没有想到羽林军竟然真的对他们发起了攻击，更没有料到那种东西里面会喷出铁雨般可怕的东西。在他前面的赤旅瞬间就被吞没了，原鹤仰天滚下战马，趴在地上，箭雨仅仅比他慢了瞬间，他的战马胸部中箭，密集的铁矢完全透入了那匹好马的胸膛、脖子和眼睛，连箭尾都看不见。原鹤趴在地上，看见他最心爱的战马双目流血，长嘶了一声，跌跌撞撞前行了几步。它胸口的创口也喷出了血浆，喷出数尺之远，它的心脏已经被重创。这匹马最后扭头，瞪着已经盲了的双眼，像是要寻找它的主人。然而它再也支撑不下去，四腿一软，趴下去永远爬不起来了。

原鹤只有腿上中了一箭，而那一箭的力道使得它完美洞穿了风虎骑军引以为豪的锻钢具装铠，原鹤感觉到自己的一根筋被刺穿了。他向着他的马爬过去，四周皆是他死难的兄弟。

“装填！”谢诚下令。

军士们把第二轮的铁矢装入了千机弩。

谢诚挑衅般地看着那个笑逐颜开的传令官：“怎么？长官没有见过这样的场面？觉得很是壮美？”

传令官听出他话里有刺，颜色一冷，斜眼看着他。

“是很壮美，不过，有一天我们被射杀，也同样壮美！”谢诚不再看他，挥剑大喝，“瞄准！”

战场上的风虎们都被这个场面惊呆了。铁骑兵们随即震怒了，从高处可以看出，整个战场的局势骤然变化，分开追逐赤旅残兵的铁流开始汇聚，它们仿佛一支支利箭，箭尖所指的都是羽林军。

华茗带马驰上高地，看见父亲握着弓沉默。华烨的手在微微颤抖，他像是要把那张传令的弓握碎，面甲遮住了他的脸，没人可以看见他的神色。

“父亲……”华茗轻声喊着，缓缓带马上前，不敢惊动他。

“我没有事。”华烨的声音低沉嘶哑。

他弯弓向着天空连续地射出响箭。撤退的箭啸声一而再、再而三地穿越天空，奔驰的风虎们一支一支停下了，他们回望高地，双眼赤红。可他们依旧不能违反军令，整个战场诡异地沉默着，遍布整个原野的铁骑兵们仰头望着高处，高处的人低头看着他们。

终于，铁骑兵们开始回撤。他们中有人回望，王域的边界对面，站着他们最后一个兄弟。

原鹤仍然活着，他用尽全力站了起来，他也望着高处。

“将军！看见了么？看见了么？兄弟们都死了！”他放声咆哮起来，“你还活着，只有你还活着！”

“原鹤……”华烨低声道。

“发射！”谢诚下令。

密集的铁雨从原鹤的背后袭来，将他完全吞噬了。

华烨看着远处的那个人形，原鹤居然站住了，虽然他已经死去。他用马刀撑在地上，顶在自己的胸口，临死把自己的尸体竖立起来，像是一个末日的碑记，孤零零地站在战死者之中。就在华茗觉得空气已经沉郁到令人窒息的时候，华烨仰起头，发出了咆哮。

当阳谷谷口被他的咆哮掀动，连远处的羽林军也震怖得想要捂上耳朵。咆哮持续了片刻，停下之前声音已经变得沙哑。华烨带马离去，不再回顾。

“这是虎最悲愤的时候吧？”谢诚望着高处。

“华烨撤了！华烨撤了！我军胜了。”传令官却是大喜，他刚才几乎以为华烨就要挥兵进击。

“不要高兴得太早了。”谢诚看着他，冷冷地笑笑，“虎神的斥候非常有名，他会派人查到我们两个的名字，然后把我们列在他必杀的名单中，只要他还活着。丑虎华烨，从来不是善主。”

他看着传令官的笑容僵在脸上，仿佛吞了一只苍蝇般的难看，忽地仰天大笑起来。

九月十一日，帝都，桂宫。

长公主躯体横陈于卧榻上，手持战报咯咯轻笑，不胜欢喜。她一身乳白色的轻纱，肌肤半透，乳胸半裸，纱裙下露出赤裸的小腿，百里宁卿正坐在榻边帮她按摩。而雷碧城就坐在对面，仿佛一具木偶般闭目沉思，对着眼前奢华淫艳的场面如同不闻不见。

长公主渐渐熟悉了这个深不可测的老人。她甚至和宁卿搂抱求欢的时候，也不太刻意避开雷碧城，除了本性的淫荡，也是她觉得没有必要。她不避开这个人，因为在她眼里雷碧城并不是人。

对于雷碧城而言，一切在他心中都像是云影那样不会留下痕迹，只有某些强大的信念。他看着长公主的时候，长公主觉得自己是透明的，雷碧城的目光从她身上透了过去。这个老人没有喜怒哀乐，也不期待权力和欲望的享受，他来到这里，只是为了实现一个目标。

“儿郎们果真不辜负我，在他们身上花了那么多钱啊！”长公主捂着嘴笑，“碧城先生，昨日当阳谷谷口的接战，我军大捷。华烨虽然愤怒，却没有发动进攻，这只老虎，想必会被憋死了！”

“华烨未必不想进攻，不过那些弩箭可以穿透风虎的铠甲，令他不得不忌惮。我们的军队赶到，恰好在他和赤旅接战之后，他的损耗也不小，我们是生力军，华烨不会不顾惜他旗下子弟的命。”雷碧城道，“如今华烨不足畏惧了，我们可以把力量集中在殇阳关。”

“碧城先生有什么见教？”长公主直起身子，盘膝端坐，示意宁卿不必按摩了。

“东陆有三个人会救白毅，华烨只是其中之一，还有两个，长公主想必也清楚。”

“楚卫女主白瞬、下唐国国主百里景洪！”

“不错，”雷碧城微微点头，“以楚卫和下唐两国的实力和位置，要援助白毅还是轻而易举的。”

长公主想了一会儿，又笑了起来：“碧城先生是要卡死白毅的喉咙么？这个容易，太容易了，那么就由我担保，白毅不会从这两家获得任何援助。”

“我已经知道长公主有办法，”雷碧城睁开眼睛，“我需要时间。”

“时间？”

“亡者们站起来的时候，我没有想到白毅居然挡住了它们的第一波攻势。白毅一日不死，危险就仍在。神术虽然令世人惊恐，然而并非没有破绽，白毅恰恰可能是发现它破绽的人之一。”雷碧城低声说，“我需要时间，准备给他致命的一击。”

紫衣信使的快马在夕阳下高速通过青衣江上的浮桥，远处隐没在山坳里的城市已经露出了城头。

青衣江是建水的支脉，绵绵细流穿越越州和宛州的分界，最后汇入大海。

楚卫国立国便是依赖着这条水量丰富而流势平缓的江，青衣江是楚卫国灌溉的主要水源，也是东面抗拒离国的天险。青衣江宽阔的江面非舟船不可跨越，下游密集的水网也同样是骑兵的障碍，嬴无翳所擅长的轻骑雷击战术在这里完全失去了意义。而楚卫国都城清江里，就建造在青衣江畔的山坳中，这座城市坐落在水网之上，满城被粗细不匀的河流分割，居民互相拜访，从南城往北城往往需要舟楫来往。

信使亮出加盖了皇室印信的行牒入城的同时，梓宫中正在召开群臣的会议。

梓宫是楚卫公爵的禁宫，和下唐国的紫寰宫齐名，背临青衣江，楼宇庄严巍峨，气度雄浑。此时从窗户里往外看去，青衣江上波光荡漾，夕阳如同在水面上洒了十万片碎金，晃得人睁不开眼睛。

临窗眺望的是一个女人，以黑色高冠束起一头长发，一身青绢的曳地长袍，袍摆直拖出一丈之长。她的身后有侍女为她扯着袍摆，另两名仕女以绛色的长杆在她身后撑起青色的绢障，不使台阶下默立的臣子们可以轻易看见女主的容貌。

女主垂首望着江面，不出声，也没有表情。她已经算不得很年轻，可依然是女人最好的年纪，华美得像是一朵开到极盛的海棠。而这朵海棠却不张扬，她总是如此低着头，避开任何人的目光，倒像是一个倔强的少女。使女小心翼翼地看向女主，知道她正在生气。女主极怒的时候反而会极安静，只是紧紧抿着嘴，柔润的颊边带出一道锋利的线条。那是因为她正咬紧了牙齿。

台阶下的臣子们也不敢出声，只是偷偷以眼神互相示意。

“你们要说的理由都说完了么？”女主终于发话了。

一名身份显贵的大臣出列：“国主，臣子们的意见就是如此了，请国主以国家为念，三思而行。如今离军已经逃脱，嬴无翳重回九原，我国和离国接壤，危在旦夕之间。而国主若要发兵救援白大将军，国中兵力空虚，离军趁虚而入，我们如何应对？白大将军此时手中尚有雄兵，自保无碍，殇阳关内的局势我们又只是从只言片语的情报里获得，根本就是模糊不清。国主此时要以倾国之力救援一个局势不清的战场，却放弃守卫国土，臣子们都不能理解。即便国主坚持，我们也要死谏！”

大臣眉宇飞扬，说得义正词严。

“你们都是如此认为的了？”女主的声音微微颤抖。

臣子们沉默了极短的时间，互相看了看，同时上前一步，躬身长拜：“我等皆以为路仲凯大人所言是忠君爱国之策，国主不可为一人而使全国陷入危局。”

同声同气的一段陈词，整齐得没有一字差别，臣子们已经不介意暴露出他们已经就此事达成了共识。在被召集来梓宫开会之前，他们就已清楚自己该说什么，而且绝不犹豫。

路仲凯恭恭敬敬地长拜：“我国军事，一直是白大将军一手掌握，此时国主纵然要出征，又有谁能充领军之人？谁能调动白大将军一手操练的雄兵？”

“我有人可以领军。”女主道。

路仲凯愣了一下：“难道是安平君？安平君长于弓马，然而领军大事，只怕安平君没有经验吧？”

安平君是女主的丈夫，一个矫健高贵的世家子。路仲凯偷偷瞥了一眼身后的大臣们，对他而言这些大臣的立场如今不必再担心了，他们没有人会愿意领军出征。他思谋着如今女主可以调配的人，大概也只剩下安平君。

“不，不是安平君，是我。”女主转身揭开绢障，低头看着地面，缓缓说道，“我将领兵亲征！”

她转身退入后堂，不再给任何辩驳的机会。

臣子们三两一群，小声议论着退出了梓宫。直到离开了梓宫的大门走向各自的车马，他们的声音才大了起来。几个臣子靠近路仲凯，略带忧虑。

“路公，国主若是亲征，我们怕还真的麻烦。”其中一个年轻的臣子道。

“麻烦？”路仲凯冷冷一笑，“豪言壮语动动嘴皮子就可以说出来，领兵打仗却是另外一回事。一个女人，不过仗着血缘而继承了公爵的身份和土地，她懂什么？只怕还没有走到殇阳关，看见第一具尸体，她就要吓得号啕大哭了。”

年轻的臣子还是忧虑，张了张嘴想说什么。

路仲凯拍了拍他的胳膊：“担心什么？如今清江里这座城里没有白毅，那么整个楚卫国还有什么人值得我们戒惧？”

他低低地笑了起来：“没准这一次，白毅真的要就此消失呢。”

臣子们忽地都沉默了，他们停下了脚步，你看看我，我看看你。一瞬间，所有人都露出了一种期待的神色，这场面诡异得像是同一个妖魔在他们所有人身体里在同一时间苏醒了。

秋风萧瑟，卷着落叶吹向梓宫巍峨的大门，臣子们沉默地走着，不再说什么。

一名全副武装的亲随大步奔跑而来，迎上了路仲凯："大人，帝都有使节来，说有重要的信要大人亲自过目。"

路仲凯愣了一下，露出了一丝笑容。

下唐国，紫寰宫，傍晚时分。

百里景洪放下了手中的笔，长叹了一声："掌香，请拓跋将军进来。"

掌香内监小步出去了，片刻，把立在台阶下已经半个下午的拓跋山月请了进来。

拓跋山月按刀行礼："国主，想必我来的意思国主已经知道。"

"当然知道，否则也不会让将军苦等半个下午却不召见。"百里景洪还是叹息，"点灯。"

内监轻手轻脚把蜡烛点上，罩上碎花琉璃的灯罩，放在百里景洪面前的桌上。在支离破碎的灯光里，百里景洪的脸上看不出神色来。他拍了拍桌子，起身走到当年文睿国主留下的书法屏风前，背向拓跋山月，久久地不发一言，似乎是欣赏着这张他从小看到老的屏风。

"请国主恩准出兵，早一日，就多一分把握。"拓跋山月道。

百里景洪不转身，微微摇了摇头。

"我听说拓跋卿和息将军多年来都不和睦，为什么催着我出兵的却是拓跋卿呢？"他缓缓问道，"息将军和拓跋卿一样是国家的栋梁，拓跋卿愿意为我着想，亲自领兵前往救援，这是我的荣幸。然而急于去救一个政敌，乃至于几次三番地催促，似乎悖于常理，不知道拓跋卿能否解释？"

"军人的胜负，和国家的胜负，是一体的。我出仕于下唐，就要为下唐考虑东陆的战局。如果息将军此次被离军歼灭，那么整个东陆将再也没有可以克制嬴无翳的人。到了那个时候，雷骑的铁蹄依次把每一寸土地都翻开，我们也只能看着，坐等嬴无翳的刀落在我们头上！”拓跋山月顿了顿，“而且在我而言，也从未认为息将军是政敌。”

百里景洪转过身来，沉默地看着仿佛钢铁铸造的蛮族武士。良久，他又是一声长叹：“我何尝不知道息将军对我国的重要，我得到殇阳关里异变的消息，恨不得领兵亲征！可是，我不能动，拓跋卿以为我只要开口下令即可，但是拓跋卿，你以为我的权力是无限的么？你可知道我每下一道命令，也要再三权衡，有许多的不得已？”

“不得已？”拓跋山月微微一愣，“我国是东陆五大强国之一，富庶堪称第一，除了皇室，还有什么人能够限制国主的权力？”

“是，有人可以。”百里景洪摇头，“我收到的两封信，两个信使几乎是马前马后抵达南淮。一封信来自皇室，一封信则来自我百里家的主家。皇室的信责问我为何殇阳关里有尸体异变，是否兵杀之气有害天和，又或者勤王之师行事不仁。主家的来信则令我暂缓发兵，等待局面进一步明朗。”

“主家的来信？”拓跋山月大惊。

他知道百里氏是胤朝七大家族中仅次于皇族白氏的大家族，主家和几个主要的分家都是举足轻重的人物。主家没有封地仅仅效忠于皇室，而最后一任百里氏主家的继承人百里长青早在十几年之前就以谋逆的罪名被皇室处死。百里氏应该已经没有所谓的“主家”。

“这些事，我甚至没有告诉息将军，今日在这里所说的一切，拓跋卿只要放在心里便好。”百里景洪缓缓坐回桌边。他盯着拓跋山月，眸子映着灯，极亮，像是从眸子深处射出异样的光来。

“拓跋卿来自蛮族，并不完全清楚我们东陆帝朝的历史。我也不能一一解说，我只是想告诉拓跋卿，东陆的权力，并非完全掌握在诸侯手中。几大家族都有着不为人知的实力，又以极严格的家族规则来约束，即便我是一国公爵，称雄于宛州，也不敢违背家族长老的意愿。我们下唐这些年来，能够得皇室的信任，获得诸多的支持，都和主家的活动分不开。”他低声道，“我们百里氏的家族规则，并非杀死一个百里长青可以打破的。我家族七百年来领袖东陆世家，树大根深，即使皇室，都不能连根拔起！”

拓跋山月一怔，觉得由心底生出一股寒意。

“我说两个例子，拓跋卿自己可以多想想。”百里景洪低声道，“其一，当年上唐国能够带着几乎一半的国土从我国中分裂出去，是主家的力量在操纵。这件事我知道得也不完整，不过当时已经准备征伐，可是主家出面斡旋，我国无可选择，在主家运筹之下，皇室也立即颁发了封爵的诏书给上唐。这件事就被强行平定下来，我国被割为两国，实力大损。但是家族的律令，仍不得不服从，后来主家也确实实现了当初对我们的承诺，给了极大的好处，我国后来的兴起，便是拜了主家的恩惠。其二，拓跋卿还记得你的北陆之行么？”

拓跋山月点头：“臣记得。”

“那件事的一切，都是主家的安排，而我们下唐国，只是执行主家命令的人而已。”百里景洪直直地看着拓跋山月，“我们不是下棋的人，东陆这局棋，我们自己也是棋盘上的棋子！”

他轻轻拨动琉璃灯罩，灯罩在一个精巧的轮子上面旋转，支离破碎的灯光洒在百里景洪的脸上，飞快地移动，仿佛万花飞散。他直视拓跋山月，无穷无尽的意味都隐藏在接下来的沉默里。

后世的史学家很难解释殇阳关之战中的一个疑点，从胤成帝三年九月五日的异变之夜开始，直到十月七日的一个月间，没有一支有效的援军奔赴战场去支援陷入危局中的诸侯联军。

仔细考证起来，各国的援军没有抵达的理由千奇百怪。淳国强横无匹的两万五千风虎铁骑在华烨的指挥下出当阳谷，击溃了离国左相柳闻止的大军，却未能获准穿越王域；对于远在北方的晋北国，支援殇阳关鞭长莫及；而休国和陈国本不算实力很强的诸侯，仓促间已经难以组织起有效的援军。楚卫国的两万援军迅速启程，领兵的人是楚卫女主白瞬本人。可当她的军队推进到她送别白毅大军的暮合滩，她在锦绣的战车中隔着帘子看见一万名身着赤红色皮甲的南蛮战士列成长阵，像是一道赤色的巨蛇，横在她的面前。离国的张博军团等候在这里，这支军团并未赶回离国。张博并不进攻，只是严阵以待，而楚卫女主也没有发起进攻，有人私下里传闻说这个女人面对着仅有自己一半人数的赤旅毫无办法，对峙中夜夜以泪洗面。因为没有任何一个楚卫重臣跟随她，这样一个只是血统高贵容貌绝丽的女人，手下没有一个干将，根本不知如何指挥她的两万精兵发起有效的进攻。

最古怪的莫过于最终于十月七日出发的下唐援军，这支由三军统帅拓跋山月亲领的援军居然筹备了一月之久。长达一个月的时间里，东陆四大名将之一的拓跋山月竟然只做了筹集马草粮食、准备车队驮马之类的事。而他的军队行到半路的时候，殇阳关最后的惨战已经结束。

尽管有种种解释，历史的事实却依然难以令人信服。当胤帝国的将星们将要一同坠落的前夕，庞大的帝国未能给他们提供任何有效的支持。

胤成帝三年九月十六日，殇阳关上的天空是惨白的，白毅站在城头北望，那边是帝都的方向。

诸国大军的统帅们全部在场，城墙上站着六国的士兵。这些人亲眼看见庞大的方阵缓缓推进到距离他们仅仅五百步的地方，停住了。这些方阵无一例外地奉着火焰蔷薇的旗帜，每个士兵都是盔甲明亮，装备精良。皇室的军人们没有和殇阳关里的勤王大军招呼，而是竖起了木栅栏，洒下了铁蒺藜，在木栅栏后端起了两万张弩弓。

他们的弩指向南方，指向殇阳关的城门。

“下唐的援军不到，楚卫的援军不到，华将军已经北撤，这些人却来了。”冈无畏低声道。

“我们像是被人忘记了。”息衍摇头苦笑。

“不，没被忘记，他们很在意。”古月衣遥遥指着远处列阵的皇室军团，“他们有备而来，看他们的弩，不是普通的东西，如果迎着正面冲锋，我们的损失会很惨重。”

“迎着正面冲锋？”息衍冷冷地笑，“我们可以对皇室羽林天军和金吾卫发动冲锋么？”

“我管他妈的皇……”程奎想要说什么，最终却无法出口，用力跺了一下脚，转身就走。

“总不能逼到我们死路一条。那时候就什么也管不得了。”古月衣低声道。

城里很远的地方传来了战马哀鸣的声音，听得人心里揪起。古月衣的脸色黯淡下去，他是骑兵，和程奎一样是爱马的人。他知道那是在杀马，他们已经耗尽了最后的米面，如今能够解决军粮的只有战马，而且他们确实连马草也很难得到了。

“皇室的钦使团倒是及时跑了。”息衍道，“皇室在我们后面列阵，有何文字训示么？”

“令我军强行守住殇阳关，不得后撤……鉴于丧尸异变的事情太过神异，没有查清楚之前，我军不得离开殇阳关，更不可进入帝都，免得将不祥带入天启。”白毅的声音嘶哑，“这是我接到的命令。”

“这也算是命令？这样的命令也要听从？”冈无畏低沉地问。

“诸位被困在这里，不过应该还能以信鸽收到各自国主的来信，那么敢问诸位，现在哪位国主写信给诸位将军，要我们可以开北门，向皇室大军发起进攻？或者允许我们弃城逃走？”白毅环顾众人。

所有人都愣了一下，而后摇头叹息。

“所以我们只有听从，无论是诸位的主上还是皇室，目前都要我们做同一件事。我们除了坚持，别无选择。”白毅的声音低了下去，“即便现在，每个人都变作了我们的敌人！”

“真有人，要让东陆的名将死在同一战中么？”息衍冷冷地笑，环顾众人，“只怕也不那么容易。”

他轻轻抚摩自己的剑柄，目光如火炬般亮：“想这么做的人，首先要知道我们是何以成为名将的！”

第四章 绝地

九月二十一日，帝都，桂宫。

“天气真是阴沉，”宁卿依次打开了暖阁的窗户，“即使我这样没有眼睛的人也能感觉到。”

“关上窗户！”卧榻上侧卧的长公主低声呵斥，“冷风进来，你想要我的命么？”

卧榻旁围了四只火盆，依然挡不住风里的寒意，长公主薄纱为裙，依然是盛夏凉宫里的装束。

雷碧城端坐在她的对面，神色安详：“长公主心急了。”

“是，我是心急。距离我上次和碧城先生相见，又是十日过去。已经足足十五日，白毅龟缩在殇阳关中不出，离军也不攻城，这场战争，最后到底是个什么结果，越来越叫人捉摸不透。”长公主承认了。

“白毅不出战，是不能出战，他的北面是皇室的领地和羽林军的重弩，南面是丧尸成群。他现在手里最多只有两万能战斗的残兵，他无力出战。而谢玄不攻也是聪明，他何苦现在冒着危险攻击丧尸，再去攻城呢？丧尸是没有智力的东西，谢玄过去，它们也攻击谢玄。”雷碧城睁开眼睛，“长公主少安毋躁，跟如今的白毅比起来，我们已经是身在云端了。”

“白毅撑下去便当如何？”

雷碧城缓缓摇头：“不，按照我的估算，他没有粮食，现在已经杀了几百匹战马。他知道那是尸蛊，所以早先死去的马他还不敢食用。而他最初大约有一万三千匹战马，战后剩下的不过两三千匹，这些马也帮他撑不了多久。”

“他还剩那么多马，每日杀上几十匹，杀到猴年马月才是尽头？”长公主皱眉。

“不，不指望他杀完饿死。只是对于一支军队而言，杀马是何等的影响它的士气，长公主也可以料想。”雷碧城平静地说道，“很快，白毅手下，就是一支绝望之军了。一支没有斗志的军队，手指一触，便会溃散如泥沙。”

雷碧城竖起一根手指，隔着手指和长公主对视。

宁卿已经把窗户一一又关闭了，捧着一盏温热的茶来到长公主的卧榻边，恭恭敬敬地献上去：“公主饮口茶解乏，这天气阴沉得很，人便容易疲倦。或许午后会下雨，便好些了。”

雷碧城看向窗外：“这些云，像是从南方而来，我听说战后死者的怒与怨随着精神的散溢一起升入天空，凝结如云，色若生铅。”

长公主小口饮着茶，听到这句话，没来由地哆嗦了一下。

宁卿漫不经心地应了一句：“可惜我没有眼睛，不过听碧城先生的话，觉得能想象那云的颜色。”

“白毅的怒与怨，此时就像这云吧？一触即发，便是倾盆大雨。”雷碧城仿佛自言自语，“可还要让他的怒与怨再强烈一些。”

他低声说：“再强烈一些，直到垮掉……”

此时的殇阳关，天空低得像是压在人头顶。

联军统帅们沉默着，从伤兵兵舍里缓缓踱步而过。这里是北大营辎重营里最好的兵舍了，不过采光和气流依然不理想，联排的土炕上铺着稻草和薄被，伤兵并排躺着，有的脸色蜡黄，有的铁青，有的则苍白如纸，他们呻吟着，已经无力起身和将军们见礼。这些天阴沉多雨，多数人的伤口已经腐烂，没有药，对着腐肉一割再割也没有效果，整个兵舍里弥漫着令人作呕的腐烂味道。

程奎看不下去了，一句话不说，大步离去。

白毅依然慢慢走着，视线扫过每一张没有人色的脸。他不露半点表情，只是脸色苍白得很难看。这些天他急剧地消瘦，两颊凹陷下去，颧骨高耸，眼睛里满是血丝。息衍看着老友的背影，看他一身白色战衣挂在并不宽厚的肩膀上，腰背处明显空荡荡的。息衍也低低地叹了口气。

将军们最终从兵舍里走了出来，守在门边的老医官沉默地看了白毅一眼，不再说话。他如今已经明白，说了也没有用，白毅变不出药来。

兵舍外的空地上几十名军士正在赶着战马聚作一团。这些战马极为聪明，连着杀了那么多天的马，它们此时也感觉到末日将近，惊恐却无力地嘶鸣着，不肯轻易屈服。

"今日怎么杀那么多？"白毅低声问。

"马草不够了，"辎重营统领在他身后道，"现在不杀，饿着它们也是死，还剩一点盐，不如杀了腌起来，能多吃几天。"

白毅微微点头，出神地看着那些马。那些马毛皮失去了光泽，都已经掉了膘，腹部露出一条条肋骨，瘦得几乎不能载人了。出征所用的骏马都是如此，细粮喂养着，则膘肥体壮冲锋如雷，可是一旦没有精细的马粮支撑，反而不如粗蠢的驮马能坚持。

亲兵捧上了茶盏，一一递到将军们手中。如今可以待客的，大概也只有茶了。

息衍撇开茶沫饮了一口，微微皱眉。

古月衣瞥见了他的神色，吐掉了嘴里的茶："水质坏掉了，有股异味。"

冈无畏忽地警觉："有人套用白将军水源里下毒的办法？"

白毅摇头："我有所防备，已经命令开池蓄水，城里的井水采上来都要先验过再灌入水池。"

息衍再饮了一口茶，脸色变了。他低声道："诸位跟我来。"

将军们不明所以，跟着息衍。息衍脚步极快，沿着水渠逆水而行。殇阳关里通往各营都有石渠，不必都去井里取水。他们还未走到蓄水池边，已经听见了那面喧杂的人声。一群军士围在水池边，正以竹竿在水中捞着什么。白毅抢先一步，推开几名军士。大军主帅们的脸色都难看起来，觉得胃里一股恶心直泛上来，刚才茶水中隐约的异味此刻在嘴里变得越发明显。

清澈的蓄水池里泡着发白的尸体，大约二三十具，都是联军军士的衣着。他们都不浮上来，每一个都瞪大了眼睛看着天空，瞳仁在水的浸泡中越发的黑，幽幽的让人心里发寒。

“怎么搞的？”程奎劈胸抓住旁边的一名军士。那是他淳国的军人，也负担有守卫水渠的责任，而重兵守卫之下，这种事情却出现在铁壁般的殇阳关里，如果对方是下毒，此刻他们一半人都已经倒下了。

“属下不知……属下不知……”军士惊得摆手，“昨天夜里属下还带人验过水质，不过小睡了半夜，起来就发现异状，已经派人通知各营不要饮用昨夜蓄的水了！”

“晚了！”程奎怒得一巴掌扇过去，“我都喝到嘴里了，还用说其他人？”

“能把尸体运到这里悄无声息地放进水池里，要下毒也不难了，殇阳关里有敌人的细作。”冈无畏的脸色也极难看。

费安却摇了摇头：“毒的事情还不必担心，要对几万人下毒，极难。白大将军如此设置水渠有他的道理，流水不息，毒素下到水里也会不断地被带走，不会淤积。而据我所知，白大将军攻城的时候，对殇阳关里下的只是轻毒，狼毒大戟乌头一类，只要及时引吐就可以解毒。即便这样的轻毒，粗药炼制出来也有几千斤，细作可以单独混进来，可要在殇阳关里找到几千斤粗药，绝不可能。”

息衍什么话都没说，他忽然跃入了水中！他竟然极善凫水，一直扎入池底，接近那些死去的军士。他们都是被当胸刺透的铁楔子钉进了池底的石缝里，所以不会上浮。息衍抓住其中一具尸体的手，凑到眼前，那只手的拇指上套着一枚铁青色的指套，上面的鹰徽经过数百年时光，依旧光灿。他抓起旁边一具尸体的手，再次在拇指上看见了指套。而后是第三具，也一样。

他不再看了，闭着气，默默地数着水底的尸体，一共二十三具，他获得的名单上还有一千零八十个有传承的天驱武士可以联络上。如今仅剩下一千零五十七个。有人从联军中找出这些人，杀死了他们，把他们钉入水池深处，并在他们死后把鹰徽指套戴在了他们的拇指上以标识这些人的身份。天驱不会总明目张胆地把徽记带在身上，他们只会把指套贴身藏在身边的秘密地方。

“这是示威。”他想，“要让我们血脉尽绝！”

他微微颤抖了一下，浸泡在冰冷的水里，觉得浑身狂躁地热了起来，他用力握拳，指甲陷入肉里而没有知觉。

将军们在水边诧异地看着息衍的举动。良久，息衍从水中浮起，面无表情地游到岸边，掸了掸湿透的长衣。

“都是昨夜新死的人，能一次杀死那么多的人，对方的细作很精干。”他淡淡地说，“好，很好！”

“现在怎么办才好？”古月衣问。

“收拾尸体，加强戒备。”息衍说，“这只是一次示威，他们要让我们在这里军心崩溃。”

“这是一次示威，”息辕跟在叔叔身边，忽然听见白毅以极低的声音在息衍耳边低吼，“这是辰月对天驱的示威！他们是为了你们而来的！”

“你们之间的斗争，非要以天下作为赌注么？”

“天下不是赌注，天下是赌局！”

“我不想看着你们把一切卷进战乱，已经死了很多人，还在继续死人！你们可明白！”

“这不是我们的意愿！”

“无论你们是否这么想，你已经亲眼看见这一切正在发生！”白毅低声震喝。

月冷星稀，息辕站在兵舍外的冷风里，听着里面两个名将隐隐约约的恶吵。从早上发现敌人的细作杀死了军士投入水池里示威，白毅和息衍都黑着脸，整整一天几乎一句话没有说过。到了晚上其余诸国的主帅都散去的时候，他们终于爆发了争吵。如果不是亲耳听到，息辕都不敢相信这两个心如铁石的人会像少年般喋喋不休吵上那么长的时间。

他让吕归尘前进十丈，护卫营门口，免得息衍吵得昏头了把天驱的事情和白毅摊开在桌面上，被吕归尘听见。以此时这两个人吵架的态势来看，似乎是要把旧账全都翻出来了。

“你白大将军运筹帷幄，此次联军勤王，你到底对我们说了多少真话？为什么你的军队在嬴无翳离开帝都之前就做好了出战的准备？为什么我国国主都比我先知道大战就要爆发而提前预备？你们决策的有几人？你们幕后的是谁？”息衍逼问。

“这些都不必说了！息衍，你醒醒吧！死的人已经太多了！你生在乱世，手中提着宝剑，难道不去救人，反而是要杀人而入世的么？”

“这话是我要反问你，白大将军，你生在乱世手中提着宝剑，难道不是要杀人，而是要救人？你要救人你何苦不去做个医生？”

“我只恨不能去做一个医生！”

“可笑！真是可笑！”息衍怒极反笑，“你一个领兵之人，动辄杀千万人，是操屠夫之业，杀人如屠猪狗，却要假惺惺地说你想去当一个医生？”

“息衍，你真的能以天下人为猪狗？”

“不是我以天下人为猪狗，”息衍低吼，“我就是猪狗！”

“你！”白毅也怒极，言语却涩住了。

“这茫茫天下，几人知道我们的梦想和苦难？”息衍的声音干涩，透着无尽的悲凉。

他的脚步声逼近兵舍的门。

“都一把年纪了，说这样的话，真是可笑！”息衍似乎扣住门环，最后笑了笑，“太可笑了！”

息衍大步走出兵舍，在背后重重地关上了门。他背手仰望夜空，用力深吸了几口气，才压下了眉宇间的激愤。息辕站在他身后，吕归尘也从营门前回撤，正不安地对视，不敢上前。他们跟随息衍也有些年头了，从未见过他动这样的急怒。以往即便是偶尔作色，也是静静地压着人，脸上多半看不出来。

息衍这才注意到这两个亲随还候在兵舍外，自己也觉得有些失态，转身对两人笑了笑。

息辕犹犹豫豫的：“叔叔，你刚才和白将军所说的，我都不明白。”

“你听见了？”

“我和尘少主在外面，能够听见几句，不太清楚，只觉得你和白将军吵起来了。”息辕尴尬地笑笑，“我们俩从未见过叔叔这样生气，还怕你们打起来……心想若是这样，我们可不是得冲进去给叔叔助拳……”

息衍愣了一下，劈头拍了侄儿一巴掌，笑骂：“你以为我还是姬野那般年纪？动不动就跟人拔剑动手？又不是金吾卫里的青涩小将军。”

“青涩小将军”这五个字不假思索地出口，息衍自己也愣了一下。这个称谓似乎引动了一些久远的记忆，他默默地想着，有些出神。

“我们也是瞎担心，总之没事就好，”吕归尘道，“将军和白大将军是军中的表率，若是争执起来被外人知道，就怕不好。”

他顿了顿，没有说下去。他本想说这些日子军心日渐散乱，只不过靠着军纪强行维持，如果领军人物内乱，局势可能混乱得一发不可收拾。

息衍沉默良久，在吕归尘肩上拍了拍：“若是听到了什么，也都忘了吧，今天真是失态了。白毅这个人易怒，嘴也欠得很，年轻的时候就看他不爽，谁知道这人年纪大了也不长进。不过，我有些话也是气话，当不得真，有些话倒是真的，可你们现在也未必能懂。”

他悠悠地叹息一声：“只可惜我跟白毅朋友那么多年，到头来争的还是这些事。他就从来不明白我想的是什么。”

吕归尘愣了一下，嘴唇动了动，似乎想说什么，最后却只摇了摇头。

“你要说什么？”息衍问。

“我……我听羽然说……”吕归尘说到这个名字，声音低了下去。

“那个捣鬼的小丫头又说出什么歪理来了？”息衍好奇起来。

“我说我老是也不明白她在想什么，羽然说，其实一个人明白另一个人在想什么最难了，非要花一辈子才能懂得。”

息衍似乎咀嚼着这话的意思，默默抬头看着星空。良久，他仿佛自言自语：“是啊，往往是一个人，你懂得她了，她就死了。再怎么都是镜中的花月……”

烛火把墙壁照成幽暗的红色，叶瑾在水盆上面拧干了手巾，用手试了试，温度恰好，不凉不烫。

她走到床边侧着身子坐下，用手巾擦着姬野的脚。姬野肋骨受创，不能弯腰，每天都要叶瑾给他擦拭。吕归尘已经睡熟了，旁边铺上传来他低低的鼾声。这些天吕归尘和息辕寸步不离地跟在息衍身边处理紧急的事务，疲倦得回到兵舍就睡，很难得会和姬野叶瑾还有小公主多说两句话。他原本应该是一个随军历练的贵胄，只需要观战不需要过问军务，而息衍似乎全然没有考虑他的身份，完全把他当作一个普通的军官来看待。

相比起来，姬野的日子乏味之极，每日都是静卧不动看着屋顶。小舟公主似乎也是个很不善于说话的人，整日就是抱着膝盖坐在她自己那间屋子的床铺上，若有所思地透过窗户看屋外。于是并没有什么人使唤叶瑾，她一般就坐在姬野对面吕归尘的床铺上织补衣服。叶瑾的手工很熟练，姬野就看着她的手指拈着针穿进穿出，似乎是想看懂那复杂的针法，可他从来也不说什么，叶瑾便也不问，两个人相对着沉默可以持续很长的时间，渐渐地太阳就落山了，军营里响起晚间的钟声。

姬野根本没有机会下地，脚也很干净。叶瑾简单地擦干净了，从手巾里抽出一柄锐利的小刀来，在烛光下刀身上一道光极快地流过，姬野警觉地缩了缩身体。他痛得脸上微微抽搐，眼睛却眨也不眨地瞪着叶瑾。叶瑾举起手，动作僵在那里，把小刀亮在烛火下，让姬野看清楚。

两个人僵持了一会儿，姬野的身体渐渐解除了戒备的状态，叶瑾把他的一只脚抱起来放在腿上，用小刀仔细地削去太长的趾甲。姬野低头看着她持刀的手，利索得像是做针线活的时候。叶瑾怕削到了肉，努力低着头，就着烛光，一片片的趾甲落在她的裙子上。

叶瑾削完了一只脚的趾甲，转而把另一只脚抱起来放在自己的大腿上。

“做这种活儿，你不觉得委屈？”姬野忽然说话了。

叶瑾愣了一愣，笑了：“一个逆臣的女儿，又被俘了，还说什么委屈，伺候长官之前，婢子伺候公主，也都是伺候人。”

“我可不是公主，也不是什么长官。”姬野扭过头去，“我就是个当兵的，这官衔，还是出征前将军临阵提的，听说若是不能建功凯旋，回国了还要降回去的。”

“这些军营里的事情，婢子不懂，不过就是照顾人。长官是病人，总得有人照顾。”叶瑾低头削着趾甲，还是淡淡地笑，烛光照着她的侧脸，脸上细细的绒毛泛起一层光晕，“也不是伺候公主就尊贵些，伺候病人就委屈些，只盼着能够赎了我父亲的罪，我们父女去过平安的生活。”

她把姬野的脚放回军被里，掸了掸裙子上的碎趾甲，把手巾搭在胳膊上，端起水盆要出去，在门边回头看了看姬野：“而且我这个年纪，说句不尊重的话，看长官还是孩子。”

姬野一皱眉，似乎就要发作，表情却僵住了，一股无名的火没有烧起来。叶瑾没有看他，低头出去了。屋子里只剩姬野一人，他呆呆地躺在那里，看着屋顶，过了很久，才缓缓闭上了眼睛。

叶瑾端着水盆，走到兵舍门口，开了门，把水盆放在外面，再退回来关门。她是个囚犯，夜里不能跨出这个兵舍一步，为了这个，她入夜连水都不喝，怕的就是起夜。

屋子里只有叶瑾手上的一盏油灯照亮，她轻轻地吹灭了，靠在门背上悠悠地喘了一口气，很长很长，似乎想把整整一天的疲惫都喘出来。万籁俱寂，听不见什么人声，星月之光从窗户里投进来，她左边的屋子里睡着清寂如玉石的小公主，右边的屋子里是两个少年军官，如今这些人都睡下了，她便不用再小心等候着伺候任何人，这时候她一个人待着，不是婢子也不是囚犯。

她慢慢蹲了下来，看着满地的月光出神。她缓缓地把双手伸向地上，伸进了月光里，像是要掬起一捧水那样。她的双手在月下莹然生辉，虎口和指肚的茧子也暴露了出来。吕归尘和姬野从未注意过叶瑾的手心，也没有注意到这个女人从不把双手摊开在别人的目光下。

黑影投在叶瑾身上，月光被挡住。

叶瑾忽地起身，快得如电！

她看见了窗外的人影。那里忽然多了一个漆黑的影子，那个人被笼罩在厚重的黑色大氅里，以风帽遮住了整张脸。唯一能看见的是那人的眼睛，他的眼睛实在太亮了，就像是黑暗中飘动的两点烛火似的，火焰里的两颗瞳子隐隐约约泛着金红色，像是金属被烧熔之后的颜色。

叶瑾不敢动，她觉得自己像是被数百斤的重物压住了，被死死地压在门上，丝毫不能动弹。她觉得自己的血液正在缓慢地冷却，从指尖开始，冷得像是要结冰那样。

他们这样隔着一面墙，透过一扇窗对视。许久，屋外的人举起手，把一个布包扔进了兵舍里。

叶瑾觉得身上的那股巨大压力忽然消失了，她扑出去接住了布包，以免它落地发出响声。她再次抬头的时候，那个黑色的人影已经消失。

星月之光依旧，刚才的一切仿佛都是幻觉。

叶瑾捏了捏手里的布包，那是实实在在的，她哆嗦着解开它，布包里是一柄刀刃弯曲成钩的匕首，青铜色的刀身，刀身上古老的花纹里填着朱砂色的矿石颜料，看起来森严古朴。她握住了柄，感觉到匕首上传来微微的暖意。

黑色的人影缓缓行走在月光下，他沉重的黑色大氅在身后拂着地面，扫去了他自己的脚印。

他走在殇阳关的兵道上，走过的地面难以觉察地变化着，开始是很轻微的声音，而后小块的泥土被掀起，细小的虫蚁钻出了地面，不是一两只，而是大群大群的蚂蚁、蝎子和蜈蚣，如果不是亲眼看到，很难相信泥土中隐藏着那么多的生命。而此时它们都如被惊动了似的顶开泥土，钻出了地面，它们在附近暴躁地转着圈子，渐渐汇成了队伍，同时它们也渐渐变得安静，不再慌乱。而后它们再次钻入泥土中，地面上仿佛有一个看不见的漩涡吸入了这些虫蚁，无论是蚂蚁、蝎子还是蜈蚣，整饬有序地依次排列起来，钻入最大的孔穴中，不争先，也不落后。

整个殇阳关的泥土下，因为他的行走而发生着常人难以想象的变化。如果此时一切的杂音都被摒除，站在这个黑色的人影背后，将会听见沙沙的细微声响在泥土中移动，让人觉得像是他所站的地面下有一层平铺的泥石流在缓缓推进，又像是一支庞大的军队！

泥土，活了起来。

转过一个弯，一队巡逻的风虎带着战马经过，马头上挑着灯笼。黑色的人影向着他们缓缓走去，风虎们惊骇地拔了战刀。为首的什长想要大声地呼喊，可是一种莫名的压力压在了他的身上，把他的胸口压得剧痛，几乎不能呼吸。他忍住了这种极度的不适，从鞍里拔了马刀，周围的军士也都一齐拔刀，刀尖指向那个渐行渐近的黑色人影。巨大的惊骇令他们没有注意自己的战马发出的警告，这些久经训练的战马仿佛也被极大的压力所影响，可是它们还在努力挣扎，翻白的马眼中露出巨大的惊恐，它们浑身的肌肉颤抖，拼命地想要摆脱什么束缚。

那个人没有抬头，缓缓走近了，当逼近到挥刀可以砍中的距离，他才忽然抬头。他的脸从大氅的兜帽里露了出来。

那不是一张完整的脸，因为他的眼睛太亮了，亮得诡异，像是吸纳着周围所有的光。风虎们只能看见他的一双眼睛，还有眼睛下正无声而笑的一张嘴。那是何等苍白的嘴唇，咧开来露出同样苍白的牙床和森然的牙齿，锐利得像是野兽的牙。

马刀纷纷落在地上，看见他眼睛的军士们如中了魔魇。他们不再恐惧，也失去了一切想法。他们完全没有注意到那几匹挣扎的良驹已经放弃了抵抗，马腿弯曲缓缓跪了下去。军士们也离开了马鞍，跪在了黑色的人影背后。那个人离去了，随后而来的是虫蚁的大潮，它们从地下钻了出来，爬行前进，沿着那些军士撑地的手爬了上去，很快，这些军士都被虫蚁所覆盖了。

可是他们没有一个人挪动分毫，他们只是跪在那里膜拜远去的背影，任凭自己被虫蚁吞噬。

薛大乙抬头看了一眼月亮，浓重的云从北面来，快速地扫过天空。他看着月亮消失在云层背后。

"妈的，又要下雨！"他在心里诅咒这个该死的天气。

他在辎重营还不够格做个仵作，只是跟着收拾掩埋一下尸体，做些仵作也不愿意动手的脏活。城里的尸体远没有处理干净，空气里始终飘浮着一股难忍的尸臭，薛大乙比一般人能忍受这股味道，不过一旦下雨，尸体腐烂得更快，却没有足够的人手掩埋，只怕会有疫病流行。

他想着要去把这些天收拾的一些尸骨连夜埋了，可是又怕那帮睡死的兄弟不肯起来。这些天军粮的份额日益减少，人吃得少就睡得多，收拾的这帮军士又不必值守，有些军士就像发了鸡瘟的鸡似的，总也不清醒。早晨薛大乙看着一些兄弟歪在那里睡，常常疑心那些人已经死了，上去摇摇却又能摇醒，只不过依然懒懒的没有精神。

他心里有种隐隐约约的担心，只是不能确定。

他踌躇了一下，想着自己也不必讨这个没趣，不如再巡一趟营也就回去睡下了。他是被罚来巡营的，大可不必过分小心，北大营戒备森严，奸细要想进来，比登天都难。

他用刀柄敲了敲随身的铜盾，空空的响声在夜里传得很远，这是巡夜的规矩。这里是北大营的中央，待宰杀的战马圈在旁边的马厩里，伤兵们睡在兵舍里，夜里这边基本没有人走动。

“枕鞍入睡——刀枪随身——”他嘶哑地喊了一嗓子。

这些话和大城里打更的人所喊的“小心火烛”没什么区别，不过军营里所重的不是火烛，而是戒备。白毅律令严格，骑兵夜里入睡必须头枕马鞍，一则卸下马鞍战马轻松，二则可以借着牛皮马鞍听见极远处大军逼近的声音，此外随身武器不能离开军士超过五步，否则就有军法处罚。

自然不会有人应答他，空气中一股湿冷的风吹过，薛大乙拉紧了领口。

他想要掉头回自己的兵舍去了，这时候他看见前面兵舍的门开着，门扇在风里咿呀咿呀地作响，不时还撞到墙上发出很大的声音。

“奶奶的，这帮伤兵，睡得够死！睡死算了！”他恶狠狠地咒骂了几句。

夜里兵舍的门不关是犯了禁令的，可是那间是伤兵的兵舍，即使犯了军规，也无所谓什么处罚。薛大乙挪动双腿，想要上去把门给他们扣上。他心里琢磨着干脆在外面把门扣死，这样这帮伤兵明早起来不能出门吃饭，就算小小地罚他们一次，跟上面也说得过去。

薛大乙摸到了门，忽然有种很奇怪的感觉。

他觉得有什么不对，这扇门刚才撞在墙壁上那么大的声音，即便是个睡死的人也会被吵醒，没人能够忍受这种声音继续睡觉才对。可是这么久了，没有人起来关门，而这间兵舍里面应该足有近百名伤兵。

他猛地扯开门扇！他手中的火把照亮了屋子里一小片空间，一条通路向前，两侧都是伤兵的床铺。此时这些伤兵就安安静静地躺在床铺上，安静得令人无法忍受！

薛大乙觉得自己的血液都被冻住了，他心里有个声音狂喊说："这不对！这不对！"可是他不能移动，有股巨大的力量压迫着他缓缓地逼近着。他的火把被来自屋子的风吹得火焰向背后剧烈地飞动，发出呼啦啦的声音。

他知道这不对，他是一个跟死人打了一辈子交道的人，他在战场上闻闻就能分辨死人还是活人，而这屋里一点活人的味道都没有！

那个来自兵舍里的压力终于在他的火把光照下现形了。那是一个人影，笼罩在一件厚重的大氅中，向着他缓缓走来。那氅是漆黑的，里子却鲜红如血。那个人走过薛大乙的身边，扭头似乎对他微微一笑。薛大乙看见了那一笑中两行森然的白牙。

那个人就这么从薛大乙身边走过，无声离去。

不知道从哪里来的力量，薛大乙打了一个冷战，忽地反应过来。这个冷战打得他全身都剧痛，仿佛用尽了一切力量去打一个冷战，而他身上的巨大压力也忽地消失了。薛大乙跳起来，把腰间的一个纸包抓了出来，用力扔向那个人脚下。

那个人距离薛大乙已经有五步远了，纸包在他脚下破碎。浓重的硫黄气味弥漫开来，那是一包硫黄。薛大乙跟着丢出了火把。硫黄沾了火星，迅猛地燃烧起来。那个黑氅中的人沉默地看着火焰在自己的脚下开始升腾，蔓延着向上。

"死东西！死东西！"薛大乙狂吼着拔出自己的战刀，"那就烧死你们！烧死你们就再也活不过来！"

薛大乙不敢前冲，却惊恐地回头，他明知道强敌就在面前，此时不应该回头。可是背后传来的声音令人毛骨悚然，沙沙的响声，像是千千万万的东西在快速地爬动。他看见了那些从地面下钻出来的虫蚁，这些小东西像是渴望着血液似的一窝蜂向他围聚而来，黑压压的，地面上满满的一层。他来不及逃走了，虫蚁钻进了他的靴子里，还在沿着他的腿往上爬。他拉起裤腿，腿上漆黑的一层，像是厚重的腿毛。

而这还不是最令人惊怖的，接下来薛大乙看见那些伤兵缓缓从铺上爬了起来，僵硬而缓慢。

“死东西！死东西！”薛大乙尖叫。

那个人嘿嘿地笑了起来，他身上的火不知何时已经熄灭了，硫黄没有真的伤到他。

薛大乙用尽全力撕开自己的军服，他的胸口此时也满是虫蚁了，密密麻麻的一大片。虫蚁并不咬噬他，却像是钻进了他的皮肤里，越来越多的虫蚁往上爬，可是爬到他脖子处的却不多，似乎很多虫蚁爬到一半就神秘地消失了。

“死虫！是死虫！”薛大乙的声音已经不像是活人能发出的。

他忽然从怀里抓出了又一个纸包，用力一捏，捏碎了，硫黄粉撒了他全身。薛大乙号叫着向着那个黑氅的人冲锋，他挥刀一斩，却被对方轻易地侧身闪过。就在这个间隙，薛大乙得到了一个机会，他饿狗似的扑向地上那支还在燃烧的火把，高举起来插到自己背后点燃了身上的硫黄。

他变成了一个火人，而那些虫蚁疯狂地从他身上往外爬，薛大乙的身体像是一个虫蚁的巢穴，千千万万的，也不知多少在火焰中被抖搂出来。薛大乙带着火焰发疯般的往前冲，他冲到了井边，却没有取水，而是用尽全力推动了井边的铜钟。

钟声横贯夜空！

“有敌来袭！有敌来袭！”火焰中的薛大乙咆哮着。

北大营正门前，息衍纵马狂奔而来，墨雪喷着热气在白毅的身边死死煞住，紧跟而来的是吕归尘和息辕的战马。

息衍跳下马背，上去一把按住白毅的肩："怎么了？敌人在哪里？"

息辕紧张地四顾，只看见越来越多的军士向着这边汇集，可是却都围堵在门口结成防御的阵形，而敌人完全没有影子。整个防御的阵形是对着营地内的，这么看来敌人竟然是在北大营里面！息辕惊得呆在那里，那一夜丧尸攻城之后，殇阳关里的防御再三规划，谨慎到了极致，应该已经没有任何漏洞，可是警钟忽然高鸣，敌人却已经攻入了楚卫国辎重所在的北大营。

白毅没有回答息衍的问题，他半跪在地上，怀里抱着一个烧得辨不清面目的人。那人身上一股剧烈的硫黄味道呛得息衍忍不住大声咳嗽。

"薛大乙？"息衍还是认出了这个犯错的老兵来。

"看见敌人了，是个穿黑氅的，只有……一个人！"薛大乙用尽最后的力量瞪着白毅。

白毅点了点头。

"大将军，他把尸蛊带来了，满地都是，满地都是！受伤的人感染了，会变成死东西！里面……全部人都染上了……全部人都带着尸蛊……不能留……一个都不能……"薛大乙说完这句话，嘴里泛起血沫，咽下了最后一口气。

白毅的手拂过他的脸，合上了他流血的双眼。

山阵的巨盾正在源源不断地送上，前排的军士们拿到了这些沉重的巨盾，一面叠着一面组成盾墙，这样敌人的武器要刺穿两重盾牌的防御才能伤害到山阵的士兵，而几乎没有武器能做到这一点，山阵是个无法从正面攻克的阵势。而仅存的紫荆射手们在山阵后准备着他们的长弓，冈无畏提刀在射手们背后压阵。

白毅把薛大乙放下，慢慢地站了起来。

"敌人把尸蛊带进了辎重营？"息衍问。

白毅点了点头，没有一丝一毫的表情流露。

"那里面都是伤兵！"吕归尘呆了。

息辕被堵在外面，看不清里面的状况，急得带马四处寻找缝隙。他忽地想出了办法，跳起来立在马背上，这样北大营里面的一切都在他视野中了。他恶狠狠地打了一个寒噤。

穿着伤兵服的丧尸们拖着步伐行走在军营中，它们和那一夜所见的丧尸还有所不同，像是神志没有完全失去，只是失去了大部分意识，漫无目的地在军营中行走，像是要寻找什么。一些伤兵躲在兵舍中惊恐地呼救，可是他们的人数还没有丧尸多，他们甚至不敢杀出一条路逃离。丧尸们偶尔靠近兵舍，躲在里面的伤兵们便用武器去捅开它们，可是丧尸们不知道痛楚，只是执着地要往兵舍里去，被捅倒了，爬起来继续前进，偶尔让它们得以靠近窗边，它们便抓着窗户上的铁栏低低地吼叫着什么。里面的伤兵惊恐地把武器刺进丧尸们的嘴里，把它们远远地推出去。

“怎么……会这样的……”吕归尘也和息辕一样站在马背上往里张望。

“他们还不是丧尸，只是慢慢变成丧尸。换句话说他们还没有死去，只是被尸蛊感染了，正在慢慢死去。尸蛊会侵蚀人的精神，受伤的人无法抵御。”息衍也站在墨雪的背上，和吕归尘并肩，“这时候被侵蚀的人意识开始变得非常模糊，他们能够感觉到自己正在死去，他们其实是在恐惧地求救，但是谁也救不了他们。等到他们死了，就真的变成了丧尸。”

“怎么办？我们怎么办？”吕归尘问。他的声音很大，他觉得自己真是无能，只能这么大声喊叫着问息衍，而几千伤兵正在死去。可是他真的不知道除了问问题，他此刻还能做什么。

“没有怎么办，没有人能救他们。”息衍低声道。

“就……就这样看着？怎么能就这么看着？医生……医生有用么？”

“没有，除非那医生是精通太阳之火的秘道大师，不过现在说这些都没有用了。”息衍轻轻抚摸着静都的剑柄，“我们能做的，只不过是缩短他们的痛苦而已。”

“将军你是说……可是你刚才说他们还都是活人啊！”吕归尘不敢相信这种话从息衍的嘴里说出来，他大喊着，声音嘶哑。

“那怎么办？尘少主，还有更好的办法么？他们已经失去了绝大部分的意识，他们现在就像是初生不久的婴儿一样，本能地求救，你看他们拉着铁窗大喊，可是他们连说话的能力都没有了。他们的意识继续模糊下去，很快就会连最基本的人性都失去，那时候他们就变成了丧尸，会本能地对活人大开杀戒。”息衍看着吕归尘，“你要看着他们变成丧尸，再杀了他们么？”

“战场上这样的事情很多，伤兵是可以杀的，古来名将都曾做过，相比起来我们这些后辈所为又算是暴行么？”息衍缓缓拔出了腰间的静岳，长剑在身侧一振。

吕归尘呆呆地看着他平静的脸，不知道他的话到底是残忍的自嘲，还是在息衍的心底真的存着这样的凶残。他觉得自己的力量不足以负荷身体的重量了，他坐在马鞍上，双手撑着马背喘息，他觉得息衍的话里有股凛冽森严的巨大力量要把他压垮。

他抬头去看仗剑如雕塑的息衍，感受他凝固的姿势中所蕴含的巨大威严，觉得自己其实并不真正明白这位老师。

“白毅，等你下令。”息衍低声道。

冈无畏也冲这边用力地点头。

失去意识的伤兵们已经变得狂暴起来，他们越来越像真正的丧尸。他们开始聚集在一起冲击兵舍的门，他们抓着铁栏努力把脸贴在铁栏上，张大嘴像是要咬断里面那些伤兵的脖子。他们的力量变得越来越大，大得不可思议，里面的伤兵用什么重物抵住了门，可是那扇门板正在冲击下渐渐支离破碎。

“谁也不能说他们现在是活人还是死人了。死亡的力量所带来的怨毒已经把他们的意识差不多吞噬干净了。”息衍低声喝道，“要快！”

白毅仰头望着天空，他谁也不看，高高举起了手臂。

“一个都不要留。”他低声道。

“包括还没有被感染的伤兵？”息衍问。

“你没有听到么？里面的全部人都带着尸蛊，变成丧尸是迟早的事情，一个也不要留。”

“得令。”息衍点了点头。

白毅猛地挥下手臂。

冈无畏也挥下了手臂，紫荆射手们往空中投出了箭矢，落下的时候发出尖厉的啸声，暴雨般密集。

山阵开始缓缓地推进，长枪夹在巨盾之间。

息衍跳下去跨坐在马背上，闻讯赶来的轻骑兵正在他背后汇集。

“扫清战场！”他大声喝令，“息辕、吕归尘！”

“我……我……”吕归尘想要镇静下来，他想息衍说得没错，怎么办呢？没有办法。他们不能救这些伤兵，拖延时间比杀了他们还残忍。吕归尘想要大声对息衍回应一声说我在！这样也就跟着冲出去，一阵乱刀扫清战场。可是他的手在颤抖，像是发了寒热病的人在打摆子，他没有一丝力量，握不住刀柄。他拼命地想握拳来攒起一丝力气，可是在息衍冷冷的注视之下，他的手不受控制地抖动着。周围的轻骑兵们都看着他，他心里难过得想要哭出来，可是他做不到。

他知道自己拔不出刀来，他没法把伤兵看作丧尸。

“我去！”息辕拔了他的剑，拍了拍吕归尘的肩膀，“你掠阵！”

吕归尘在一个角落里找到了息辕，他踩着尸体找遍了各处，最后找到这里。他的朋友避开了所有人，坐在一个板条箱子上，拄着剑，沉默地坐着。剑上腥浓的血缓缓流进泥土里。

“我杀了很多人。”息辕抬头看着吕归尘。

他只是这么静静地看着吕归尘，吕归尘从他脸上看不出任何表情，可是吕归尘忽然觉得这个朋友变得如此的陌生。他觉得息辕身上有什么东西改变了，就在刚才那场战斗里。他忽然开始觉得后悔，在他怯懦的时候，息辕提着剑带着轻骑兵冲了出去。

他用力抓住息辕的肩膀：“对不起……”

息辕用袖子擦了擦脸，不知道是擦去血还是眼泪：“没事，总得上战场的不是么。”

“姬长官，尘少主怎么了？”叶瑾问。

吕归尘回到兵舍就睡下了，任何人问他他都不回答，静静的一点声音也不发出。姬野已经可以走动了，强撑着坐在门厅里，离开里屋的时候，他看见黑暗中吕归尘的眸子映着月光蒙蒙的亮。

吕归尘就那么静静地看着屋顶。

“别叫长官了，听着真是怪异。”姬野说。

“那我叫您姬公子吧，您是大家族的后人呢，又是长子。”

“无所谓，比长官顺耳一点就好。什么大家族？都是狗屁的事情。”姬野往里屋看了一眼，随口说，“有的人上战场，是为了建功立业，有的人上战场，不过就是为了活命，可是有的人上战场，就是觉得他能够救其他人，他应该当英雄的。”

伤兵营的消息已经有其他军士带来，姬野知道吕归尘为何沉默。

“那姬公子为什么要从军？吕公子又为什么要从军呢？”

“他？他是因为生下来就姓吕，应该当英雄，他又是一个总觉得都是自己错的家伙，总觉得什么事情没做到是他自己没本事。他就只有发奋了。”姬野靠在墙上，“我……我自己也不知道，好像不握着枪就很害怕。羽然说我是个谁也不相信的人，她说她很讨厌我这样。”

叶瑾想了想：“上战场的原因，无非是渴望和恐惧吧？姬公子能和吕公子是那么好的朋友，其实是因为你们都恐惧着失掉什么吧？”

姬野一愣。

叶瑾急忙说：“我是个什么都不懂的婢子，虽然也算是云中叶氏的旁支，不过军武的事情，什么都不懂。说了很多自以为是的话，姬公子大概要笑我了。”

姬野沉默了一会儿："那我是怕失掉什么呢？我不是阿苏勒，其实没有什么啊。"

"这哪里知道，得问公子自己了。"叶瑾轻声说。

"以前有个人跟我说，总要学会保护自己，因为到最后，总是只剩下自己一个人。"

"说得很对啊，这个人是有很多阅历，要把自己所知道的东西教给公子吧？"叶瑾点了点头。

"后来她自己也死了，她总说自己是个没本事的人，连自己的事情都没做好。"姬野的声音越来越低，"可我也没能保护她，我连她怎么死的都忘了。"

他看了叶瑾一眼，真的，他还是讨厌这个女人的眼睛，黑黑的，像是可以藏匿一切。

帝都，桂宫。

清冷的月光下，水面微波荡漾，水阁中雷碧城盘腿扶膝静坐。黑衣的从者守候在水阁外，他的腰间配着沉重的黑鞘长刀，风从刀鞘末端流过，发出幽幽的呜咽。

空中忽然传来了相似的呜咽声，只是更加锐利和急促。

从者抬头望向夜空中，看见双翼上面浮动着一层星辉的白鸽正在急速下降。它不同于普通的鸽子，体型更大，飞得更快，几乎像是一只矫健的小鹰。降落的时候它竟然像是水鸟一样踏着水面降低速度，而后再次掠起，轻轻地投入从者的手心。

鸽子嘴里叼着一尾小鱼，踩水的瞬息间，这只飞禽捕到了猎物。它似乎已经很饿了，连皮带骨把鱼咽了下去，喙边留下一丝血痕。这只鸽子的食性也如鹰隼一般的凶猛。

从者从鸽子脚上的银色管子里抽出了纸卷，扫了一眼，恭恭敬敬地转呈给雷碧城。

雷碧城摆了摆手："是说一切都已经如我们计划的那样进行了么？"

黑衣从者点头。

"我能够感觉到。你哥哥已经成功地把死亡的恐惧化为一阵浓云，笼罩了整个殇阳关。不过，困兽犹斗，也该到了白毅和息衍反击最猛烈的时候了。现在，准备我们的棋盘吧。"雷碧城吩咐，"我要一个殇阳关的沙盘，兵舍、水渠、瓮城、仓库，一切的一切，都要被标记在上面。"

黑衣从者点头。

雷碧城缓缓闭上眼睛，对从者挥了挥手："去吧，不要任何人骚扰我。我要在这里，闻一闻那个叫作百里长青的男人的气息。"

"老师闻见了什么？"黑衣从者低声问。

"绝望。百里长青忧郁于所谓的盛极必衰，是畏惧命运的轮转，不可抗拒。它像是巨大的车轮，任何人在它的面前，就像是尘土那样被碾碎，没有人能取得永远的胜利，无论天驱和辰月，也都难以摆脱这个规律，直到最后一日。"雷碧城深吸了一口气，仿佛空气里真的飘浮着百里家故去家主的薰香味道。

"最后一日？"从者问。

雷碧城微微点头："这些天我读了百里长青的文集。这个人没有出仕过，却曾是东陆权力的执掌者，即便皇帝也未必能和他相比。而他死在自己的权力达到顶峰的时候，也并不畏惧，似乎早已经预料到自己的死亡。就像他曾经忧郁的盛极必衰，当花开最盛的时候，是凋谢的开始，一切发展到最好的时候，就是危险的开始。我有种不好的预感，这一次，我们太顺利了，堵死了白毅每一条路，可是冥冥中，是不是还会有我们不曾预料到的事正在发生？"

此时，殇阳关以西三十里，黯岚山山麓的一个镇子里，万籁俱寂。这个小小的镇子原本依靠为一些经过殇阳关的行商补给而存在，如今战乱，多数人都逃到别处暂避，留下来的人也都很少出门，入夜就早早闭门关窗，熄了灯火。

整个镇子只有一盏灯亮着，灯下，白衣的年轻公子正收拾简单的行装。

“项公子，明天真要走么？”书童有点舍不得这个风趣而出手阔绰的主顾。他伺候这个主顾的几个月里，整日跟着他登高画取地图，有时候还会趁着夜色摸上山，观看山下的大战，虽然辛苦，却很好玩，又能听到外面种种神异的事，譬如飞起来遮蔽半边天空的大风如何被人捕获，又比如先代的皇帝曾以数十万斤的纯铜制作庞大的观星仪，观测星空，推算天地开始的一瞬间所发生的事，每一件都那么不可思议，却又极有道理，丝丝入扣，常常让他夜里兴奋得睡不着，辗转反侧地想。如今项公子忽然说要走，就像来时一样突然。

项公子笑笑，拍了拍书童的脸蛋儿：“工钱都付清了，地图也画完了，喝了几个月你们这里的糊辣汤，我们的缘分也差不多到头了，还赖着不走？”

书童抓了抓头，低下头去不说话了。他心里也知道自己的家乡终究是小山镇，而这个项公子，看起来是不会永远留在他们这个小地方的人，连唯一有名的糊辣汤也都被喝腻了。

项公子看这个孩子沉默，知道他心里有些难过，想了想，从行囊里抽了一本书出来递给他：“我一生都是个漂泊的人，很少能和人变成朋友，我们也不算朋友，不过却有那么长的缘分，也算难得。这本书我送给你，在外面也是难得的东西，你留着，长大了慢慢读，读懂了，也有胆子，就离开这里。你学会这本书里一成的东西，外面就有你的立足之地。”

书童原本泪水已经在眼眶里打转儿了，这时候接过书来，心里又是一阵高兴，昂起头，脸上露出笑，眼泪却流了出来。

“公子再留几天吧，再留几天，也许仗就打完了，我舅舅就从外面回来了。”书童说。他是个从小就没了父母的孩子，只有一个对他也算不得好的舅舅，听说打仗，慌不迭地逃去了沁阳的亲戚家，把这个孩子留下来看家。

“不。”项公子简单却有力地拒绝了，“不能等到这一仗结束，那时候就太晚了。你说得不错，再过不多的几天，战争就要结束了……”

他仿佛喃喃自语：“因为谷玄就要升入天空中央……”

书童听不懂他说什么，呆呆地看着他。

项公子笑着摸了摸他的头：“你不懂是不是？这么说吧，因为我把一个秘密泄露了出去，这个秘密被写在一根布条上，如果它真的如我的猜测，被送到某个人手上，那么这场战争的胜负双方就可能改变。可是世上知道这个秘密的人并不多，泄密的人必然在我们这些人之中，如果被人猜出是我泄露的，那么追杀我的人立刻就会出发。等到这场仗打完，泄露秘密的事情也许就会被觉察，那时候被人发现我在这里，那么我的嫌疑就太大了。”

书童似懂非懂地点了点头。

“要为我保守秘密。”项公子温和地笑。

书童用力点头。

项公子起身：“你是个聪明的孩子，如果将来有机会从小镇子里出去，就来找我，你能找到我的。因为那时候，我已经名满天下！”

他转身出门，趁着夜色出发。书童高举着一盏油灯，趴在自己门框边看着那个白衣的影子在夜色里越行越远，直到完全被黑暗吞没。他揉了揉发酸的鼻子，红着眼眶回到屋里，以油灯照着看清了那本书的名字——

《经国十二家论》。

一根两指宽的布条在息衍手中，灯下，他已经反复读了很多遍。

那是一封极其简单的信，是以炭笔草就，布条也像是随手从衣角撕下的，随意到了极点。

“吾兄如晤：

我闻事发突然，联军以尸乱被困殇阳关。此术是尸蛊之法，传自云州，东陆识之者少，唯太卜博学，或有所闻。尸蛊噬人精魄，可用于尸体，亦可用于活人，重伤之人若为尸蛊所噬，则失却本性，与死者复苏无异，皆丧尸也。尸蛊至难拔除，然有破绽。以尸蛊起万余死者，是秘术大阵，谓尸藏之阵。有阵则有阵主，阵主犹在殇阳关内。阵主死，秘法破。此事我告于兄，或为加官晋爵之机会。凭兄自决。

弟沐手谨奉。”

息衍终于长长地吐了一口气，把布条重新卷了起来，塞进腰带里。

“叔叔，这上面，到底是说的什么？”守候在门口的息辕实在忍不住好奇心，凑了过来。

“是说要解我们现在的危局，只需要杀一个人而已。”息衍淡淡地道。

“一个人？”息辕瞪大了眼睛，“谁？”

息衍看着心急的侄儿，苦笑了一声：“我要是知道，岂不早就找出来杀掉了？”

“不知道？那可怎么办？”

“按照我猜的，这个人会自己出现的，因为他还要杀我们呢，他不出现，怎么杀我们？”息衍笑着问侄儿。

息辕一愣，无以回答。

“我现在倒是好奇，这个暗中帮助我们的人到底从哪里跳出来的，他为什么要这么做？”息衍幽幽地问。

“会不会是圈套？”息辕道。

“现在不是猜疑的时候，我们是在存亡之地，即便是圈套，也只有尝试！”息衍握拳，轻而有力地砸在桌面上。

“叔叔早点休息吧，白大将军下令，明日焚烧战死将士的尸骨，免得疫病流行，也算是葬礼。白大将军说这次死伤惨重，是国家之殇，军人之殇，所以请诸国大军百夫长以上，除去值守的人都到场，算作哀悼死者。”

“这时候还搞这种花哨的葬礼，大概白毅也是被伤到了，心里难过。”

息衍说到这里沉默了一会儿，“真正令他难过的，是他自己下令杀的那些伤兵吧？对于白毅这么一个骄傲的人，这样的事情，是无论如何不能容忍的！”

中午，耀眼的阳光下，尸首堆积如山。

这是阳光最盛的时候，是生长的力量弥漫整个世界的时候，死亡的气息也因此退避消散，怨恨的灵魂不会趁机作祟。所以东陆诸国的葬礼都习惯于安排在正午开始。

楚卫国的军士们将一具一具的尸体抬了上去，层层叠叠地堆着，每一层铺一次木柴，洒一次油料。尸堆的周围满是低头默哀的军士们，他们每个人都是面色枯黄，神情悲凉，紧抿着嘴不出声。他们都是见识过战场的人，却从未见过这么多的尸体这么堆积着，而这些人都曾是他们的战友和兄弟。巨大的尸山仿佛死亡的图腾那样令人悲惶而愤怒，年轻的军士们忍不住轻轻地战栗。

最后一具尸体终于也被抬了上来，是一身百夫长装束的薛大乙。他死的时候还是一个普通的老兵，可是临危不乱，高声示警，立下了大功，否则这次危机并非简单地杀死几千个伤兵便能解决的。从人群里找出他的尸体之后，白毅下令追升他为百夫长，身着百夫长的盔甲进行火葬。

“大将军，一切都准备好了。”亲兵走到白毅身后。

“点火。”白毅的声音嘶哑。

亲兵们接了命令，各自点燃了火把，他们奔跑几步，接近尸堆，全力掷出了火把。火把落在洒了油料的尸体上，立刻引燃了熊熊的烈焰。火焰由上而下地卷动，尸堆最后化作了一个黑烟滚滚的火山，燃烧尸体的味道其臭无比，所有人都忍不住要呕吐。

可是没有人敢动弹，因为白毅不动。

白毅就像是石像般站着，面对着正在逐渐变得焦黑、化为灰烬的尸体，这些人都曾是他的士兵。他站得最近，令人觉得他就要被火焰和黑烟卷进去，可是对于高温和恶臭，他像是全无感觉。

黑烟几乎遮天蔽日的时候，白毅忽然放声而歌：

“为卿采莲兮涉水，

为卿夺旗兮长战。

为卿遥望兮辞宫阙，

为卿白发兮缓缓歌。”

这本是一首楚卫国乡间的情歌，可是在他嘶哑高亢的歌里，变了味道，像是咆哮，又如葬歌般令人悲伤。唱到最后，战士们的队列中也传出了呜咽，这些战士往往来自同乡的农户，曾在战场上掩护彼此的后背，如今却只能看着他们的尸体化成灰，这些军士们也不知道自己能否活着离开这座城关，那种积郁了很久的恐惧合着悲哀一起涌出来。终于有一名年轻的战士忍不住跪倒，哭声嘶哑。

白毅的亲兵立刻上来把那名败坏了军纪的年轻战士拖了下去，可他的哭声还像是盘旋在周围那样，让每个人心里都像是扎着一根钉子。

息衍缓步上前，走到白毅身边和他并列，瞥了一眼自己的故友。白毅脸上却没有任何悲哀的神色，不像是那夜在辎重营门口息衍看见他扑出来的模样，此时的白毅只是死死看着飞腾的火焰，神色冷漠，却透出一股令人不安的感觉。

“你在想什么？”

“我在想很多年以前，我们都在天启，是两个金吾卫里自命不凡却又不被看重的年轻人。而后来你变成了一个天驱，我放弃了那个指套，我们的命运就此变得截然不同。而忽然又有一天，我要和你并肩作战，面对同一个敌人。”白毅轻声说。

息衍冷笑：“这种蠢话也是你白大将军该说的么？”

“他们不是为了天驱而来，为了他们的目标，那些藏在黑暗里的人可以杀死任何人。他们从不在意人命。”息衍低声道，“现在看着眼前这些，你还不明白么？”

“我和你，再合作一次。”白毅忽然扭头。他扬起眉峰，对着息衍低低地咆哮，仿佛愤怒的狮王。

息衍侧着头，瞥着故人的眼睛，带着一丝睥睨的笑，似乎在嘲弄白毅眼睛里的怒火：“合作什么？”

“我要那些辰月的子民，为他们的愚蠢和信仰支付代价！”白毅说到这里，忽地哆嗦了一下，话音颤抖，透出一股从不曾在他身上被看见的狰狞。

“白大将军，你是急于报复么？”息衍冷冷地问。

白毅看着他，不回答。

良久，息衍伸出了手，白毅也伸出手，两人同时用力握紧，力量大得两个人的脸都同时抽搐了一下。

第五章 诸神君临

宛州，下唐国，南淮城外。

翼天瞻站在漫天星光下，仰望着那些遥不可及的星斗。他站在三叠的小瀑布下，冰冷的山溪水从很高的地方流下，拍打在他的肩背上，老人巍然不动。他的身体被那股寒冷刺激得紧张起来，肩胛后强劲的肌肉虬结如老树的盘根，血液在皮肤下加速奔流，体表变得灼热。初涉这条山溪的时候他觉得冻得发抖，但是他忍住了，现在他已经觉得这些寒冷再算不得什么了。

他对自己依旧强壮的身体非常满意，在他这个年纪上，绝大多数羽人老者只有扶着拐杖喘息。

他半跪下去，向着遥远的星空低声诉说。他是个羽人，尽管是个叛徒，可有的时候，他依然相信在高远的天空上有神的眼睛注视着他，还有他那些已经离去了很多年的朋友们。钢铁的号角已经被吹响，战争再度开始，他现在需要那些朋友们的庇佑。

他霍然起身，流水从他浑身肌肉的每一条缝隙中滑落。

“羽然，躲在石头后面，不准探头！”他大声喊。

“知道啦知道啦！”岩石后面传来女孩子不耐烦的声音，“爷爷你已经是老头子啦，别人才不要看你不穿衣服的样子呢！”

翼天瞻失笑，缓步离开溪水。他擦干了身体，穿上一件贴身的白布长袍，长袍的式样特别，背后留出的巨大开口露出了他强悍的背肌，看起来倒像是贵族仕女那些妖娆华贵的礼服式样。岩石上已经排开了整套的铠甲，它是墨绿色的，有着变化复杂的藤蔓装饰，以暗色的金线装饰它的边缘，像是一件精美的手工艺品。可是拿起它的人会发现它是如此的轻盈,很难说出是什么样的材质,却坚韧异常。翼天瞻抚摸着一件肩甲，抚摸着上面的刀痕，他嘴边露出淡淡的微笑，想到了多年以前，那时候这副甲胄还是全新的，他穿着它从巨大的树屋里走出来，看到的人无不惊讶得张大了嘴。

那时候他的白发如银子，映着日光有华贵的金色，所以那个制作甲胄的女人说这件甲胄要是墨绿色的，这样在金色的光晕里，它该是何等的美丽。而现在那个女人已经死了，他的白发也已经黯淡。

他收回了思绪，把一件件的甲胄依次穿上，再以结实的小牛皮带子固定。过了这么多年这副甲胄依然完美地贴合他的身体，看样子他并未驼背或者生出了不必要的赘肉，他依然强悍——

依然可以作战!

翼天瞻套上了他家传的臂甲，这件盔甲似乎也预感到了战斗的来临而温暖起来，像是一只巨大的手臂在轻握翼天瞻的右臂。他以套着铠甲的手抓起了自己的枪，抓得紧紧的。

他想说一声真好，甚至想像很多年以前那个叫作姬扬的男人一样，握住武器的瞬间会得意地骂一句脏话。

是的！真好！真他妈的太好了！让那些早就该去死的东西知道，我还活着!

他走向岩石后面，一把将那个把头埋在自己膝盖上的女孩抱了起来，女孩噘着嘴，嘴唇微微地弯曲，像是美好的花瓣。她一脸的不高兴，怒生生地看着翼天瞻。

“脸色那么难看，像是很不高兴的样子啊。”翼天瞻笑。

“爷爷不管我！”羽然把脸儿扭到一边不理他。

“怎么不管你了？”翼天瞻的笑容有点苦。

“爷爷要出远门，”羽然把脑袋转回来拉着他胸口的衣服，“爷爷不要去吧，水牛和阿苏勒都出去了，爷爷也出远门，就只剩我一个人了。”

她眼睛眨巴眨巴看着翼天瞻。

“水牛是谁？”翼天瞻愣了一下。

“姬野呗。”羽然说。

“你都是大孩子了，不要整天那么捣蛋……”翼天瞻说到这里不说了，因为他看见羽然又把头犟犟地拧到一边去，不理他了。

“给你买了礼物，看不看？”翼天瞻只好拿出了杀手锏。

“什么礼物啊？”已经不小了的小姑娘又把头转了回来，从很小的时候开始，她对礼物始终充满了好奇和期待。这对她的诱惑好比说书先生对于姬野似的，她自己也明白，可是改不了。

翼天瞻套着手甲的掌心中，托着一枚琥珀色的小狮子，它像是活的一样，却正在酣睡，身体蜷成一个圆润的小球，雕刻的玉匠把长长的鬃毛刻画得极细致，却让这些鬃毛遮盖了狮子的四只脚，这样它看起来更像是一个可爱的孩子。

“啊啊啊，好像一条小狗啊！”羽然的视线完全被吸引了，她兴高采烈地抓过了小狮子。

翼天瞻微微松了一口气。看来这个女孩儿喜欢这件小玩意儿，那么他就比较好脱身一些。这件东西价值不菲，一个没有薪俸的天驱宗主毫无疑问是买不起的，幸亏息衍慷慨地对自己的掌簿说：“翼先生用钱，几百金铢，不必问我。”

“羽然乖，爷爷要离家几天，也许很快就回来了。”翼天瞻摸摸她的头发。

“爷爷不管我，”羽然还是这么说，却已经不生气了，认真地摆弄着小狮子，“爷爷什么时候回来？”

翼天瞻沉默了一会儿：“也许只要十天，也许半个月。其实我不想在这个时候离开你，因为外面最近有很多事情发生，我答应过要保护你的。不过……你自己会乖乖的，把自己藏好，对不对？”

“藏好有什么难的？”羽然把小狮子举向月亮，让月光穿透它晶莹的材质，“我要是藏起来，水牛和阿苏勒两个翻遍南淮城都找不到我！”

“那就好，不过可要说到做到，”翼天瞻笑，“别的我都为你安排好了，一个人的时候不要害怕。我只有一件事要嘱咐你，千万记住。就是无论有什么人问起你的神使文名字，你都不可以告诉他。带你离开青州那天，我就想过对你而言最好是永远都不要回去。所以忘记你的父亲母亲和在青州的一切，你现在是个普通的东陆女孩儿，你住在下唐国的南淮城里，你的名字叫羽然。”他换了郑重的腔调，“羽然，你答应我。”

羽然用力点了点头。

翼天瞻笑，把她放到地上，凑过去问：“小姑娘，你的名字叫什么？”

“羽然！”

“漂亮的小姑娘，你有神使文的名字么？”翼天瞻又问。

“没有！我叫羽然！”

“可爱的小姑娘，你的羽族名字叫萨西摩尔么？”翼天瞻第三次问。

“没听过，我就叫羽然！”羽然咯咯地笑着，扑上去搂着翼天瞻的脖子。她已经不矮了，可是还可以吊在翼天瞻的脖子上晃来晃去。

翼天瞻也笑了起来，两个人的笑声混合在一处，此外只有溪水顾自流淌的声音。

“我爱你，就像爱我的女儿。”翼天瞻抱紧女孩儿，轻轻抚摸着她的头发。他用脸贴着她软软的面颊，感觉到女孩儿因为开心而脸蛋微微发烫。

“爷爷，你有女儿么？”羽然忽地问。

翼天瞻怔了一下，松开她，点了点头：“有啊，我曾经有一个女儿，可她已经死了很多年了。”

羽然也愣了：“她是怎么死的？”

“老死的。”翼天瞻说。

“那你真的很老啊！”羽然皱皱眉，若有所思，“那我要是像你的女儿，我不是很吃亏么？”

翼天瞻愣了一下，哑然失笑，他再次拥抱她，抚摸她的头：“可你长得很像她，也很像她的……妈妈。”

他忽然放开羽然：“你说我是不是有点太宠你了？你这样下去要变成一个没法管的小公主了。”

“你是我爷爷，为什么不宠我？”羽然反问。

“对于教育孩子我确实不行，差得太远了。”翼天瞻遗憾地摇摇头。

胤成帝三年，十月六日，夜。

北大营的兵舍外，白毅的亲兵持刀而立，刀出鞘，在月光下色如银。几名有事求见的军官都被拦在外面，没有人敢申辩什么，只能并排站在那里候着。亲兵们就站在他们对面，冷冷地盯着他们一举一动。每个人都能感觉到空气中一股不寻常的紧张。

兵舍中，息衍和白毅在桌子的两侧相对而坐，中间隔着一盏灯火。

“你可以开始了，这里只有你和我两个人。”白毅看着息衍的眼睛，“今天在这里说的任何话，不会有第三个人知道。”

息衍起身走到门边，把门拉开一缝，向外面看了看，满意地点了点头：“确实是封闭如铁桶，你的手下比我的手下精悍。”

“你精于斥候战术，诡道用得太多，治军就很难严正。”白毅比了个手势，“开始吧，我知道你有一些克敌的策略，靠你自己的力量未必能完成，那就说出来。”

“首先做一件事，把外面那些铁桶一样的防御都撤掉。”息衍回到桌边坐下。

“为什么？”白毅问。

“因为接下来我要对你说的这件事情涉及了两个组织也许长达数千年

的斗争，在这场斗争中已经有至少数百万人死去。而这个斗争还在继续，在漫长的时间里，没有任何一方取得过长期的优势，也没有任何一方试图放弃。”

“我现在很想知道。”白毅点头。

“但是在数千年里，天驱和辰月事实上都竭尽所能地掩盖这个秘密的核心。这两个组织唯有在这件事上是同心协力的。通常洞悉这个秘密的人，要么是一个高阶的辰月教徒，要么是一个天驱领袖，要么他就得被除去。甚至天驱也曾为了掩盖这个秘密而杀人，虽然对于我们而言这是不光彩的历史，但是不得不承认。”息衍直视白毅的眼睛，“告诉你是有很特殊的原因，而你不可能踏入天驱的阵营，这我知道。但是我不想外面那些耳朵听到一丝一毫，有些事情传播出去，会引发可怕的骚乱。”

白毅沉默了片刻：“好，按你所说办。”

“所有人，退开！退至一千步外！任何人不要打搅我们。”白毅对着兵舍外喝令。

没有回答，却有整齐有序的脚步声远去。转眼间精锐的亲兵们就都撤离了这间兵舍，周围静得有些空虚。

息衍满意地点了点头：“好，故事可以开始了，从太古鸿蒙的时候，所以我们最好熄灭灯火。”

他以手捻灭了灯火，兵舍里彻底暗了下去，这间兵舍没有窗户，只有顶棚的木板之间稀疏的缝隙里投下了几点星光照亮。

息衍靠在椅背上，换了一个舒服的姿势，声音却变得低沉肃穆：“白毅，人是渴望和平的种族，还是渴望战争的种族？”

白毅沉默了一会儿：“很难说。这太复杂，很多人渴望和平，但是每朝每代都有人试图开疆拓土。”

“是，很难说明白，但是有人一直在思考这个问题。你听说过古伦俄这个名字么？”

“他曾是帝朝的国师，也是后来的叛逆，所以从那以后，辰月就像天驱一样被皇室排斥。”白毅说。

“古伦俄虽然是个可怕的人，却是辰月历史上最好打交道的大教宗之一。他非常期待把辰月对于世界的看法和当权者共享，所以他带着信徒踏进了天启城，他失败了，但他整理了辰月数千年来的文献经典，从而产生了一个成文的理论。这个理论说明了辰月为何要不断地挑起战争，充当藏在幕后的阴影。”

“有意思。”白毅说，“一个哲人么？”

“辰月的秘术大师们掌握了太大的力量，他们对上呼应星辰，对下召唤死者，掌握阳火凛冰和风暴的力量，可以凭借精神切断金属。这些人和普通人不同，他们毕生都在思考世界的终极意义，但是他们不在乎人本身，他们也不在乎夸父河洛或者羽人，生物在他们看来是一帮不开化的、渺小的东西，活着或者死去，根本不重要。或者说在他们看来，我们生出来就是要死的，就像一头牛生下来被喂养着，是为了杀了吃肉，没什么奇怪。至于牛死亡的痛苦并不在他们的考虑范围内，痛苦在他们看来是一种机制，因为有了痛感，所以生物会避开伤害保护自己，这是一件好事，一种很有用的机制。但是那也只是一种机制，在神的视野里，痛苦是一件微末的事，生存也是，希望也还是。”

“可他们自己也是生物。”

“所以一名辰月教徒最终的渴望是能够超脱他们凡俗的肉体，他们毕生都追求用神的眼睛去观察世界。”息衍冷笑，“他们不爱世人，也不爱自己，他们只爱这个世界终极的力量和意义。”

“这种东西……存在么？”

“我不知道，我是一个天驱。但是你要说辰月教徒的心里没有爱，却也不完全对。他们对于单个的个体完全不在意，但是他们在乎所有种族的生存和发展，因为九州诸族是世界重要的一部分，是世界力量循环的根源，世界就像是河道，诸族是河道中的流水，没有水，那么力量无从循环，河流就死了。辰月教徒们太爱这个世界了，所以连带着他们也爱诸族。不过是所谓的‘大爱’。”

“大爱？”白毅问。

“就是以神的身份去爱。所以辰月的大师们眼里，他们是来拯救我们的，但是他们和我们没有平等可言，我们也无从祈求什么。他们可以消灭任何人，只要他们觉得这是对世界的未来有利的。换而言之，他们在效忠于神，代替神去主宰，他们是神从凡俗的世人中选择出来的使者。”

“很好，越来越像疯子了。”

“历史上一度辰月的大师们也非常迷惘。他们看到了世界的征战，势力的此消彼涨，野心家们代代相传的热血。大师们觉得诸族的心中对于战争和权力的渴望把世界弄得混乱不堪，这是堕落的，肮脏的。大师们因为想不明白在他们所爱的世界中为何有如此多的纷争和杀戮而愁苦万分，所以他们向神祈求答案。他们自信获得了神启。”

“幻觉么？”

“也许，”息衍微笑，“不过辰月大师们自信自己接近了世界终极的意义。之所以有如此多的战争，是因为这个世界被创造出来，就是作为战场的！”

“作为……战场？”白毅的声音微微一颤。

“是！他们说战争其实是一种力量，一种完美的机制。神用战争的手段来协调世界的发展，神首先用战争从诸族中剔除弱小的、不适合生存的个体，然后神用战争令诸族保持旺盛的活力，因为他们必须应对战争，一刻也不能懈怠。假设战争远离了，人们就会变得懒惰和软弱，他们还活着，但是他们的生存能力和开拓的雄心却退步了，这样整个种族就会慢慢地死去。这就好像放牧一群马，首先要把最弱的马除掉，否则它会影响整个马群的繁衍，其次要挑逗仔公马们决斗，决出来的胜者才是马群的领袖。这样所有的仔公马都会为了领袖的地位而磨炼自己，同时可以选出最优秀的领袖，它拥有和母马们繁衍后代的权力。但是这个领袖是暂时的，为了不断给这个马群带来活力，一次决斗刚刚结束，下一次决斗已经开始酝酿了。”

“那么他们自己，是牧马人么？”

“是，牧马人。所以辰月的大师们把自己看作世界发展的导师。他们整理出这个理论之后欣喜若狂，觉得自己距离世界的终极意义更近了一步。从此他们眼里的战争变得如此的美好，他们只需要去挑逗和协调，当我们看见死伤的时候，他们看见的，却是战争中蕴藏的巨大‘活力’。”

白毅沉默了很久，息衍也不再说话，他在黑暗中擦着火镰，试图点燃他的烟杆，但是他的手微微颤抖，火光不断照亮他的脸，但是他却始终没能成功。

息衍笑了笑，把烟杆扔在桌面上，放弃了。

“初次听到这个理论的时候，我整夜地睡不着，恨不得冲到夜空下去对着天空大声问说是么？是这样么？真的这个就是世界的真实面目？”息衍笑笑，“而今自己说起来，也还能感觉到里面有些可怕的东西。手抖了，真丢脸。”

“是因为你觉得其中有些东西你也曾想到过，甚至你也觉得那是对的，否则你为什么要惊骇？如果真是疯子的逻辑，那么就让他们去疯狂好了。”白毅低声说，“可是辰月的信徒们未必是疯子，也许是因为我们太愚蠢。”

“也许。”

“那么天驱呢？天驱的武士们在想什么？天驱不死的传说经过了那么多年，你们一代代前仆后继，为了什么而坚持？挑战神的力量和尊严？抗击神对于世界的掌握？”白毅的目光在黑暗里微微发亮，“或者在高尚的理由背后，你们也是权力的争夺者！”

“天驱没有什么理论支持。”息衍淡淡地说，“或者说，天驱的理论被忘掉了。”

白毅一怔。

“这是事实，虽然多数的天驱武士仅仅知道他们需要守护安宁的世界，可他们没有机会知道，天驱的理论根本不存在。”息衍的声音低沉，“从某种意义上说，宗主们欺骗了他们，虽然宗主们也是迫于无奈。”

“不可能，一个传承了数千年的组织，没有强大的理论和结构，仅仅靠着几个人的热血，是不可能继续的！息衍，你试图掩盖什么么？”白毅低声喝问。

“让一个宗主承认自己的组织其实并无理论的支撑，就像一个盲目的人挥舞武器和强大的敌人作必死的搏斗，还有什么比这更丢脸么？”息衍叹了一口气，“这是事实，我们尝试寻找这个答案已有很久。在历代的传说中，我们也有获得神启的机会，将带给我们神启的人，我们称之为——‘启示之君’！”

“启示之君？”白毅问。

“没有人知道他是谁，也没有人知道他从何而来，他是从太古鸿蒙时代就流传的一个精神，不知何时会在什么人身上复苏。他的苏醒将召唤太古时代最强的武士们，你知道的，我们称之为——‘铁皇’。启示之君将给天驱的追随者们带来一切，包括力量和拯救。”息衍顿了一顿，“可是启示之君，被杀死了！”

“怎么可能？”白毅惊得几乎站起来，“按照你所说，那是几乎神一样的存在，怎么可能被杀死？”

“没有人能确证，却有各种消息表明，启示之君确实曾经出现，但是他死了。这个精神曾经在古老的时代若干次地给我们这些武神的追随者以昭示，可是七百年来，他一直沉默着不曾出现。直到十九年前！”息衍的声音微微颤抖，“不知道为什么，似乎早已有人知道了他可能出现，所以他们策动了诸侯对天驱长达三十年的剿灭。无数的天驱武士被捆上刑架，被斩首，被绞杀。他们的最终目的，是在启示之君觉醒之前杀死他！然而他们没有成功，启示之君还是出现了，这个人，却是一个辰月教徒！”

“没有比这个更荒诞的事了。”白毅低声说。他知道自己的脸色必然是苍白的，他听到的事情太不可思议，可是这些出于息衍的嘴里，息衍也许已经不是他患难与共的朋友，可息衍不会欺骗他。他对息衍有这份信任。可是此刻他要相信过去的数十年中帝朝的政策完全被两个神秘的组织所操纵着，无论是战争，或者对于民间力量的压制，其实不过是一些侍奉神明的人在和另一些侍奉不同神明的人在暗处搏杀。

“启示之君声称他得到了神启。他确实有证据证明他就是我们所等待的人，但是我们没有机会和他碰面。那时候九州幸存的天驱精锐都出动去寻找他，可他却在逃亡，他证明自己身份的那一刻开始，已经陷入了连续不断的追杀，有人以重金向天罗山堂的刺客们购买他的头颅，而效忠于诸侯的廷尉们也获得了秘密的指示要杀死这个人。就这么，有些人在试图杀死他，有些人在试图保护他。启示之君一路向着北方逃亡，最后到达了秋叶山城，这是他最后一次出现的地方。他应该是死了，虽然没有人知道他是怎么被杀的，但是他没有能够履行拯救天驱的使命。幸运的，也是不幸的是，他死前终于见到了那一代的天驱大宗主。”息衍深深吸了一口气，“那一代的宗主，名叫幽长吉！”

“可他是你们中的……叛徒！”

“是的，至今幽长吉在天驱中依然被看作叛徒。那时候我们两个还在天启城当金吾卫，也是我们最初得以接触天驱内情的时候。所有人都知道幽长吉十恶不赦，他背叛了天驱的精神，希望以‘绝对的力量’抗击我们最强大的对手，也就是辰月教。宗主们从他身上看出了成为一名暴君的可能，所以他反过来又一次被天驱们诛杀。但是最隐秘的事情是，幽长吉反叛之前，确曾和那个号称启示之君的人见面。至今已经没有人知道这两个人当时谈了什么，我曾尝试从幽长吉当年留下的资料中寻找一些蛛丝马迹，可是幽长吉也异常谨慎，没有留下任何相关的文字。”息衍长长地舒了一口气，“就是这样了，所以如今的天驱是一些武士组成的、没有目标也不知道去路的组织。它仅仅靠着一腔热血苟延残喘，而辰月的势力暴涨起来，他们似乎准备借助这个时机全面出击，令他们的意志成为唯一的主宰。”

白毅沉思了一刻："那么，他们对我们的行动，只是其中的一环。他们希望成为这个世界的精神主宰。"

"是，如果和来自瀚州、青州和雷眼山河洛族的人们聊聊，你会知道打着黑幡的使者已经悄悄地光临了他们的家乡。过去的十几年间，辰月教已经把巨大的势力网安置在整个九州大地上。如今他们是准备收网了。就在殇阳关这里，他们的举动已经正式向我们宣告，一轮新的战争开始。"

"确实是这样，一轮新的战争开始！"有个苍老的声音在门外说。

白毅惊得起身。他起身时候没有发出任何声音，同时按住了腰间的剑柄。他面对着那扇薄得一拳可以击穿的门，静止仿佛雕塑。

门外说话的人坦然推开了门。那是一个罩在巨大的黑色斗篷里的人，竖起的高领挡住了他的面孔。他高而瘦削，笔直地站在门口仿佛插在那里的一杆长枪。

"天驱武士团宗主，苍溟之鹰。楚卫国白毅将军。两位这就算是认识了，既然大家目前还有共同的目标，也可以先收敛一下敌意，坐下来说话。"息衍慢悠悠地说。

"苍溟之鹰？"白毅的手依然按在剑柄上。

"是我，我是你唯一的援军。"翼天瞻淡淡地回答，"息衍对我发出了带有鹰徽的信，我快马三夜两天才赶到。"

"可你怎么能进城？外面都是丧尸。"

翼天瞻走到桌边，擦着火镰点亮了油灯，他把油灯举高："年轻人，你应该看得出我是一个羽人。"

白毅看见了他一头雪白的长发，纯净得没有一丝杂质。

"现在不是月相涨满的时候，你可以飞进来……你是……"

"我是一个鹤雪，也是一个天驱，我还曾是一个城邦的主人，你可以叫我古莫，古莫·斯达克。"翼天瞻冷冷地看着白毅，他的眼睛里像是有锋利的倒刺，"不要这样按着剑柄看我，在你以敌意面对我的时候，也请你想清楚，在我看来你也许可以用'叛徒'二字来形容。"

翼天瞻放慢了语速，一字一顿：“天驱的叛徒！在我年轻的时候，我们奉行更加严酷的纪律。你曾经的所作所为，已经给了宗主会足够的理由，去下令，将你格杀！”

白毅沉默而威严的目光撞上了翼天瞻的双眼，仿佛刀剑撞上了一堵墙壁。白毅感觉到自己的心脏仿佛停跳了瞬间，他默默地放开了剑柄。

息衍的微笑化解了两人之间冰封般的沉默：“过去的事情就不必再提了吧，天驱也从不可一世的庞大组织变成了人人喊打的过街老鼠，过去的律令不再有效了，前辈。而且我们犯错误的时候，才十六岁，那时候人太年轻。”

“我并非来问罪，”翼天瞻缓缓坐下，忽地嘴角一动，笑了，“只是给年轻人一点警示。”

三个人围桌而坐，尴尬地沉默了片刻。

“如果知道有客人，我应该准备一些茶水。”白毅打破了沉默。

“你这里多的是血水，而假如你不立刻采取行动，血水会涨起来漫过你的喉咙。”翼天瞻冷冷地说，“你的时间不多了！”

“什么时间？”白毅凛然。

“敌人最后的进攻即将开始！”

“什么时候？”

“你曾和天驱擦肩而过，并不真正理解我们的敌人，可我们和辰月之间的战斗已经持续了数千年，我们太了解这些喜欢操纵尸体的秘道大师了。”翼天瞻说，“白毅将军，那些围困你们的丧尸已经在外面站立了多久？”

“将近一个月。”

“它们还没有倒下，可你也知道的，丧尸也像活人一样，血液会慢慢地流动，身体的活力不曾完全消失。它们只是失去了灵魂，受了太重的伤，可是它们的身体被谷玄的力量召唤而醒来了。它们身体里仅存的力量仍在被缓缓地消耗，虽然这要比普通人消耗的速度慢很多。但是你觉得它们会在那里成年累月地等候下去么？”

“它们会失去活力。”

“是的，蛊虫的存在只是代替它们消散的魂魄，就像是艺人操纵着人偶。可这人偶的力量耗尽，就终会倒下。在丧尸中，只有以极其复杂的禁术制造的尸武士可以长久地保持活力，它们甚至可以像活人一样进食。而你的城门外那些东西，它们已近油尽灯枯。当它们倒了下去，离国军团的一万赤旅对你又算什么威胁？你手中仍有数万人可以战斗。”

“所以辰月会在丧尸倒下之前，发动一次真正的进攻？”

翼天瞻冷笑：“是，辰月意图杀死你们，仅仅围困是不够的。他们需要一次进攻！而且我知道他们进攻的时间。”

“请问，什么时候？”白毅已经按捺不住，他知道机会就在他面前，他放弃了一切的傲气像是学生在老师面前那样急切地请教。

翼天瞻笑笑，仰头望着屋顶，以一种极悠远的声音说：“在看不见的星辰升入天顶的时候，他们的力量将被最大地增强。那时候，对于他们是绝好的机会。”

“谷玄！”白毅明白了。

“孺子可教！”翼天瞻点头，“谷玄的力量之潮即将涨满，就像一张弓被拉到了尽头！即将完全死去的丧尸们会在那时候获得最大的力量，它们身体里渐渐干枯的血液会加速流淌，那时候它们会变得像是发狂的野兽那样，试图杀死任何活着的东西！”

白毅的脸色微微发白：“从开始他们就已经计算了星辰的作用！”

“是这样，以天驱数千年来的经验，我们的敌人太聪明，太有耐心。他们观察你的时候就像是草丛里的蛇，丝毫不动，而他们射向你的时候，就已经算准了你没有退路！”翼天瞻忽地喝问，“这次围堵嬴无翳，你们不是觉得你们已经设下了圈套让嬴无翳钻进去了么？你参与了密谋，可惜你还不是密谋的核心人物，所以你丝毫不知在这个密谋中，真正要被除掉的是你！而不是嬴无翳！谁是幕后的人？！”

白毅猛地起身！他死死盯着翼天瞻，后退一步，浑身透着戒备。

翼天瞻却没有看他，只是沉默地看着灯火。

“我……不能说！”白毅咬着牙。

“不，应该说你不知道。”翼天瞻淡淡地说，“当辰月试图操纵什么人的时候，他们绝大多数时候都隐藏在重重的幕后，暴露在幕前的卒子随时可以被舍弃。你既然是要被除掉的人，那么你必然不知道。军人的骄傲和强悍在秘道大师们的眼里，不过是孩子斗勇那样可笑。”

翼天瞻微微叹了一口气：“我不是逼问你什么，也并非嘲笑你。事实上我和息衍也不过是别人棋盘上的棋子，在真正的幕后人眼里，我们的反击都在他的计算之中。”

白毅颓然坐下，低低地喘息。

“不过那又算得什么？”翼天瞻骄傲孤高地冷笑，他凝视灯火，目光中透着狠意，“在没有启示之君的七百年里，我们这些可笑的天驱被神遗忘，可我们不一样无数次地和辰月开战？我们死了很多人，他们也没有占到便宜！以神的力量压制人的反扑，辰月一样没有实现他们的目标！”

“我们……怎么办？”白毅猛地抬起头，双眼熠熠生辉，“现在开诚布公地说吧！我们的杀手锏是什么？”

“我们需要杀一个人。”息衍说。

“谁！”

息衍笑笑：“我不知道是谁在暗地里帮助我们。但是有人以飞鸽送了一封信给我，说这个庞大的秘术仪轨被称为尸藏之阵。而它最大的弱点在于，它既然是个秘法大阵，那么必须有操控它的人，它的阵主，依然在殇阳关内。”

“怎么找到这个人？”

“恐怕很难。”息衍摇了摇头，“他是一个隐藏在暗处的人，好比一个意图刺杀你的刺客，但是你说，什么时候刺客必须露面呢？”

“刺杀的瞬间！”白毅毫不迟疑。

"是！就在那个谷玄力量涨满的夜晚，谷玄划过夜空的轨迹将变得最长，这时候，对手会现身在天空下，引诱那支丧尸组成的军队对我们发起进攻！"

息衍闭上眼睛，深深地呼吸，而后再次睁眼："那是我们杀死他的唯一机会。"

"所以，我们双方的进攻将在同时开始。"白毅低声说。

"你说对了！"息衍眯起眼睛，骄傲而冷漠地笑了。

这个时候，他真的像是一只奔行在草原上的雄狐。这只狐狸骄傲而强健，它躲避着夜狩者的弓箭，划着极大的弧线奔逃，这时候它忽地停下，回身嘲弄般地眺望乘马夜狩的猎人，似乎要欣赏他的无奈，此时雄狐的眼里，有着月一般的光。

白毅盯着朋友的双眼，沉默着。他太熟悉这种眼神了，这么多年来没有人比他更了解息衍，他知道这个懒散放旷的男人身体里流淌着什么样的血。不，那不是血液，而是火焰。白毅可以想象这个男人的血管里是咆哮的火焰在奔行！他的眼神不该总像平日那样，不该是朦胧而和蔼的，不是酒客在小酌之后的醺然眼眸。他是狐狸，狐狸是狡黠的，这往往让人忽略它的凶猛。雄狐像狼一样，有着利齿和爪子。

"你藏得真好。"白毅忽地歪歪嘴角，笑了笑。

"什么？"息衍反而愣了。

"我听说下唐的军人武士都风评你儒雅旷达，所以说你藏得很好。你哪里儒雅旷达了？"

息衍被他的话噎了一下，沉着脸："难得听你说几句轻松的话，基本还都是嘲笑我的。"

"我们目前能调动的兵士无法击溃那些丧尸，有什么特别的战术么？"白毅问。

"问得好！"息衍笑，指了指翼天瞻，"所以我以宗主的身份调动了苍溟之鹰，他是第五个人。"

“第五个人？”

息衍又指了指白毅：“你是第六个。”

“第六个？”

“君临之阵！”息衍一字一顿，“我们需要再用一次君临之阵！”

白毅脸颊的肌肉没来由地跳了一下，他静坐了一刻，从随身的箭壶里抽出仅存的一支长薪箭。灯光照在上面，箭杆上有银灰色的光芒像是活物般变幻流走，在白毅的手中，它忽然震动着低低地鸣动起来。

“这支箭就要死了。”白毅的手捋过箭杆，像是拍着多年战友的肩膀。

“我看得出来。”息衍点了点头。

“七支长薪箭已经损失了六支，仅存的这支箭也要死了，里面封印的魂力已经非常虚弱，这几天晚上我把耳朵贴近箭囊去听它震动的声音，就像垂死之人的心跳一样若有若无。”白毅把箭递给息衍，“你还能期待它做什么呢？”

息衍接过了箭，以手指拭着它的箭镞，锋利的箭镞多次穿透目标之后，摸起来已经满是细小的锯齿。

白毅接着说：“而且，即便我手中依然有完好无损的七支长薪箭，我也无力把君临之阵的范围扩大。那天晚上我使用君临之阵的时候你已经看见，北大营那么大的范围已经是我和这副弓箭力所能及的极限。”

“这么大不够。”

“你需要它多大？”

息衍指着兵舍土墙上的殇阳关全图：“那么大。”

“覆盖整座殇阳关？”白毅断然摇头，“那不可能！”

“不，可能的，我们可以使用法器！”翼天瞻说。

“我们没有随军的秘术师，更没有强大到可以发动君临之阵的法器。”

翼天瞻摇头冷笑：“年轻人，不要谈论你所不熟悉的话题，我是个羽人，这个世上比羽人更理解秘术的种族还没有生出来！法器未必是秘术大师们封印密藏的宝物，就像你发动君临之阵时使用了追翼之弓和长薪之箭，魂印武器本身就是法器。任何法器不过以它蕴含的精神之力呼应星辰，你的箭中封印了魂魄。而法器也可以是活的。”

“活的？”

翼天瞻微微点头，一字一顿：“人，就是最强大的法器！”

“你要用人去取代长薪箭发动君临之阵？”

“是！”翼天瞻说，“当我们有自己无法战胜的敌人时，我们也可以向星辰诸神寻求庇护。还有什么力量比北辰之神赐予武士们的更加威猛强烈的呢？君临之阵召唤的，是北辰之神的力量，辰月教徒们膜拜所有的星辰，可他们畏惧北辰。因为北辰的力量与所有星辰都不同，它是横断一切的，无论金属甲胄还是山峦。它将守护我们。”

“有把握么？”白毅感觉到自己的手心在流汗。

“试试看。”息衍漫不经心地笑笑，“但是，这样发动君临之阵会给我们带来很大的麻烦。”

“会有牺牲么？”

“这倒未必，不过，”息衍看着白毅，灯火映在他的眼睛里一跳一跳，“充当法器的人必须向北辰之神的召唤敞开他的内心，他要有足够的勇敢和坚强去接纳武神的降临。不是每个人都有这种勇气，有的人会因此而失去理智。所以在此之前，这样的星辰之阵仅仅由最核心的天驱武士来发动，我们的人数非常稀缺。所以我们必须征用你，你虽然不是天驱，但是你对那种内心的冲击并不陌生。”

“你说……内心的冲击？”

“初召！”息衍缓缓地吐出了这两个字，“充当法器的人将会体验初召的感觉，那是武神的力量在进入你的灵魂。这时候那些太古时代的武士国王，那些铁皇，将在你的灵魂深处复生。他们的战马就像践踏你的灵魂那样在你心中驰过，你所最牵挂的，你所最畏惧的，你所最执着的一切，都将以噩梦展现。这是铁皇们对他们追随者的第一次召唤！”

他幽幽地问白毅：“就像二十年前，那个晚上，在天启的那个小酒馆里，那个人磨剑的时候，你听见了什么？你看见了什么？”

息衍微微地笑了。

白毅沉默着，面无表情。

“好。”静了许久，白毅深吸了一口气，“我相信你们，现在我也只有相信你们。但是我们需要七个人，斯达克阁下是第五个，我是第六个，谁是第七个？”

“我们已经有了这个人选，一个新的天驱武士。”息衍和翼天瞻对视了一眼。

“或者说是一个被征用的法器？”白毅冷冷地问，“他知道他将经历的一切么？”

“我想古月衣将军已经完全明白了。”息衍说着起身，第二次拉开了兵舍的门。

晋北军主帅古月衣沉默地站在门外，向着屋里的三个人微微鞠躬。

白毅惊得起身，而后疲惫地坐回了椅子里：“忽然觉得我真是一个可笑的人。”

“息将军问我，我只是觉得我可以不惜代价去做成这件事。”古月衣淡然地回答，“我没有机会想得太多，但我不想我的部下和我一起葬身在这个阴谋里。”

白毅点了点头，似乎忽然间老了许多，幽幽地叹了一口气：“是啊，你们想得都很简单，只有我，是一个矛盾挣扎的人。你们要做什么，我无从阻拦，你们也不是第一次把势力渗透进军队内部。你们是一帮人，和辰月一样是疯子，不过没他们疯得那么厉害。”

“两害相权取其轻。”息衍笑着按了按他的肩膀。

翼天瞻似乎已经厌倦了这样的对话，一声不吭地站起来，背着手向外走去。息衍冲白毅微微笑了一下，跟上了他的步伐。

他们走到门边的时候，背后传来白毅的声音：“一群已经失去了神的庇护的人，不知道该去向哪里，牺牲那么多同伴，疯子一样和另外一群疯子抗争。你们没有想过这一切是为的什么么？以人的力量能够击溃神的信徒？听起来你们的热血真是虚弱！连你们自己都会怀疑这一切的所作所为不过是棋子在命运的棋盘上挣扎着要逃脱吧？”

翼天瞻忽地站住了。息衍瞥了他一眼，看见他的面容冷漠。他略略有些担心，这往往是翼天瞻发怒的前奏。他知道这个年迈的天驱宗主并没有一个羽人应有的好脾气。

“年轻人，我们第一次见面，你还不熟悉我的性格。什么命运的棋盘？”翼天瞻转过身，冷漠而高傲地回答，“我不信命的！”

他忽地笑了，笑得有几分粗鲁：“如果我信命，我的命岂不是太糟糕了一点？”

门合上了，白毅一个人坐在桌边。他沉思着，伸手捻灭了灯。

黑暗里只剩下他一个人，周围真是寂寥，听不见一丝声音，空旷得像是太古的荒原。他在想也许这间屋子外就只是一片没有边际的黑暗，没有灯火，没有人，没有一切。就像二十年前的那天夜里那间小小的酒肆给他的感觉差不多。

“二十年前，那个晚上，在天启的那个小酒馆里，那个人磨剑的时候，你听见了什么？你看见了什么？”

息衍的话还回荡在他耳边。

二十年前，磨剑声，酒肆。

他想：“我听到了什么……我看见了什么……”

那天应该是下着很大的雨，天上地下，无处不是雨水。夜很黑，看不见云，也没有电光和雷声，只有瓢泼的雨不停地下，哗哗的，仿佛永无止境。他坐在天启城的小酒肆里，酒肆里有很多人，酒肆门口那个衣裳湿透的老人在石上磨剑。

雨声，金属在磨石上的摩擦声。

渐渐地世界变得寂寥空旷，酒肆的喧闹声淡去，其他人的存在变得无关紧要。他看着那个老人磨剑，剑在磨石上铮然作响。

大雨瓢泼，雨声中有人在呼吸。

“不，那不是呼吸声。”他想。

也许是有人踩着水来了，也许是骏马鼻腔喷出滚滚热气的声音，也许是甲片，熟铁的甲片，随着骏马的起伏叮当作响。他开始觉得紧张，他想什么东西就要来了！可他站不起来，他移不开视线，他看着那个老人沉默地磨剑，剑身晦暗无光。

“来了！快走！我要走！”他想。

可是他不知道往哪里逃走，小屋外的黑暗活了，有人在大笑，有骏马在呼吸，甲片叮当作响，黑暗里千万化形，汇成海潮。

他无处可逃。

于是那些铁甲铮然的人在他眼前显形了。他们是驰马而来的，来自黑暗中，不知道多少。他们的甲片起伏，白毅可以看清楚那些甲片上的雨水飞溅。但是他看不清这些人的脸，他们的脸被笼罩在仅有一缝的铁盔中，他们的身体整个被甲胄和黑氅覆盖。他们驰入了酒肆，天知道那小小的门怎能容纳如此多的马和它们背上仿佛巨神的主人。

白毅站起来，那些骏马从他身边驰过。它们的主人拔出了剑。剑看起来如此眼熟，这样制式的剑，刚才在老人的手中被磨砺，而此时已经握在了武士们掌中，泛着刺眼的铁光。铁光汇聚起来，照亮了天空。

白毅仰头，看见了群星，星空缓慢地旋转。天空下已经没有酒肆，没有老人，无数的骏马在驰过，武士们挥舞重剑，这是一片钢铁洪流，白毅就站在这片流水中，像是激流中一块无形的礁石。但他可以感觉到那些人和马如此真实地存在，他们激起的气流如刀割在白毅的脸上。

他们去向天地尽头。

白毅觉得身体已经失去了控制，他已经恐惧过了，战栗过了，心跳急剧如同马蹄，可是没有一种反应能帮他适应那股铁流带来的力量。

那是远古的、浩大的、威严的、纯正的、无视一切的——力量。

白毅泫然而泣，他的眼泪如同决堤，他想要坐在地上号啕大哭。

他只能哭泣，他无力抗拒。

“不！不能想！想什么也已经是无用的了。”白毅喝断了自己的思绪，在心里对自己说，“路在面前了，只有一条，说什么，也只有走下去。”

青州，古老的森林深处，山崖之巅。

纯铜铸造的穹庐上有一处缺口，星光海潮一样泻入。实在是一个明朗的星夜。

地面也是纯铜铸造的，无数同心的铜环缓慢地转动，铜环上蚀刻了复杂深邃的符号。它们每时每刻都在不停旋转，被漏壶水滴的力量缓缓驱动，就像一旁巨大的日相仪、月相仪和被星仪围绕的皇极经天仪。数百年来不干涸的山泉水经过复杂的装置一点一点地移动着这些标志星空的仪器，每隔数十年才需要根据岁正的位置校正一次。

铜环中央的铜圆径围数尺，静止不动。铜圆里白发的少女端坐着，随手移动着算筹。

铜圆上镶嵌着无数的晶石，有些微微发着亮，有些却是灰暗的，而某些，已经亮得仿佛烛光，只是光芒冷冽。少女收取了算筹，一一检视那些发亮的晶石。

“北辰诸星的力量之弦就要涨满了，根据计算，今后的十几年里，这些武士的星辰将主宰天空。又有战争要开始了吧？只是不知道发生在哪里。”少女淡淡地说着，没有流露一丝感情。

“那么谷玄呢？五十年前你已经可以轻易地计算北辰诸星的轨道，北辰对你而言根本没有悬念。那么谷玄呢？你排列了那么多的算筹，依然没有得到谷玄的轨迹吧？”老人穿着白色的宽袍躺在铜圆外，以手枕头仰望天空，漫不经心地说着。

“没有进展，完全没有进展。”少女终于露出了一丝失望的表情，“我何时可以得到谷玄七式联算的方程？那时候我才能补上我如今算式中空缺的一元。”

“你太着急。”老人笑，“那七道方程，当你看到它们的时候你才会发觉原来它们竟是如此的简单，却又如此完美，就像是一个完满的圆。但是一个完满的圆也依然有弱点。”

“弱点？”

“圆心是它的弱点。”

“我不懂。”少女摇了摇头。

“这是我始终没有教给你最后七道方程的缘故，当你明白了我说圆心是弱点这话的意思,那七道方程才足以回答你的一切问题。”老人还是笑，“在此之前，你依然需要穷究计算之学，为之殚精竭虑绞尽脑汁，不经过这个过程，你便不会明白。”

“那时我也许死了。”

“星相学家的一生,什么都明白了,也就是死期。”老人说得坦然随意。

少女不再说话，仰头默默地看着天空出神。这对老师学生就这么沉默了很久。

“我知道它就在那里，那颗象征死亡的星辰，可我无法捉到它。”少女喃喃自语。

“它的力量之弦同样就要涨满，数千年来，战争和死亡这对星辰像是孪生子，总是同时出现的。当谷玄最强大的时候，武神之星的力量也同样强大到顶点。”老人笑，“所以为什么不尝试用北辰的轨道来搜索谷玄呢？虽然这个方法还不足以弥补你缺损的一元，不过只要通过十三次的计算，你的答案就可以很接近真正的结果。”

他幽幽然说：“虽然只是永恒地接近，却永远不能真正抵达……”

帝都，桂宫。

黑衣从者步入雷碧城休息的大屋，雷碧城坐在垫子上闭目养神。

“大教宗有消息来。”从者低声说。

“是么？”雷碧城缓缓睁开了眼睛。

“是口头转述的，通过我们埋在帝都的一颗种子。”从者说，“大教宗说，谷玄最强大的时候，也是北辰最强大的时候。所以请教长对于殇阳关的事情做最周密的安排。”

“大教宗是担心天驱的势力，”雷碧城沉思，“我不曾忘记这个宿敌。”

“把我的描述写成书信送出去，不要写得有所偏差。”他手指目前的沙盘，“殇阳关南向的六处城门，地、水、风、火、云、雷，均带瓮城。城门厚重，以机括推动，从外部强行攻破城门的机会极小。城门上和瓮城内都有火眼和弩炮设置，敌人势必尝试在瓮城杀伤攻入的亡者。殇阳关里还有大量火油和炮石的储备，都是嬴无翳撤离前没有来得及毁去的，所以突破第一道城门的同时，亡者将变成他们的靶子。而一旦突破第二道城门，我们就已经取胜，此时敌人仅能借助东南西北四个大营的高墙防御，他们可能已经在战前拆去其余的墙壁重新砌成防御，和高墙连成一体，分割从不同城门进入的亡者，此时需要谢玄冒着损失靠近亡者的背后，以弓弩强行压制守兵，给亡者以推进的机会，但是不能靠得太近，亡者不可操纵，会随便袭击最为靠近的活物。至于破城门的办法……”

雷碧城口若悬河，从者从腰间掏出纸卷，走笔如飞地记录。

当他终于说完的时候，仿佛疲倦之极地舒了一口长气：“便是这样，一定要准时把这封信送到，不要疏忽。我想白毅和息衍应该正在筹备这场战斗，他们在殇阳关里等着我们呢。”

“他们可能知道我们攻城的时间么？”从者问。

“知道，星辰的运转无法瞒过任何人，白毅和息衍都不是傻子，谷玄统治星空的时候，无疑是我们最好的进攻时机。”雷碧城低声道，“不过即便他们算出了时间，也不过是算出了自己的死期而已！”

“他们可能知道尸藏之阵的弱点么？”问这个问题的时候，从者微微犹豫了一下。

雷碧城略略沉默：“是啊，我曾经想过，尽管是最秘密的秘仪大阵，世上能理解它的毕竟不只是我们。”

“以三军之力要杀一个人，还是有相当的把握。”

“不。”雷碧城微微地笑了，他很少笑，却终于在这一笑中透出了胜券在握的骄傲，“即便一切都在白毅的猜测中，他距离真相仍有一步之遥，虽然已经很近了，但是在战场上，一步之遥足以立判生死！”

殇阳关，军营正中的空地上，摆着一张小桌，桌上只有马肉、干饼和最后的酒。

翼天瞻、息衍、古月衣和白毅围坐，头顶就是澄澈如洗的夜空。四个人默默饮酒，已经坐了很长的时间。远处保留作为火种的火堆上飘起细碎的火星，随着风冉冉升起，古月衣看着那边出神。

“好了，再重复一次我们的战略。”息衍站了起来，移开小桌，以剑柄在地上勾画，“南面的六座城门应该是敌人发起进攻的地方，他们有足够多发狂的丧尸，应该会同时攻击六处使我们疲于奔命。我们仍然不清楚丧尸这东西在谷玄之夜的力量，所以我们也不知道它们会怎样攻破我们的城防。而一旦有丧尸入城，我们的士兵都在城墙上，便很难应付城里的局面，即便是数百个丧尸。所以我们会保留相当的人手在靠近城墙的地方机动，一旦城门无法守住，我们就立刻封闭瓮城，尝试以火油攻击它们，冈老将军已经发现火油对这些东西的伤害远甚于武器，如果瓮城也失守。我们则立刻退入这几天砌好的墙后，分割丧尸击破。击破丧尸将由其余诸国将军指挥，我们则只需各守自己的位置。从今夜之后，我们不能离开自己的值守，因为我们不知道谷玄之夜到底是什么时候降临。”

“那颗星，”古月衣仰望天空，“看不见，也算不出来，是么？”

“数千年来，计算它的轨迹都是难题，只能估计，不能精确。”息衍说，“所以我们只能啃着马肉，等着它。”

“我不怕等，”古月衣笑笑，“我很有耐心，也就是几年前，我还以为我要在那个小镇子上守一辈子。”

息衍也笑笑。

“除了我们四个，还有三个人呢？他们在哪里？”古月衣问。

“他们就不用来这里了，不要让年轻人面对前辈的时候有太大压力。”息衍瞟了一眼翼天瞻。

翼天瞻忽然从自己的衣带里摸了摸，摸出一个东西递给了古月衣。古月衣接过，惊讶地发现是一枚铁青色的指套，上面文着粗犷的鹰徽。

“这就是所谓的……”

“尽管有的天驱没有这东西，不过多数人还是希望有这么个玩意儿能够证明自己。”翼天瞻笑笑，“它很坚硬，普通的刀剑不能伤到它，可以保存很多年，父亲传给儿子，儿子传给孙子。除了我自己的，这是我仅有的一枚指套，本来很犹豫，大概是一个老头子的吝啬。不过，我想你还是该有这么一个东西。”

“谢谢。”古月衣淡淡地说，把指套套在拇指上翻来覆去地看，“很适合用来拉弓。”

“看你漫不经心的样子，多少人收到这个指套的时候可是泪流满面。”翼天瞻大口地喝了一口酒。

“怎么会多一枚指套的？”古月衣不在意翼天瞻的态度，还是笑。

“一个朋友的。”翼天瞻淡淡地说，“他死了，就在你的故国晋北被杀。他的指套留给了我，他没有继承者。”

“他没有学生和儿女么？”

“被杀的那一年，”息衍望着平静的夜空，“他只有十三岁。”

古月衣心里微微一动，低下头去喝酒。

翼天瞻仰头喝干了杯中的残酒，他忽地站了起来，扬起眉毛，神情活像是一头白眉的老鹰。

“终于能让那些该死的辰月信徒们看看我们的力量了，他们早该和他们信奉的神祇一起，万劫不复！”他对着夜空大吼，在岩石上摔碎了杯子。

叶瑾努力地拉扯，把姬野身上用来固定鳞甲的皮带扣紧，甲胄下姬野的右肩被厚厚的绷带包裹起来，这让本来合身的甲胄差一点就是扣不上。姬野微微皱眉，他感觉到肩膀里的骨头像是要再次裂开的那样痛。不过他伸展双臂静静地站在那里，什么也不说，任叶瑾为他穿上披挂。他并不想被人的手在全身上下摸索，不过他的手至今仍然不能抬起来摸到自己的后颈，穿甲胄这件事他无能为力。

医官用绷带和铁片来固定他的整个右肩的时候不胜担心地拍了拍他的背："小伙子，伤可只是好了一小半。这次再断了，就真的一生残废了。真的缺你一个先锋？还是待在营里吧，多你一个人没什么用。"老人透出面对末路的无奈，"那些东西，不是人啊！"

"军令！"姬野冷冷地回答了这两个字。

"好，"老医官无奈地笑笑，"我看过很多当兵的，你是那种应该死在战场上的主儿。"

他把姬野肩上的扎裹做得特别的厚实坚硬，临去前看着自己的杰作满意地点点头："这样你那条胳膊还能用，不过用多了会断掉。那点力气，留下来最后快死的时候拼命吧！"

叶瑾终于扣紧了皮带，这令她累得微微喘息，她再次蹲下去从靴子开始检查姬野的武装，整理歪斜的带子，把露出来的衣角重新扎好。姬野低头看着她，看她整齐的长发有些散乱了，几绺不听话的从束发的带子里游离出来，沾着汗水贴在有些湿红的面颊上。

"多谢。"姬野点了点头。

"我是个女人，能为长官做的事情只有这么多。"叶瑾为姬野拂去肩铠上的灰尘，"剩下的，只有去祈求神的庇佑了。"

"神？"姬野竟然想到要开一个玩笑，"我跟他不认识。"

叶瑾微微愣了一下，低声埋怨："都是太年轻，会说些狂妄的话。"

叶瑾没有理睬他的笑话，姬野略略觉得有些失落。他想自己真是太笨了，难怪羽然怎么都觉得他是头水牛，连说几句话逗她开心都不能。他转头看向不远处的吕归尘。吕归尘正在桌前缓缓地拔出长刀，检视冷锐的刃口，刀刃把一道森严的光反射到他的双眼一线。姬野忽然觉得有些宽慰，这个朋友依然和他并肩，而且他也不会说笑话，他们三个在一起的时候基本都是羽然说她从四处搜刮来的笑话逗他们开心。姬野想吕归尘甚至还不如他呢，吕归尘说话那么少，偶尔说快了还有点结巴似的。

“好了么？”息辕一头钻了进来。

“好了！”吕归尘回答。

“好了。”叶瑾也说。

“那，出发吧！”息辕说。

吕归尘点了点头：“你守的据点在哪里？”

“我在南大营东边，姬野在北大营东边，你在水渠通道旁边。”

“只需要守在那里？若是攻城，我们不该是在城防上么？守在水渠通道旁边？”吕归尘不解地摇头。

“这次我也不知道了，叔叔没有说要我们做什么，只说守在那里，一时一刻都不准离开。”息辕提起佩剑，古剑静都形制古朴森严，“叔叔还给了我他的剑，说也一时一刻不能离身。剩下的，就是等。”

“军令就是这样，不该知道的不问为什么。”姬野缓慢地向着门外走去。吕归尘想扶他一把，被他推开了。

临走到门口，姬野忽地回头向着叶瑾：“若真是守不住，就带着小公主往北逃吧，那里是羽林天军，你带着小公主，他们未必敢发箭……你要大声地喊说你带着小公主……免得他们看不清……”

叶瑾愣了一下，而后笑了，理了理凌乱的头发，掖在耳后：“若是遇见离军大概也没事吧？我还认识里面的好些军官呢。”

“是啊……说起来你倒也不是我们的人。”姬野点了点头。

“在这乱世里有谁是谁的人？”叶瑾低声说。

三个年轻人转身出门，息辕在姬野背上不轻不重地拍了一巴掌，透着捉弄的笑，压低了声音："还你的人我的人，你还想把美貌的姐姐娶回家么？可是我和阿苏勒把她从仓库里救出来的，我们还没动这个贼心呢。"

出乎他的预料，姬野没有脸红，只是低低地说："这个笑话一点都不好玩。"

息辕反而窘迫起来，转头看见了坐在外屋窗边的小舟公主。这个身裹重锦的小女孩乖乖地端坐着，一手捏着一个泥偶，正小心地看着他们。息辕想莫不是刚才那句调笑的话被她听见了，心里有点惴惴起来。

可是小舟没有说话，只是看着他们。

姬野走过她身边的时候努力弯了腰，手指点了点那两个泥偶的头："你和它们玩吧，听叶瑾的话。"

"我想了新故事。"小舟说。

"我回来听你说。"姬野点头。

他们继续往外走去，即将走进外面漆黑的夜色时，姬野扭头看了一眼小舟。小公主呆了一下，挥着抓了泥偶的手向他道别。

"我一直觉得这个小公主还是有点傻。"息辕嘟哝。

"我不傻，我只是不爱说话。"

隔得很远，小舟依然听见了息辕的话。这是她第二次和息辕说这句话。息辕觉得有些丢人了，掉头一声不吭地溜了出去。姬野和吕归尘追上了他的步伐。

宛州，南淮城。

羽然背着手走在紫梁桥上，桥洞下流水哗哗作响。周围尽是喧闹的人声，每个夜市的摊子都挂着宫样的灯笼，红纱里裹着一团温暖奢华的光。有的摊子上叫卖着豆馅儿的小包子，有的摊子上则是仿制紫梁宫里的瓷器，有的摊子上是精美的纹铁匕首，带着鲨鱼皮的鞘，买一把配在腰带上，作为装饰也是一流的。可真要买好用的武器，却要去一些设在阴影里的摊子，摊主和一般的商家谨慎地保持了距离，他们贩卖的武器，也是黯淡不起眼的，可拿起一柄造型诡异的匕首，在刃口上放一根发丝，往往发丝就悄无声息地分为两截，再看那些矮小的裹着斗篷的摊主，买家会发现那是一个如假包换的河洛。

南淮城便是这样一个奢靡所在，有钱在这里几乎可以买到一切，包括帝王般的享受，而这些享受即便是白给天启城的富商，他也会担心逾矩而推辞。在那里谁也不敢享受诸侯帝王的生活，敢那么做的人随时会丢掉头颅。

可是这里是南淮，即便远方还在开战，这里依然夜夜笙歌不绝。

羽然很喜欢这里，相比起来她的家乡实在是一个寂寞得令人想要逃亡的地方。不过今天晚上她还是不太开心，已经连续几个晚上她只能自己出来闲逛了。开始她很自在地吃她喜欢的小豆馅包子，喝一盅香浓的鸭汤，就这么游手好闲地晃来晃去，不过很快这些都变得无聊起来。她开始有点懊悔自己放走了爷爷，轻易地就被那个小狮子收买了，现在姬野和阿苏勒在很远的地方打仗，听说是打赢了，可是总也不见大军凯旋，而爷爷又不知跑到哪里去了。

她愁眉苦脸地想着，把手里半纸袋的金丝杨梅扔了，这些糖渍的果子吃起来有点苦了。

她想着再逛一会儿就回去了，她还要给那头小狮子买一条漂亮的丝缎带子，这样她就可以把小狮子挂在自己的床头，每天早晨起来都会看见阳光里那个憨态可掬的小家伙晃悠来晃悠去。

她往小街里走了几步，左顾右盼的时候，听见身后传来古朴低沉的声音，却悦耳好听。

她好奇地回头，看见了猴子。

那是很多很多乌木雕刻的猴子，它们每一个都神态各异，是极其精致的手工，但是无一例外的它们是以弯曲的尾巴挂在一根横杆上，双手双脚却各自抓着同样乌木雕刻的铃铛，古朴低沉的声音就是从那些铃铛里发出来的。

“啊！”她惊喜地看着其中鼓着腮帮子、最捣蛋的一只猴子，不由自主地伸出手去要拿。就像翼天瞻说的，这个女孩儿的手很欠，总是忍不住去抓自己喜欢的东西。

“是风铃，”和铃声同样低沉悦耳的男人声音从头顶上方传来，“青州的特产，木风铃。”

羽然抬起头，看见了那个贩卖木风铃的男子。他的衣着简单朴素，像是个并不富裕的东陆商贩，可他极高的身材和兜帽里露出的一缕淡金色的头发，都说明了他的来历。那是一个羽人，一个混迹在东陆的羽人商贩，他们学会了东陆人的生存技巧，却还谨慎地把自己的一头金发遮盖在兜帽里。兜帽里露出来的一张脸清隽和蔼，却不年轻了，岁月的痕迹刻在他的眼角，可是显而易见这是一个年轻时候极英俊的羽人。

“木风铃？”羽然被那些抓着铃铛的猴子吸引了，“我怎么没有听说过？”

贩卖木风铃的人沉默了一下，彬彬有礼地躬身行礼：“尊贵的人啊，您也是来自羽族吧？那么原谅我夸大其辞地描述了我的货物。木风铃并不算青州的特产，不过是我家乡那片森林里的小东西。当我们那里的乌檀树太老了而自然枯死的时候，我们挖掘出它的根部制作这种风铃。这种树木的木质坚硬如铁，当它被制成风铃，风铃的壁打磨得极薄的时候，就会发出悦耳的声音来。”

他冲着羽然微微地笑了，那些皱纹微微打开，谦逊而温暖。

“为什么都是猴子啊？”羽然喜欢这个异乡相逢的同族。

“仅仅是风铃在宛州这样的大城市不好卖啊，”羽族商贩似乎有些窘迫，“这里稀罕的东西太多，而我只会制作这样简单的小玩意儿。”

他拿起一只猴子演示给羽然看，用猴子弯曲的长尾挂在另一只猴子的脖子上，一只一只地往下挂，这样一串猴子头尾相连地攀在他的横杆上。羽然扑哧笑了起来。

“那个好肥的！”她指着最胖的那只。

“还有会鼓腮帮子的。”商贩拿起羽然最初看上的那只捣蛋小猴，炫耀般晃动，“客人买一只回去挂在窗前吧。”

“那一只那一只……那一只看起来凶巴巴的！我要那一只！”羽然看见了角落里一只瞪眼睛的小猴。

“水牛水牛！跟水牛一样！”她兴奋地挥舞那只猴子。

商贩分明不理解她的话，猴子怎么可能像水牛？但他也只是微笑地看着这个好动的小姑娘。

“那个鼓着腮帮子的我也要。”

“真谢谢客人的惠顾了。”商贩彬彬有礼地摘下另一只风铃递给羽然。

“这个就像我了。”羽然笑，“那我还得再买一个送给阿苏勒，不然他会不高兴。”

“他是你的朋友么？”

“是啊，”羽然在木风铃中挑选着，“他其实也是个很闷的人，不高兴也不会说，总要别人去看出来，然后你哄哄他，他就没事了。”

她最后选了一只眼睛最大的猴子，满意地点了点头：“这个像他！眼睛比我还大！老板，多少钱一个？”

商贩竖起了一根指头：“小本经营，只是卖一个手工钱，一个银毫一只。”

羽然于是摸了摸自己的腰带里，她脸色有点难堪，低着头，期期艾艾的。

“小姑娘，你带的钱不够么？”商贩非常善解人意。

羽然看着手里的三只猴儿，点了点头，噘起嘴来。她只有两个银毫剩下了，她现在想刚才买那个纸包金丝杨梅买错了，否则她现在正好有三个银毫。她又在心里埋怨那个阿苏勒，这个总是该他付账的财东居然兴高采烈地跟着姬野他们出征，害得她那么为难。如果不是要买一只也送他，她便不会缺钱了。

“那我都不买了。”羽然恋恋不舍地要把三个木风铃都挂回横杆上去。

“您有多少钱呢？”

羽然感觉到了希望，她狡黠地抬起眼睛看那个商贩，在面颊边竖起两根手指摇晃。

“是为了买给两个朋友吧？”商贩轻声说，“那么，客人自己喜欢的那一只就算是我送的好了，两个银毫，三个风铃。我还可以为客人在风铃上刻下每个人的名字，这样就值得珍藏起来了，最好的朋友们，永远都不会互相忘记。”

“嗯！”羽然笑了起来。她心底欢喜，笑得毫不遮拦，露出她白净可爱的两个门牙。

商贩从怀里取出刻刀，在第一只猴子的背后刻上了“水牛”二字，他下刀稳健有力，两个字几乎是瞬间就刻完了，吹去木屑，露出工整流畅的东陆楷书。

“第二个刻乌龟吧，”羽然说，“会凫水的那个乌龟。”

商贩笑着点点头，在那只大眼睛的猴子背后刻下了“乌龟”二字。

“你呢？”他问。

羽然微微愣了一下。她不知道是否要说出自己的名字来。她是羽姓，最高贵的姓氏之一，她的姓氏在青州的森林里意味着尊荣和权力。

“刻小名吧，和乌龟水牛就相配了。”商贩说，“尊客在神使文中的小名是什么？”

“萨西摩尔，那么帮我刻萨西摩尔吧。”羽然说。

商贩微笑：“好特别的名字，很少看见这样的名字啊。作为一个羽人，这个词对我可还是那么陌生。”

“是一种花，东陆更多，叫作槿花。萨西摩尔·槿花！”羽然觉得这个名字真是好听，听着就让人想到满树重锦般的红色，不由得大声说了出来。

商贩的刻刀在猴子背后刻下了这个羽然给自己起的名字。这个名字很多年后被这个女孩写在她的日记中间和信件末尾，她钟爱这个名字，因为这个名字是一个秘密，仅属于她和另外两人。可惜后世的历史学家们却并不知道，所以他们想从汗牛充栋的胤末文典中寻找一个传说中的女人时，总是和一个名叫“萨西摩尔·槿花”的古怪名字擦肩而过，以此署名的文字意境飘忽不可琢磨，像是一座文字的迷宫，虽然明显看出是一个女性的手笔，却很难说明白她在表述什么。有些人猜测这是一个大贵族家的女史，在森严宅邸中的寂寞春情，并因此在深夜翻阅的时候多少有些想入非非。而最后这些不入流的文字总是被放在旧书堆里积灰而已。

羽然交付了她仅有的两个银毫，兴高采烈地捧着三只木风铃跑远了。

她的身后，那个羽族商贩静静地看着她蹦蹦跳跳的背影。当她彻底消失在人群里之后，商贩把所有的木风铃抛入了一旁的流水。不知多少只可爱的猴子像是结伴跳水那样咚咚咚咚地从桥上坠落，乌檀木太重了，它们直接沉向了河底。

当周围的人察觉这落水声的时候，商贩已经不在那里了。

十月十六日，弦月缓缓地滑入云层。

殇阳关里，息辕仰首望着天空里斑驳的云层，弦月在薄云背后，四周辐射出柔和的光晕。

“天黑黑，要下雨。”他喃喃地说。

他忽地想起了他老家的这句俗话，尽管此时的天黑并不是因为云遮蔽了太阳，而是夜已经很深了。这是第四夜，这四个夜晚里他没有见过姬野和吕归尘，也没有见过叔叔和白毅。他受命守候在这个据点，不得有瞬间离开。而这里基本上什么都没有，只有一个两人高的巨木堆，结实的方木横竖交错起来，像是方方正正的一座房子。里面塞满了浸透火油的干草。息辕不理解这是要做什么，这堆巨木被点燃之后，岂不是像远方烽火台上的烽火？

不过他是军人，他只有服从军令。他受命的时候息衍的神色异常郑重，息辕从未看见叔叔那样说话。

“你或将看到最可怕的事情，不过即便如此，你也不能离开那里。”息衍如是说，“还有，始终带着我的剑，手不要离开它的剑柄！”

“最可怕的事情？”息辕想，“大概没有比丧尸还可怕的事了吧？”

这个据点除了他还有五百人，都是从楚卫、下唐、晋北三国精锐中精心筛选出来的，筛选的标准无人得知。五百个精壮的军士，供给两倍的口粮，却放在一个毫无意义的据点里。五百人绝不是小数目，在前朝，五百条汉子建起一支军队，也许都可以开邦建国了。而且无疑城里的七个据点都配备了五百人，那么是整整三千五百精锐。

三千五百精锐，若是在城头一阵乱箭齐发，也把几百个丧尸钉死在地面上了。

息辕看向他的五百人方阵，他们在那个巨木堆前列队，倒像是要守卫那堆大木柴。此时这些精锐军士席地而坐，将长柄战戈横置在膝盖上闭目休息。但是他们不能睡，每过一刻他们会互相唤醒彼此。已经有整整四天四夜，他们只是这么短暂地睡一刻，立刻被叫醒。

息辕觉得现在自己站着都能睡着了，世上没有什么事情比睡觉更舒服，没有什么东西比枕头更柔软。

他咬了咬自己的手指，强迫自己清醒过来。不过前两天还很管用的这招如今已经失效了，他的手指已经迟钝到不觉得痛的地步了，虽然被咬得满是血痕。息辕想接下去这些丧尸若是还不攻城，自己将是天下少有的因为困而发疯的人了。

“就一会儿。”他对自己说，他盘膝坐下，微微低下头小寐。

不知道是不是因为困而产生的幻觉，他觉得那堆巨木被点燃了，正在熊熊燃烧，大火在风里呼啦啦地作响，风浩荡地吹。

“不可能的。”他想，“那些军士不会犯这种愚蠢的错误。”

但他还是担心，他想要起身看一看。可是真是太疲倦了，他用了几次力，还是没能克服那可怕的睡魔。

“听错了。”他心想，“要是真是不小心点着了火，他们还不忙着救火？不会那么安静的。”

是啊，很安静，太安静了。

天黑黑，要下雨。

“你叫息辕么？”有人在他面前问。

息辕悚然，一下子从困倦里挣脱出来，像是一只被蛛网裹住的虫子得了自由。他不由自主地回答：“是！”

“跟我走吧。”那个人说。

息辕抬起头，看见了他的叔叔，息衍。

天启城，桂宫。

殇阳关的云没有覆盖到这里，帝都的夜空晴朗如碧洗。长公主的宫殿中以山石做流泉，雷碧城和长公主相对坐于泉上，他们身下是嶙峋的山石，山石下水流潺潺。一名黑衣从者站在雷碧城的身后，百里宁卿微笑着站在长公主身边。

雷碧城和长公主之间是一座巨大的沙盘，它从屋里被挪了出来，仿佛棋盘一样被平稳放置。沙盘上以草扎的人偶作为标记，黑衣从者和宁卿不断地把人偶移动到新的位置上去，他们下手都迅速而稳定，仿佛对弈的高手。

“宁卿公子，有的时候真的不相信你是个目盲的人啊。”雷碧城低声说，“没有一次你需要摸索。”

“我的棋艺还算不错，下棋的时候也可以记住每一步的落子。”宁卿谦恭地回答，“这就是天生目盲的人和普通人的区别吧？在我的世界里，没有光和颜色，记忆和想象便是我的一方天地。所以我记着很多事情，比明目的人要清楚很多。”

“宁卿，不要多嘴。”长公主喝止了他。

“领命。”宁卿退回来向着长公主鞠躬，他忽地驯服如绵羊，“沙盘的进军方略已经推演完毕，黑色的人偶是亡者，红色的是谢玄的一万赤旅，黄色的羽林天军在北面按兵不动，而白色的则是白毅的大军。按照碧城先生的战略，我们的军队很快就可以吞掉所有的白兵。请长公主过目。”

长公主对于复杂的沙盘推演有些目眩，只摇了摇头：“这些推来推去的小人儿，我不懂的。不过是心里惴惴不安，睡不着，所以来找碧城先生说说话。”

“我们的战略，已经被前方的人完全理解了吧？”雷碧城凝视着沙盘。

“完全理解了。”黑衣从者回答，“大约还有三刻，这场战斗便会开始了。”

“在三百八十里之外。”雷碧城低声说。

“是！”

“那么时间将近，我该回去休息一下了。”雷碧城整衣起身。

“碧城先生难道没有兴趣等着看结果？”长公主略有些诧异，“我命令厨下准备了一些精致的饮食，准备和碧城先生彻夜长谈，等待前方的消息。”

雷碧城恭谨地鞠躬：“运筹帷幄，就像武士射出利箭。我们现在距离殇阳关三百八十里，飞鸽也需要大半日的时间传递消息，而我的命令都已经被下达，决战即将开始。此时这场战争的结果已经离开了我的掌握，我是否观望，都无助于改变战局。我的箭已经射出，不能收回，也无法改变轨迹。”

“碧城先生此时气度不凡，真是军法大家。我听说弓箭之术有射声之说，说弓箭高手箭羽离弦便不再观看，凭着中箭的声音便可以判断是否命中目标。碧城先生是这个意思吧？”长公主赞叹。

“我在军法上，是同学们中最好的。”雷碧城转身离去。

“但是若没有命中目标，是否明日碧城先生就要按照许诺交出自己的人头了？”长公主以袖子掩着嘴低笑。

“失败的人，如果一颗人头还能用来抚平尊长的怒气，也是令人欣慰的事情。”雷碧城转身鞠躬。

“我可是一个心软的人呢。尤其是像碧城先生这样风姿绝世的男子，真到那一步，怎能不令人惋惜？”长公主一双妩媚的眼睛把有意无意的目光飘向雷碧城，“可惜碧城先生永远是这般英雄气度，如果真的输了，还要靠我这般女流的怜悯而活命，才让碧城先生颜面扫地吧？”

她收去了一切笑容：“我会好好珍惜碧城先生的头颅的！”

息辕看着伸到自己面前的一只手，那只手的拇指上套着铁青色的指套。

息衍没有说话，静静地伸出手。息辕看向周围，此外再无一人。这座城忽地空了，五百精锐和数万大军都是他的一个梦而已，这里什么都没有，只有一个燃烧着的巨木堆。他坐在木堆边，他的叔叔向他伸出手。

息辕有点分不清了，他想自己做的梦太长了，梦里面有那么多人，一个勇猛的持枪少年，和一个端静的蛮族少主，还有一座辉煌富饶的大城。可他的世界里其实没有这些，他的世界里只有这一座城，这座城是他的囚笼。

他试探着伸手摸了摸息衍的手。那只手是温暖的，稳定的，没有一丝摇晃。这不像是幻觉，确实是他的叔叔站在他面前。可是息辕觉得这个人很陌生，他们血脉相连，却从未谋面。

“我不走，你害死了阿爹和阿妈。”息辕说。

他不知道自己为什么要这么说，这些话出口的时候他自己都诧异，可是这些话是真的，从他心里流出来的，息辕能够感觉到。

息衍没有说什么，他回头走了，背影渐渐消失在黑暗里。

息辕仰头看着天空，天黑黑，要下雨。

这时候古月衣走进了寂静的城。

这不是一座真正的城，它斑驳矮小的土墙和仅有一个吊桥的城门都说明了它仅仅是个边防的小镇。

古月衣知道它的名字，它叫作贞莲镇。以前，他以为自己要在这里戍守一生，娶镇子上仅有的几十个女孩里的一个做他温柔朴实的妻子。她会纺织棉布，古月衣会种一些燕麦，卖给军营去喂马。

此时这个小镇寂静得令人恍惚，像是一个很古老的部落被埋在沙漠里数百数千年之后，再有一个旅人踏进了风化的围墙。

古月衣走在贞莲镇的兵道上，人们夹道等待着他。可那些人都沉默着，古月衣只能听见自己的脚步声。

沙、沙、沙……

那些人不可能发出声音的，因为他们都已经死了。古月衣看见那个矫健的枪骑兵什长，他被他自己的骑枪贯穿了，钉在了墙壁上，他静静地靠在那里，像是平日偷懒时抽着烟发呆。还有那个一身虬结的马夫，他只是个马夫，甚至骑马都骑不好，可在这个骑兵小队里，却是力气最大的人，一身贲突的肌肉。可他现在使不出力气了，他的肌肉已经被片片削去，只留下巨大森然的骨架和一个瞪大眼睛的头颅。古月衣看见那个第一次教他握弓的老兵了，他被一根弓弦吊在高处，随着风幽幽地摇晃。

古月衣并不诧异，他一步步往前走。他知道这些人都死了，当他获得晋北侯封赏的时候，他的战友们被埋在贞莲镇外的墓地里。而他们现在只是偶尔走了出来，在这座寂静的镇子里休憩一下。

古月衣停下了脚步，他终于看见那个人了。她躺在镇子中央广场的石台子上，皎洁的脸蛋平静地对着天空，像是睡着了。她长得算不得很美，但是温暖甜润得像是一枚饴糖，她是镇子里最出色的女孩。骑兵们有意无意地跟她说话，流传她的一点一滴，当兵的想这就是一个好女人了，甜甜的，还能织出耐用的棉布来。可惜她的父亲防着这些当兵的，保护着他的女儿像是抱窝的母鸡。

古月衣觉得自己忽然记起来了，那时候他是小队中最沉默和腼腆的，也是最年轻的。他总避开老兵们关于那个女孩的猥亵讨论，他偷偷站在小街的拐角处，看女孩盈盈走出来，在手心里藏着一把小米喂食用来传递军报的信鸽。

而她现在静静地躺在那里，她的衣服被撕成碎片，她丰润的胸口被干涸的血覆盖。

古月衣曾听说夜泽盗贼的首领李长根，这个人是个凶猛如毒蛇的领袖，他喜欢割下少女的乳胸生吃。

古月衣觉得眼泪流了下来，他的心里空荡荡的，似乎并没有悲痛。可他的眼泪流了下来，悄无声息。他转过身，面对着夜空下漆黑的土墙。土墙背后巨大的身影正在注视他。那个身影比土墙还要高大几倍，他踏前一步，踩塌了墙身，阴冷地笑着。

古月衣从未见过如此高大的人，比北方的夸父还要魁梧，可他记得那张脸，夜泽的盗贼，李长根。

千千万万的盗贼在他的周围出现，屋顶上、土墙上、小街的拐角、高处的旗杆，他们都出来了。而古月衣只有一个人，他的同伴都死了，镇子里的人也都死了。

古月衣摸向自己的腰间，那里没有弓。

盗贼们狂笑起来，笑声像是狂风卷成了漩涡，风在古月衣的身边摩擦，风里像是有妖魔舔着尖利的獠牙。

“最后一个了，我们杀了他。”

“懦弱的小东西，让他看着其他人先死。”

“你们看看他在哭呢，他是不是尿都吓出来了？”

“为什么为什么，他刚才藏在哪里，我没有找到他，否则我又多了一颗人头可以领功。”

古月衣环顾那些狂笑的面孔。他记起来了更多的事情，是啊他们说的没有错，当他向李长根发出那一箭的时候他的兄弟们都已经战死。他还活着，因为他是最小的，兄弟们把快马留给了他，让他去报信。可他的腿上中了箭，他不能逃走。他躲在隐蔽的地方，看见李长根抱着他憧憬的女孩走过。

贞莲镇已经破了，剩下的只是杀人和搜刮了，李长根要享用他的胜利了。

而最后的一名出云射手在茅屋的夹缝中颤抖。

“是啊，这才是真实的。”古月衣对自己说，“不是战报上的那样，也不是晋北侯大人向东陆武士们赞美的那样，而是眼前这样。”

月衣夜会，三箭惊魂。

这个赞誉多像一个嘲笑，每多一个人说出来，便多一分可信。当整个东陆都知道晋北新的将星古月衣的时候，满纸谎言的战报就变成了事实，其他的，都被慢慢地忘掉。天长日久，自己有时候都觉得模糊起来。晋北侯造就了新的将星，被晋北侯当殿斩杀的骑将会死不瞑目吧？晋北侯只是要用他的血，来染红新将星的战旗。

古月衣颤抖起来，他的心是空荡荡的，可是他的眼泪往下流。

殇阳关的城头上，楚卫军百夫长登上城头。就要到他换防的时候了，他要最后一遍检视防御。

城墙上稀稀落落的，没有留多少人，重兵都是屯聚在城里新建的工事里，还有一些在瓮城上。上面传下的命令，是要把丧尸分割开来剿灭，城上所留的军士主要是瞭望和投掷装满火油的瓦罐。

一名军士正从垛堞缺口处探着身子出去眺望。

百夫长上去拍了拍他的肩膀：“小心摔下去……”

他的声音忽地卡在喉咙里了，拍到那个军士肩膀的时候，他发觉那个军士的身体是冰凉的。军士不是探身子出去眺望，他是趴在那里。百夫长用力拎起军士来，看见他的上身已经被鲜血浸透了。致命伤在喉咙上，有人一刀切开了他的喉咙，放干了他的血。

“奸细！”这个念头电一样闪过百夫长的心头。

奸细不知用什么办法混进了城里，暗杀了城墙上的军士，那么下一步就是攻城。百夫长本已不愿往城外眺望，每一次除了极远处的离军红旗，就是城下密密麻麻站立着的丧尸们。它们盔甲残破的身体表面生出了苔藓，很久也不动一下，却把灰蒙蒙的眼睛一眨不眨地瞪着城墙上。看了令人不寒而栗，觉得满天下就像是一个坟墓似的。可现在他忍住了，探出身体往外面的黑暗里望去。这时候弦月从云里钻了出来，月光短暂地照亮了周围。百夫长看见那个军士的血沿着城墙流淌下去，垂直涂抹出一片慑人的红黑色，而外面的城墙上这样的红黑色不只一道，而是每隔数十丈就有一道。而每一道的血迹下面，那些原本僵立不动的丧尸们都围聚着，贪婪地嗅着那血的气息，它们用枯朽的手抠在城砖的缝隙里，悄无声息地往上攀爬着，一个接着一个，像是贴在城墙上的一具人梯。

百夫长觉得心几乎从嘴里跳了出来。他想要大喊，却被吸进去的一口冷气噎住了。这是不可能的，一个人如何能以赤手爬上殇阳关的城墙，这是天下第二雄关，云梯都不能及的接天城墙！他们设想过种种可能，可是这最原始也最不可信的一种开始就被排除了。

但是下面的不是人，它们已经被冒着热气的鲜血吸引了。它们可以抠断自己的手指不觉得痛楚，但是它们有种强烈的渴望要杀死活着的东西。

百夫长几乎是双手双脚着地奔跑，他奔到铜钟边，用尽全力以刀柄击中了铜钟。

钟声震天而起，殇阳关整个苏醒了，一个接一个的铜钟把警报声送到这座城关的每个角落。第四个夜晚，决战开始。

吕归尘听见了远处的人声、呼吼声、铁蹄声，天地间无数嘈杂的声音交织在一处。

他站起来面向声音传来的方向，那里一条火龙蜿蜒而来。他忽地明白了，那是持着火把的铁骑兵，他们还持着流血的铁刀。

吕归尘在估算那一队铁骑有多少人，也许上百吧，对他来说有点棘手。如果他有一匹快马，那么出其不意地突入骑兵队，杀伤十几个而后撤离是有把握的。可现在他没有战马，便只有设法抢一匹。

他的思考被中断了，披头散发的女人向着他跑来。吕归尘看见那个女人的脸，欣喜得几乎要跳起来。是那个女人啊，他像依赖母亲一样依赖了许多年。他小的时候很傻，不明白男女是怎么一回事，所以他很担心这个女人嫁给别人，因为那样她就会住到别人的帐篷里去了，他心里琢磨他要娶这个女人，这样这个女人就能天天和他待在一起，在他入睡的时候给他讲很长很让人犯困的故事，然后轻轻地亲亲他的脸蛋悄悄离去。

“姆妈，不要怕。”他向着那个女人伸出了手，“来我这里，我会保护你的。”

他现在觉得即便是一百个骑兵也没什么可怕的了，他有影月在手，他可以放手一搏。

但是他愣住了，他向着女人伸出的那只手小而白皙，柔软而没有一点筋结。他忽然发觉什么东西不对，他往自己身上看去，他忽然明白了。他是个孩子，一个八岁的孩子，他没有战马，也没有影月。

诃伦帖像是根本没有听见他的话，冲过来抱起了吕归尘。她把这个孩子的脑袋按在自己肩上，不要命地奔逃，她喘息着大声说话：“别怕！别怕！要是怕，就闭上眼睛！”

吕归尘看着那条蜿蜒的火龙逼近了。那些骑兵，他们太快了。吕归尘想这不对，太不对了。他努力闭上眼睛，也许再次睁开眼睛的时候一切就会回复到正常的样子。

他再次睁开眼睛的时候，趴在一望无际的草原上，冷透的风在一个劲地吹。有人把他按在了那里，背后传来的巨大力量让他无法翻身。吕归尘伸着两手用力扑腾，可是他袖子里露出的小臂细白瘦弱，没一点力气。

他努力抬起头看出去，看见男人们扑在那个他最依赖的女人身上。也许五个，也许六个，也许更多。他们有的人在解自己的铠甲，有的人在撕扯那个女人的衣服。他们把女人也按住了，女人修长白净的双腿用力地踢着，立刻有人把她的腿也按住了。她的衣服一片一片被撕裂，露出光洁的乳胸和挺拔的腰，心急如火的男人们凑在她的身体上舔着，抓着她的头发咬她沾了血迹的嘴唇。

吕归尘从男人们的缝隙里看见诃伦帖的眼睛，就像那个夜晚的钩月之光一样，凶猛，却不堪一击。

“那是绝望么？”吕归尘想。

“这不对！这不对！”他又想，“为什么还是这样？为什么还是这样？我已经努力了！我杀过人了！我不是那个孩子了！我的刀！我的刀……”

他用尽了全力，可背后压着他的人力气太大了。巨大的力量像是铁钳一样制约着他，他越是挣扎，越是觉得自己的骨骼要碎掉了。

可他还在挣扎。

他不会放弃。他在心里喊着他所知道的所有恶毒的脏话，玩了命地挣扎。

那个女人……她曾在安静的晚上给他讲很长很让人犯困的故事……然后轻轻地亲亲他的脸蛋悄悄离去……

“我的刀！”吕归尘觉得自己稚嫩的声音开始变化，“我的刀……在哪里？”

警钟声把整个殇阳关都掀翻了。

下唐军辎重营的一间兵舍里，叶瑾看着远处的火光，那是惊醒的军士们高举着火把冲上战场。

“别怕。”她怀里抱着小舟坐在窗边，轻轻抚摸她的头发。

她放开了小舟，走到屋子正中央，一件一件地脱去身上的衣服，直到一丝不挂，静默地站在那里。她的身体修长精悍，没有一丝赘肉，皮肤下透出隐约的肌肉轮廓，竟有些像男子。小舟惊讶地看着她，眼睛瞪得溜圆。不理解为何叶瑾忽然这样。

叶瑾解开了早已准备好的包袱。里面是一套不知道材质的紧身甲胄，黯淡无光，像是某种秘制之后的鱼皮，只在必要的部位镶嵌了黑色的金属甲片作为保护。叶瑾把那身甲胄绷紧在赤裸的身体上，这套甲胄完全按照她的身材制作，即使里衣也塞不进去，穿在身上，似乎和皮肤融化在一起。这样她的奔跑速度可以达到最高，跑跳起来风像是避开她那样从身体两侧流过。

她最后从包袱底下取出了那柄匕首，插进腰间的刀鞘，把一头漆黑的长发盘在头顶。

小舟看着她的眼神变得恐惧异常，可她不敢说话，只是哆嗦。叶瑾穿着那身古怪的甲胄，忽然就不再是叶瑾了，而是一个什么极恐怖的东西，透着令人极度不安的气息。

叶瑾和她对视，眼瞳清澈如水：“时间到了，我要走了。保护你的事情我做不到了，若是他们没有赢，就自己跑吧。你是公主，他们不愿伤你的。”

她轻声说：“我们这样的人，太卑贱。就算是死了，也不会被人记住，活在这乱世里，都是多余的。公主是千金之体，很多人都关心你的，要和关心你的人多说话。”

“别了。”她转身出门，瞬息不见。

姬野慢慢地睁开眼睛，下午的阳光很温暖，从门窗透进来，极远的地方，有人击鼓报时。他躺在一张软和的床上，午睡刚刚醒来。他在半梦半醒的时候听见身边沙沙地响，他睁眼看见一身宽袍的女人坐在他的床边，咬着线头，正在缝补。

阳光太耀眼，他看不清女人的脸。但是他觉得很安心，闭上眼睛想要再睡一会儿。

门外有人走动，沙沙的脚步声。

姬野再次睁开眼睛说：“我很害怕，门外……有很多人。”

女人轻轻抚摸着他的头发，指尖挠着他的头皮，像是梳子刮过那样，让他觉得麻麻的很舒服。可他还是害怕，他看不清门外那些人的样子，可他觉得那些人每一次经过门口，都把鬼祟的目光投进来。

女人低低地哼着一首歌儿哄他睡觉，姬野不懂她的歌词，可是她的声音让人安心。姬野蜷缩起来偎依在她身边，闻着女人身上衣服洗干净的皂荚味，他觉得自己忽然变成一只小小的老鼠，蜷得极小，躲在女人的宽袍下。

那是一个全世界人都找不到他的地方。

门外走动的那些人开始低声说话了，他们三三五五地聚成一团，悄声议论，他们偶尔把冷冷的目光投向这边。姬野躲在女人的宽袍下，可是他依然能够感觉到。

“我很害怕，他们有很多人。”姬野再次说。

“外面从来都有很多人，”女人安安静静地说，“你却只有你自己，要自己活下去。每个人都一样的啊。”

“那你呢？”姬野抓着女人的袍角。

“我和你在一起。永远都在一起。”女人说。

“为什么？你说每个人都只有自己。”

“我不同，你是我的一切。”女人这么说着，轻快地唱着歌儿，“生下来是小老鼠，迎风长成男子汉……”

歌声悠扬，姬野觉得自己的心又安静下来了。这种感觉真的好啊，有个人，你是她的一切。她会为你做任何事，保护你，爱你，不论回报，也无需理由，不管何时何地。和其他人不一样，你们不需要寻找也不需要相逢，她和你之间的联系是世界诞生的时候注定的规律，永远都在一起……

无需理由。

“我能看一下你的脸么？”姬野怯生生地问，“我总也看不到。”

女人笑着：“可以啊，为什么不能？只要你想看……”

女人把姬野抱了起来，放在自己的膝盖上坐着，轻轻把面前垂下的长发理开。姬野看到她的脸了，她的脸色苍白，笑容温暖，眼睛里缓缓流下两行鲜血。她是枯槁的，没有任何生气，眼睛里空无一物，唯有那笑容，像是刻画在嘴边的，从不改变分毫。

姬野想起来了，她死了。

“你能喊我一声么？”女人说。

姬野点了点头，他太久不喊她了，于是在心里悄悄地喊了两声练习。而后他轻声说：“妈妈……”

女人僵硬的脸忽然变得生动起来，她双眼流下的血流得更快了，像是泪水，她的笑容绽开了，那么美丽。姬野很高兴，因为他觉得女人很高兴。他想多亏我先在心里练习了两下，要不然叫得不好，妈妈便会很失望。

他把头缩在女人的怀里。他感觉不到女人的体温，所以他努力地贴近女人要让她觉得暖和。他想把自己的体温分给她，因为他们是一起的，儿子和母亲生来就是在一起的，他是她的一切，这是从他呱呱诞生那一刻起被注定的规律。

他们在一起，所以他们不怕屋外的那些人。

而屋外的那些人似乎愤怒了。他们在墙壁上捶打，他们开始吼叫，他们绕着屋子急跑，带起呼呼的风声，他们变幻出狰狞的各种形象，要冲进来。可是他们没能得逞，温暖的阳光在这间屋子里，外面的人无可奈何。

姬野从宽袍下把头探出来，他忽然发现原来阳光不是来自外面，阳光来自母亲的身体里。她的身体冰冷，却透着温暖的金色阳光。姬野欣喜得要手舞足蹈，可他发现女人在迅速衰朽着，她还在缝补，可她的身体迅速地干瘪下去，她就要变作一具干枯的骨骸。

姬野用力贴着女人，他想那是因为她没有体温，所以她变得消瘦了。只要有体温，她还会好起来。

女人轻轻摸着他的头："所以，最后你依然只有你自己，因为我会死去啊。"

她说得很平静，可姬野忍不住大哭起来。他想是啊，她已经死了，所以世上只剩我一个人。

屋外的那些人还在狂奔，他们弄出的声音太大了，简直像是天地都要被他们的脚步震塌似的。整个屋子摇摇欲坠了，女人还在不停地枯朽下去，她身上的光芒正在黯淡，她的时间所剩无多。屋外的人发出即将成功的狂笑。

姬野站了起来，用尽全部力量对着门怒吼，他不再是小老鼠，他变成了一只被激怒的凶兽！

息辕已经在这座城市里转了很久了。他去了每一面的城门，城门紧闭着，城墙很高，没有任何办法逃出去。城里什么都没有，没有屋宇兵道，也没有河流，只有一堆巨木燃烧在城的中央，火焰永不增减。

息辕想大概有十几年过去了吧，也许更长。这里永远是黑夜，分不清时间。

真是孤独。

息辕想要有个人跟他说说话。他已经试着翻筋斗和倒立，可是很快这些也都没意思了。他无奈地围绕火堆转圈子，试着唱家乡的歌。可是无论他怎么唱，那歌都是一样的——

"天黑黑，要下雨。"

下雨了怎么办？这里连避雨的地方都没有。

息辕忽地坐在地上哭了起来，哭得很伤心。巨大的恐惧感包围着他，难道就是这样了？在这里直到永远永远？

“谁来救救我啊？”息辕放声大喊。

“你叫息辕么？”忽然间，息衍一袭黑衣，再次出现在他面前。

“是。”

“跟我走吧！”息衍向他伸出了手，坚定有力，没有一丝颤动。

息辕盯着那只手看，那手的拇指上套着铁青色的指套，上面飞鹰的徽记栩栩如生。他缓缓地伸出手，在空中停了一瞬，而后紧紧握住了息衍的手！

数千里之外，青州，古老森林的深处。

少女凝视着皇极经天仪的旋转，用炭笔迅速地记录在纸卷上。她脚下已经堆满了纸卷，密密麻麻都是从入夜开始写下的数据。她的老师却只是袖手在那里仰望，并没有要帮忙的意思。

“破军和贪狼开始出现半掩。”

“巨门的光度增加了，它的光度已经达到了‘角’……不，已经达到了‘晴’。”

“禄存的光度也开始增加。”

“现在武曲和廉贞的轨道重合……好，符合计算的结果……再次分开。”

少女笔录的同时，不断报出北辰七颗主星的变化，老师听了微微地点头。

“别念了，记记就好。”老师忽然说，“如果你对比这些数据，会发现和以往北辰之相暴涨的时候是完全一样的。不过作为星相师，笔录还是应该的。”

少女沉默了一会儿：“我是很想检验我测算的成果。”

“孩子，你的算学是我所见过的人中最好的，超过了我自己。测算北辰之相暴涨对你根本就不是难题，为什么你还是那么急于验证结果呢？那么不自信么？”

“因为始终觉得离星辰算学的最终完美还有距离，所以不断地验证自己的计算结果来增强自信吧？”

“最终完美？”老师笑笑，“你确认最终的完美存在么？”

“就像您描述的谷玄七式的七道方程那样吧？最终的完美该是简单而圆满的，就像是一个圆，没有任何一处是它的破绽。”

“我说了圆心是它的破绽。”老师说。

“可圆心并非圆的一部分。”

“圆心是圆的一部分，”老师的语意高深莫测，“因为失去了它，圆周便失去了一切的依凭而不复存在。所以每个圆必然和它的圆心是一体，而那个心，便是它的破绽。”

“我还是不懂。”

“你太执着了。”

“也许。”少女低下头。

“北辰之弦的涨满……我看看，”老师简单地扫视时轮，那是记录精密时间的庞大仪器，“大约该有三刻四分一厘的时间。想不想知道谷玄之弦何时涨满？”

“何时？”少女的眼睛亮了起来。她知道老师是可以计算出谷玄之弦的人，因为他手中握有那七道方程。

“就是刚才，”老师笑了起来，“它的高涨略早于北辰，现在死亡星辰已经把它的力量播撒到大地的每个角落了，不过绝大多数人不会觉察。”

“您验证了计算的结果么？”少女问。

“没法验证，”老师笑笑，“谷玄仅仅存在于方程里，因为那是个死亡的点，吸纳一切的光，不能观察，也就没法验证。”

“半掩结束，贪狼和破军的亮度都在急剧增加。”少女看着天空。

“嗯，”老师赞叹中带着点儿调侃，“北辰之神求战心切。”

“求战？”少女问。

“这对星辰自古以来的力量之弦涨跌几乎是重合的，所以有人猜测它们是一对双生子星辰，也有人猜测它们是一对死敌。不过这次看起来北辰七颗主星冲距离谷玄极近，已经入侵了谷玄的方位，所以倒像是这两组星辰的一次对抗。”老师说，“不过有以战争对抗死亡的么？”

“这大概属于辰月大师们热爱的话题吧？他们热爱哲学。”少女淡淡地说。

“我年轻的时候也很热爱。”

“那老师思索得到了什么结果呢？”少女一边问着，一边不停地笔录，她的勤奋和老师的懒散对比太大了。

“得到的唯一结果是所谓的哲学都是人闲极无聊时的瞎扯，世界最终的意义和人有什么关系？”

“嗯？”少女愣了。

“比如，有人说神创造这世界是为战场，武士们总是高喊这句话拼死搏斗，以为这就算明白了世间纷争的道理。”老师露出嘲弄的笑容，“可他们不明白，这句话是对的，他们的理解却是错的。”

“那么正解是什么呢？”

“神创造这世界是为战场，但是这战场并非留给凡俗的我们，这战场是神为自己预备的。星空诸神们终将亲自搏杀，要在这片战场上决出他们自己的未来！”老师低声说，“这一切和我们本无什么关系。”

少女并不理解老师这番话，却隐隐地有些被打动，愣在那里思索。

“时间到了！”老师回头看了一眼时轮，“北辰和谷玄的对冲开始！”

吕归尘扑了出去！

他忽然握到了他的刀，只一瞬间，他的刀已在手中。刀柄粗糙的摩擦感如此真实。

他冲了出去，压住他的那人再也无法制约他的力量。力量在这个孩子的身体里盘旋、咆哮、驰骋，像是海水涨潮那样贯注到他身体的每个角落。他的身体在狮子般的前扑中飞速生长，那双柔软的手上暴起筋结，细瘦的胳膊上肌肉虬结，背肌收缩的时候像是帆船上拉帆的棕缆被绷紧，他的双眼暴睁，如同滴血。

"这才对！"他在心里咆哮，"这才对！"

刀上光如满月，向着那些男人的后颈斩落！

盗贼们射出了无数的箭。

古月衣在箭雨中抬起头，看着黑夜里星星点点的铁光像是一阵飞扑而来的蝗虫。李长根似乎要大笑，而他的笑容僵在脸上，他看见古月衣握到了弓。

很多年以前，就是这个年轻的骑射手在看了战友和平民的死后绝望了，在李长根满足了自己血腥的欲望之后满意地离开镇子的广场时，那个年轻人疯子一样从难以发现的茅屋夹缝里冲了出来，把他唯一的一支箭投向了李长根留着血腥味道的大嘴。

古月衣抬起头，开弓："我可以杀你一次！我还可以再杀你一次！"

息辕被叔叔拉了起来。

忽然他发现自己的面前并没有叔叔，他站在尚未点着的巨木堆前，身后是五百精锐。他的手紧紧地握着。

他的手中是叔叔的剑，古剑静都。息衍叮嘱过他，任何时候，不要放开剑柄。

姬野慢慢地张开眼睛。

他的喉咙微微动了动："原来是我自己怕看你的脸啊，看到了，我才会想起你已经死了……"

这是一场蛊惑人心的大梦，所有人在同一瞬间醒来。他们面对着身边长鸣的武器，这些武器如同愤怒一样剧烈地震动着。古月衣抓着长弓追翼，忽然有些明白为何白毅要把自己的弓郑重地交给他。

这是楔子，刺穿无穷的掩盖，让人看向自己心底最黑暗的地方。

什么是最可怕的事？不是丧尸，也不是死亡，最可怕的事是站在自己心里最深的地方，清清楚楚地看见自己。那是每个人心底深处的鬼魅，吸取记忆而存活，却又被强行封印在记忆的底层，不让它露头。可是它不能被杀死，也许可能被战胜。

喊杀声铺天盖地而来，醒来的人无不泪流满面。

息衍佩着侄儿的剑，袖手站在另一处据点的巨木堆前，似乎是漫不经心地说："差不多了吧？都该醒来了。"

丧尸已经突破了火门的外城。它们无可阻挡，只要一具丧尸爬上城墙，它就会占领那一片，十几个军士无法击退它。后面的丧尸却还在不停地往上攀爬，城墙无处不是它们的进攻方位，根本无从调兵防御。

冈无畏站在瓮城的城墙上，看着外城上仅剩的军士们绝望地以长枪戳在丧尸的身上，可那很难起作用，丧尸们僵硬的肌肉锁住了枪尖，普通军士没有那么大的力量，他们无法刺穿丧尸的心脏。战死军士的鲜血把城头染得鲜红，丧尸们因为感觉到了鲜血的气息而格外疯狂。

"军人终要为国靖难。"他面无表情地挥手，"不必管剩下的人了，投掷火油罐！"

一百名遴选出来的大力军士在瓮城的城墙上以人力掷出了数斤重的陶罐，陶罐落到外城的城墙上碎裂，火油泼洒得无处不是，也淋在丧尸的身上。这些失去了生命的东西并没有觉察到这种液体的危险，此时火箭已经紧跟着射来。休国紫荆长射的射手们不曾辜负自己的盛名，比普通羽箭长了八寸的长箭准确地扎进丧尸们的身体，瞬间引燃了火油。

外城的城头变成了一片火海，丧尸们挥舞着手臂却不知往哪里逃窜，中间夹杂着最后那些军士的哀号。一个接一个着火的身影摔下了城墙，这么高的城墙上扑下去，无论是活人还是丧尸都没有能再站起来的。

“地门……地门……被突破了！”斥候狂奔着冲上瓮城的城墙。

“城门被突破？”

“有人……有人夹在丧尸里，打开了城门！已经有丧尸冲进了城里，还在源源不断地进来！”

“就像息衍估计的那样，还是有人能够混进丧尸里去开门的。”冈无畏点头，“准备放弃城门吧，在瓮城里剿灭一部分，而后放它们进城。”

“真要放它们进城？”斥候的脸色苍白。

“跟这些东西作战，和跟人作战不同。它们没有畏惧，不会退却，必须杀死最后一个，否则这场仗打不完。”冈无畏冷冷地说，“瓮城虽然有地利，却不是不可突破的，它们已经突破了外城，也可以用同样的办法爬上瓮城。太多了，我们挡不住。”

他转身下城，那里有他的战马，战马的全身包裹着铁甲，直到马蹄，这种罕见的马甲很重，会让战马很快疲倦，即便在冲锋的时候也未必会采用。

冈无畏拍了拍马脖子：“很好！为我也着甲！”

亲兵捧上了他的铠甲，同样是一直保护到指尖的全套骑兵重铠，胸口文着风虎骑兵特有的虎纹。只有罕见的几处可以生产这样做工精湛的重甲，冈无畏昂首而立，让亲兵们将重甲的部件一件一件套上他的身体。

“风虎的铠甲，还真是好用。这样即便我战死，也能杀它几十个！”戴上头盔之前，冈无畏冷漠地赞叹了一声。

地、水、风、火、云、雷，六处城门连续被突破或是放弃的消息几乎是前后脚地传来。斥候的报马一匹接着一匹，前一个刚刚跪在费安的面前，后面的马蹄声已经传来。

陈国仅剩的四千多人全部背靠着新砌的工事，手持武器。为了修建这些工事，白毅下令拆掉了殇阳关中几乎一半的兵舍。这座蔷薇皇帝临终前修建来庇护万世子孙的城关，如今每一块砖都发挥了作用，七百年前的砖依旧坚固，是建造工事的绝好材料。

战局的发展没有出乎费安的预料，他听到警钟的第一时间便冲上了雷门的城墙。他想自己毕生都无法忘记所看到的那一幕，成千上万的丧尸，它们抠着城砖的缝隙往上攀登，夜色下它们的身影密密麻麻，就像是整个蚁巢的蚂蚁向着树的高处爬去。它们手中握着已经锈迹斑斑的战刀，它们已经站在城外日晒雨淋很久了。守城的军士往下砸着砖块，又用长枪往下捅，想把它们从城墙上捅下去，可是丧尸们变得分外的矫健，它们甚至可以在城墙上迅速地平着移动来避开砖块，长枪刺到它们的身体里也丝毫不起作用，它们往往会一把抓死枪杆，顺势上蹿，挥刀切断持枪军士的喉咙。

那是一支无可抵御的军队，它们集结起来冲锋的时候，十万人上城也抵挡不住。

“将军！”副将的声音颤抖着，他指向远处。

费安面无表情地看过去，黑色的影子密密麻麻，它们狂奔而来，却没有一人大吼。它们冲锋而来，有如离国的赤潮那样令人战栗，却没有发出任何人声。这是一次沉默的冲锋，侵吞一切活物。

“我们怎么办？”副将把声音压得极低，怕躲在工事后的他们引起了丧尸的注意，“太多了，它们都进来了，在瓮城那里没杀掉多少！”

“闭嘴！没用的东西！”费安低喝，“我在想息衍他们在干什么，这头狡猾的狐狸。”

“快逃吧！将军！”副将手脚无力。

费安冷冷地看着那些狂风一样迅速扑近的丧尸，它们不再木然，变得不可思议的灵活和矫健，从黑暗中首先暴露出来的是它们的牙齿，森然的白，牙床却是死朽的黑色，完全融在黑暗里，然后是灰白色的眼睛，漫无目的地看着前方。费安抽了抽鼻子，能闻见那股尸体的味道，令他想起多年前他踏进施用了尸毒术的五河城，那股味道至今不能忘记，至今他作为克复五河城的英雄入城，还能闻见那股令人呕吐的气味在鼻尖蔓延，也不知是不是幻觉。

丧尸们没有发觉它们已经被分割开来了。它们从六门入城，像是凭着野性游荡的兽类，进城之后只知道寻找前进的路，去寻找活物。但是整个殇阳关的结构已经变化，新筑的工事是高厚的墙壁，把一些道路封死，又刻意地留出一些缺口，从高处看去，就像是一把砖块筑成的巨大梳子，把丧尸们梳理成小队，不断地向着陷阱的深处推进。

“白毅确实是个天才，几人能料到他会放弃了城墙来分割敌人呢？而嬴无翳分明是个冲阵的角色，如果他们异地而处，白毅守城嬴无翳攻城，那场决战本来会更好看一些。”费安冷冷地说。

他忽地起身，登上墙头，拔剑高呼：“干掉它们！”

“干掉谁？”副将大惊，凑近他耳边提醒，“将军忘了百里钦使的嘱咐？我们何苦陪着白毅一起送命？”

费安扭头冷冷地看了他一眼：“我不相信那个姓百里的，虽然白毅更让人讨厌一些，不过至少白毅现在还不至于成心把我们往这些死物的刀口上送。”

“可帝都的长公……”

“女人！”费安冷冷地一笑。

冲在最前面的丧尸已经听见了费安的吼声，它的速度更快了，它大步冲到费安所立的高墙下，飞跃起来。躲在墙后的军士们亲眼看见这个恶鬼一样的丧尸升起，以无可匹敌的威势向着费安压了下去，那张僵死的脸上露出让人心胆沮丧的狂喜。

那是一具尸体的喜悦！

这个瞬间费安的剑如同离弦的羽箭那样射出，准确地刺入丧尸的眉心。费安的手腕拧动，绞碎了丧尸的双眼。他毫不停留地拔了腰侧的短佩刀，一刀平挥，将丧尸的脖子切断。丧尸的身体重重地砸在墙下，头颅挂在费安的剑上。

费安把剑锋回收到面前，森冷地看着那个还在张大嘴的头颅，像是嘲笑。

“你死了一次，现在再死一次好了！”他用异常清晰的声音说，每个军士都听得清清楚楚。

他一抖剑，把头颅扔在工事里，从墙头跃了下去，落地时一脚把那个头颅踩进泥土里。

“杀！”他猛地举剑。

主帅的勇猛令陈国军士忽然振作起来，所有人跟着费安大吼。他们踩着战友的肩攀上墙头，用手中的武器向下刺戳。陈国精锐的刀手们已经把他们的单手刀紧紧捆在了长杆的末端，隔空向着丧尸的心脏和双眼刺戳。有人把几十支火把从墙这边扔了过去，照亮了被工事围绕的一片空地，火光中丧尸们扑向墙头，军士们咆哮着刺杀。有人被丧尸抓住腿拉了下去，几乎是立刻被跟上来的丧尸撕碎了，而他的位置立刻有人补上。

此时整个殇阳关已经被一潮潮的喊杀声充斥了，放眼看去无处不是火光飞腾，无数人影在火光中隐现。丧尸们把活人逼到了尽头，而它们自己也陷入了活人的陷阱，每一处陷阱工事里都发动了进攻，到了最后死人活人都是以力量拼搏。

费安看着天空：“要下雨了，我们若是这样死了，尸体怕是会很快发臭的！”

翼天瞻所在的据点是最高的，他在高处看下去，战场像是燃烧的棋盘。

“你们已经列队完毕了么？”他低声问。

“是！大人！”他所率领的五百人队队长回答。这是最为精锐的一队，白毅的亲兵。白毅把这支军队交给了翼天瞻，指着这个老人对队长说：

“现在开始，即便他让你杀了我，你也务必听从。”

翼天瞻满意地点了点头。

他仰首看着已经密布黑云的天空，仰天缓缓张开了双臂:“我的兄弟，把你们的眼睛再从天空里看下来吧。我在战场上失去了你们，可我知道你们的魂还在那里。我没有辜负你们啊，你们牺牲自己留下我的命，我没有浪费。战争，重新开始了。把你们的勇气借给年轻人，心就是无尽的煤矿，开始燃烧，便永不熄灭！”

他用低沉的声音说 :“铁甲——依然在！”

他的身影在这诗歌般的祈求中显得极其高大，威严不可抗拒。他张开双臂对着天空，极长极长地吸了一口气，而后用尽全力吐出！他白色的胡须在这次怒吼中飞扬起来，吼声中带着狂烈的风!

五百名军士因他的怒吼而惊骇，那像是一个咆哮的巨灵在铜铸的巨钟里飞射，它每一次撞击钟壁便有一次震裂人心的声音扩散出去，无数次地撞击后声音叠加起来就要强行突破钟壁，又像是水手在寂静无边的海上听见海水深处巨龙的长吟，令人惊怖地想要膜拜，想到那太古流传的巨大生灵以缓慢而沉重的步伐行走在大海深处吞吐海水，仰天太息。

周围一切的金属首先因为这吼声而震动起来，无论是铁剑还是金属甲片，甚至钉入那些巨木的钉子也剧烈地震动着要跳出来。而后这震动传向周围，握剑的手因剑柄的剧烈震动而麻痹，震动沿着骨骼而下，从腿骨传入地面。地下仿佛藏着一只巨兽般，它醒来了，以背脊用力顶着地面要钻出来。

翼天瞻手中的长枪发出太阳般锐烈的光芒，光色却是铁青，照得人睁不开眼睛。

队长强忍住心里的敬畏，将点燃的火油盏子扔进巨木堆里，火焰冲天而起，此时他已经坚持不住了，他感觉到那股强烈的震动沿着他的骨骼往上而行，他的颅骨也开始震动了，灵魂仿佛要被震得离开身体。颌骨的震动令他不由自主地张嘴，用尽全身力量把肺里的气息吐了出来。

他咆哮了起来，还有他的四百九十九名属下。他们再无畏惧，咆哮中他们的血脉张开，鲜血如熔岩般在四肢百骸间流淌。

吼声向着四面八方海潮般散播出去，冲天的火焰颜色渐渐变化。

“点火！点火！”吕归尘统率的百夫长大吼。

他已经看见高处亮起的火光了，这也是点火的信号。他刚把火油盏子扔进巨木堆里，咆哮声贴着地面席卷而来。它所到之处风也开始倒流，风声卷着吼声，像是虚空中千万人骑着烈马呼啸着驰来，铁甲铮然，剑鸣如雷。

吕归尘的心狂跳。他觉得眼前黑暗的世界忽然变得如一张脆弱的幕布，幕布后那些太古的武士国王们从幽冥深处重新复苏，他们再次举起了武器，骑着战马的灵魂归来。他们就要突破这幕布了，千军万马，天地倒悬。

他仰首天空，暴雨终于瓢泼而下，积郁在天空里的云层崩碎，雷火在夜空里穿行。

暴雨、雷霆、火光、咆哮，天地之间至伟的力量在殇阳关里横行，吕归尘跟着放声大吼，千万的针在刺扎他的全身似的。

从高处看下去，殇阳关中的火焰一一燃起，咆哮声随着燃烧的火而传递。七点火光，光色如铁，组成了古老的图腾花纹。

程奎带着一队风虎挥刀在丧尸中砍杀。这些是他随身最精锐的骑兵，人马装配着保护全身的锻钢铠甲，可以顶住丧尸的攻击。他所驻守的工事已经陷落，丧尸们强行推倒了新筑的墙，从缺口冲入淳国军士中砍杀。

看着自己一手带出来的军士们和丧尸以血肉相搏，一个接一个倒下，程奎拔出马刀切断了自己腰间的短佩刀，带着最后的精骑纵马出阵。每一名跟随他的骑兵都明白他的意思，短佩刀只有将军们佩戴，若要被俘而受辱，不如拔刀自尽。可程奎不自尽，程奎只要杀敌。

这支纵横砍杀的精骑惊动了丧尸们，不断有新的丧尸向着这边汇聚，层层叠叠地扑近战马旁，以战马的力量，也无法冲开一条路。

程奎踢开一个扑到他脚边的丧尸，从马鞍上跳了下来。他振了振刀，刀刃已经崩碎如锯齿。他死死盯着那些丧尸扑向他自己亲手养大的爱驹，他要等它们狂喜地把爱驹分尸，这时候他就冲出去，在背后一刀一刀地刺穿这些丧尸的心脏。

他戴着铁盔，别人看不见他眼睛，他觉得自己的眼睛里像是有血慢慢地滴下来。

这时候咆哮声袭来,有如海啸。地面震动起来,两侧的兵舍瓦片坠落。庞大的力量和咆哮声一起到来，丧尸们感觉到了，它们已经扑倒了战马，却放弃了即将到手的猎物，勉强地站起来拼命地扭动身体，像是要把什么东西从身上甩开。

“这是……这是地震么？”程奎瞪大眼睛。

精骑们趁机突进，几刀劈倒周围的丧尸，把程奎的战马拉了回来。丧尸挣扎着，动作不再敏捷，没能避开风虎们的马刀。

“我不知道，但是我看出来了，有用！”程奎握紧马刀。

“反击！反击！”他举起马刀号令所有跟随的人，“这就是唯一的机会！”

同样的事情发生在殇阳关的每一处，丧尸们向着七处燃着火光的据点发起了突击，它们的力量迅速从身体里流逝。它们必须在倒下之前毁掉这个秘仪之阵。而已经被压制的联军则在咆哮声里血脉贲张，发起了绝地反攻。

与此同时，早已候命在高处的下唐鬼蝠营武士拉下面甲遮住脸部。他们是些甲胄纯黑的人，只露出眼睛和腰间银色装饰的匕首，整整一个百人队。

百夫长压低了声音 ：“记住各自的道路，寻找可疑的人，他应该已经出现了。”

他一挥手："去吧！"

鬼蝠们悄无声息地奔入无边无际的雨幕里，仿佛鱼游在大海深处。

"北辰的力量被召唤了么？在冲抵谷玄的影响啊。这些愚蠢的天驱们，还匍匐在他们信奉的神脚下，卑微地祈求力量的施舍。"黑色的影子站在极高处，俯视战火中的殇阳关，"凡俗的世人啊！要用他们微小的力量对抗神的旨意。可怜蒙昧遮住了他们的眼睛，分明是蝼蚁一样的生物，却要抗拒无情的天罚。"

他的语气威严，而又带着冰冷的嘲笑："即便北辰之神，真的又与你们站在一处么？不过愚蠢渺小的东西，这也是你们仅能做到的了。"

大雨淋在他的黑氅上，他套着风帽，遮蔽了面容。他就站在北大营中的木塔楼上，白毅号令三军的地方。北大营里原本驻扎着白毅军团的大部，可是现在已经全空了，还能行动的人都被派驻在不同的工事里，这里剩下的只有一个空荡荡的兵营。夜太黑了，这个人站在那样绝高的地方，身影融入漆黑的夜空中。

他向着脚下战火燃烧的城关缓缓地张开双臂，而后紧紧握拳："战斗吧！俗子们，抓紧最后的机会，见证神的力量！"

同样漆黑的影子单膝跪在他的身后，在大雨中一动不动。那是叶瑾，穿着那身漆黑的贴身甲胄，雨水已经淋湿了她的头发，水珠顺着身体姣好的曲线快速滚落。她在那里已经跪了很久，等候着命令。

男人猛一挥手："去杀死那七个人，把他们的头颅带来见我。他们正在那七处火光中，他们现在正和亡者搏斗，不会防备暗处袭来的刀刃。你知道该怎么做，你所受的训练已经足够。这是你的机会，当你成功，我们将以自由回报你对于神的虔诚。"

"是！大人。"

叶瑾依旧跪在那里，低着头。

"你是有疑惑需要我为你解答么？"男人转过身来，威严地发问。

“我真的将获得自由么？也包括我父亲的自由？”

“你如此爱惜你父亲，就把他的自由也一并赐予你。”

“他还能活下去么？”

“愚蠢的问题！”男人低喝，“没有看见这下面数以万计的亡者一样在神力的召唤下站了起来么？什么是我们所不能做到的呢？”

“我想要一个以前那样的父亲，我不想……”叶瑾的声音渐渐低落下去，最后隐没在雨声中。

“你说什么？你可明白你在怀疑神的力量？大声重复你亵渎神的话！”男人震怒了，大踏步上前。他太高大了，仅仅一步就走到了叶瑾的面前，在他山一样巨大身体的压迫下，叶瑾似乎微微地颤抖起来。

“我说……”叶瑾低声说，“我想要一个以前那样的父亲……”

男子怒视着这个胆大妄为的女人，看着巨大的雨点打在她修长的脖子里，像是能打透她的皮肤。白净的后颈里沾着一缕湿透的头发。

“我不想……再听你的鬼话！”

她猛地抬起头，黑色的瞳孔里像是藏着针一样，有一道利光闪过。这样狂妄的话语和这样的眼神，黑氅中的男子也愣住了一瞬。

叶瑾需要的就是这个瞬间，她忽地弹起，整个人倒翻，她的靴子里弹出了刀刃，在空气里划过巨大的弧形，切开了无数的雨点。她以身体为刀身，做了这次险毒到极致的斩切！

空气里留下一声金属撞击的巨响。

叶瑾知道自己失手了，她这个动作练习过千百遍，她熟悉那种切入敌人身体的感觉。可是她击中的只是一块金属。

她借着倒翻的力量退后了两步，看见男人以一个不可思议的动作仰身。这个动作帮他在几乎不可能的情况下避开了由下而上的一记阴刀，他的动作也是常人绝不可能做出来的，一般人后仰到那个角度，早已向后栽倒。叶瑾看着男人保持了后仰的动作一瞬，而后慢慢重新站直了。

她来不及思考，她已经失去了最好的机会，不过一旦开始攻击就不能停止，她知道这个男人的可怕。她跃起在塔楼的护栏上猛力一蹬，人像是离弦的箭一样射向那个男人，她的匕首已经到了手中，一刀刺向男人的心口。

又是一声金属撞击的巨响。

叶瑾再次失手。她刺中了黑氅，但是没有造成杀伤。她再次双手撑地倒翻，再次退出去，她没有把握贴身的时候刺中对手，教会她这种刺杀术的老师警告过她，刺杀不能近身缠斗。失去了目标，就要立刻撤离，寻找下一个机会。

可她退不走了，她忽然失去了平衡。她被对手抓住了腰肢，那双巨大的手握得她的腰间剧痛。男人高举她过顶，把她狠狠地砸在地上。叶瑾觉得自己全身的骨骼都被震碎了似的，匕首脱手而出。可她压住了痛楚，向着面前的那张脸狠狠打出一记耳光。她的袖口悄无声息地弹出刀刺，这根短短的刀刺足够割断对手的喉咙。

这还是老师的教导。老师曾说任何一个男人制服了一个女人的时候都会有瞬间的得意和懈怠。这时候他们甚至会硬挨女人一个报复而来的耳光，而后借自己的强壮嘲笑女人的无力。而这，是独属于女人的一次进攻机会。

刀刺距离对方的喉咙只有一寸，叶瑾的手被对方的大手紧紧握住。对方巨大的手掌猛地合拢，叶瑾听见自己指骨和掌骨裂开的可怕声音。

“女人，你想杀死我？”男人的声音里带着不信，而更多的，是被冒犯之后的狂怒。

“杀死你，就一切都解决了！我和阿爹再不用害怕什么，不用时时刻刻想起你这个半人半鬼的东西！”叶瑾忍住疼痛狠狠地一口吐向他的脸，“收起你那一副恶心的嘴脸！”

“你被白毅收买了？背叛神而投靠俗子？”

“没有人收买我，你该死！”叶瑾的脸失去了所有血色，只有那黑色的瞳子里的光还是凶猛刺人，“我只想要我的自由！”

“我已经以神之名许你以自由！”

“你只是半死不活的恶鬼！”

“恶鬼？”男人咬着牙，“女人！你将为你对神使的侮辱而付出无上的代价。可我仍将予你自由，对于你这样肮脏的俗子，最大的自由便是死亡之后，你的灵魂行于天上！”

他猛地抓住叶瑾的双腿把她举向天空。他凶蛮强横的姿势竟像是要把这个女人整个地撕为两半。而他的动作忽地停下了，叶瑾像是被献祭的羔羊那样无力，被托举在半空中。

“白毅，军王。”男人缓缓地吐出了这几个字。

一道闪电切开了半边天空，被瞬间照亮的地面上，白衣的人提着巨大的武器站在雨中。

男人把叶瑾扔在了一边，看着白毅一步一步踩着楼梯而上。男人一步一步退后，直到靠在栏杆上。白毅登上木塔楼的顶层，盯着男人。豪雨倾泻而下，打在他已经洗旧了的白色战衣上，雨点四溅。

又是一道闪电划过，白毅和男人各自看清了对方的脸，两张同样没有表情的脸。

白毅在身后挥动武器，切断了登楼的木梯。这座塔楼很高，半截木梯落下去的声音过了一会儿才听见。

“你是想要杀我么？”白毅低声说，“现在你有机会了，这里很安静，适合决战。”

“你居然可以找到这里来。”

“我们也有斥候，我们所有的斥候现在都在这座城关里寻找你。很幸运我们找到了这个女人，我们跟着她，也找到了你。”白毅挥动他巨大的武器指向男人，“来，开始好了，很多年我不自己出战了，不过对你，我很有兴趣。”

“我从你的话里听出了仇恨，”男人倨傲地看着白毅，他比白毅高出很多，居高临下，“一个急于复仇的愚蠢天驱。”

“我不是一个天驱。”白毅说，“可我确实急于复仇。”

“愚蠢的俗子，”男人冷冷地哼了一声，“你我何尝有仇恨？是你们这些蒙昧的俗子，你们试图建立绝不可能长久的平安时代，而你们触怒了神，你们要违反神为这个世界制定的规则。可你们多么渺小，和神伟岸的力量相比就像是沙子之于大海。你们这些细沙被卷在大海中，根本看不到自己的未来。”

“看看你们自己脚下的世界！何曾有过平安和幸福？”男人踏上一步，挥手指向地下，“你们不是一再征战么？以守护的名义杀人。可神并不责怪你们，那是这天地的规则，神为你们制定的。”

男子的声音越发洪亮，已经压过雨声。他的语气和动作，都散发出神一般的威严气宇。他再上一步，手指天空：“而神不能姑息你们的愚蠢，所以神给你们以惩罚，这惩罚也是拯救。这世界将因为神给予无知者以惩罚而变得美好。神并非想要毁灭你们，而你们无视神对世人的爱。那么覆亡，便是你们的宿命！”

他没能继续说下去。白毅跨前一步，巨大的武器劈头斩落，带起尖厉的啸声。他的武器竟是一柄长刃的斩马刀，形制一如嬴无翳的霸刀。

男人迅速从黑氅中伸出双手，准确地夹住了斩马刀的刀身。凌厉的一斩在他巨大的力量下被生生止住，白毅双手加力，却未能把刀抽回来。男人的手上套着手甲，表面泛起淡淡的灰色光芒，他的全身都是这种甲胄，把他完全保护在其中。

白毅再次加力，还是未能抽回武器。他大惊，从他握刀的那一天开始，这种事情从未发生过，有人以手抓住了他的刀。

“挣扎吧！俗子！用你蝼蚁一样可笑的力量，”男人威严地说，“而后亲眼看看在你覆亡的宿命里，挣扎是一件多么可笑的事情。”

“对不起……我们那天说话的时候你不在场。”白毅看着男人的眼睛，低声说。

“什么？”男人愣了一下。

“我也……不信命的！”

白毅放开了刀柄，跃起，飞起一脚踏在了男人的脸上。这一记用足了全力的踢击命中了，男人控制不住平衡而后仰，双手松开了斩马刀。白毅落地，双手凌空抓住刀柄，立刻突前，大开大阖地劈斩。男人被这暴雨一样的攻击打得后退，可他没有中刀，他在倒退中挥舞双臂格挡。他的臂甲上各有一块厚重的护盾，白毅的刀势雄浑，却被男人的古怪力量全部封住。

白毅的气息即将用尽，攻势到了尽头。他挥刀绕身横扫一记，阻挡男人趁机逼近，自己退到了另一侧去。双方都察觉到了对方的实力，男人警觉起来，做出了防御戒备的姿态，盯着白毅的刀。

“怎么会？和离公殿下的刀一样。”男人问。

“这很奇怪么？你没有见过白毅除了弓箭外真正的武器，你现在有幸见到了。”一个声音在塔楼下响起，“而在你临死之前，我可以施舍你一个秘密让你尽早闭眼，不要死后像那些丧尸一样作祟。”

那个人一骑黑马，刚刚赶到，不停地喘息，带着嘲讽的笑容：“离公、白毅和我，我们三人其实拥有同一个老师啊！”

“狐，息衍。”男人低低地说。

“辰月，雷碧城的从者，”息衍模仿着他说话的方式，冷笑，“下等的卒子，你那个被我砍去手臂的同伴还好么？也许我们上次就该把你的主子射死在殇阳关前。”

“愚蠢！你们怎可能杀死宗师？我和被你砍去手臂的人不同，我已经得到神的赐予。”男人呼喝，“宗师令我奉神的旨意来赐予你们惩罚，便是要教训你们的狂妄！”

息衍沉默了一刻：“说了那么多‘神’字，看起来你是吃错什么药了。”

男人暴怒。这时候白毅获得了一个机会。在男人要说话的那一刻，白毅再次突前，跃起，合体重和挥斩的力量在一起，斩向男人的头顶。

男人在这雷霆万钧的一记重刀下无可闪避，只能把双手的护盾同时架在头顶，勉强地挡住了。巨响之后，男人因为那一刀的冲击而蹒跚后退，白毅拖刀再进！

闪电在空中蛇一般舞动，电光里，塔楼上，黑白的影子往复交换位置，拼死搏杀。

“俗子！你已令我震怒！”男人大喝。

“震怒么？很好，再震怒一些！在你还能震怒的时候！你们这些早该给自己的神祇去陪葬的畜生！你们早就该——死——死——死！”白毅连续挥刀，一左一右以开山之力轰击在从者的护盾上，每一个“死”字都伴以震耳欲聋的金属轰鸣声。

“白毅！不要鏖战！杀了他！杀了他就结束了！”息衍大喊着奔向塔楼下。

“梯子……”他忽地看见那截跌落在泥水里的梯子，愣住了，“梯子怎么断了？”

“你待在下面！他已经在死地！他逃不掉的！”白毅大喊。

“是你砍断了楼梯？你傻了么？你未必是他的对手！”息衍怒吼，“你这个自大成狂的家伙！从我认识你的那一天开始，二十多年了，没有任何改变！”

毕竟是太久的朋友，息衍不必思索就猜到了白毅的所为。

可白毅已经没有机会回答他了。白毅连续挥刀时不能呼吸，极为耗损力量，再一轮的力量耗尽，他即将后退的时候，对方已经把狂潮般的攻势反馈回来了。这个辰月教徒确实是愤怒了，每一次挥舞护盾击出的力量都可以把生铁块打出缺口。白毅被攻势压住了，他必须挥刀防御，他没有对方那样坚固的护甲。

两骑快马当先驰入北大营大门，后面带着一小队轻骑。

“将军！”吕归尘大喊，“我和古将军来了。”

“把能调动的人都调回来，不能让他逃走！”息衍喝令。

吕归尘狠狠地抹了一把脸上的雨水："能调动的人不多了，都在工事里，死伤已经过半，让姬野去找其他人了。"

"你们守住门口，"息衍看了一眼塔楼高处，"我上去！"

他把古剑静都咬在牙齿间，猛地跃起，双手扳住支撑塔楼的柱子，手脚并用往上爬去。他能感觉到整个塔楼都在颤抖，这是因为上面那场纯以力量对抗的搏斗。

吕归尘和古月衣迅速布置了轻骑，架起骑枪封堵了北大营的正门。

息衍终于攀到了塔楼顶层的木板，此时白毅正好逼着敌人退到栏杆边，敌人背对着息衍。这是绝好的机会，息衍一手抓住楼板，一手握住咬着的静都，身体悬在空中挥出一道剑光。他不便控制身体，剑上也没有太大的力道。但这不算要紧，息衍熟悉自己的剑，古剑静都的剑刃出奇的锋锐，普通的铁甲也是一划而开，切口光洁。

他再加一把力，翻上了塔楼顶，和白毅并肩，正对着防御中寻找进攻机会的敌人。息衍很惊讶，那一剑他分明划中了敌人的后腰，可是并未伤到他。息衍感觉到自己的剑锋被挡住了，在那个人的铠甲表面一滑而过。

风吹起那个人的黑氅，露出那身沉重的铠甲。息衍心里一冷。

"很好，这就是你所获神的赐予么？你们拿到了砂钢水的配方，已经复原了这种铠甲。真快，辰月除了有你这样的蠢货，也有高明的技师。"息衍冷冷地说。

男人缓缓张开双臂，猛地一振："对于那些虔诚信奉神祇的人，神的庇佑才是我们不可摧毁的铠甲！"

"说这种话，也不知是真蠢还是假蠢。"息衍双手握剑，缓缓用力，剑锋指向男人的眉心，稳若磐石，"既然穿着神的庇佑了，何不脱下你那身乌龟壳儿？"

"等你死了，再向神的使者提出要求好了。"男人这么说着，却不敢逼近，反而后退一步。息衍的剑和白毅的斩马刀都是令人棘手的武器。

砂钢固然坚固，可是铠甲之间仍有连接处，那些地方是脆弱的。他不得不保持戒备。

“叶正舒大人的女儿？”息衍扭头看了一眼痛苦蜷缩在角落里的叶瑾，“我不太清楚你和这个人的关系，不过此时你我似乎是在同一战线上。若是能够杀了这个人，你既往一切，我均不再追究。若是你帮助这个人，那么我无可选择，只有将你格杀在这里。”

“小舟公主现在怎样？”白毅喝问。

他们两个人都不敢把目光长时间移开，而是紧紧地盯着对面男人的双臂，那两条胳膊中蕴含的力量太巨大了，被正面击中，任何人都立刻会是骨骼粉碎的下场。他们两个人也对叶瑾怀着极大的警惕，这个女人在连受那个男人的重击之后，居然还能保持清醒。

“公主没事，我已经做不了什么了。”叶瑾抬起头，脸色苍白，“杀了他，他是……”

男人暴喝，如雷般震耳，转身就要扑向叶瑾，要把叶瑾的话卡在喉咙里。

他刚一动，却又艰难地刹住。随着他的动作，息衍如影随形地逼上一步，剑锋回收。这是发力前的征兆，只要男人再动，息衍不会放弃这个绝好的机会。

“尸武士。”息衍慢慢地吐出了这三个字，“这个蠢才是一个尸武士，一个正常的活人，怎么会说出那样愚蠢如猪的话来？这个秘密，已经不用说出来了。”

“尸武士？”白毅凛然。

“白毅，不要吃惊，正常的人在你的斩马刀下能够如此自如的，大概已经不存在了，即便嬴无翳和你相对，也未必能占到多少上风。”息衍冷笑，“而你的敌人，是个以秘术重新从死人中复生的尸武士！”

“愚蠢的俗子！”男人不再注意叶瑾，居高临下般扫视白毅和息衍，“我并非死人，我是奉从神的旨意把身体献上为祭品，从而获得了神授予的力量。亡者，是行走的肉体而已，怎能有信奉神的魂灵？”

“哦，那么看来是个辰月的狂信徒。”息衍点头，“那么白毅，我纠正我的话，他不是一个死人，他是一个疯子。”

“在你还享有可怜的生命时，你可以继续亵渎，不过，时间不多了。”男人的震喝赫赫生威。

“你有必胜的把握？”息衍冷笑，“如果那样，你为什么还不攻过来？或者你是在担心，攻过来的结果就是躺下，永远闭上你那张开口是神闭口也是神的臭嘴？”

“即便我的肉体消亡，神所指引的大军也会把你们吞噬！”男人挥手指向远处，那里火光飞腾，“即便我的肉体消亡，我的魂灵也将因神的指引而飞翔于天上！”

“我们是在互相威胁么？”息衍笑得更加大声，剑锋也微微抖动起来，“不要试图欺瞒了，尸藏之阵的阵主，当你倒下，这个秘仪大阵将失去召唤星辰之力的核心，那时候你的大军不过是些倒地不起的尸体而已。否则我们为什么要在整个殇阳关里搜索你？你还没有明白这一切的战略只不过针对你一人？可我们为什么要杀你？为了毁灭一个辰月的狂信徒？愚蠢！我六国大军名将如云，要杀你一个蠢笨如猪的疯子？不要自以为是，你还没有价值令我动剑，雷碧城还差不多。”

“你们，居然知道尸藏之阵的名字？”男人似乎很吃惊。

息衍猛地踏地！他的机会就在这个对方震惊的瞬间来到了。他脚下是塔楼顶上铺着的宽板，被他震得一颤。脚下传来的震动让男人瞬间没有反应过来，等他清醒的时候，白毅和息衍已经同时跃起，挥舞各自的武器。白毅劈斩，息衍挑刺，两人合作的时候没有任何空当留下。男人在生死一线的关头以右手铜盾去格白毅的斩马刀，而以左手去抓息衍的剑。斩马刀砸在铜盾上发出巨响，男人被巨大的力量震动，身体短暂地失去平衡，息衍就在这个间隙手腕拧动，剑锋挑起，避开了他的手，转而刺向他的喉间。

一溜闪亮的火花跳跃在雨里。刺向男人喉间的一剑被他艰难地闪开，古剑静都擦着肩甲下缘刺入，那下面的锁子甲由无数的甲环编织而成，这些甲环在息衍的剑刃下崩碎，而溅出了火花。息衍环绕他的左侧，剑锋沿着他的肩甲边缘行进。

男人咆哮着要反扑,却被息衍抓住了一把雨水,用力摔向了他的眼睛。掌心里射出的一小片雨点此时也像是箭一样锋锐，男人的眼睛被刺到了，挥出去的手臂走空。息衍和白毅急速回撤。

三人进入死寂中的对峙。男人雕塑一样站着，左肩传来几声低低的崩裂声。巨大的肩甲沉重地砸在地上，息衍那一剑刺透男人左肩的同时，挑去了所有扣住肩甲的铁锁，硬是将这件铠甲从男人的身上卸落下来。

“真是精妙的剑术，天驱，果然世世代代是令神也戒备的人。”男人赞叹。他的左肩在这一剑中受了极重的伤，肩头一块肌肉几乎要被整个卸下来似的血流如注，可他并不疼痛似的。

“我和白毅联手，至今还未失败过。”息衍横剑做出防御。白毅深吸一口气，举刀上扬，准备再一轮的进攻。

“那就以我的血肉一搏吧！”男人用力挥手，“看着侍奉神的血肉是否会在俗子的手中倒下！”

他双臂的铜盾下铮地弹射出刀刃，手掌宽的阔刃上带着狰狞的锯齿和血槽。他平展双臂,胸前所有破绽暴露,就像是大鸟起飞之前伸展双翼。这是进攻的起势。

“可是俗子啊！你们的愚蠢永远不能洞彻神的心,神的军团无可阻挡,仿佛神圣的星光经过透明的天空那样。”男人扫视众人，“来吧，以你们的刀剑试我的血肉，可是即便你们杀死我，也同样不能改变你们的命运，复生的亡者不会因我的倒下而停步，它们的武器会撕开你们的喉咙！”

息衍愣了一瞬，意识到有什么不对。

“错了？”他在心里问自己，“杀了他也不能阻挡丧尸？错了么？哪里错了？”

他的精神如被剧烈地震荡而清醒。确实，他和翼天瞻犯了巨大的错误。他们一直在假设这个人会为了指引丧尸的军团而出现，可是他们并未想到是否出现的人一定是尸藏之阵的阵主。指引丧尸的人，和尸藏之阵的阵主，未必是同一个人。

就像杀手和幕后指挥的，通常并非同一人。

“那么幕后的那个人是谁？”他问自己，“雷碧城么？难道雷碧城还在殇阳关里？”

“那么是谁？到底是谁？”他心里有个声音在咆哮。时间所剩不多，即便君临之阵发动，他们所有的兵力也难以阻挡大群的丧尸，而谢玄的一万赤旅必定在城外整装待发。

他愣了一下。他看见了那个男人的眼神。那个男人并不在全神注意他和白毅，而是以眼角的余光扫向角落里的叶瑾。他的刀刃也一样。他的左手刀刃指向了叶瑾，只要叶瑾试图动作分毫，他便可以扑出去杀了叶瑾。

在这个时候男人的首要目标却不是白毅和息衍，而是叶瑾，无论如何，必须杀死她。

如同闪电穿过息衍的脑海。

“我知道了，以你们那种卑鄙肮脏的头脑，你们会使用人偶，真正的阵主是个人偶，蛊虫的母虫寄生在他的身上！而你们会使用的人只可能是一个，那个人已经疯了，决不会泄露你们的秘密！”息衍挥剑大吼。

他转头向着塔楼下：“吕归尘！去找叶正舒！杀了他！”

一瞬间，叶瑾和男人的脸色都变了。

“看来我猜的没错，”息衍冷冷地笑了，“还来得及！”

“吕归尘！快！”他再次大吼。

吕归尘愣了一下，反身向着自己的骊龙驹飞奔。

男人低吼着想要突进，却被白毅几乎同时发动的突进姿势而震慑。双方依旧只能对峙。大雨滂沱，雷电裂开天空，照着每个人湿漉漉的脸，无不神色狰狞。角落里的一个影子忽地跃起，翻出了栏杆急速地坠落。那是叶瑾，她的袖甲里藏了一根柔韧的丝，带着钩子。她早已把钩子埋进了脚下的木板里，借着这根细丝延缓下坠。可她坠得还是太急太快了，细丝在空中绷断，她重重地摔在泥泞里，翻了一个身，狂奔着冲入雨幕中。

息衍看到那根丝线，怔了一下："天罗？"

他太熟悉这些丝线了，虽然不是足以切断金属的蜘蛛丝，可是如此善于使用丝线的只有天罗。也只有这个组织不断以惊人的价格向河洛购买秘制的金属材料，用以制造各种用途复杂的丝弦。

"来吧。"白毅逼上一步，"以神使的血肉和俗子的血肉，看看谁是胜家。"

男人狂吼了一声，张开双臂就要扑上。他强烈的攻势让白毅也谨慎地收刀，不敢与之对冲。可男人却没有冲向他，男人一转身，和叶瑾一样翻出了栏杆。他没有丝线减速，即便有也没有用，他巨大的身体和叶瑾的矫健轻盈无法相比。他如同一块巨石那样下坠，沉重地落地，溅起一人高的泥水。他借着余势向前滚身，竟然重又站了起来，向着吕归尘的背影直扑而去。

他的速度快逾奔马，几个军士想要上前阻挡，都被惊呆在原地。吕归尘奋力狂奔，可是身后的脚步声越来越近，泥水直溅到他后心。

"不要回头！跑！"息衍在塔楼上大喊。

可是吕归尘不敢再跑了，马就在他面前，可是敌人太近了，就在他的背后，可能再一瞬间对方的武器就能够触到他的后心。他吸气一沉，想要拔刀。

羽箭尖厉地呼啸而来，瞬间撕裂了雨幕。男人的眼里只有急于上马的吕归尘，毫无防备偷袭的箭。那一箭准确贯入了他的右眼，足足三寸的箭杆贯入，大约已经伤到了脑颅内。

"谁射的箭？"男人愤怒地咆哮。

"这是回报给你的，那天隐藏在丧尸中攻击我的人是你，丧尸不会使用弓箭！”古月衣的声音遥遥传来。

吕归尘惊出一身冷汗，抓住这个难得的机会翻身上马。他这才醒悟白毅和息衍在这个怪物面前需要面对多大的压力，这是个尸武士，他不是一个人。

不可能是一个人！

吕归尘和古月衣两骑战马带着轻骑们急速离去。男人用力拔出了箭，箭上带着他的眼珠，他看也不看把箭扔在一边，飞奔着去追逐吕归尘和古月衣。

“你这个蠢才！已经是第二个人从你所谓的死地里逃掉了！你这个自大成狂的家伙，除了知道充英雄，还懂什么？你就长了一个英雄的木瓜脑袋！”息衍对着白毅破口大骂。

心急如焚，他压不住本性了，多年之前他就是这么对着白毅破口大骂的。后来他们各自带领一国之军，即便对面说话也像隔着人海人山。可现在他们又是两个人并肩而战了，他觉得对这个死不悔改的朋友还是只有破口大骂。

白毅不理他，攀着栏杆想要翻出去。

“你疯了？我们不是尸武士，从这里跳下去，腿会断掉的！”息衍一把拉住他。

“不能让他逃掉！”白毅往下看了一眼，确实是可怕的高度，看着也会眼晕。这曾是他指挥若定的地方，可他平生从没有像现在这样讨厌这座熟悉的塔楼。

“说得没错，不过早跟你说过不要搞这些破玩意儿，要站得高，找座土山就可以！”息衍喘着粗气。

“怎么下去？”

“最简单的办法，白大将军，一个男人还是孩子的时候就该学会的，爬树！”息衍把静都回鞘，翻出栏杆，又像猴子一样攀在木柱上，向下挪动。

白毅咬了咬牙，把沉重的斩马刀扔了下去，也像息衍一样双手抱柱，难看地往下爬。

战马踏着泥浆飞驰在兵道上，冈无畏长刀上挂着黏稠的血全力挥下。前方那个挥舞长枪想要把他打下马背的丧尸被他这一刀连枪杆带着胳膊一起斩断，冈无畏再补一刀纵劈，把那个丧尸的头颅从正中劈为两半。

他身后是带伤的五名轻骑，本来有五十个人和他从合围丧尸的工事里冲出来，现在仅剩一成。冈无畏放马前冲，这匹马已经熟悉了丧尸的气味，不再畏惧。它装备着沉重的马甲，丧尸的武器难以真正伤到它。前冲的巨大力量把拦路的几名丧尸撞飞出去。战马喷着白色的气息，口边都是白沫。它已经快到极限了。

冈无畏横刀四望，不知道要去哪里。他所守的工事已经被破了，此时殇阳关中几十处工事不知道还有多少幸存。喊杀声似乎已经低落下去可又连绵不绝，他这一路逃杀，出来还没有看见其他幸存的军士，不由得怀疑是否自己所带的队伍是这里的最后一支小队。雨水打在他的铠甲上，从甲缝里渗透进去，全身已经湿透，体温把湿透的里衣加热，铠甲里闷得像是蒸笼。

更多的黑影在前方出现，向着他大步狂奔。

冈无畏猛地咬牙，用刀敲在马臀上。

丧尸的队伍忽地被冲散，对面的马蹄声来得极为迅猛。几匹战马从街角转了出来，猝不及防，为首的人两柄马刀连环斩击，劈中一名丧尸两道，均劈在胸口要害。可是丧尸只是摇晃了一下，没有摔倒。领先的那匹战马和冈无畏的战马狠狠撞在一起。马背上的人都翻滚着落地，冈无畏不知自己的腰是不是已经被摔断了，他还是撑着身体爬了起来。他的战马和对方的战马都趴在泥泞里爬不起来了，这两个可怜的活物哀鸣了两声，就有旁边闪出来的丧尸扑上去把兵器从它们的眼睛里刺进去。

冈无畏狂怒地跃起，手中的刀恶狠狠地斩向丧尸的脖子。他没有防备背后扑来的黑影，身材高大的丧尸如山一样压向他，双手倒持锋利的长矛。和冈无畏相撞的那个骑兵忽地也站了起来，挡在冈无畏背后，他的马刀自下而上撩起，一刀把那个丧尸的心脏刺穿。

“何人？”冈无畏回身喝问。对方穿着和他一样的全套风虎骑兵铠，头盔遮住了整张脸。

“我！”程奎狠狠地掀起面甲，摇头甩去脸上的雨水。

两个人不约而同地转身，后背紧贴，他们周围是渐渐组成包围的丧尸，两人所带的骑兵也在他们旁边组成防御的阵形。两个人此时都能感觉到背后传来的有规律的撞击，那是对方的心脏在剧烈地跳动。程奎双手刀如翼展开，暴雨冲刷着刀上的血迹，冈无畏缓缓地刀尖垂地，紧紧地按着刀柄。

“这么说程将军的工事也守不住了。”冈无畏用力让自己的声音平静。

“太多了！他妈的太多了！杀不完的！”程奎大喝。

“你杀了多少？”

“大概有一百个了，不知道，”程奎摇着头，“数不清。杀倒的，还会自己站起来，鬼知道是多少个。”

“那现在从头数，看看谁杀得多？”冈无畏说。

程奎呆呆地看着这个老头子，他怀疑自己的耳朵，他想这个老东西一定是疯了。他出征之前属下对他说休国冈无畏乃数十年名将，威武有大将之风，中正而慎言。他想要么这个情报错了，怎么在他面前的会是这么一个老东西？

“年轻人，都快死了，就豁出去好了。”冈无畏揭开头盔的覆面，花白的胡须张开，露出一丝笑来，作为一个老人，那笑容堪称狂野放肆。

程奎忽然嘿嘿地笑了起来，他笑得越来越大声，到最后几乎要把自己呛死似的。

他重新合上覆面：“看来是情报错误，不过错得很好！”

淳国和休国的主帅同时背心一弹，杀入了丧尸的队形中。

此时，骊龙驹狂奔在漆黑的兵道中，吕归尘用力甩头，把脸上的雨水甩开。天上地上都是雨，什么都看不清，要在这里寻找一个人，等于要瞎子在一百步外一箭命中靶心。古月衣就在他的身后，此外再没有其他人。那个奔跑起来如骏马的男人一直在追逐他们，他就像长着猎狗的鼻子，每次分开几名轻骑去堵截他，很快他又跟了上来。而黑夜里只传来远处那几名轻骑的号叫声，就此没有声息。

那个脚步声又逼近了，骊龙驹和古月衣的战马都雄骏，也累得气喘吁吁。

吕归尘想这个所谓信奉神的男人完全是条蠢猪，就跟息衍说的一样。他们根本找不到叶正舒，不知道那个疯老人在哪里。而这个男人似乎认定了他们知道。吕归尘现在不在乎那个男人是不是连他们也杀掉，他宁愿如那个男人所想的，他们知道叶正舒在哪里。这样就算让他转身和那个男人拼出死活，也算有了价值。

时间越来越少，每一刻殇阳关里都在死人，一个接着一个的工事崩溃，困住丧尸的陷阱已经开始失效了。

“我拖住他！”古月衣大喊，“你不要停！”

“不能停！”吕归尘也大喊。

他听到那个可怕的脚步声了，就在他们的马后，也许十丈，也许五丈，甚至更近。他没有把握古月衣能够抵挡那个东西，古月衣只有一人，而那个东西是白毅的巨刀也不能杀死的。

可古月衣已经狠狠拉住了战马，战马立起来的瞬间，他从腰间拔了佩刀，看也不看甩刀回身一斩。刀斩中了，却是斩中金属的声音，古月衣还未来得及闪避，对方沉重的身躯以奔马般的速度撞上了古月衣的马。战马在直立中无法保持平衡，被狠狠地撞翻，古月衣像是断线的风筝那样飞了出去，滚在泥泞中，站也站不起来了。

“不能停！”古月衣拼尽力气吼叫。

男人双臂一挥，扑向地上的古月衣。

马蹄声从他背后传来，一黑一白两匹战马从大雨中驰出，马背上的人武器齐出，从男人两侧驰过的瞬间，准确地击中他的后背。男人被巨大的力量冲击，向前扑出，却艰难地稳住了身形。

“好硬的背甲！”息衍赞叹,对着远处的吕归尘大喊,“走！传令各处，去找叶正舒！”

他想要下马，步战是他所长。可是那个男人已经扑到了他马后，息衍听见了声音，和古月衣一样挥剑向后横扫，以求逼退他。那个男人不敢正对静都的剑锋，矮身闪过，双手抓住墨雪的后蹄用力一拉。墨雪也受不住这样的力量，硬被拉倒在地。

息衍从马背上滚落，没有受古月衣那样的伤。他举剑过顶，刚要转身劈斩，已经被抓中了后腰。男人用了和袭击叶瑾时同样的一招，他的速度太快了。息衍大惊，他奋力扭过上身，在男人发力之前，用力一拳砸在男人受伤的眼眶上。

这一拳他用了全身力量，砸在对方的面骨上觉得像是砸中了生铁，掌骨剧痛。对方也被砸得后仰，双手不由得一松，息衍落地，侧滚离开了男人附近，看着男人再次缓缓站直了。

“这样还不断，好硬的颈骨！”息衍大喝，“弓箭！”

高处传来了刺耳的呼啸声，羽箭和大雨一起落下，雨声模糊了来箭的方位，男人想要闪避，却愣了一瞬，三支长箭已经并排扎进了他的胸口。这些箭刺穿了他的铠甲，每支箭都扎入他的身体两寸。他看着自己胸口的大箭，那些箭箭镞细长，锐利如针，箭尾的羽毛一色的纯白。

“鹤雪的箭！”他低喝。

又是三支羽箭从天而落，男人仰头，却看不见藏在漆黑天空里射箭的人，大雨模糊了一切。他没有选择，双手铜盾交叠起来挡在头顶，三箭均扎入铜盾，箭尾急振。男人一把抓住三支箭的箭尾，把箭拔了出来，箭镞上带着血。箭已经刺穿铜盾伤了他的胳膊。

可他不敢拔胸口的箭，他能感觉到，那些锋利的箭镞就贴着他的心脏。

他带着箭，不顾白毅的逼近，冲向了吕归尘离开的方向。

吕归尘觉得眼前的路像是无尽地延长着。他记不得自己已经转过了多少路口，也不记得跑了多少路，经过了多少处被丧尸突破的工事。他的眼前一片漆黑，茫茫大雨，他还没有找到一个人，根本没有叶正舒。如果此时从高空中看下去，他在殇阳关整饬有序的兵道上飞速行进，可这座城市仿佛巨大的迷宫，他找不到出口。他已经接近火门了，可是他不知道，而接近火门的所有地方都暗了下去，战火熄灭，这里所有的人都已战死。

许多年后吕归尘膝上放着一个女孩，坐在腾诃阿草原的天幕下，他对女孩说人一生便是如此，你要找一个归所，可是天地便是一个巨大的迷宫，你不知道哪一次该转弯哪一次不该，也许你奋力地前进，却离自己想去的地方越来越远。

这时候他仰头看着天空，看着繁星万点，想起那个夜晚他在殇阳关的兵道上狂奔，又想起了一个人。可他一生握着刀剑奋武，却离这个人越来越远。其实漆黑的迷宫深处有一处灯火，他本来要寻找那里，可是用尽他一生的所有，也找不到去那里的地图。

吕归尘忽地勒马。

他不知那是不是一个错觉，就在刚才他驰过那个拐角的瞬间，他看见了一点火光。这里是西南面的营地，而那点火光在兵道的一侧，应该是一处兵舍。这个时候，兵舍里应该早已没有人，所有人都上了战场，包括不多的伤兵。

吕归尘把影月出鞘提在手里，谨慎地逼近那个拐角。他一转过去，看见那个亮着火光的兵舍。在漆黑的夜色里，这一点亮光显得尤其温暖。

门虚掩着，吕归尘不敢掉以轻心。他微微后挫一步，全身蓄力，猛地冲入了那处兵舍，冲入的瞬间，他的长刀由下而上撩起，这样对方如果试图从正面攻击，这一击不会给他从正面突破的空门。吕归尘的刀走空，他紧跟着贴地翻滚，意图闪避可能藏在门两侧的敌人。

也没有来自门侧的敌人。

吕归尘横刀防御，缓缓地站直身体。他看见火在灶台下暖暖地烧着，一个人穿着黑色的大氅，坐在灶台的前面，伸出枯瘦的手，缓缓地把柴火往里面添加。吕归尘的到来似乎完全没有惊动他。

吕归尘带刀缓缓地转过一个半圆，和那个人之间保持了两丈的距离。他现在可以看见那个人的脸了，他心里狂喜，那是叶正舒，虽然他仅仅见过他两面，可他可以确定。而叶正舒并不看他，这个疯疯癫癫的老人现在变得分外的安静，他嘴里哼着什么小调，手里加着柴火。吕归尘想他的疯癫完全是装出来的，此时的叶正舒神色里带着一点忧郁和潦倒，却又宁静安详，每当看见火苗从灶台里闪一下，他的脸也随之一亮，嘴角拉开，笑一笑。

吕归尘犹豫着，他现在只要上前一刀砍下叶正舒的头颅就可以。可是他又不敢，这个老人太安静了，像是完全没有防御，可是他并不知道这个老人会不会像塔楼上的男人一样可怕。

他缓慢地移动步伐，觉得脚下踩碎了什么，那是一种踩碎血肉似的恶心声音。他低下头，看见脚下的一只蝎子。他这才注意到脚下许许多多的虫蚁，它们各种各样的，混合在一起，毫无规律地爬来爬去，像是地震到来之前所有动物纷纷爬出巢穴逃亡的样子。可是这些虫蚁不敢接近他，在他的脚边的一个圈子里，哪怕一只小小的蚂蚁也没有，而他的脚步挪动到哪儿，那里的虫蚁就自然而然地避开。

他诧异地看向自己手中的影月，这柄长刀正在不安地震鸣，发出满月般的光辉。他想这些虫蚁是畏惧这柄刀，这让他添了一份勇气。

他深吸一口气，大踏步挥刀劈斩。

他这一刀没有用尽全力，这样如果对方有着什么异乎寻常的反击，他还来得及退后或是闪避。

叶正舒忽地扭头，看见了吕归尘，也看见了他的刀。他像是受了极大的惊吓似的，那股安详的神色完全消失了，他重又变得疯疯癫癫，手脚着地地往后爬去，堪堪闪避了吕归尘的劈斩。他在喉咙里发出各种咿咿呀呀的怪声，低头佝背，披着一件拖地的黑氅，四处寻找着逃跑的路。他跑到这边的墙角用力顶着，却没有发现出路，又跑到那边的墙角用力顶着，像是一只巨大的老耗子，他的身后跟着密密麻麻的虫蚁，像是一道在地下游移的黑色的风。

吕归尘惊得呆住了。他不明白这一切是怎么回事，提刀站在炉灶前。

炉灶里的火噼里啪啦地响着，照得人身上暖暖的，大雨中湿透的身体似乎开始慢慢地恢复活力。吕归尘看了一眼那火，忽地想起了什么。

他是疯了。

没有错的，只是偶尔他还能想到他的妻子，想到他被从屋里驱赶出去在外面的厨房里打盹的夜晚，所以他在这里烧火的时候变得安静，就像是吕归尘自己的母亲抱着布娃娃的时候分外温存。他们的记忆都停留在很早以前的某个时间和地方，叶正舒的记忆留在他年轻时候的云中，勒摩的记忆则是在她生下吕归尘的夜晚。

吕归尘觉得自己握刀的手变得虚弱起来，他不知道自己这一刀如何砍下去。

这时候屋外传来了沉重的脚步声，而叶正舒终于找到了门，钻了出去。

吕归尘一惊，追出门外。他犯了巨大的错误，他应该首先熄掉这里的火，否则任何人都能轻易地找到这里。

卷着雨水而来的是带着锯齿的阔刃，男人如黑鹰一样跃起，扑击下来。吕归尘在绝地中挥刀逆扬，影月和阔刃在空中交击，影月的锐利占了上风，一截阔刃被截断，飞了出去。男人沉重地落地，吕归尘影月走空，全身都是破绽，他却没有追击。他飞奔着追向叶正舒的背影。

“杀了他！”息衍的声音从后面传来。可他自己距离太远了，已经赶不上。

叶正舒跑得飞快，他似乎找到了前方的道路，在大雨里张开双臂用尽全力地奔跑，完全不像是个老人。可男人更快，他根本就是一道黑色的疾电。

吕归尘不能再犹豫了，他已经失去了一次机会，不能失去最后一次。他猛地蹬地，人像是贴着地面射出的一支劲箭，同时他挥动手臂，影月飞旋而出。

掷刀术!

五尺长刀光辉流溢，旋转为一轮满月，带着凄厉的啸声从男人身边擦过，追向叶正舒的背影。

叶正舒不停步，只是向着黑暗的雨幕里狂奔。直到长刀从他的后颈上一擦而过，他才踉踉跄跄地站住了。他又往前走了几步，大张着双臂，像是一只学着走路的鸭子。

男人停下了脚步。吕归尘也停下了脚步，他看见了从对面奔来的人影。那个纤长的身影也停下了，静静地站在雨里，大张着双臂，就像叶正舒一样。在她的视线里，叶正舒的头颅从脖子上歪了下来，落在地上，砰的一声。

吕归尘看不见那个女人的脸，他也庆幸自己看不到，他不敢看那张脸上的神情。他看见叶瑾在塔楼上的时候曾经怀疑她和叶正舒其实并非父女，这层身份只是混入殇阳关的一个掩饰，可他现在想自己怎么会怀疑这一切？难道一个人看见叶瑾从叶正舒无神的眼睛里为他一点一点擦去眼屎的时候，却感觉不到那么大的关爱和依赖？吕归尘觉得自己真蠢。他成功了，可是他一点也不振奋，他忽然想到为什么叶正舒不顾一起地奔向那里，大张着双臂如一只蹒跚走路的鸭子，那是因为他感觉到自己的女儿来了，他要去拥抱这唯一的亲人，那里是这个疯老人可以摆脱恐惧的地方。

他仰头对着天空，让雨水淋在自己的脸上。

“杀了尸武士！阻止他！”息衍的声音如雷震耳。

吕归尘回过神来。他震惊地发现叶正舒失去头颅的身躯里并没有流出血来，那具躯壳默默地站立着，千千万万的虫蚁正从他的身体里往外爬。不是亲眼看见，吕归尘不能相信一个人的身体里会寄生着那么多虫蚁，他觉得那是幻觉，那些虫蚁的身体微微透明；可又不像，他用力咬自己的舌尖，这景象却没有消失。

虫蚁在地面上疯狂地爬动，有些被雨水冲走，有些却汇聚起来。最后它们分为两道，一道爬向了叶瑾，一道爬向了尸武士。距离太远，吕归尘看不见叶瑾那边的情形，可是他亲眼看见那些虫蚁爬上尸武士的身体。这个男人已经在连番的击打下受了太重的伤，几乎变成了一个血人，那些虫蚁似乎在吸食他流在身体外面的血，而后一个接一个地钻入他的伤口。他的伤势正在快速愈合，这些虫蚁分明带来了异乎寻常的力量，吕归尘惊得握不稳刀。

最后一只青尾的蝎子从他空洞洞的眼眶里钻了进去，青色的蝎尾在外面一旋，终于消失。

男人仿佛受到神光的照耀，伸展双臂接受着这千千万万的虫蚁，仰望天空。此刻他终于圆满，他冷冷地笑了起来，缓缓低头看着吕归尘：“俗子啊！你们侵犯神的野心终告失败，没有什么再可以终止神的挞伐！”

他的神色威严高贵，令人完全不敢想象数以万计的虫子刚刚侵入了他的身体。

他大步飞奔而去，重击在叶瑾的胸前，而后把她扛在自己的肩上，消失在雨幕中。

息衍喘息着冲到吕归尘的身边：“别发愣！追击！否则军令责罚！”

“可那……那是怎么了？”吕归尘觉得那些虫蚁就像是在自己的脑子里爬动，令人崩溃。

“不知道，没有人知道。辰月的大师们掌握着力量，可以做出不可思议的事情来。不过我们现在必须杀了他，蛊虫现在都汇聚到了他和叶瑾的身上，不杀了他们，尸藏之阵不会终结！”

“杀了他们？杀了叶瑾？”吕归尘的声音颤抖。

息衍一个巴掌抽在他的脸上：“否则就是杀了你剩下的所有战友！”

吕归尘哆嗦了一下，从震惊中恢复过来，大口地喘息。

“快！他们向着火门去了，那里已经被突破，没有城守，也没有丧尸，他可以轻易从那里出城！”息衍转身对着雨幕大吼，“白毅！白毅！去火门！召集能召集的所有人去火门！”

白马如电一样穿出雨幕，从息衍和吕归尘的身边驰过，再次没入雨幕中。白毅头也不回地追击而去。跟在他马后的两名楚卫轻骑翻身下马，迅速把缰绳塞在吕归尘和息衍手中。

火门。

息辕领着一队鬼蝠封堵在瓮城下，这里已经没有丧尸，丧尸都侵入了城关内。他接到消息调集了所有的人手，抄近路赶到这里的时候，这里静悄悄的，遍地都是被硫黄和火油焚烧过的死者或是丧尸。他没有把握敌人是否已经从城门离开，只能展开了骑兵阵列。

空气中飘荡着难闻的恶臭，而他们现在已经完全不会因此感觉到恶心了。

“少将军，敌人到底有几人？”鬼蝠营的百夫长问。他是最有经验的斥候，绝不怯战，可他从未经历过以这样的阵势去围堵一个敌人的事。听说白毅和息衍也都出动了，堪称是倾巢决战。

“一个，可比所有的敌人都要难缠，城门封住了么？”息辕重剑在手，他已经和叔叔换回了武器。

“已经封死，砍断了铜销，除非他有几头牛的力气，否则要弄开城门的机括出门是不可能了。”

“好。”息辕点头，“这样即使我们全都战死，我们还有城门可以封住他。”

“一个人，我们会战死？”百夫长严肃起来。

“也许……”息辕顿了顿，“来了！”

百夫长拔出弯刀转身，息辕暴喝的时候他也听见了一连串的马蹄声。而黑影来得如马蹄声一样迅速，前方的雨幕中，一个影子忽地出现，仅仅一眨眼的功夫已经到了他面前，那是一个巨大的影子，奔行起来像是发疯的战马。百夫长的弯刀挥出去，对方以身体硬接。弯刀劈在坚固的铜盾上，被巨大的冲劲挤压，片片粉碎。对方余势不绝，和百夫长贴身撞上，把断刀的碎片压入了百夫长的身体里。

鬼蝠们来不及反应,那个黑影已经冲破了他们完整的阵列,冲入瓮城。

紧追的骑兵们从黑影撞开的通道里冲入瓮城，友军之间甚至来不及打招呼。白毅、息衍和吕归尘翻身下马，看见那个快如闪电的黑影正顶着狂泻的雨流，扛着一个人飞步登上外城的城墙。

“分散开，”白毅大吼，“我们从东侧登城，息衍你带你手下的人从西侧登城，不许生擒！当即格杀！重复军令！不许生擒！”

“最后决战，不准生擒！好！”息衍抹去脸上的雨水，“吕归尘跟着白将军，息辕跟着我！”

轻骑们和鬼蝠营斥候从东西两侧登城，这些人已经无所谓畏惧，不该看的已经看到了，该恐惧的也已经恐惧完了。剩下的，唯有“杀敌”二字而已。

息衍第一个登上城墙，迎面冲来的就是那个巨大的身影。尸武士从东侧登城，直奔西侧的登城梯，快到了极点。息辕跟着叔叔上城，仗剑就要前突，却被息衍用力一扯推翻在一边。

息衍自己独力突进。

他骤然发力，远不如尸武士带着叶瑾两人狂奔中的力道。尸武士只是微一侧身，以铜盾侧击，静都立刻脱手。随即他把叶瑾像是扔一只破口袋那样抛向一边，扑上去双手卡住息衍的脖子。息衍只来得及卡住他的手腕，可圈在脖子上收紧的不像一双手却像是铁箍一样。他被尸武士压倒在地，无力反击。鬼蝠们挥刀扑上，砍在尸武士厚重的背甲上，可是全然没有用，只是溅起明亮的火花。

息辕愣了，他没有时间思考，扑上去压在尸武士的背上，也紧紧地卡住了尸武士的脖子。

可他怎么用力都没有用，尸武士粗壮的脖子肌肉虬结，卡上去像卡在老树的树干上。息辕看着下面叔叔的面色青紫，紧紧地闭着双眼。他一生中从未看见叔叔这样，以往的叔叔一直都是闲庭信步般的挥剑论战，他不曾想到说有一天叔叔这样的人或者也会死去。

“叔叔！我在火堆边看见……”他大喊起来，他想把那一幕说出来。

他记起来了，很多年前他在大牢里，息衍去接他的时候他曾经对第一次见面的息衍说过那句话，他惊讶地发现这句话其实一直都在他的心里。叔叔害死了他的父母么？不过现在这一切都不再重要，息辕急得要大喊，那一年他还幼小，握了息衍的手，已经准备了跟着这个陌生的叔叔走一条艰难的路。

“废话太多！拿我的剑！”息衍忽地睁眼大吼。

息辕忽地明白过来，普通的武器砍不动，可息衍的剑就在一旁。他飞扑过去抄起静都，双手倒持剑柄，用力刺下。剑尖在铠甲上点出明亮的火花，而后往里猛地一沉。剑身从尸武士的左胸穿透，一泼血涌了出来。尸武士的力量立刻收回，息衍抓住这个机会用膝盖磕在他的小腹里把他弹开。

尸武士翻身而起，踉踉跄跄地退了两步。

息衍也艰难地站了起来，抚摸着几乎要断掉的脖子：“刚才我一直想你嘴里会不会忽然吐出一只蝎子到我脸上，真是要恶心死人！”

“很好……很好……”这一次的伤已经极重，尸武士的声音衰弱。

“看见你的神在天上召唤你了么？是恐惧还是欣慰？”息衍死死盯着他。

“愚蠢的俗子，侍奉神的人，怎会有恐惧？”尸武士轻蔑地笑了起来，声若洪钟，“你以为已经杀死我了么？是的，这伤很重，可我还未必死去。只要我不死，被招魂而来的亡者们还会进攻你们的城池，直到你们所有人献上生命和新鲜的血肉！”

他再度前扑！

众人惊恐地回退，可尸武士却只是威吓。他抓起叶瑾扛在肩上，向着城墙的西侧全力奔逃。

“追上去！”息衍大惊。那边已经没有围堵他的人，沿着那条城墙下去，以他烈马般的速度，逃脱太轻易了。他后悔自己太疏忽了，以为已经取得了胜利而放松警惕。

风卷着雨水扑打在脸上，息辕带着鬼蝠们追击，吕归尘已经从后面跟了上来，可是那个黑影实在逃得太快，他们之间的距离越拉越长。

一个黑影忽然在雨幕中出现，他是孤零零的一个人，重型的长枪枪刺上泛起乌金色的光芒，那是从枪身的金属内透射出来的，异常醒目。

“姬野！拦住他！”息辕惊喜地大吼。他庆幸发出去召集人手来火门的命令还是有效，只要姬野能够阻挡他一阵子，他们就能追上。

姬野在双臂间缓缓拉开了枪，如硬弓上弦。这是他得意的一击，他不曾见过这个尸武士可怕的力量，他接到命令赶过来看到这一幕，想的只是一枪刺死这个敌人而已。

黑影越来越近，姬野很少看见如此高大魁伟的人。他惊讶于这个人的速度，他的肩头甚至还扛了一个人。姬野的力量已经蓄满，他在等待最合适的距离，在他的全部力量舒展开的瞬间，枪锋恰好刺穿敌人的身体。

“是了！”他低喝。

虎牙如离弦飞射，姬野强忍着肩上的痛楚，送出了这一枪。他冲近敌人，枪头扬起如发怒的毒龙！这时候他看见了敌人肩头的人，尸武士把那个女人抓下来挡在自己的身前！

姬野的脑海里一片空白。他不由自主，竭尽所能地回收力量，把咆哮的虎牙枪头压下。原本必然命中的一击走偏了，虎牙的枪刺在城墙的地砖上溅起一溜耀眼的火花。姬野猛地回头。他终于看清楚了，那真的是叶瑾。

他没有想到过自己会在这个地方看见叶瑾。看着那双黑色的眼睛，他心惊胆战。

“放下她！”姬野和尸武士擦肩而过，转身大吼。

“杀了他，快！”息辕的声音从远处遥遥传来。

尸武士转身，隔着两丈和姬野相对，他的后心还插着息衍的剑，血汩汩地外流。他看着这个持枪的年轻人，又看了看自己用来做盾牌的叶瑾，冷冷地笑了。

“俗子，你似乎很关心这个卑贱的逆神者。”

“放下她！”姬野逼上一步。他预感到了什么，叶瑾穿着那身罕见的黑色甲胄，这说明她的身份并非姬野以前所想的那样。

“俗子，对于同类的牵挂使你如此手足无措么？你已经失去最好的机会。”尸武士一步步拖着叶瑾后退，“卑微的众生，可你们却又如此的盲目。你们意图建立平安的世界，你们又因为牵挂同类而奋勇，可是那又怎样？在你们需要决断是令同类活下去还是自己活下去的时候，你们和野兽一样残忍。”

“是不是？”他用力扭过叶瑾的脸，让她面对自己，“他们杀死了你的父亲，而以他们的伦理，你的父亲是无辜的，他只是我的人偶。可他们还是杀死了他。而你却背叛我，原本我以神的名义授予你和你的父亲以自由。你这个卑贱的逆神者，你却站在杀死你父亲的人那边。”

“你才是杀死他的人，你是个……疯子！”叶瑾用尽全力吐出了这几个字。

“疯子？是神的使者给了你强大的力量，揉制你的骨骼，赐予你老师，令你如获新生，可你却无视神要你做的小小奉献。你当接受惩罚！”他抓起叶瑾的一缕头发，用力一扯。

那缕头发带着一小块头皮脱落，叶瑾哀号一声，血流下来染红了她的半边面颊。尸武士冷漠地把那缕头发丢进雨里。

姬野看着叶瑾的脸，看着血滑过她漆黑的眼睛流了下来。他感觉到痛楚从背脊一直冲上了后脑。

那双眼睛！是的，是那双眼睛！漆黑的，流着血。

“放开她！”姬野没有意识到他的声音已经开始扭曲，他的眼神开始改变，如同被激怒的凶兽。

“很好的眼神，我感觉到了你想杀人。”尸武士赞许，“那么冲过来，你也许会有机会，可是你杀死我之前，这个女人已经死了。”

他还在一步一步退后，他忽然闪过了城墙上用以避雨的门洞。

姬野的枪在剧烈地颤抖，可是他不敢移动，他看着叶瑾的眼睛，叶瑾也看着他。

叶瑾无声地笑笑：“杀了他吧，也杀了我，这样你们都得救。长官……哦，不是，姬公子……对不起……一直都没有跟你们说实话。我老是想，世上每个人可都是为自己活着……真是……对不起……”

她的语意错乱，她也不太知道自己想要说什么。只是看见这个孩子和自己如此相似的一双眼睛，她想说对不起而已。她感觉到了那双眼睛里的巨大悲哀，虽然她不知道那是为什么，但是她能够感觉到这个孩子曾经是那么地相信自己，尽管他说话太少，不及吕归尘的十分之一。

“杀了我们，还是要来救她？俗子啊，选择吧！”尸武士猛地拖出了藏在门洞里的东西。

息辕距离他们已经不远了，他看见了那件东西，脑袋里嗡的一声。他不知道那是个什么，可是那东西的全部支杆在轴枢上张开一张巨大的膜翼的时候，他猜也猜得到那是做什么的了。那是鸟翼一样的东西，有了它便可以乘着风滑翔出去，否则从这么高的地方跳下去，即便尸武士的心脏也要震碎。

“妈的！姬野！不要愣着！杀了他！快！”他已经不能再快了，只能大吼。他吼着气息中断，腿一软，一个趔趄滚倒在地。

“俗子的心啊，就是这般的懦弱。”尸武士看着姬野，冷漠地笑了，“当你最终知道你的软弱杀死了你所有的朋友，那你是否会后悔？而你依然无法拯救你想救的人。她会被奉献于神的祭坛，逆神者的血肉和灵魂，都将被埋葬在九渊之下！”

他抓住了飞翼中间的把手，逆着狂落的雨流奔跑。他此时是逆风，巨大的力量开始托举他的飞翼，他用力一蹬，离开了地面。

“姬野！”吕归尘大吼着掷出火把。

这是他仅能做的了，他距离尸武士还有一段距离。火把未能烧到飞翼，划着明亮的火弧经过黑暗，向着城下坠落。那道火弧闪现的瞬间，姬野看见了叶瑾的脸，叶瑾已经说不出话来，只对他点了点头。

姬野开始奔跑。

尸武士已经飘出了城墙的垛堞。

姬野登上垛堞。

他眼睛里已经没有一切，只有那张鼓着风的飞翼。他猛地蹬踏，如箭一样激射出去。

肩头的痛楚完全感觉不到了，全身肌肉在蹬踏的瞬间收紧，而后所有的力量潮水一样释放出去。

姬野飞跃在接天城墙之外，他蹬踏的力量还在支撑身体，没有下坠，像是起飞的巨鹰。

虎牙咆哮，从背心击中了尸武士，摧枯拉朽般的破碎了那件铠甲，进而钻透他的身体，把插在那里的静都也击飞出去，巨大的枪刺造成了可怕的损伤，心脏在这一击中被完全粉碎。虎牙变得赤金般的亮，蕴含的力量在尸武士的身体里流淌，像是熔化的钢铁把毁灭带到身体的每个角落。

姬野紧握枪柄，枪插在尸武士的身体里。他就靠着这一点力量去支撑，而飞翼已经失去了平衡，立刻开始下坠。姬野没有管这些，他的脑海里已经是一片空白，只有一场下午的阳光照在那里。他奋力地伸出手去，去抓尸武士手中的叶瑾。

尸武士奋力回过头来，眼神里的诧异说明他还不敢相信发生在自己身上的一切。

“麻木尔杜斯……戈里亚！”他艰难地吐出了这柄枪的名字。

他的周身无数的伤口复现，疯狂的虫蚁们从每一处伤口钻出来，沿着枪杆以不可思议的速度向着姬野爬去。可是它们一触到轰鸣的枪，便被匪夷所思的力量瞬间化为灰烬。他们盘旋着，向着地面坠落。

“俗子啊，你何处来的勇敢？”尸武士把手移开，这样叶瑾便离开了姬野的手。他们之间只有两尺，可是用尽姬野的力量，不能突破这两尺的距离。

“可你救不了她，这是最后的……神罚！”尸武士放开了抓着叶瑾的手。

叶瑾像是一张飘零的叶子，坠落下去。尸武士的身体迅速地崩塌，像是有火从他身体里烧出来，他的伤口变得红亮灼热，身体隐隐地透出光芒。姬野松开了枪杆，跟着叶瑾一起下落。他晚了一瞬间，亲耳听见了人体落地的声音。

他没有恐惧，就这么下落，仿佛无止境的，脑海只有那落地的声音。

“她死了，”他想，“她终于又死了。”

天地漆黑一片。

吕归尘和息辕的惊呼声中，白色的羽翼从高处扑下，像是雨燕扑击猎物般。他追上了下落的姬野，带起一道巨大的弧线，消失在远处。众人尚来不及看清那个羽人的面貌。

而那张巨大的飞翼落地的时候，尸武士的身体已经化为了灰烬。他就这么消失了，残余着人体形状的红热的灰很快被雨水浇灭了。

此时殇阳关里，激战中的军士们忽然发现对手都停了下来。

程奎为冈无畏架住了背后袭来的一柄方口蛮刀，可是那蛮刀上的力量忽地消失，那名持着蛮刀的丧尸放开了刀柄，动作呆滞地后退。

所有的丧尸都放弃了武器，它们默默地站直了。活力正从它们的身体里迅速溃退，它们早该安眠，此时永久的沉睡忽然到来。所有的丧尸不约而同看向天空中的某个方向，那里乌云密布，看不见星辰。即便是晴朗的天气，那里也空无一物，因为那颗星辰本来就没有一丝光芒。

它们沉默地注视着，像是一场神圣的祷告。这些嗜血的复生者此刻变得出奇的庄严肃穆。

而后它们倒了下去，一排排一片片地倒了下去，就像是砍草。收割这些死者的，是看不见的手。丧尸们的身体迅速地干瘪下去，原本鼓胀在血管里的血回到了心脏，心脏却再不搏动，于是鲜血在那里渐渐地干涸，凝固变硬。

一个军士不敢相信眼前的这一切，大着胆子上去以刀刺入丧尸的背心。

他狂喜地抛去武器，挥舞手臂：“胜了！胜了！它们全完了！”

海潮似的欢呼声响彻了殇阳关。

此时城关南北两面的大军都听见了震天的欢呼，原本是敌军，却都是如释重负。

离国雷骑军左都统谢玄微微地摇了摇头：“怪力乱神的东西，毕竟不如刀剑可靠，乡下诸侯，也有乡下诸侯的处世学问。诸营后退三百步，解除进击预备，安置防御阵形。”

而同是姓谢，在殇阳关北面，羽林天军的将军谢诚扫视了一眼自己两翼惴惴不安的弩手们，挥了挥手：“结束了，各个军团后退。”

他最后一个撤离前方阵地，撤离前他回望一眼远处依稀闪着火光的殇阳关，唇边带起一丝淡淡的笑：“将军，果然不愧是这一代天驱中最强的人。希望你平安无事。”

他又抬头仰望天空：“项兄弟，多谢你的援手，无论你的目的是什么……大概你又在逃亡了吧？祝你一切安好……活到天下大同的一日。”

雨中。

殇阳关沉重的城门吱呀一声洞开，一骑黑马一骑白马并辔而出，白毅和息衍各持火把，没有带随从。几乎就在同时，对面离国大阵裂开一道缝隙，谢玄也是匹马出阵，连头盔也不戴，一头束起的黑发迎风飞扬。三匹马都是极通人性的良驹，避开满地的尸骨，慢慢靠近。战场上散发着尸体腐烂的浓重臭味，开始腐朽的铠甲下露出森森白骨，战死者的长矛插在土地里，像是一片稀疏而歪斜的树林。

最后三人终于在战场中间相遇，隔着十几步，各自以军礼问候。

“听说谢将军马上就要回师了？”息衍在这样的空气里还能含笑。

谢玄也笑笑，捂着鼻子：“是，今夜连夜拔营撤退。国师的圈套终于还是没有奏效，我们再战一场，最后也不过是两败俱伤。”

“谢将军是坦荡君子。”息衍称赞。

“不敢当这个夸奖。说起来我们这些从军的人，也不免为神术的力量所诱惑。我本不相信世间有什么术法可以以一人之力抗衡大军，可是听说了这个计划，心底也暗暗有点期待，若能在这里消灭白将军和息将军，我国一统东陆的道路便被荡平了。”谢玄说。

他停了一会儿，自嘲般地笑笑：“不过，果然还是不行啊。”

三个人说到这里，都有些语塞，息衍张了张嘴，竟也接不下去。于是各自躬身行礼，把目光转向四周，夜幕下，火把照亮的，无处不是尸骨。

“王爷留了命令，若是国师的战略不能生效，我军将抛却全部辎重，立即回撤。我留下的帐篷内有粮食和药材，请将军随意取用。”最后还是谢玄打破了沉默。

“拜领了。”息衍躬身拱手，“不过我一直有个疑问，既然是剿灭我们的战略，为何离公殿下急着赶回离国，只留下谢将军身处危地作战呢？是离公觉得我们还是比不上国内的动乱重要，或者离公自己也并不相信神术？”

“这个谢玄倒不好说了，王爷只是下令，并没说为什么。”谢玄说到这里，笑了笑，“不过我私底下猜测，王爷没有亲自督战，有个原因是要赶在九月初七回到九原。”

“九月初七？”息衍诧异。

“是赶夫人三十八岁的生日。王爷和夫人，也有很多年没见了。”

“哦，”息衍沉默了一下，似乎想起了什么，“是那个叫作秋络的公主，很多年了啊……”

谢玄点头：“夫人闺名，不敢擅称。”

白毅一直没有说话，此时低声说：“还是不要在尸阵中叙旧了吧，这里满地的尸骸，都曾奉着我们的军令厮杀。我们现在倒像是说得投机，这些人若还活着，听到了，又会如何想？请谢将军安心退兵，白毅绝不追赶。我这一阵败在离公手下，亲眼见识了离公的魄力，请代我传话，说我敬佩离公。”

“白将军说得有理，那么白将军要带的话，只是‘敬佩离公’四字么？”谢玄问。

“是。”

“谢玄记得了。其实王爷也有些话可以说给白将军和息将军，他说他在殇阳关下，只看见一个半人。一个是白毅将军，半个是息衍将军。以一个半人阻挡我离国四万赤旅五千雷骑，犹然能够取得这样的战果，将军东陆第一名将,名下不虚。可惜和将军是敌人,不能变成朋友。”谢玄说。

“我只算半个么？”息衍笑笑。

“息将军如果是下定决心要杀王爷，就算一个人。不过……谢玄拜谢息将军放虎归山。”谢玄在马鞍上躬身长拜。

“好！好！”息衍大笑起来。

白毅无声地掉转马头，向殇阳关而去，并没有告别。息衍和谢玄一同看向他的背影，只看见一袭白衣打着火把的人在夜色中孤零零的仿佛一个鬼魂。不约而同地，两个人都长叹了一声，各自拱手告别。谢玄策马飞奔回本阵，息衍转去追向远去的白毅。

啪的一声，什么东西碎了。

烛光照在雷碧城的脸上，这个冥想中的老人缓缓睁开眼睛，目光落在面前那张小桌上的白瓷瓶上。现在瓷瓶已经碎了，它是自己忽然崩裂的，没有人碰它，也没有一丝风。瓷瓶外光润的釉面上原本透出明艳的红色百圾碎花纹来，那些花纹精美而色泽透明，像是从瓶子里面生长出来的。瓶子碎了，红色的液体从里面流淌出来，在小桌上变成越来越大的一摊，似乎渐渐地显现出什么纹路来，然而在烛光下它没能坚持多久，一朵青色的火苗自己就飘起在那摊不知名的液体上，而后液体无声地燃烧起来。片刻，火焰熄灭，桌面上只剩下几片白色碎瓷，瓷面上红色的花纹也消失了，桌面也没有烧灼的痕迹。

门口站着铁铸一般的从者，他脸上覆盖着森严的铁面，只露出一双眼睛。此刻他默默地看着那堆瓷片，肃杀的双眼里隐约有一丝悲恸。

“你的哥哥已经永远离开了我们，”雷碧城低声说，“大概是未能完成任务吧，毕竟是面对曾是天驱武士的素月墨羽，他们懂得对付我们的办法。你哥哥还是太年轻了，是我的骄傲，是我的错。”

“离开这里么？”从者低声问，他的声音还是平静的，不带一丝感情。

“不，我想要休息一下，等着他们来找我。”雷碧城缓缓合上了眼睛，手挥过面前的那几片碎瓷，“收起来做个纪念也好，这是你哥哥留下的唯一的东西。”

从者上前，轻轻捧起那些碎瓷，包在一张布帕里，收进胸甲中，又退回到门边。他像雷碧城一样闭上了眼睛，静室里重新安静下来。

蜡烛自己悄无声息地熄灭了。

天空微微露白。一夜过去，静室里的格局没有丝毫改变，雷碧城和从者像是在冥想，又像是进入了沉睡，两个人甚至没有呼吸声，衣角也没有移动丝毫。

这时候从者睁开了眼睛：“来了！”

脚步声从外面的走廊上传来，来的人不止一个，其中还夹着武士的重靴声和刀剑撞击甲胄的叮当声。对方来得极快！从者按住腰间的刀柄，站到了雷碧城身后。

门咣地被人大力推开，长公主大步而入，面无表情地站住，直视雷碧城，她的背后站着精锐的戎装武士。百里宁卿的双手笼在衣袖里，垂头立于长公主背后。黑衣从者握紧了刀柄，手甲的甲片摩擦，发出了令人不安的响声。雷碧城没有睁眼，轻轻扬手示意从者退后。

“殇阳关的情报，碧城先生对我建议的战略已经失败，离国大军已经趁夜拔营了。”长公主冷冷地说道。

雷碧城点了点头：“我已经失败，长公主如果需要我的头颅化解你的愤怒，那么尽可以来取。雷碧城已经活了太多年，并未把自己衰朽的生命看得很重要。”

“辰月的大教长会不珍惜自己的命么？”长公主冷冷地问，“也许，碧城先生早已猜到我不会下手。”

她忽地露出一丝妩媚的笑来，这笑容在她曾经绝艳而已经衰老的脸上，看起来让人惊恐而悲凉。

雷碧城缓缓地睁开了眼睛：“辰月教？长公主怎么会把我和这个宗派联系在一起？”

“山碧空这个名字，碧城先生知道么？”

“长公主知道什么？”雷碧城反问。

长公主轻笑：“其实我要向碧城先生请罪，从你踏入我的水阁开始，我的人已经开始搜集关于先生的资料。我们没有什么收获，但是有一条记录非常有趣。九年之前，有一位先帝派遣的特使渡过了天拓海峡，出使北蛮青阳部，似乎和碧城先生是旧识。”

“哦？”雷碧城低声道。

长公主一对修长的黛眉因为得意而飞扬：“先帝派出的这名特使，名字就叫山碧空，他没有任何的爵位，也查不到来历背景。我们只知道这个人入宫见了先帝一面，立刻就获得了先帝极大的信任。其后很多事情，都是先帝直接指派给山碧空的，外人无从得知。而更有趣的是，武库中两万五千件重弩，正是那个时候，先帝按照山碧空的建议令工造府制作的。”

她停下不说了，直视雷碧城的眼睛，像是要从雷碧城的眼睛里挖出一丝动摇或惊惧来。可雷碧城和她坦然对视，目光清澈，淡淡的仿佛秋水平湖。

静了许久，雷碧城露出了一丝淡淡的笑容：“是，山碧空和我是师兄弟，我们师从同一位老师，也侍奉同一位神祇。可以说，山碧空就是另外一个雷碧城，我们的目的和能力，几乎没有区别。那么，为什么长公主又确信我们都是辰月的信徒。”

长公主沉默了一会儿：“五百年前贵教大教宗古伦俄担任国师的始末，史官都清楚地记录下来了，那份记录不曾遗失，始终都保存在宫中，只是不便透露给外人。碧城先生，你们曾经在我们白氏面前暴露过你们的面目，也带给皇室荣耀与杀戮，我们白氏的子孙不会忘记的。”

“好！”雷碧城道，“那么我可以为长公主做些什么？”

“我希望碧城先生能够为一个人做事。”

“我不辞千里，就是为了把我的力量献给长公主。”

长公主摇头而笑："在帝都，我算什么呢？这里暗流激涌，无处不是权贵，我一个女流，又能如何？但是却有一个人，和我不同，他能给予先生的东西远超过我。今天一早，我对他说了碧城先生的事，他非常激动，很想当面向碧城先生请教。所以我直闯进来，不是为了在殇阳关的计划失利，而是要告诉先生这个好消息。"

"谁？"

"当然是这一代我们白氏的皇帝！"长公主向身后招手。

一直隐藏在最后面的戎装武士们大步而入，他们都是英俊挺拔的年轻人，浑身庄严的玄色重铠，胸甲明亮如镜，配以暗红色的重锦军衣，肩甲上垂下金色玫瑰的军徽。他们在雷碧城面前低头半跪，手捧着朱红色的托盘，上面是一袭暗红色的重锦长袍和一顶黑色的发冠，长袍和发冠均以黄金为纹路装饰，是极度华贵庄严的礼服，帝都公卿的朝服也不过如此而已。

"太清宫金吾卫请碧城先生着礼服，陛下正在等待先生！"为首的年轻人大声说，声音抑扬顿挫。

这是皇室最隆重的礼遇，任何一个重臣能蒙这样的仪式请入太清宫都将为之狂喜和狂傲，而雷碧城看起来却并不怎么激动。他伸手轻轻触摸那件礼服，久久没有说话。

一直沉默的宁卿近前一步，按住了那件礼服："穿上这件礼服前，我有几个问题想请教碧城先生。"

"宁卿公子请直言。"

"碧城先生出仕离国，和碧空先生效忠皇室，前后相差不过两年。而离国和皇室从当时到现在都是死敌。请问为了同一个目标，为什么两位先生却选择了不同的阵营？"

"因为我们选择的是不同的火种。"雷碧城说。

"火种？"

"先帝和威武王殿下都是胸中燃烧着火焰的人，都意图改变这远不完美的天下。我们辰月的信徒并不选择任何一方的势力，我们仅仅选择火种。人心里的火，给了这天下以活力。我们把生命献给神祇，而把神祇赐予的力量分赠给火种们。”雷碧城缓缓地说，“这也是我来这里的原因，无论长公主，还是宁卿公子，心里都有火种，甚至并不逊于嬴无翳。”

“即使火种们之间是敌对的？”

雷碧城看了他一眼：“是。最后总有人在我们的辅佐下取胜，将天下的权柄握紧在手中。虽然这权力的执掌也不过是一时的。”

“宁卿受教了。”百里宁卿长拜，倒退出去。

雷碧城起身，从托盘中抓起礼服抖开，披在肩上。此时他的动作大开大阖，仿佛挥斥千军，满屋的人都感觉到那礼服抖开时候扫出的风扑面而来。金吾卫们敬畏地为他压上发冠，仿佛服侍皇帝那样谨慎。

雷碧城昂然而立，张开双臂任由金吾卫们为他整衣，他身形高大挺拔，眉宇森严，不可逼视。

长公主也走到雷碧城身后，为他整理衣服的皱褶。

“偏劳长公主。没有完成我们的计划，却蒙长公主原谅，更引荐我给陛下，雷碧城深感恩典。”雷碧城这么说，却并未有诚惶诚恐的模样，任由长公主为他抚平肩膀上的衣褶。

“虽然没有完成计划，可是碧城先生的力量，我们都已看得清清楚楚。获得这样的力量，还有什么做不到呢？”长公主轻笑，“如我当初所说，你们是神的使节，无论是带来毁灭还是恩赐，都没有人能拒绝的。”

“雷碧城尽力而为！”

老人一振礼服，大步而出，长公主、宁卿、金吾卫和从者们跟在他的身后。

胤成帝三年，十月十九日，殇阳关。

北大营正门，淡青色的雪菊花大旗下，古月衣牵着战马，引着一队出云骑射手，正和冈无畏告别。晋北的这面大旗也是刚刚洗干净，上面还留有淡淡的血斑。

冈无畏指着血斑长叹：“诸国此次流的血，只怕可以把殇阳关的每一寸地面染红了。”

古月衣也低声长叹。

“古将军真的不赴帝都觐见么？”冈无畏问。

古月衣摇头：“其实国主并未令我入京觐见，我是一个将军，依令而行。况且，晋北是那么偏远的地方，皇帝知道晋北，大概除了森林，就是下雪而已。我们那里，不习惯寒冷的人住都住不下去，和诸侯素来没有什么恩怨，跟皇室，也少有瓜葛。此次勤王，我国没有很大的野心，其实皇帝的恩典再大，却未必能泽及我们的雪国。”

冈无畏惨然笑笑：“我还是要启程入京的，不过休国五千精锐来到这里，我只能带着一百六十五个活人入京了。休国不大，此次惨胜，我国已经无力和诸侯逐鹿。不过是在皇帝面前表表功勋，得几个有名无实的爵位，拿几张轻飘飘的诏书而已。”

“冈老将军也说这样的话，月衣倒是有些吃惊。”古月衣低声道，“不过，却是实情。”

“我已经很老了，很多事情看得很明白。可是身为名将，出仕诸侯，不能在国家最艰难的时候引身而退。”冈无畏翻身上马，低头看着谦恭的古月衣，“年轻人，更多的战争就要开始了，休国大概无法活到最后，我所想知道的，只是到最后一刻，是谁攻进我所守的城门。”

古月衣沉默良久：“我只希望不要是我。”

“哈哈哈哈。”冈无畏苍老而豪迈地大笑起来。古月衣有些不安，他和冈无畏相识这些日子，还从未听过这位端方威严的老一辈名将如此纵声而笑，于是心下有些惴惴。

“年轻人！你和我不同，我已经老了。你年轻，有才华，也有了名望。你应该辅佐胸怀壮志的主人，晋北侯雷千叶就是一个。你的国主，他并非没有野心，他是雪山的白虎，已经积累实力很多年了，我知道他是有实力取得天下的人之一。”冈无畏笑着说，此时他卸下了沉重的外壳，就像一个毫无顾忌的老兵，“如果有一天我们在战场上相遇，我也不会手下留情，你也用不着可怜我年老。”

古月衣仰望这个老人，终于点了点头：“冈将军的教诲，古月衣记得。”

冈无畏转身策马而去。古月衣也翻身上马，却依旧注视着冈无畏远去的背影。

“冈将军是一块老辣姜。”有人在他身后含笑道，“看他挥刀杀敌，让人握剑的手也热起来。”

古月衣惊诧地回头，没有料到居然有人能悄无声息地出现在自己背后。他看见的是息衍，息衍步行而来，一身散漫的黑衣，嘴里叼着烟杆。

“息将军！”古月衣急忙见礼。

息衍摆了摆手：“我是来找白大将军的，听说古将军就要离开，也没有机会远送，不过终有再见的日子，也就不值得惋惜。我想说的话，恰好有一位老辣姜已经说了出来，改日如果在战场上相遇，无论是战友还是敌人，息衍都会乐于看见古将军的身影。”

“我们……”古月衣愣住了。

“你获得了指套，可是距离真正的天驱，还差得很远。”

他笑笑，转身走向北大营的门口，跟在息衍背后的，是吕归尘和息辕，吕归尘怀里抱着一身白衣的小公主，小公主头上蒙了白色的面巾，想来是不想让这个孩子看见满地的横尸，也不想让人看见她的面容。古月衣对吕归尘和息辕微微点头，便算作告别。

他再次看向冈无畏离去的方向时，那个老人的背影早已消失。

这是古月衣平生最后一次见到冈无畏。若干年之后，休国灭国的那一日，古月衣就立马在那个持乌金色长枪的黑衣武士身后，亲眼看着城门洞开，看着头发花白的老将军飞身一跃殉国，看见他的尸身被军士们刺在枪尖上，当作胜利的标志举过头顶。

古月衣的泪水不能控制地滑过脸庞，火辣辣的有些痛，像是在伤口抹了姜汁似的。

那个被他奉为主上的黑衣武士回头问他："是因为当年的交谊么？"

"不，"古月衣回答，"只是很高兴我已全力以赴。"

息衍站定在楚卫大营的中军主帐之前，深深地吸了一口烟，又长长地吐出。

息辕跟在后面，看见叔叔这个模样，也略有些紧张。息衍很少如此谨慎，甚至有些犹豫，平素的息衍是一个懒散的人，了无牵挂。息辕知道这是要去见白毅，却不知道为什么这一次见白毅让息衍显得有些异样。吕归尘拍了拍怀里裹在一团素锦中的小公主，和息辕对了对眼神。

息衍摸了摸下颏细微的胡须，有些为难的样子："终究是要带走别人家的公主当人质，让人有种做强盗的感觉。"

他转向息辕和吕归尘："你们两个带着小舟公主，进去和白毅见上一面，道个别。我在这里等你们。"

"是。"息辕应了，却有点奇怪，"叔叔不和我一起去么？"

"不，我和他是多年的朋友，不必多见了。"息衍淡淡地回答。

吕归尘不解，扭头看着息衍："将军是说？"

"有个人，原来是你的朋友，现在不知道是朋友还是敌人，不过终究站在不同的立场上。相见不如不见，又是在这样尴尬的场面下。"息衍语意飘忽，终于不愿多言，"总之你们现在还不会明白就是了。"

他沉默了一下："有点怀念在战场上，那时候大家始终都是朋友……"

息辕和吕归尘明白他有些话不愿意多说，便只能并肩向着大帐走去。

"让他和小公主说说话，"息衍在后面补了一句，"但别太耽误时间。"

息辕和吕归尘走进大帐，略略有些吃惊。偌大的帐篷本来是白毅野外行军的仪式场所，里面空间极其开阔，原本应该卫兵拱列，可是这两个人却只看见空荡荡的一座帐篷，只在最中央搁着一把椅子，一身白衣的将军双手按着膝盖，沉默地坐在那里遥望他们。他的眼神是安静的，又带着刀剑般的锋利，却不咄咄逼人，只是能把一切都穿透似的，静静地推了过来。

息辕也是见过场面的人，此时却不能不束手束脚，他示意吕归尘把小公主放下。吕归尘解开了笼在小公主脸上的面巾，小舟脂玉般的脸庞露了出来，一双明净的眼睛开始有些惊惶，当她看见端坐不动的白毅时，忽然就安静下来。她还是有点畏惧，低着头，却使劲抬起眼睛，小心地揣摩着白毅的神情，稍微觉得不对了，又立刻把目光垂下去。那眼神分明是看见了最亲近的人，只是害怕被责骂。

可自始至终白毅只是静坐，连眉梢都没动分毫。

息辕和吕归尘开始觉得不自在了，这个场面让他们觉得自己根本就是不该存在的外人，像是糕点上的苍蝇一般令人讨厌。

“舟月见过老师。”小公主缩着肩膀看着地面，小心地说。

“老师？”息辕吃了一惊。

“舟月，”白毅点了点头，“看见你，老师很高兴。国主嘱咐老师，一定要从万军之中保得你的平安，天幸你得救。可是城里又一直动荡不安，你没有事，老师就放心了。”

“舟月记得老师的教诲，有几次遇见危险，一直默默地念老师教给舟月的话，就不怕了。”小公主声音细细的放不开来，却分明是极其地依赖白毅。

吕归尘在一旁看着她几次想上前去接近白毅，却被白毅以眼神吓止，便又强忍着站住，像是一个等待老师训斥的学生般。他心里觉得小公主有些可怜，却也不便在这种时候多说话。

“老师教你的什么话？”白毅问。

“俯仰无愧，得失不惊，生死六十年中，荣辱几点墨迹。待得看穿沉浮，终归不过流水事，我身一石子，自沉天地间。与我何相干……”小公主清亮亮地朗诵。这句话大概是出自什么老儒的随笔，息辕是不懂的，只觉得从一个锦绣缠身的小公主嘴里听来，说不出的可笑。可是小舟朗诵得认真，白毅听得严肃，息辕只有把笑生生压住，憋得难受。

小公主朗诵完了，恭恭敬敬地一拜。

白毅微微点头："不错，这一课记得很好，那么，这段《石头言》出自哪里？"

"出自下唐国文睿国主的《暇心论》。"

"怎么解释？"

"是说人不能太看重自己的喜怒哀乐，被自己的得失心操纵，其实世事看起来纷杂反复，但是无非是映在人心中的投影。只要能够安定自己的心，无愧于内，就能无所畏惧。生死是很短暂的六十年间的事情，别人的赞赏和辱骂也不过是一些墨水痕迹。世间的事情就像流水，但是人可以把自己看作石头，石头总是沉在水底，任凭流水起伏，石头却不会被翻起来。"

吕归尘微微点头。这段话他跟着路夫子学过的，解释也分毫不错，可是这样一个白玉般的小娇女，却不太可能明白这种老人的心境，终究不过是照本宣科而已。他没有想到白毅授课也是如路夫子一样，净是说些大道理，说起来无论怎么有理，想起来却有些虚。

白毅却赞许地点了点头："不错，都能记得就很好。"

他也不看吕归尘和息辕，从椅子上起身，背着手在大帐里踱步，仿佛自言自语："息将军送你来这里，让我们再见一面，是因为你今天就要随下唐军去南淮了。那么这一面，就是最后一面。国主临行前叮嘱我务必带公主归国，因为非常挂念，不过我思考再三，既然已经应诺了下唐国，没有中途反悔的道理，这次能够救出公主，下唐国也出了很大的力。希望公主明白事理。"

他停下来，隔着很远和小公主对视。小公主像是惊呆了，张着嘴，却什么也说不出来，小脸上的神情让息辕也心里一软。他从未想过从一个孩子的眼睛里能看到那么多、那么深的失望，让人心里不自觉地泛出酸楚来。

“希望公主明白事理。”白毅轻声重复了一遍。

小公主低头看着地面，息辕能看见眼泪就在她的眼眶里打转，晶莹剔透，可是最终却没有滑落。小公主抬起头来，用清朗朗的声音说：“舟月知道了，老师的话，舟月记在心里。”

“很好。你生为我们楚卫国的公主，无从选择家世，享受富贵荣华，也必须承担起公主的责任。”白毅点了点头，长叹了一声，“可我一生自恃才能，如今却不得不让年幼的公主分担战祸，真是嘲讽。”

他站在那里，遥遥地和公主对视。吕归尘看着白毅的眼睛，只觉得这短短的凝视像是极漫长极漫长，长得让人恍惚。而白毅的目光中，有如此之多的话语，虽则不曾出口，吕归尘也看不明白。可是他觉得小舟是能明白的，他看见小公主面对白毅，努力抿紧花瓣样的嘴唇，露出坚毅的神情来。

白毅似乎是不经意地踏了一步上前。

噌的一声，是武器出鞘的声音。吕归尘看见息辕紧张地拔出了佩剑，斜插于地，封在了小公主身前。息辕神情紧张，是不自觉地做出了防御，不知怎的，此刻他对于白毅的接近感觉到了某种危险。

白毅停下了脚步，看了看隔在他和小公主身边的那柄剑。良久，他收回脚步，退后一步，站在了原来的地方。

“你到南淮之后，下唐国国主想必会安排最好的老师给你。他们教给你的东西，也像老师教你的东西那样，要用心记牢。我以前给你授课，也知道有些东西你现在不懂，可能要过许多年才会真正明白，但是我还是要你强记下来。因为世间总是聚少散多，即使老师也不可能一生一世都守在你身边，总有一天老师也是要死的。先把一些东西教给你，你将来想起来会有用，”白毅看着小公主，低声说，“勇敢些。”

吕归尘心里微微一动，就要出口说原来是这样的，一切的一切只为了你记住，将来会有用。他想起他的爷爷在石窟深处举起刀的瞬间高喊历代祖宗的名字，那个老人希望他记住，将来当他成长为英雄，这些记忆中的知识便会有用。

“去吧。”白毅向着吕归尘和息辕挥了挥手。

息辕不想再耽误，他觉得时间已经太长了，急忙把素锦面巾再次蒙在小公主头上，抱起她大步出帐，吕归尘看了白毅一眼，这个绝世名将低头坐在椅子上，忽然间变得疲惫不堪。吕归尘想也许没有什么比这更让一个乱世男儿失望的了，自己无法承担的责任，要靠一个花蕾一样的孩子去背负。

平生第一次，他觉得这些乱世中纵横挥斥的男人们，也和其他人一样，对很多的事情无可奈何。

他向着白毅躬身一拜，退出了大帐。

大帐外，息衍正和白毅手下的参谋首座谢子侯告别，双方都是彬彬有礼，礼节繁琐而慎重。

“古月衣将军不去帝都，据说是晋北侯雷千叶的命令。息将军也不上帝都？以下唐国国主如此亲近皇室，息将军却不当面向陛下请安，恐怕要受责备吧？此次大战，下唐国居功甚伟，陛下对于下唐国，必然盛赞厚赏啊！”谢子侯含笑说。

息衍也是含笑，压低了声音凑近了谢子侯耳边：“我不是你家白毅将军，不会被人踢在腰间几乎要踢死我，我还是要低下头凑上去做忠犬。帝都的蠢物们，我没有心情应付！”

谢子侯被这句话惊得呆了，几乎面无人色，不知道说什么好。

“你家白毅将军乃至谢先生自己，和我说的也差不多吧，只不过不好对外人说。可现在这里只有你我两人听见，谢先生纵然要以此为证据向皇帝告我的恶状，也没有证人，所以我就跟谢先生说了实话。冒昧之处还请见谅。”息衍一笑，略带诡秘的神情。

他退后几步，长身作揖，和谢子侯别过。

跟随而来的下唐军士牵过了战马，三人翻身上马，吕归尘把小舟从息辕那里接过来，放在自己的马鞍上。军士在他们背后打起了没有家徽的墨旗，几乎和晋北军同时，他们也要开拔了。

他们走出营门，忽然听见远远而来的箫声。箫声一掠而去，有人放歌，声如裂羽：

“为卿采莲兮涉水，

为卿夺旗兮长战。

为卿遥望兮辞宫阙，

为卿白发兮缓缓歌。”

那歌本来是温婉的调子，此时歌声中却有激昂悠远的意味。息辕悚然，按住了腰间的剑柄。

息衍却一挥手：“白大将军的歌，很难听到，不可造次。”

三人停马回望那间只有一个人的中军大帐，歌声便是来自那里，起初时候还绵绵而起，最后几乎是山岩开裂般的雄浑，说是歌声，更像一个人的放声大吼。周围的军士都放下手里的事情呆呆地站着听，一时间忙碌的军营里面竟然没有第二个声音。

“不如他了。”息衍仰天长叹，“音乐的造诣，我们当年不相上下，我甚至还略胜一筹。不过这些年我手懒，只是弹些俚俗的调子，不若他在一管箫上下了很大的功夫。现在听他放歌，只觉得自己又矮了一截，以后音乐二字，我是不用在白毅面前提起了。”

白毅歌声落定，静了一瞬，接下去是幽幽的长吟：

“花开五载后，

征人犹未返。

君看我之家，

上有草荒寒！”

歌声豪烈的时候，息辕还能镇定，此时听到白毅幽幽的吟诵声，如同一阵寒风从他胸口穿过，胸间一片空虚，细微的冷汗渗透了铠甲下的衬衣。最后声音飘散，久久地都没有人动一下。

“檀板金樽一唱，孤舟已是千里。”息衍低声笑笑。

“叔叔，白将军在唱什么？”息辕不由得问。

“前面那首是楚卫的民歌，是说一个男子为女子出征，也为女子辞官。出征之人常常唱这首歌。”息衍说，“不过后面这首诗我没有听过，似乎是首古风，和前面的歌声意义相连。说出征五年后，如果还不能回来，便可以去找他的坟墓了，不能建功立业，人也不能回到家乡。大概是他自己写的诗。”

“白将军还会写诗？”息辕摇摇头，“可我怎么都听不懂。”

“你哪里懂，我跟他认识几十年了也还是不懂。不过隐约觉得，他的诗有所暗指，”息衍摇头，“不过他的诗从来就不大气，过于幽静悲凉。常有幽明异路、离人千里的感觉，感叹有些事，纵然英雄持剑而不能挽回。”

就在这曲苍凉的招魂歌中，息衍转身拍马远去。

“老师，舟月记得了。”吕归尘听见马鞍前、素锦包裹着的小公主喃喃地说。

[历史]

殇阳关勤王战和锁河山八鹿原血战并称，是胤末燮初历史上意义深远的两次决战，皆是离国以一国之力对决诸侯联军。两次战争中，包括调动的民夫，都动用了三十万以上的人丁。而每一次战争，无论哪一方的成败，都在战场上扔下了堆积如山的枯骨。

殇阳关勤王战结束于胤成帝三年十月十七日，以离国谢玄军团从殇阳关下撤离为终结。这场战争整个过程不到三个月，仅有一场决定性的战役，然而各诸侯国死伤的总数超过七万人，惨烈程度堪比胤帝国开国时蔷薇皇帝强攻阳关的那一战。不世出的霸主和不世出的英雄们于沙场

上纵情挥斥，后世的军法家们回头去研究这场战争，无不盛赞两方领军者的谋略，认为即使后人回到当时的战局中，也难有超越前人的机会。这场战争被称作关隘攻防战的经典，这传奇却是以鲜血来书写的。

七万人的尸骨无力收拾和掩埋，便被抛弃在荒野里，直到第二年春天，楚卫国还在不断地征发民夫就地掩埋尸骸。殇阳关在这一战中成为一座积尸数万的死城，就在白毅等六国军团撤离后的次日，天降豪雨，暴虐地冲刷着这座古老的雄关，附近的人称为“天哭”，是死者的怨气积累在天空中所化的阴云崩碎了，泪雨滂沱。城中水深四尺，尸体腐烂导致疫病流行，再没有人敢派兵驻防，殇阳关四周变作了一片死地。联军在殇阳关外六十里处建设土城“南靖”，代替殇阳关作为帝都的门户，直到次年的夏天殇阳关的清理结束。但是“南靖”这个土城却被保留下来了，作为殇阳关的前哨。更多的人却并不熟悉“南靖”这个名字，而称它为“哭城”。

这场战争的影响甚至延续到数十年之后，楚卫的土地最终并入大燮的版图，燮敬德帝在位年间，第一次核查人口。大燮的官员惊讶地发现楚卫地方竟然有数千家人家是女子和女子相婚配，以夫妻称呼。敬德帝令查实，疑心其中有人逃避税赋，可结果出乎预料，原来楚卫地方军武之风盛行，乡村男子往往结伴从军，而在殇阳关一战中，楚卫军团死伤惨重，乡间一村一村的男子都埋骨在殇阳关下。一时间女子无人可嫁，容貌出色的宁可自卖给富家作为侍妾，更有女子之间互相婚配，粗壮者田间劳作，纤细者家中纺织，乡间也称为夫妇，作为一户缴纳税赋。

敬德帝叹曰：“当日殇阳关下，杀十万人，若其尸骨比肩而立，纵太清宫之大，未必能容。遥想其惨烈，而今尚战栗不能自持。然我兄亲历其阵，万军之中刺杀鬼使，果然铁胆，遂可以取天下。我曾闻坊间有言，谓我守成之皇帝，我兄开国之英雄，此言不欺我。然，英雄长战，庶民漓血，男子战死沙场，父母悲戚，女子无人可托，遂自相婚嫁，有败人伦。我心不忍。”

于是，敬德帝开恩，下令免除“女婚”之家终生税赋。女婚之家闻言，无不抱头痛哭。

此时距离殇阳关的血战已经有四十一年，距离胤末风云之战的结束，也不下二十年，过去曾给这些庶民之家带来痛苦的英雄们，也已经像他们麾下的将士们一样，永远地被埋葬在泥土中，过去的壮志雄心，恐怕只剩下渐渐散去的魂魄，犹然如流云般在天空中疾行，呼喝着、咆哮着、高唱着过去的战歌。

尾声

一

胤成帝三年十一月，南淮城，紫寰宫。

内监高捧着卷轴，从香烟缥缈的宫室中出来，步伐缓慢，仪态庄严。他环顾周围，打开卷轴："国主有诏，宣武殿青缨卫、执金吾息辕晋见……"

宣诏的人中气极足，长长的尾音在紫寰宫每个角落中回荡。此刻，建安殿前的百级台阶下，群臣礼服庄严，衣袍翻飞在风里，像是海波般宏大。这朱潮紫海中却仿佛被人用利刃划开，忽地凭空出现一条大道，任由年轻的黑衣武士疾步上殿。

息辕职位不高，武殿青缨卫只是侍候武殿都指挥起居的微末职衔，而执金吾是国主赐给高官子弟的官荫而已。群臣让道给这样一个年轻的军官，是极隆重的礼遇。

这是凯旋的大典。

下唐重商轻武，军威足有近百年不振了，而此次勤王之战，不但斩首数千，缴获旌鼓辎重数十车，而且平安地请回了楚卫国的公主，堪称百年未有的盛事。南淮的人们并不知道殇阳关里发生的一切，只闻战报传来，离国退兵，便是朝野欢腾。息衍叔侄的声威一时间登峰造极，息辕带前锋营入城时候，被欢呼的少年武士们围得水泄不通。少女们抛洒鲜花，那眼神，完全把他看作了未来的将星和最好的夫婿人选。

息辕登上台阶，以战袍拂地，单膝跪下："臣武殿青缨卫、执金吾息辕，拜见国主！"

"息将军名门之后，少年乳虎。五年前，我在大柳营中就见将军英姿勃发，果然成长为俊杰了！授游击将军、执金吾参谋将军，再赐鳞甲、铁剑，赏金铢一万！"建安殿中传来水沉香的气息，百里景洪也是一身礼服，平天冠、云绣长袍，坐在帘幕后。虽然眉目模糊不清，却隐约看得出他脸上无边的喜气。

"为国主分忧，虽死无憾！"息辕猛地拜倒。

群臣的欢呼声海潮般涌起，百里景洪双手平举，示意所有人不必吝惜赞美。铜钟轰鸣起来，号角吹出激昂的长音。

这还是息辕第一次正式觐见百里景洪。这样隆重的仪式和礼遇，在下唐堪称空前绝后，欢呼声里，息辕的心里也热得如火。从军的武士，无不指望授剑、拜将、建功立业，而殇阳关一战，息辕已经一步登天，获得了许多人也许要奋斗二十年才能得的地位。

"此战胜负如何？"百里景洪威严地发问。

"大获全胜！"息辕大声回答。

"杀敌几何？"

"七千四百人。"

"俘虏几何？"

"两千四百人。"

"缴获如何？"

"军器五千余件，大车五百乘，战马七百五十四，军旗二十三件，尚有其他缴获，已经堆积于城外大柳营，请国主过目。"

"好！"百里景洪神采飞扬，离座起身，"我已经上表，请皇帝授息衍将军远南侯，封一千八百户，赐玉剑，骑马入宫，觐见赐座！天佑我下唐国，赐我以神将，如日之光，国运昌隆！"

“如日之光，国运昌隆！”臣子们高举双手，齐声应和。殿外禁军跟着纵声长呼，整个紫寰宫欢声雷动，仿佛已经见到下唐国称霸天南的将来。

息辕微微舒了一口气，他知道这些其实都是仪式，其实杀敌几何缴获几何百里景洪早从战表上看得一清二楚，这一番问答只是要声音洪亮让每个人都听得清清楚楚，为的是振奋国威，要这一番举国欢庆的气氛。他悄悄看向建安殿里，帘幕后，国主的身边，一个人端坐在那里，雕塑般不动。他知道那是叔叔息衍。很古怪的，本应是息衍领军凯旋接受群臣的欢呼，息衍却指令息辕代替他。他自己早已入宫坐在国主的身边，似乎这次出征和他没有任何关系。

“臣有表章进献，愿国主施恩有功将士！”息辕高捧着昨夜写好的表章。他用了很大的心思，一个一个评定，息衍看着他做这一切，只是笑笑。

“有功者赏！”百里景洪赞许，“息将军先退，表章交掌香内监转呈。”

“息辕，不必呈献表章，既然得了封赏，还不拜谢国主？”帘幕后，息衍含笑说。

息辕愣了一下，没能明白叔叔话里的意思。他无法再说什么，拜谢了退下。

当他踏入廊后把那份表章交与掌香内监的时候，这个皮肤发白相貌敦厚的老者只是笑了笑，随手把表章置于堆积如山的卷宗中。

息辕有些担心：“放在这里，国主都能一一过目么？”

“唉，少将军，你这就是不懂宫里的规矩了。”掌香内监笑了笑，“国主的恩泽，能及几人啊？今日你为同袍求封赏，本来不在仪式的内容中，如果不是你的叔叔是息衍，国主又是高兴的时候，只怕是要挨一通训斥的。”

他拍了拍年轻人的肩膀：“死者已矣，封赏他们，真的还有什么意思么？”

与此同时，城里的酒肆“烫沽亭”里，姬野、吕归尘和羽然正百无聊赖地围着一锅鱼汤，等它沸腾。羽然双手捧着杯子，嘴唇卡在杯沿上，嘬着嘴吮吸米酒，大大的眼睛左顾右盼。

“今天这里怎么这么少的人？”她问。

“今天是凯旋的大典，没有出征的军官都被指派去卫戍紫寰宫，出征的人才有假。”姬野靠在墙上，嘴里叼着根枯萎的草叶，翻着眼睛看向屋顶。到了冬天，烫沽亭便把桌子架在暖炕上，暖炕上再铺席子，这三个大孩子也不管周围人的眼光，都舒展身体在炕上，横七竖八的不成体统。不过这里的人对他们也不陌生了，这个小酒肆来的无非是军衔不高的下级军官和小本经营的行商，整日里出入的就是那么几十个客人。

“姬野你这次战功不小，能封上副将么？”羽然又问。

“不知道，息辕是说要上表请求国主封我为副将的，不过谁知道。”姬野漫不经心地答着。

“这次有好多人都有军功吧？没出征的那些人可要后悔了，胆儿小呗，老鼠胆儿。”羽然说着往旁边瞥了一眼。那里的暖炕上，方起召雷云正柯他们也是一桌，一边吃一边把目光一道道地投过来。

“看什么？不怕长针眼啊？我可没说谁，谁自己对号入座的，自己乐意！”羽然对着这些人没好气，看着屋顶大声地说着。

吕归尘拉了拉她的胳膊，让她不要那么牙尖嘴利：“活下来的，大概没多少人。”

“那阿苏勒你怎么没有参加大典？他们也没有请你么？”

“大典为什么要去？”吕归尘看着将要沸腾的锅子，把红亮的辣椒油往里倒，“大典也没有鱼吃。”

棉帘子一掀，有人走了进来，四周环顾，跳上了姬野他们这边的暖炕。

“息辕？”羽然眼睛一亮，“这么快？你不是参加大典去了么？”

“下来了，就是上殿一趟。”息辕看着鱼锅。

“等等再动手，还没滚呢。”吕归尘说。

“息辕你封了什么？”羽然抓住他的袖子。

“游击将军。”

“那姬野呢？”羽然看了姬野一眼，姬野懒懒地躺在那里没动弹。羽然觉得有些奇怪，以前姬野还是很在乎他的军衔和晋升的，这次出征回来，他像是把这些都忘了。

“没有，其他人没有封赏。”息辕把那柄随身的宝剑扔在炕上，那是他引以为傲的东西，可此时他像是完全不在意这柄剑了。

“没有？”羽然愣了，“什么叫没有？”

“我再说一遍，就是简简单单的，赐了我剑甲，封了我游击将军，别的没了！什么都没了！”息辕忽地大声说。羽然被他吓得愣住了，这才注意到他的脸色潮红，满嘴喷着酒气。

“你喝酒了？”吕归尘问，“帮你盛碗鱼汤解酒。”

“没有就没有，没有算了，别那么大声。”姬野懒洋洋地说。

“你们别以为我不知道，我得了剑甲，受了封赏，可是其他人什么都没有！他们已经死了！连问都没人问一声！你们能瞧得起我？”息辕红着眼睛，猛地拍了桌子，声音大得震耳，他确实喝得不少。

“别那么大声，”姬野照旧看着屋顶，动也不动，“没人怪你，你是少将军，可是封赏是国主的事情。国主不赏，我们还怪你么？”

“姬家的长公子今天忽然变得会说话了，毕竟是出征过的人，长了见识，识了时务。”方起召走了过来，怪声怪气的，“封赏不封赏，是国主的事情，息少将军爱惜同袍，可不懂国主的意思。”

他转而问雷云正柯：“雷云兄，你今日听说得了升迁。”

雷云正柯把自己衣袋里的军徽掏了出来，随手扔在了桌上：“一个副将。”

方起召嘿嘿地笑了起来：“我得了一个参将，比雷云兄还是差了一档。”

他回头看着躺在那里的姬野：“升迁封赏，是要培养名将，死了的人会是名将么？国主不是下诏说每户给予抚恤么？抚恤就够了，死了的人，封赏他他也不知道，不如一点抚恤，他的家人拿到钱，也会觉得这个人死得还有点用。”

“你去死吧！”息辕从小桌上抓起一只酒壶，直接在方起召的头顶扣成了碎片。

方起召哀号了一声，抱着脑袋退了出去。他这么说纯粹是来找事，已经防备了姬野跳起来发难，可是没有料到暴起的是距离他最近的息辕。

“息辕！停手！你喝多了！”吕归尘急得要去拉息辕，可他一回头，看见姬野坐了起来，一把抄住了暖炕上的小桌。

“姬野！姬野！你要干什么？”他呆住了，可是他只是一个人，他不能一边抱住这个发疯的息辕，一边上去阻拦那个恶狠狠的姬野。

姬野把炕上的整张桌子举了起来，在地上掼碎了，阻挡了一个按着腰刀要扑上来的年轻军官。他从桌子的碎片里捡了一根桌腿，在手里掂了掂，然后挥舞桌子腿猛虎一样扑了出去。

息辕也拾起了一根桌腿，也是很满意地掂了掂，大吼一声扑了出去。

吕归尘急得要跳脚的时候，感觉到羽然在旁边用肩膀顶了顶他。他一扭头，看见羽然自己抱着一根桌腿，把最后一根桌腿塞到了他手里。

夜幕降临，南淮城外，大柳营北侧的云台。这座高台刚刚兴建起来，还未完工。据说是国主有意振奋军威，劝说国人尚武，所以建筑了这座高台。将来良家子弟中有以军功出众的，就在这里受封，晓谕全国。

可此时一道铁栅栏把通往高台上的通路封闭起来，隔着栅栏，两拨年轻军官一边瞪着眼睛踢打栅栏，一边破口大骂。

“你有种就别躲在里面！出来大家试试！”

“你有种就别仗着人多！叫你那帮狗党都退下去，我一个人揍你们四个，还只用一只手！”

“你他妈的乌龟样缩着，就别嚣张！你敢出来一步我就揍得你满地找牙。”

“一步？我给你一步！”姬野抬腿一脚，从铁栏缝隙里踹出去，把方起召从台阶上踢翻下去。

方起召怪叫一声，从身边摸了一块石头砸向姬野，姬野挥起胳膊打飞了那块石头。方起召他们发觉这招还是有效。他们这边的人都在云台下上不去，周围多的是砖头，他们纷纷拾起砖头砸向上面的四个人。四个人顶不过，往高台上撤去了。方起召他们小胜，却还是不能冲进去痛打那几个人泄愤，只能在下面恨恨地跺着脚。

闻讯赶来的巡街校尉带着一队军士远远地看着，既不走近，也不远离。这两拨人下午从酒肆里厮打到街上，惊动了几条街的看客，旁观着大声叫好。军人当街打架，虽然是有碍观瞻的事，不过这样的事情在南淮却不少，只是像今日那么大场面的还很少见。方起召他们吃了亏，一边厮打，一边不断地喊人来，最后他们一边竟有上百个年轻军官，身披铁甲一拥而上。而对方的四个人也异常的彪悍，听说多半是刚从战场上回来的人，三个男孩挥舞着桌腿砸烂了无数的东西，一个女孩也利索，桌腿左一下右一下，阻了不少被后面的兄弟挤上来的人。

巡街校尉认识那几个男女，为首的几个素来在南淮城里名声不太好，而协助的那个居然是武殿都指挥使的侄儿，大军凯旋的入城式上，这个少年一马在前，那时候可丝毫看不出这样的顽劣来。消息急速被送到了息衍的府邸，而此时武殿都指挥使大人已经从紫寰宫里退了出去，家人也不知道他去了哪里。消息又送到拓跋山月的府邸，拓跋山月家里唯一的仆役出来说将军说禁军的事情不在他管辖下，这些事要请问武殿都指挥使大人。

于是校尉们没有办法，只能跟着这些人从城里追打到城外。一直追上云台，他们在上面把铁栅栏封了起来，方起召他们上不去，两方只能隔着铁栏叫骂。按说方起召他们是吃亏的，酒肆的老板也说是叫姬野和息辕的两个军官发难在先，方起召伤在额头，虽然是皮外伤，可血流了满脸，校尉们应该缉拿先动手的人。而且方起召他们这拨在南淮城里素来有威势，即便巡街校尉，也不愿得罪这些公子兵。但另外的四个人确实也不好对付，居然还有一个是蛮族青阳的少主。

最后巡街校尉也劝不得两方，只能任他们这样隔着铁栏对峙。反正最后即便要处罚，也跟他们没有太大关系。两方都有大靠山，不过打出一点皮外伤，最后怎么也不需要这些巡街校尉去解决。

方起召发了狠，让人从城里的大酒家里订了菜肴和酒送来，带着一帮兄弟坐在铁栏下围堵，怎么也不愿回去。校尉们也饿了，也就和方起召他们一起饮食。

此时云台之上，四个人中三个人已经喝得晕头转向。他们从人群中杀出一条出路的同时还抢了没开封的酒，姬野一手提着坛子一手挥舞桌腿，知道的说他是在打架，不知道的以为他是在打劫。他们如今逃不掉，就打开了酒的泥封喝了起来，这酒没有搀过水，比起酒肆里卖的醇厚太多，酒量原本不大的几个人很快就喝多了。唯一一个清醒的人是吕归尘，看着他醉醺醺的朋友们花样百出却束手无策。

“下面的人听着，老子明白啦！”息辕挥舞着双臂在云台边沿的石墙上大喊，“他们没有封赏，因为他们死了。我有封赏，因为我活下来了。真合理，太他妈的合理了啊！”

伴随着高声却毫无意义的叫骂，下面又有砖头被扔了上来，可是砸不到息辕，砸在云台的外壁上发出巨响，随之而来的是巡街校尉的呵斥声。砸坏新建的云台，总是不好的。息辕指着下面，放肆地大笑起来。

而羽然张开了羽翼，如轻灵的白燕那样缓缓腾空，迎风羽翼一振，向着高台外滑翔出去。

“羽然！”吕归尘大喊。

“啊！”羽然得意地欢呼了一声。

吕归尘要上去抓她，羽然已经自顾自地飞走了。吕归尘觉得自己的脑袋就要炸开了，他有一帮很好的朋友，可是这帮人喝醉了酒，却一个比一个更加可怕。

他转头去看姬野，吃了一惊，刚才姬野正和息辕满嘴骂着脏话，像是两个黑街里长大的小混混，此时姬野忽然变得很安静，看着云台远处莽莽的青色山脉发呆。

“姬野，你怎么了？”

姬野摇摇头，不说话。

“姬野？”吕归尘说。他不能忍受姬野这样，太安静了，安静得不像他本人。

“阿苏勒，那天晚上，在殇阳关，你看见了什么没有？”姬野忽然问。

吕归尘悚然。他不能确定自己看见的一幕是不是只是因为太过疲倦而引发的幻觉，可是如此真实的一个幻觉，他如今还能回想起他的身体急速生长时肌肉突出的感觉，真真切切的有力量贯注进整个身体里。他不想对旁人说，包括姬野，他不想说那天夜里他真的看见那些野兽般的男人压在诃伦帖的身上。

“姬野……你也……”他犹疑着说。

“我看见了，”姬野站了起来，“我原来是不想看见的……”

“她死了。”他忽然说了这句没头没脑的话。

吕归尘愣住了。

“我想起来啦……她长得……好像我妈妈……”姬野说这句话，仿佛用尽了全身力量。他转头，看着吕归尘的眼睛，吕归尘看着他一双被烈酒烧红的黑瞳慢慢冷却，而后泪水缓缓地流了下来。

吕归尘愣了一下，忽然明白了他在说谁，那个黑瞳女人的脸在他脑海里分外清晰。那是在她生命的最后瞬间，吕归尘掷出了火把，火把在漆黑如墨的夜色里翻滚，温暖的火光最后一次照亮她安静的脸。姬野如鹰一样从城墙上射出，虎牙咆哮，雷碧城的从者带着笑容放开了手臂，火把掠过，女人如一页被泼上了朱砂色的纸一般飘落。最后一刻，她分外的美丽。

他用力抓住姬野的肩膀，却不知道说什么。姬野挣脱了他的手，踉踉跄跄往前奔了几步，他在云台的正中央站住了，仰面对着星空，伸展双臂，像是一只绷紧了全身肌肉练习起飞的雏鹰。

“她又死了，又死了一次，”姬野喃喃地说，“就死在我的面前，可我还是没能救她。”

他缓缓地弯下腰去，像是无法再负荷那种悲伤。他用力抱着自己的头，想把自己和整个世界隔绝开来。

“妈妈，我是一个没用的小孩……妈妈，我是一个没用的小孩……我是一个没用的……小孩……”他轻声说。

吕归尘感觉到那股贯心的痛楚了，他觉得有些明白了，为什么他的朋友的黑瞳总显得那么凶猛，仿佛带着仇恨。姬野是在恨别人，或者其实他是在恨着自己。这种仇恨无法解脱，因为死去的人已经死去。

什么是死？

死是完结，是永远，是不再相逢。

是可以回忆，但不能牵手。

姬野仰面倒了下去，沉重地着地。吕归尘上去想要扶起他来，才发现他已经躺在那里睡着了。

那一夜南淮的天空澄静，星辰剔透，羽然像是一只白翼的燕子在远处掠过天空，大概还在呼哟呼哟地高喊，只是太远了听不清楚，息辕昏昏沉沉地趴在云台边上，把半个身体探出去呕吐，而姬野静静地躺在冰冷的青石上，身上盖着吕归尘的外袍，呼吸匀净如婴儿。

吕归尘便在云台上吹笛，笛声漠漠，像是牧马人在马鞍上回望平林远山。吕归尘觉得真是寂寞，每个人都是如此，寂寞得像是风里的一叶飞蓬。

然后他睡着了，梦见了苏玛和他的父亲，又梦见他的父亲也是和他一样大的孩子，被狂狮般的老人放在马鞍前，一起纵马去围猎。他的梦里彤云大山整个笼罩在雾里，只有山顶闪烁着神圣的金光。

醒来的时候吕归尘觉得自己是想家了，也许他该回家了，他忽地有了这种感觉。

二

胤成帝三年十一月，南淮城外的山涧旁。一个黑色长袍的中年人，一个雪白长袍的羽族老人，一个灰鼠皮短衣的河洛，他们并排坐在石头上，各持一根钓竿，脚下的流水哗哗作响。

息衍抽着烟，吐出一片云雾："你也真是个古怪的羽人，我听说羽族的贵族很少吃肉食，不抽烟也不喝酒，可是你百毒均沾，居然还会钓鱼。"

"我也不知道自己算不算个羽人，这些年我在人类聚居的地方可比在森林里的时间多得多。总是餐风露宿，不会钓鱼打猎岂不早就饿死了？"翼天瞻也叼着烟杆，悠然地在钩上穿了一条蚯蚓，鱼钩划一个漂亮的圆，切进水里，不溅起半点水花。

马鲁康祖已经没耐心了，不断抬起钓竿去看鱼有没有上钩，可是每次都令他无比失望。

"嗨嗨，老家伙，你那样是钓不上来鱼的，关键是静静地等待，你们河洛果真是只会养豚鼠的种族。"翼天瞻瞟了老河洛一眼。

息衍点头附和："有道理。钓鱼是逸事啊，可不是只为了吃一口河鲜。听说这里有难得的红鳞，我来这里好几次了，一次也没碰上。"

"难道我们非要钓？难道我们不能设计一种水流驱动的闸门，或者我可以弄出一张网子来。"马鲁康祖非常不满，"任何一种办法都比在一根竿子前面拴一根线和一个钩子就想弄上鱼来更加实际些，无论是人类还是羽人，你们宁愿浪费时间也不愿多动一动你们不大的脑子！还有，我并不觉得豚鼠有什么不好，烤起来它的香味不是鱼能比的！差得太远了！"

“红鳞？”翼天瞻却没有理睬他，从马鲁康祖的脑袋上看过去，是在问息衍。

“一种鲤鱼，据说长在凤凰池里，是宫里观赏用的锦鲤鱼和野生的鲤鱼杂交的后代。全身鳞片都是红的，用来熬汤最好，熬完红色褪去，还是一尾白鱼，微微有些透明。”息衍说。

“你们到底有没有一个人用心听我说话？”马鲁康祖大声说。

翼天瞻便低头看了他一眼，目光最后落到他凸出的后脑勺上。翼天瞻一本正经地点了点头：“嗯，确实，跟你的后脑勺比起来，我和息衍的脑子都不算大的。”

这一次马鲁康祖气得只能对翼天瞻瞪大了眼睛，他的眼眶远比人类和羽人显得大，这样瞪眼让人有点担心他要把眼珠子都瞪出来。

“好啦好啦，”息衍试图缓和这对老朋友，“三个天驱并肩坐在这里，难道就不能显得更加团结一些，说些有意义的事？”

“你们两个才是宗主！我只是个跟班打铁的可怜河洛！”马鲁康祖说得很认真，依旧瞪着眼睛。

“叫我们两个出来不是只为了钓鱼吧？”翼天瞻拉扯嘴角笑笑，随后问道。

“我在想我们是否需要再次召集天驱。”息衍脸上懒洋洋的神情忽然消失了。

“再次召集？”翼天瞻和马鲁康祖不约而同，浑身微微一震。

息衍深深吸了一口气：“辰月只是做了第一次尝试，他们失败了，不过也已经取得了成果。他们已经重创了诸侯的力量，改写了东陆的势力格局。战争的格局已经被搅乱，而第一步，我们仅仅杀死了一个卒子。我想那个尸武士的地位不算低，但最高也仅仅是一个‘阴’部队的首领，而我们甚至没能真正威胁到雷碧城，更不要说真正居于权力巅峰的人。”

“第二次进攻？”马鲁康祖用力点了点头，声音极为慎重，“这是他们行事的风格，他们不是会半途而返的人。不过，有进一步的消息么？”

“没有，我所担心的是雷碧城的去向，殇阳关之战后，我们的斥候没有发现他回到离国，那么他去了哪里？”息衍问，“我闻见他身上强烈的进攻意图，他这一次并不打算韬光养晦。他这次只是短暂驾临殇阳关，而没有把谷玄之夜当作最重要的契机，那么他手里还握着更有利的牌吧。”

“他在辰月教里可能是什么身份？”翼天瞻问。

“至少是大教长，以他展现出来的力量……甚至可能是教宗。”息衍盯着鱼线，“面对他的时候任何人都会感觉到压力，就像神明附体！以他的力量，历代教宗中能够超越他的人也不多。可我依然怀疑他背后还有更高的存在。”

“为什么？”翼天瞻问。

“因为他太入世。而自从古伦俄之后，辰月的教宗已经学会了用重重黑幕隐蔽自己，他们放在前台的，从来都是卒子而已。”

翼天瞻和马鲁康祖对视了一眼。

“令诸侯蒙受巨大的损失，只差一线就可以杀死白毅，那么下一步他们会做什么？他们的目标是什么？”翼天瞻问。

“谁能回答这问题呢？”息衍摇头，“对于神的使者们来说，他们不需要什么，而是万物随着神制定的规则而进行。可神的规则是什么？从来没人能够确证。不过辰月太喜欢战争了，现在的局势正符合他们的需要，没有一个强大的统治者制约东陆，诸侯纷争，无疑是辰月最喜欢看到的。”

“皇帝和嬴无翳都不能是维持安定的人么？”马鲁康祖问。

“忘记皇帝吧。大胤皇朝已经是一盘散沙了，没有人可以收拾这个残局。这好比一个棋盘，盘面下成了死局，如果不全盘打乱，就没有生机。它需要野兽一掌把棋盘掀翻，嬴无翳是这个人。”息衍道，“可是嬴无翳打开局面之后，谁能结束这个乱世呢？”

“嬴无翳也不能？”马鲁康祖追问。

"或许，不过我和他对阵之后，担心他太急躁了。"息衍微微摇头。

三个人沉默了下来，只听见涧水跳跃作响的声音。水花在光润石头上流泻，溅玉似的，折射着暖软的阳光。可是三个人都感觉到自己被压住了，那个沉重的阴影从心底里缓缓升了起来。

"息衍，如果你十五年前遇到幽长吉，你会是站在他那边的，对不对？"翼天瞻忽然开口，声音冷厉。

"大鸟……"马鲁康祖吃了一惊，站起来想要劝阻他。

可是翼天瞻没有管他的矮个子朋友，他身形太高了，马鲁康祖跳起来也不能阻止他把视线如刀一样投在息衍的身上。息衍没有回应他的逼视，安静地坐在阳光里，看着跳跃的水花。

"我不知道。我一直在想幽长吉是个什么样的人，可惜我不知道……"隔了一会儿，他才低声说。

"若是十五年前，我会在下令诛杀幽长吉的时候，也对你下一道诛杀令。"翼天瞻低声道。

"大鸟！"马鲁康祖急得不知该说什么好了。

然而翼天瞻脸上咄咄逼人的表情却消失了，他显得有些疲惫，默默地坐了回去，重新执起钓竿："可是现在我老啦，我真的老了。这些天我总是在想幽长吉，想那封诛杀令，想他曾经恳求我给他一个机会，然而我没有理睬。也许我错了，十五年前，如果我支持那个年轻人，也许天驱的未来，就会不一样吧？"

息衍愣住了。

"大鸟……"马鲁康祖的声音低涩，也缓缓地坐回到岩石上，"这么些年你老想这个，其实怎么也不能算是你的错。"

翼天瞻对他轻轻摆了摆手。三个人又开始了沉默，三根鱼竿静止不动，三条鱼线飘在微风里。

"上钩了上钩了！"息衍忽地大声说，他一提钓竿，鱼线上一尾肥硕的红鳞在挣扎跳动，溅出的水珠在夕阳中闪着耀眼的金色。

"帮我按住它，别让它跳回去了！"他大喊。

年老的河洛猛醒过来，急忙抱了一块石头压住自己的鱼竿，而后撩起袍子的前摆，扑上去把红鳞兜在怀里，那边的老羽人抱着陶罐也跳下了不深的水中，把那尾罕见的大鱼接了进去。三个人再次看见了彼此的眼睛，那些低沉的气氛已经消散。他们像年轻人一样，摩拳擦掌，跃跃欲试。

"点火点火！"翼天瞻大声说，"烤了！"

"烤了不好！"息衍反对，"我想我们还是白水煮了吃，在鱼肚里填上香料缝起来，此外只加一点细盐。"

"煮鱼一点味道也没有！"翼天瞻抱着陶罐，摇头，"你们没有吃过真正好的烤鱼，不需要什么香料，自然就有鲜香味出来！"

他抽了抽鼻子，仿佛已经闻见了旅途中烤着鲜鱼的温暖焦香。

"那是一般的鱼吧？这种鱼煮起来鱼肉有很淡的甜味，烤起来就浪费了。"息衍还是坚持。

"别傻了大鸟！"老河洛插了进来，振振有词，"鱼，是很鲜的东西！原本就是应该拿来炖最好的鱼汤！何况又是那么细嫩和新鲜的红鳞！"

翼天瞻没有想到一个河洛会跳出来跟他争论鱼的做法，吃惊地皱着眉头，息衍却微微露出得意来，瞥了翼天瞻一眼，又冲马鲁康祖点了点头。

"然后捞掉鱼肉，添上上好白菰慢慢熬，最后用汤来煮豚鼠身上最香的尾巴肉！"老河洛接着大声说。

图书在版编目(CIP)数据

九州缥缈录.4,辰月之征:百万册纪念版/江南著.—北京:人民文学出版社,2019
ISBN 978-7-02-015228-5

Ⅰ.①九… Ⅱ.①江… Ⅲ.①长篇小说—中国—当代 Ⅳ.①I247.5

中国版本图书馆 CIP 数据核字(2019)第 086783 号

责任编辑 赵 萍 涂俊杰
装帧设计 李思安
责任印制 苏文强

出版发行 人民文学出版社
社 址 北京市朝内大街 166 号
邮政编码 100705
网 址 http:// www.rw-cn.com

印 刷 三河市宏盛印务有限公司
经 销 全国新华书店等

字 数 278 千字
开 本 890 毫米×1290 毫米 1/32
印 张 10.25
印 数 1—20000
版 次 2015 年 11 月北京第 1 版
2019 年 6 月北京第 1 版
印 次 2019 年 6 月第 1 次印刷

书 号 978-7-02-015228-5
定 价 43.00 元